Die Flut

Käthe Miethe

Die Flut

Käthe Miethe

Roman

HINSTORFF

»Auch ich bin ›Bürger‹ – die tête-Halter und Bescheidwisser geben es mir schimpfweise täglich zu verstehen. Aber das Wissen selbst, wie es um das Bürgerliche heute geschichtlich steht, bedeutet schon ein Heraustreten aus dieser Lebensform.«

Thomas Mann, Pariser Rechenschaft.

I. ABSCHNITT *erzählt*

in drei Kapiteln den Einbruch der Sturmflut in das Küstendorf, das von wohlhabenden Schiffern, von Fischern und anderen kleinen Leuten bewohnt wird, sowie die Folgen, die sich aus dieser Katastrophe ergeben.

IM DORFE WOHNEN

An der Westerseite:
*Schiffskoch Pieplow und Familie
Hebamme Ohlerich, genannt die Griepsch
Matrose Fietje Hick
Armenhäuslerin Thringret
Laden-Tönnies Köhn und Familie
Weber Daniel Lange, Frau Emma Lange
Dachdecker Emil Priebe, Frau Priebeliese
Jacob Joachim Eduard Dahm und Familie*

In der Fischerreihe:
Die Fischerfamilien Möller, Harms, Seeger

An der Osterseite:
*Dorfschulze und Förster Dedow und Familie
Erzieherin Fräulein Susanne
Wirtschafter Keding
Fregattenschiffer Samuel August Voß und Familie
Dampfschiffer Hans Wilhelm Niemann
Dampfschiffer Artur Harder
Schifferbrüder Elias und Bernhard Konow
Schifferfrau Mieke Jörk und Kinder
Schiffer Erdmann Permien und Familie
Lisbeth*

1. KAPITEL

Die Vorderstube wurde vom Webstuhl nahezu ausgefüllt, weil es ein großer Webstuhl war, auf dem man Tischtücher weben konnte, die nicht als handtuchartige Streifen zusammengesetzt werden mussten, wie man es in ältestem Hausrat noch gelegentlich sieht. Ein Damasttuch war im Entstehen, gefiederte Nelken mit Blättern, von anderen Pflanzen entlehnt, da die Nelke keine Blätter hat, mit deren Form sich irgendein Staat machen lässt.

Der Webstuhl mit diesem kostbaren Damastgedeck stand still, schon von Mittag an, und es hätte Ruhe herrschen müssen, jene Ruhe, die Emma Lange immer verriet, dass ihr Daniel etwas in seinem Kopf bewegte, was nicht zu dem anspruchsvollen Muster in Beziehung stand. Dazu kam es an diesem Tage aber nicht. Man konnte vor Getöse rund ums Haus nicht sein eigenes Wort verstehen.

Wie es auch zusammenhängen mochte, jedenfalls hatten die Himmel der Erde vergessen und die Teufel freie Bahn. Den ganzen Oktober hindurch hatte der Südwest die See in langen, grauen Wogen auf den Strand gejagt. Sie leckte höher und höher am Dünenfuß; das Becken der Ostsee wurde schließlich bis zum Überlaufen voll. Dann war eine kurze, beklemmende Windstille eingetreten. An einem von Regenböen geschüttelten nervösen Novembertage kam plötzlich Nordostwind auf.

Daniel Lange hatte vorausgesagt, was jetzt vor den Türen der Häuser des Dorfes stand, sowohl an der Osterseite, wo die feinen Leute, nämlich die Schiffer, wohnten, wie auf der Westerseite und in der Fischerreihe bei den kleinen, armen Leuten. Weber Daniel sagte es jedem, der es hören wollte: Diesmal holt Rasmus das Dorf und das Land! Darauf bestand er, obwohl er kein Seemann war und außer dem Fährboot nach Ribnitz niemals ein Schiff betreten hatte, während rundum fast ausschließlich Seeleute wohnten, Schiffer und Steuerleute und Matrosen, ferner Fischer, die bei der Seefahrt groß und alt geworden waren. Er hatte als erster die Zeichen der Sturmflut erkannt und behielt recht. Der Nordost flaute nicht ab, er wurde zum Orkan, der den Dünensand aufwirbelte, das karge Strauchwerk vor dem Weberkaten verhüllte, im ächzenden Rohrdach heulte, sich im wütenden Brausen der See offenbarte, die die Dünen zu überschäumen begann und wie Schwemmsand vor sich herschob. Und zwischen den breiten, behäbigen Schifferhäusern des Claaß Jörk und der Brüder Konow, die an der Osterseite am tiefsten lagen, war im sinkenden Abend soeben noch auszumachen, wie von Osten nun auch der Bodden ankam, die Binnensee. Sie rollte gleich einem faltigen, grauen Tuch heran, den Eindruck von sturmgepeitschten, jagenden Wolken auf das Wasser übertragend.

*

Es waren ja im November noch lange nicht alle Fahrensleute zu Hause. Diejenigen nur, die etwa von Riga nach Rostock, zwischen Kopenhagen und Stettin oder von finnischen Häfen gefahren waren, hatten ihre Schiffe, meist kleine, betagte Segler, in Rostock in Winterlage gebracht oder zum Überholen auf die Werft. Es war noch manch eine Schaluppe und Galeasse aus dem ersten Drittel des Jahrhunderts in Fahrt, schon gebaut, ehe die Rostocker Handelsflotte ihren großen Aufstieg erlebte. Inzwischen hatte der Niedergang der Segelschifffahrt eingesetzt; langsam doch von Jahr zu Jahr merklicher, ging die Schifffahrt zur Dampfkraft über.

Von unseren Schiffern hatte vor jener Nacht, als der Orkan ausgebrochen war, Erdmann Permien, der die in den vierziger Jahren gebaute Schaluppe NÖRDLICHE KRONE mit ihren bescheidenen 32 Lasten fuhr, den Heimathafen erreicht und war seit einigen Tagen zu Hause. So blieb die NÖRDLICHE KRONE vor den Gefahren bewahrt, die die schicksalserfüllten dunklen Stunden zwischen dem 12. und 13. November des Jahres 1872 in sich bargen. Auch Dampfschiffer Hans Wilhelm Niemann hatte Hamburg angelaufen. Auf dem Heimweg von Kalmar befand sich noch der Schiffer Claaß Jörk mit seiner Brigg VENUS. Bei ihm fuhr der junge Elias Konow als Steuermann. Und von der Fregatte FRAU

Sophie des Schiffers Samuel August Voß hatte man aus einem portugiesischen Hafen Nachricht gehabt. Sie konnte glücklicherweise erst im Kanal sein.

Wir hörten bereits, dass auf der Osterseite die Schifferhäuser von Jörk und Konow am tiefsten lagen. Auch sie waren, wie alle anderen Häuser im Dorf, mit Rohr gedeckt und aus Lehm gebaut und unterschieden sich in der Bauart von den Katen der Fischer, vom Armenkaten und dem Schulhause nur durch die breitere Front. Doch der farbenfrohe Anstrich ihrer Wände, Fenster und Läden sowie der geschnitzten Haustüren hob sich deutlich von den notdürftig erhaltenen Katen ab, die auf der Westerseite und in der Fischerreihe standen, wo die Familie des Schiffskochs Pieplow mit ihrer nicht enden wollenden Kette von Kindern wohnte, der Weber Lange, alte Matrosen und Fischerfamilien. Trat man jedoch bei dem Schiffer Jörk oder den vor langen Jahren vor Anker gegangenen Schifferbrüdern Elias und Bernhard Konow ein oder wurde sogar von der feinen Frau Sophie des Fregattenschiffers Samuel August Voß in die Stube gelassen, wusste man auf den ersten Blick, welche Welten den Schifferstand im Dorfe von dem anderen Stande trennten, der noch nicht einmal das Recht auf einen eigenen Namen besaß, und auf welcher Seite des Dorfes allein der Wohlstand zu Hause war.

Doch das Wasser von Osten, das unter dem Heulen des Orkans raubgierig brausend von der besiedelten Erde Besitz nahm, die reiche Beute seines schon weiten Weges mit sich trug, ganz zuletzt noch die Sträucher und Bäume der Gärten entwurzelte und dann die Lehmwände auszuwaschen begann, um in das Innere der Häuser einzudringen, kümmerte sich um solche Unterschiede nicht. Es hatte keinen Respekt vor der Kluft zwischen arm und reich, die sich durch dieses Dorf genauso zog wie rundum in der weiten Welt. Dem Wasser war es einerlei, ob aus dem stürzenden Tellerbord bescheidenes irdenes Geschirr ohne jeglichen Schmuck in den Strudel gerissen wurde oder leuchtend vergoldete Töpfe mit dick auf dem Golde aufgesetzten bunten Blumen, ob ein wurmstichiger Tannenholzstuhl auf seine alten Tage das

Schwimmen lernen musste oder ein behäbiger, mit Plüsch bezogener Sessel aus Mahagoni den Kampf mit solcherart ruhestörenden Elementen gelassen aufgab. Die Binnensee verfolgte nur das eine, seit vielen Jahrhunderten gesetzte, bisher niemals auf Dauer erreichte Ziel, sich wieder mit dem Wasser im Westen, dem großen Meer, zu vereinen und die schmale Landbrücke zwischen ihnen zunichte zu machen.

*

Erst als die Petroleumlampe erloschen war, erkannte Mieke Jörk, welch einen wundersamen Trost und Halt dieser flackernde Lichtschein vor ihrem Bett bedeutet hatte. Die kleine Albertine, die neben der Mutter lag, begann zu weinen, als spürte sie ebenfalls, dass dieses Licht das unheimliche Brausen rund ums Haus, das vielstimmige Getöse von Wasser und Wind, die angstvollen Rufe der Kreatur im Stall, das Ächzen im Gebälk und dann das bedrohliche Sichern aus den aufweichenden Wänden zu dämpfen verstanden hatte. Die Lampe hatte den zitternden Gliedern zwar keine Wärme gegeben, sie hatte Wärme anderer Art gespendet. Sie hatte dem Furchtbaren keinen Einhalt gebieten können, doch sie hatte wie eine stille Abwehr gewirkt, als dürfte, solange sie lebte, das Schlimmste nicht geschehen.

Jetzt wurde es Mieke bewusst, dass in dem flackernden Lichtlein ein geheimes Zwinkern gelegen hatte, um ihr verständlich zu machen: »Wir beide, weißt du, wir beide halten durch! Wir beide, wir haben keine Angst! Auch keine Angst um unsere Brigg!«

Plötzlich war die Fensterscheibe eingedrückt worden, ein Stück Treibholz schoss herein, ein Wasserstrahl folgte hinterher, der Sturm fuhr ins Zimmer und blies die Lampe aus.

»Sei still, Tining«, flüsterte Mieke. »Du bist doch bei mir, und Vater ist ganz bald wieder zu Haus!« Sie stopfte das Federbett um das Kind, zog sich erschrocken und achtsam zurück, als die kleine Albertine sich dichter an sie schmiegen wollte. Sie presste die Knie fest zusammen. Es war doch noch nicht soweit? Nein, es durfte noch nicht soweit sein! Es durfte jetzt nicht kommen, nicht in dieser Nacht – der Sturm würde bald vorüber sein, dann sanken die Wasser schnell zurück, alles war wieder gut, alles war bereit! Sie schloss die Augen und mühte sich, ruhig zu bleiben. Ihr zweites Kind sollte in der nächsten Woche geboren werden. Die Griepsch hatte versprochen, die ersten zehn Tage nach der Geburt bei ihr zu wohnen, damit Claaß und die kleine Albertine ihr Recht bekamen. Es war für alles vorgesorgt. Nebenan in der Kammer stand der Korb bereit.

Mieke fuhr hoch: Die Kissen im Korb durften nicht nass werden! Sie riss die Augen auf. Es war dunkel um sie her. Wasser strudelte vor dem Bett, unter dem Bett, und Albertine klammerte sich wimmernd an ihre Brust.

»Claaß! Claaß – hilf uns doch, Claaß!«, rief Mieke in ihrer Angst. Um die Stiege zum Boden schäumte das Wasser wie um den Steg, den sich die Fischer am Strande errichtet hatten. – Wieder war das Ziehen da – Mieke stand bis an den Leib im Wasser und hielt sich an einer Stufe fest, erreichte die nächste, wieder die nächste mit der Last, die an ihrem Halse hing.

Unten wurde gerufen: »Mieke, bist du noch hier, Mieke? Ich hole dich!«

»Erdmann, ich kann nicht mehr, es ist zu spät! Nimm das Kind!«

»Mieke!«

»Erdmann, ich glaube, es ist schon soweit!«

Schiffer Erdmann Permien watete bis zu den Hüften durch die um ihn schäumende Flut. Er tastete nach dem Fuß der Bodenstiege, riss mit den Händen das Wasser auseinander, bekam ein Stück Wäsche zu fassen, dann ein schwimmendes Brett. »Bist du oben auf dem Boden, Mieke?«

»Ach, lieber Gott, Erdmann, such das Kind! Es ist mir vom Arm geglitten!«

Etwas Weiches lagerte sich an Erdmanns Brust. Er packte zu, das musste das kleine Mädchen sein.

»Hast du es, Erdmann?«

»Ja, Mieke, ich komme! Ich hole dich!«
»Nein, bleib bitte unten, Erdmann, nimm Albertine mit!«
»Ich komme zurück, Mieke!«

*

Hinter fest geschlossenen Läden saß Sophie Voß, die Frau des Fregattenschiffers Samuel August Voß, im hellgrauen Winterkleid mit dem hochgearbeiteten Stuart-Kragen, der seinen Namen nach der unglücklichen schottischen Königin trug, und stickte. Ihre Tochter lag, bis zum Halse in die rote Schlafdecke eingehüllt, auf dem Sofa ausgestreckt.

»Hoffentlich wird Weber Lange unseren guten Flachs und die Servietten vom Nelkengedeck auf den Boden in Sicherheit gebracht haben, Alma.«

Alma nickte.

»Er hatte alles in seiner alten Kommode verstaut. Gut, dass wir die Bettwäsche für deine Aussteuer bereits im Hause haben. Ich mache mir Sorge um das große Tafeltuch auf dem Webstuhl. – Was ist dir denn, Kind?«

»Hör doch den Sturm, Mutter! – Mir ist so angst! – Wie mag es im Dorf aussehen! Wir liegen hoch, aber glaubst du nicht, dass das Wasser schon in die anderen Häuser eindringt? Es rauscht so nahe, als wären die Dünen überspült!«

»Ein Glück, dass Vater noch nicht in der Ostsee ist.« Frau Sophie schraubte den Docht der Lampe höher. »Alma, versuch bitte, ein bisschen zu schlafen.«

»Können wir gar nichts helfen, Mutter?« Alma richtete sich hoch und blickte ihre Mutter ratlos an.

»Kind, wie denkst du dir das?« Es klang wie ein Verweis. Frau Sophie fuhr in einem beruhigenden Tonfall fort: »Ich hatte Anning sofort losgeschickt, sie sollte Mieke Jörk und ihre Albertine zu uns holen. Deren Haus liegt zu tief, das kann gefährdet sein. Aber Anning kam völlig durchnässt und unverrichteter Sache zurück. Diesmal musste man ihr glauben, wenn sie auch sonst um Ausreden nie verlegen ist. Sie hatte sich im Sturm einfach nicht halten können, war glatt umgeweht und fast vom Wasser mitgerissen worden.«

Alma unterdrückte ein nervöses Schluchzen, sammelte sich und brachte stockend heraus: »Aber die arme Mieke, Mutter? Sie erwartet doch? Und die kleine Albertine? – Ist das Wasser schon im Dorf? Mutter, was wird aus den Fischerhäusern unten am Strand?«

»Es hat keinen Sinn, Alma, sich alles Unglück, das kommen kann, auszumalen. Du musst endlich einsehen, dass sich im Augenblick gar nichts machen lässt!«

Wenn nur der Sturm aufhören würde oder ein wenig nachlassen! Alma drückte beide Hände vor die Ohren. Aber es war, als hörten nicht mehr die Ohren allein. Der ganze Körper hörte mit, jede Pore in der Haut, jedes Haar auf dem Kopf. Könnte man aus dem Hause laufen, von allem fortlaufen, dorthin, wo es still war, nur einen einzigen Augenblick still! Sie schob die Hände wieder unter die Decke. Warum war das Heulen und Toben des Sturms so schwer zu ertragen, obwohl man im eigenen, hoch gelegenen Hause sicher saß, einer der ganz wenigen Glücklichen im Dorf, die nichts für den Vater, nichts für den Verlobten, nichts für sich selbst zu fürchten hatten? Alma drehte sich zur Wand und deckte wieder die Ohren zu.

»Das ist recht, Alma, schlaf! Willst du dich nicht lieber ins Bett legen, Kind? Welch ein Glück, dass Peter schon in Rostock ist!«

»Ich glaube, Mutter, der Sturm nimmt noch zu!«

»Horch nicht immer darauf! Man muss sich zusammennehmen, man muss sich ablenken können.« Frau Sophie Voß nahm ihre Karten von der Spiegelkonsole und begann zu mischen. »Du machst dich unnötig marode. Denk an etwas Schönes. Denk dir aus, wie du die neuen Möbel in euren Zimmern stellen willst. Sollen wir nicht doch noch einen kleinen Schrank beim Tischler bestellen?«

Alma rührte sich nicht.

Frau Sophie rückte den gestickten Schirm vor der Lampe zurecht, damit Schatten auf das Sofa fiel, und legte langsam die Karten aus. Pastor Krumbow hatte zwar einmal gesagt, man dürfte aus der Patience kein Orakel machen, das sei sündhaft. ›Man tut es auch nur zum Spaß‹, dachte Sophie, ›es lenkt ab. Wenn diese Patience aufgeht, wird Alma im Frühjahr eine glückliche junge Frau sein.‹

Sophie Voß schüttelte ungehalten den Kopf und schob die Karten wieder zusammen. Sie waren schlecht gemischt. Warum sollte Alma mit ihrem Peter nicht glücklich werden? Peter Köhn gehörte wie sein Vater Tönnies zum Schifferstande. Allerdings hatte sich Frau Sophie schweren Herzens damit abfinden müssen, dass der alte Tönnies, als er seinen Seemannsberuf aufgeben musste, auf der Westerseite der kleinen Leute einen Krug mit Laden aufgemacht hatte. So etwas hätte er lieber irgendeinem Matrosen überlassen sollen. Immerhin hatte Peter das beste Schifferexamen seines Jahrganges gemacht und war ein zuverlässiger Mensch. Vielleicht ein bisschen zu verliebt, gestand sich Frau Sophie. Das kann lächerlich wirken. Doch so etwas gibt sich von selbst und ist zu Anfang auch recht angenehm.

»Was ist dir, Kind?«

»Ich möchte lieber aufstehen, Mutter. Sobald ich die Augen zumache, sehe ich, wie das Wasser heranbraust und die Menschen aus den ausgewaschenen Häusern treibt. Sie rufen verzweifelt um Hilfe, und niemand kommt!«

»Dagegen musst du angehen, Alma! Aufregung schadet dir nur. Übrigens steigt das Wasser auf keinen Fall so weit, und alle, deren Häuser gefährdet sein könnten, werden längst auf dem hoch gelegenen Schulzenhof in Sicherheit sein. Ich gebe dir jetzt ein paar Tropfen Baldrian, Alma, dann setzt du dich zu mir, und wir legen zusammen die Zankpatience.«

*

Priebeliese musterte das Wandbrett hinter der Theke. Dort standen keine Flaschen, wie sie mit fertigen Etiketten geliefert werden. Laden-Tönnies Köhn bezog seine Getränke in Fässchen oder mit Weide umflochtenen Glasballons und füllte den Klaren, den Köm, den Rum und die bunten Liköre in hohe Gefäße ein, die in Form einer Sanduhr in der Mitte eingezogen waren, so dass man sie noch sicher halten konnte, wenn die Hand zu zittern begann. Flaschen auf Taille, wie Laden-Tönnies sie gern nannte.

In der Lampe mit dem Eisenschirm, die von der Decke herabhing, war nur noch wenig Petroleum enthalten. Priebeliese stöberte in den Fächern des Wandschranks, fand einen Kerzenstummel, suchte sich eine Flasche mit rotem Likör aus und deckte sich solchergestalt für die lange Nacht ein. Sie setzte sich an den Ecktisch, neben dem der Kinderwagen stand.

Die Fischer hatten bei Anbruch der Dunkelheit, kurz ehe sich der Bodden auf den Weg zu machen begann, ihre Frauen mitsamt den Kindern und den Alten auf den Schulzenhof geschickt, weil nun für jeden sichtbar war, dass die Wasser von beiden Seiten die Niederung des Dorfes überfluten würden. Priebeliese hatte bei Daniel, dem Weber, eingeguckt, um sich abzusondern und unbemerkt in den Krug zu schlüpfen. In solchen Schreckensstunden müsste der Mensch eine Stärkung haben. Und sie nahm hilfsbereit von den Webersleuten das namenlose Geschöpf mit dem gewaltigen kahlen Wasserkopf mit, das die ersten anderthalb Jahre seines Lebens Tag und Nacht immer zusammengekrümmter in dem mit Kleie gefüllten Kinderwagen lag.

Priebeliese zog die Beine auf die Bank und deckte den nassen Rocksaum darüber. Das Haus schien verlassen zu sein. Köhns waren wohl auch auf dem Schulzenhof. Das Wasser stieg langsam im Schankraum an, aber es hatte noch manches zu tun, ehe es auch nur die Höhe der Bank erreichen würde. Dann blieb noch der Tisch, und schließlich war noch die Theke da. Und sollte, wie mancher in seiner Angst in Erwägung zog, eine neue Sintflut über die Menschheit kommen, konnte man dieser weder auf dem Boden noch auf dem vornehmen Schulzenhof entgehen. Dann war es von Gott so bestimmt und musste also so sein.

›Vielleicht wäre es‹, dachte Priebeliese, ›für eine neue Sintflut auch gut und gern an der Zeit.‹ Wie lange schon lag die alte, über die in der Bibel alles genau zu lesen stand, zurück! ›Und was würde verloren sein an dieser Welt, um das es schade sein könnte‹, dachte sie weiter, während sie einen Tropfen Kirschlikör auf den Zeigefinger nahm, um damit den Wasserkopf neben sich zu erfreuen.

Armut, Krankheit und Not, daraus allein bestand die Welt, jedenfalls für die armen Leute. Nichts als Unbill und Kränkung erlebten sie, immer beiseite geschoben, immer über die Achsel angesehen! Arbeit von früh bis spät nur für das tägliche nackte Brot! Wenn man sich recht besann, war die ganze Welt aus Habgier und Mitleidlosigkeit zusammengesetzt. Holte man sich im Herbst aus dem Busch ein bisschen trockenes Holz, um im Winter nicht mit dem Bett an der Wand festzufrieren, gleich kam der Schulze mit seinem Stock, so dass man das Holz schleunigst fallenließ, die Röcke packte und davonlief. Denn der Schulzenstock schlug unbarmherzig zu, wohin er gerade traf.

Priebeliese trank. Es hätte schon Sinn, wenn jetzt eine neue Sintflut käme und alles mit sich nähme. Den Tod? – Nun ja, den würde man auch überstehen, nachdem man gut fünfzig armselige Lebensjahre überstanden hatte.

»Söting«, – sie bewegte den alten Kinderwagen auf seinen hohen Rädern. Darin hatte einst ihr kleiner Ernsting gelegen, an dessen Geburt sie auf Lebenszeit kaputtgegangen war und niemals wieder Mutter werden konnte. Das war aber nicht Ernstings, sondern der Hebamme Schuld gewesen. Solch ein schönes, wohlgestaltetes Kind mit hellem, seidigem Haar, von dem sie nur Glück und Freude empfangen hatte, das nahm die See, noch keine vierzehn Jahre alt! – »Söting«, – Priebeliese strich zärtlich über das brüchige Verdeck, das ein Gardinenfetzen überzog. Immer war der Wagen zugedeckt. Daniel wollte nicht sehen, was drinnen lag, und die Kunden von außerhalb, die ab und zu wegen des Webens kamen, sollten es auch nicht sehen, obwohl mitunter direkt darum gebeten wurde, weil man weitum erfahren hatte, des Webers Frau hätte keinen Menschen geboren, sondern ein Menschtier noch nie gesehener Art. Und ein Händler aus der Stadt sagte einmal sogar, sie sollten die Sache praktisch ansehen, sie könnten dieses Menschtier, falls es am Leben bliebe, auf Jahrmärkten gegen Geld sehen lassen. Dadurch hätten sie auf Lebenszeit ausgesorgt! ›Ja, solche Händler‹, dachte Priebeliese verbittert, die hatten nichts anderes im Kopf als ihren Profit! Krümmten selbst keinen Finger, zogen mit Bürsten und Besen herum, die sie alten, bettelarmen Leuten für einen Hundelohn abgenommen hatten, und verdienten das Doppelte daran. Die kümmerten sich einen Dreck um solch ein unseliges Menschengeschöpf, spekulierten nur auf das Geld, das sich an einer Missgeburt verdienen lässt. Wie ging so was an? War das eine Welt, die wert war, länger zu bestehen?

Priebeliese trank und wartete bei brennendem Kerzenstummel, dass das Notwendige endlich eintreten sollte! Warum nur flutete das Wasser nicht machtvoller in das Haus, sondern zog in bescheidenem Strom unter der Ladentür hindurch und hatte im Schankraum noch nicht mal die Bankhöhe erreichen können? Besaß der Sturm denn nicht mehr die rechte Kraft? Hatten die Himmel keine größere Gewalt mehr, dieser armseligen Erde ein Ende zu machen? Sollte etwa dieser erbärmlichen Welt zuletzt der Sieg beschieden sein?

Priebeliese lauschte hinaus. Es schien fast, als nähme das Brausen und Pfeifen, das Rauschen und Ächzen ein wenig ab, als stünde das Haus, das bisher in seinem Balkengerüst hin und her geschwankt hatte, wieder auf festerem Fuß. Und einmal war es für einen Augenblick nahezu still. Da vernahm Priebeliese Stimmen über sich und merkte, dass sie mit jener Unbarmherzigkeit der Schöpfung doch nicht allein im Hause war. Aber der Sturm setzte gleich wieder ein, so dass sie sich mit Laden-Tönnies Köhn, der mit seiner Frau auf dem Boden war, nicht mehr verständigen konnte.

Laden-Tönnies lag unter dem Dach auf einem Strohsack ausgestreckt und durfte kaum einen Finger rühren. Er musste wie ein Toter in dieser Lage verharren, bis die Wasser gefallen waren und die Siedensticker aus dem Mecklenburgischen geholt werden konnten, um wieder zurückzuschaffen, was aus dem Bruch seiner Bauchdecke ausgetreten war, als er in seiner Gier versucht hatte, wenigstens einen Teil seines Besitzes, seine Waren, vor dem Wasser zu retten und auf den Boden zu tragen.

*

Der Schulzenhof mit seinen fünf hohen Fenstern nach Westen hinaus, deren Kreuze sich dunkel vor dem Licht in den Stuben abzeichneten, lag wie eine Arche Noah da, ausgespart aus der alles vernichtenden Kraft, die das Wasser besitzt, wenn seine Energien ununterbrochen von einem Orkan aufgeladen werden.

Dort war Wärme und Geborgenheit. Doch die Jacken trieften, nasse Hosen schlotterten um die Beine, an den Schläfen hing tropfendes, verwildertes Haar. Keiner im Dorf wagte, dergestalt das Wohnhaus des Schulzen und Försters zu betreten. Es war ein Glück, dass der Hof einen Wirtschafter besaß, den schon angegrauten Hagestolz Keding, der nicht nur die Ställe unter sich hatte, das Ackerland, das Weideland; er nahm auch die Leute aus dem Dorfe an, die Klagen oder Fragen vorzubringen hatten, denn mit »Kleinleutekram« gab sich Dedow nicht ab.

In der Scheune verbreiteten zwei Stalllaternen bescheidenes Licht. Die eine war an einem Balken aufgehängt, die andere wanderte unaufhörlich hin und her, war mitunter verschwunden, tauchte nach einiger Zeit wieder auf. Lovise Pieplow hatte sie sich um ihre starken Hüften gebunden, um nicht behindert zu sein, mit beiden Händen die Töpfe voll dampfender Pellkartoffeln aus der Waschküche in die Scheune zu schleppen, die Alten zuerst zu versorgen und das übrige gerecht unter die gierigen Jungen zu verteilen. Zwischendurch war für die Kleinsten die Milchflasche nachzufüllen, die umgehen musste. Niemand hatte den Mut, bei »der Herrschaft« nach einer zweiten Flasche zu fragen, man richtete sich lieber mit der einen eigenen ein. Ferner hatte Lovise ihren Mann unter Aufsicht zu halten, der von der Geschichte nicht loskommen konnte, wie ausgerechnet das Fischerboot dieses Seeger, der ihm schon immer ein Dorn im Auge gewesen war, von der Flut über die Düne gehoben geradenwegs auf seine Küche lossteuerte, die Tür eindrückte und damit das Wasser auf bequemstem Wege in sein Haus hereinließ.

Man hörte Pferdegetrappel auf dem Hof. Der Zöllner brachte wieder jemanden an. In dem schwachen Lichtschein der Scheune sah es aus, als hätte er ein Rudel sperriger Katzen in einem Sack auf dem Arm. Aber die kreischende Stimme, die sich in Schimpfreden gegen ihren Retter überschlug und verlangte, dieser eingebildete, vorlaute Lümmel mit seinem Gaul solle sie unverzüglich wieder dorthin schaffen, woher er sie geholt hatte, stammte von Thringret aus dem Armenkaten. »Unter die Röcke hat dat Swien mir auch gefasst! Ich will wieder in mein Haus! Das schwimmt nicht weg! Hier«, – sie warf einen raschen Blick über die Flüchtlinge aus dem Dorf –, »hier unter all dem Volks bleibe ich nicht! Nicht einen Augenblick!«

Der Zöllner lachte: »Dann lauf in deinen Armenkaten zurück, Thringret – wenn du durchaus versaufen willst.« Er lehnte die Handvoll heißer Pellkartoffeln ab, die Lovise ihm anbot, kniff sie schnell in die pralle Brust.

»Priebes sollen in die Brandung abgesackt sein, keiner weiß, wo Priebeliese geblieben ist. Na, tschüss!«

In der Tür wandte er sich um: »Mieke Jörk ist doch hier?«

Lovise schüttelte den Kopf.

»Dann möchte ich wissen, was aus der geworden ist! Von ihrem Haus sind die Wände ausgewaschen, steht höchstens das Dach. Na, tschüß, muss zur Fischerreihe! Wenn Priebes abgesackt sind, kommt als nächster wohl der Seeger dran!«

»Dat Aaas, de Seeger, hett mi doch sin Boot de Döör inrammt.«

»Pieplow, fang bloß nicht wieder damit an«, fuhr Lovise ihm über den Mund. »Die Geschichte kennt schon jeder.«

»De Tollkierl äwer noch nich«, wagte Pieplow Widerspruch.

»Dussel, der ist längst wieder fort, – sammle lieber die Pellen zusammen, Pieplow, 'nen Schweinestall wollen wir hier nicht haben.« Sie warf einen misstrauischen Blick auf ihren Mann, ob der Befehl sofort zur Ausführung käme. Darauf hing sie ihre Laterne an einem Balken auf, setzte sich ins Heu, nahm ihre Jüngste, die zweijährige Dürten, auf den breiten Schoß und knöpfte die Bluse auf. Der Lichtschein fiel auf die volle Brust, die wie befreit aus der geöffneten Bluse quoll. Es war einen Augenblick still, sodass man die Laute der saugenden Lippen vernahm, dazu den schweren Atem der Mutter. Bald aber erfüllte das Toben der Jungen und Jammern der Alten wieder den dämmrigen Raum mit der dicken Luft von Heu und Stroh, nassen Kleidern und der Ausdünstung schreckensgequälter Menschen.

*

Was inzwischen auf Schiffer Jörks Boden unter dem schwankenden Gebälk im Tosen des Orkans und Gurgeln des Wassers geschehen war, kann keiner erzählen. Mieke hat jahrelang kein Wort davon gesprochen. Der arme Erdmann Permien, den das Wasser mitriss, als er zurückgekommen war und versuchte, da die Bodenstiege inzwischen abgerissen wurde, an einem Balken emporzuklimmen, im Grunde gegen jede Vernunft, nur weil er plötzlich einen gellenden Schrei von oben vernahm, der alles andere übertönte, fand sich in seinem eigenen Bett wieder. Tante Amanda saß strickend neben ihm; der kleine, mutterlose Erdmann hielt die Bettpfosten umklammert und starrte seinen Vater aus angstvollen Augen an.

Der Schiffer Permien verstand nicht, was Tante Amanda meinte, als sie sagte, der Wind hätte sich endlich gedreht, der Wasserdruck ließe nach, man könnte schon sehen, wie die Flut zu fallen beginne. Erst als sie hinzufügte: »Miekes Albertining ist leider nicht mehr aufgewacht«, war für Erdmann alles wieder da. Er wollte aufspringen, um nach Mieke zu sehen, da wurde es erneut dunkel vor ihm, und er wusste nichts mehr von sich.

*

Einige Zeit bevor die Sturmflut den schmalen Landstrich, auf dem wir uns für lange Zeit einzurichten haben, in ihre Zange nahm, war ein Streit in den benachbarten Dörfern Ahrenshoop und Wustrow ausgebrochen, zwischen denen eine Landesgrenze gezogen war. Diese Grenze lag im Grunde nur in der Luft, behauptete sich jedoch in lauter Paragraphen, die mächtiger waren als beispielsweise ein Samenkorn, welches der Wind von einem mecklenburgischen Feldrain auf ein pommersches Gartenbeet trieb. Der Streit hatte mit dem Beschluss sein Ende gefunden, dass Wustrow die Ahrenshooper Toten nicht mehr auf seinem Friedhof beherbergen wollte, weil die Pommern sich geweigert hatten, zu einer neuen Kirche, die »drüben« gebaut werden musste, etwas zuzuzahlen. So war man also darangegangen, nördlich vom Schulzenhof einen Dünenhang abzustecken. Hier soll, so bestimmte der Schulze und Förster Dedow, unser eigener Friedhof liegen, hier werden von heute ab unsere Toten begraben!

Als der Morgen des 13. November graute, hatten die Wasser zu fallen begonnen, und als drei weitere Tage verstrichen waren, musste die kleine Albertine des Claaß Jörk und seiner Frau Mieke als erste diesem Dünenhang übergeben werden.

Schiffer Erdmann Permien trug den Sarg, eine schmale helle Kiste, die man in der Not aus rohem Holz ohne Anstrich hergestellt hatte. Er trug sie unter dem Arm den sandigen Dünenhang hinauf, dessen Höhe den Überblick über die Erde gab, die die Wasser noch überall zu halten versuchten.

In den Senken der niedergewaschenen Dünen fand der tiefverhangene Himmel einen bleigrauen Widerschein. Zwischen der Oster- und der Westerseite, wo der Dorfweg gewesen war, stand das Wasser in breiten Lachen, von Wrackgut umsäumt, von Dachrohr und Treibholz verdickt, stauten sich Reste von Möbeln, von Kleidern, Scherben und Küchengeräten. Und im Norden, wo vor dem Saum des Waldes der großen Viehweide Ebene weit ausgebreitet lag, trieb der Südwest das Meer noch in stetem Strom in die Binnensee, waren die Wasser noch vereint, also die Landverbindung unterbrochen und damit auch die Verbindung zum Pfarrdorf hinter dem Darß.

So konnte es also nicht anders möglich sein, als dass Erdmann Permien, nachdem er die Kiste zu seinen Füßen niedergesetzt hatte und das Gefolge die erste eigene Gruft des Dorfes umstand, die Mütze abnahm und an Stelle des Pastors das Vaterunser sprach. Er sprach es so laut, wie auf hoher See an Bord, denn der Südwest riss seine Worte davon und fegte mit ihnen der unermesslich weit gewordenen Binnensee zu, drückte sie auf das Wasser, als wollte er sie nicht aufwärtssteigen lassen. In der Gesamtheit jedoch, die dem Amen folgte, fühlte Erdmann Permien, dass Gott nicht hoch über dieser verwundeten und verwüsteten Erde in einer unerreichbaren, unversehrten Herrlichkeit thronen konnte. Hatte Gott sich nicht endgültig von seiner Schöpfung abgewandt, war er jetzt mitten unter ihnen, wohnte in dieser heimgesuchten, windzerzausten Schar, trug eine Knechtsgestalt, den alten Wadenfischern gleich, die sich auf ihre Spaten stützten, hatte auch nicht vor der verwehten Thringret haltgemacht, scheute sich ebenso wenig vor der stolzen Frau Sophie mit dem fest zusammengekniffenen Mund und sprach aus den dicken Tränen, die ununterbrochen über Lovise Pieplows volle Wangen rannen. Und so setzte Erdmann Permien aus tiefstem Herzensgrunde ein: »Jesus, meine Zuversicht.«

*

Einer im Dorf hatte durch die Sturmflut nichts eingebüßt, vielmehr etwas gewonnen: die Freiheit vom Kartoffelschälen und der ewigen Arbeit mit dem Vieh. Das war der Matrose Fietje Hick aus dem Katen der Griepsch.

Im Grunde gehörte Fietje, der in einem ihm nicht mehr recht gegenwärtigen Jahre auf den Vornamen Friedrich getauft worden war und weiter Koop hieß, nicht in den Katen der Griepsch. Fietjes Eltern hatten einen Katen in der Fischerreihe besessen, den Fietje in Rum verwandelt hatte, nachdem er darüber verfügen konnte. Und er war nicht säumig dabei gewesen, die rund 60 Taler, die der Matrose Seeger für den Katen bezahlte, flüssigzumachen. Hinterher hat man auf Jahre hinaus nichts mehr von Fietje gehört und ihn schließlich zu denen gerechnet, die als verschollen galten. Eines Herbstes jedoch tauchte er wieder auf, mit dem langen Winter vor der Tür und zerschlissenen Taschen in seiner zerschlissenen Hose, die die Ersparnisse eines Matrosen nie hätten halten können.

Schulze Dedow, um die Armenkasse nicht zu belasten, stellte Fietje als Holzarbeiter ein. Dagegen wehrte sich gemeinsam mit Fietje die Griepsch; denn die war nicht für die Obrigkeit, nicht dafür, sich von »oben« etwas befehlen zu lassen. Sie nahm Fietje kurzerhand in ihr Haus. Allerdings hatte sich Fietje diese Sache anders gedacht; doch weil er im Ablauf der irdischen Dinge nicht unerfahren war, nahm er für den Unterschlupf, den die Griepsch ihm bot, manches in Kauf, gehorchte mehr oder weniger unwillig, wenn er angestellt wurde, Wrucken zu hacken, den Stall auszumisten, Kartoffeln zu schälen. Den Beinamen Hick gab das Dorf ihm, weil er ununterbrochen Hick sagte, wenn er versuchte, auf der Heimkehr vom Krug den Katen der Griepsch nach allen Künsten der Navigation wieder anzusteuern.

Nun hatte die Griepsch Mieke Jörk und den kleinen Jungen mit dem sorgenbeladenen Zug in seinem blassen Gesicht zu sich genommen. Mieke lag hinter Fietjes Stube in der Kammer, ruhte in dem hohen Federbett, wortlos, fast regungslos, die Augen auf die niedrige Decke gerichtet, die eine Tapete mit silbernen Sternchen verkleidete. Sie lag dort, als wäre kein richtiges Leben mehr in ihr, so wie es in anderen Menschen mächtig ist. Nur in den von der Griepsch gewissenhaft eingehaltenen Zeiten, in denen der kleine Junge an ihre Brust gegeben wurde, fanden ihre Augen von den Sternen der Decke den Weg zu anderen Sternen von einem unwahrscheinlich tiefen Blau, die noch ohne Ziel und Sinn nichts als Erscheinung waren, und ihre Hand umschloss bebend das zerbrechliche Köpfchen mit dem dunklen Flaum.

Fietjes vielerlei unbeherrschte Geräusche und Laute sowie sein ewiges Gedudle auf der Mundharmonika gehörten jetzt nicht mehr ins Haus. Also bekam Fietje von der Griepsch von früh bis spät freien Lauf. Er durfte sich nur zu den Mahlzeiten zeigen, und der Griepsch schien es mehr als recht, wenn er des Nachts, mit Alkohol vollgefüllt, wie ein Stein schlief. Es war gleichsam seine Pflicht, soviel wie möglich aushäusig zu sein und sich die rechte Bettschwere zuzulegen.

Unübersehbar war die Fülle und Vielfältigkeit dessen, was das Wasser den Häusern entrissen hatte, oft nur, um es bald darauf achtlos hinter einem eingedrückten Zaun wieder fallenzulassen oder an eine geköpfte Weide zu hängen. Rätselhaft und verlockend war, was tief in die abgeschwemmten Dünen eingespült sein konnte und der Ausgrabung harrte. Wenn man zulangen könnte! Hier lag ein Reichtum, der Fietje fehlte, um auf lange Zeit bei Laden-Tönnies nicht in die Kreide zu kommen. Doch immer und überall war ihm Lovise Pieplow im Weg.

Es war nicht verborgen geblieben, dass Lovise am Morgen nach der Schreckensnacht, als sie sich als erste vom Hof hinunter in das Dorf vorwagte, um nach dem Ihren zu sehen, eines Schweines habhaft geworden war, welches die Reise über den Bodden gemacht haben konnte, wobei es krepiert sein musste. Lovise Pieplow salzte noch am gleichen Tage das ganze Schwein ein. An dieser Beute hatte sie aber anscheinend noch nicht genug!

Vom Morgengrauen an stand sie draußen, die Röcke hochgeschürzt, schämte sich ihrer bloßen Waden nicht, kommandierte ihren Mann und ihre Lümmels, den Heiner, den Theodor, den Carl und selbst den kleinen Leopold, bis an die Knie im Wasser zu waten, mit Stöcken die Seen, die Lachen, die Pfützen auszuloten, und bei allem, was sie zutage brachten, war es ein Sieb oder ein Waschbrett, ein Wollstrumpf, erklärte sie mit gierigem Blick: »Dat's mien!« Als wenn nicht auch anderen Leuten ein Sieb oder ein Waschbrett oder ein Wollstrumpf gehören könnte.

So meinte jedenfalls Fietje und zottelte weiter, dem Weberkaten zu, dessen Vorland diese Emma Lange aber geradezu wie gepachtet und hoch bezahlt mit Beschlag belegte, nicht etwa nur vor ihrem eigenen Hause, sondern bis hinüber zur Schifferreihe.

Emma fuhr hoch, als Fietje langsam in ihre Nähe kam. Er könnte in die Garnhaspel geraten, die irgendwo liegen müsste, zeterte sie, oder sich in Spulen verheddern. Hier stünde überdies ein Reichtum auf dem Spiel, schrie Emma mit herausquellenden Augen, von dem sich solch ein havarierter Matrose keine Vorstellung machen könnte! – Eine ganze Braut, eine ganze Hochzeit, und vor allem – die feine Frau Sophie!

Aus der Entfernung beobachtete Fietje, wie Emma Lange dort, wo bereits Konowscher Grund war, an etwas zu ziehen und zu zerren begann. Und es war weder Flachs noch ein Bündel Spindeln, was sie zwischen braunem, vermoostem Dachrohr freilegen konnte. Sie rief vergeblich um Hilfe nach ihrem Mann, warf einen bösen Blick nach rechts und links, für den dieser havarierte Matrose dennoch Luft zu sein schien, ruckte aus voller Kraft und befreite einen langen, dunklen Kasten von Schlick und Rohr, Schiffer Konows Standuhr, wuchtete sie auf den Rücken und schleppte sie, unter der Last fast verendend wie eine Ameise, die sich mit einem Stück Regenwurm nahezu umbringen kann, nur um es in ihren Bau zu schaffen, durch Wasser und Sand und Seegras in ihr zur Hälfte ausgewaschenes Haus.

Fietje wandte sich angewidert ab, denn die Webersfrau hätte solch einen Diebstahl nicht nötig gehabt. Ihr Mann trank nicht und stand überdies in Verdienst.

Er ging hinüber zum Strand, wo alles, was angeschwemmt wurde, gleichsam ein Niemandsgut war, wenigstens Menschen gehört haben konnte, die ihr Anrecht darauf nicht mehr geltend machten. Wer als Leiche im Wasser trieb oder zum Meeresgrund gesunken war, hatte für irdische Güter jeglicher Art keine rechte Verwendung mehr. Strandgut durfte man also unbeschwert bergen oder, falls es unhandlich war, vorerst getrost in den Dünen vor diesem Zöllner verstecken, um es bei guter Gelegenheit flüssigzumachen. Manchmal war es sogar schon flüssig an sich, wie jenes Fässchen mit Portwein, das vor kurzem an den Strand gerollt kam, gerade vor Fietjes Fuß. Dabei erwischte der Zöllner ihn, und Gott allein mochte wissen, wo dieser Kerl damit abgeblieben war!

27

Über den alten Steingürtel des Strandes hatte sich feiner, weißer Sand gelegt. Die Wellen waren gerade am Werk, ihn mit einer neuen Lage Kies aufzufüllen. Hier und da trieb Holz an, leere Kisten kamen, auch einzelne Bretter, doch nicht so viele, dass man mit einer vom Sturm über Bord gespülten Holzladung rechnen konnte, die einen guten Gewinn abwarf.

Draußen war nicht ein Schiff zu sehen. Allerdings gingen die Wellen noch hoch, und die Segler mieden diese gefährliche Bucht. Irgendetwas war aber unterwegs, tauchte ungefähr zwischen dem ersten und dem zweiten Riff ab und an auf, war wieder verschwunden, hob sich erneut, vielleicht ein Ruderboot, das kieloben trieb. Jedenfalls sank es nicht, dieses Ferne, Dunkle – es schwamm. Fietje lief am Strande mit diesem fernen Dunklen da draußen mit, besorgt, es nicht aus den Augen zu verlieren, und entglitt es ihm, machte er es schnell wieder aus. Denn ihm war, als ginge es ihn auf irgendeine besondere Weise etwas an, wartete vielleicht sogar auf ihn, verlangte seine Ausdauer, seine Geduld, da es aus eigenen Kräften nicht zu ihm gelangen konnte, sondern nur durch die Gunst der Strömung, der es anheimgefallen war.

*

Bis über die Knöchel versank man im Boddenschlamm auf dem Land, das einmal Elias Konows Garten gewesen war. Dieser Schlick wäre an sich nicht schlecht, er hätte dem mageren Boden aufhelfen können. Doch man sah an den Rinnsalen, die ihn durchfurchten, dass auch Seewasser hinübergewechselt und den nahrhaften Niederschlag mit Salz durchtränkt hatte. Der alte Schiffer Konow hielt die Augen fest auf die Erde geheftet, um dem Anblick seines zerstörten Hauses auszuweichen. Der Großvater hatte es in seinen jungen Jahren gebaut. Das war nahezu ein Jahrhundert her. Sein Vater war nicht wieder zurückgekehrt, nachdem er zu seiner ersten Reise als Schiffer ausgefahren war. Nun hatte das Haus mit ihm und dem Bruder Bernhard die letzte Lebenszeit geteilt. Sein Sohn Elias sollte es mit neuem, jungem Leben füllen.

Der West zerrte am Ölrock wie an einer Persenning, die über die Luke gezurrt worden war. Er wehte helle Jungenstimmen von der Dorfstraße herüber und trug sie über das Wrack des Hauses dahin, fegte einen Gardinenfetzen mit, der ihm entglitt und sich vor des Schiffers Seestiefel bettete, als wollte er eine Frühsaat vor Spatzen und Hühnern bewahren.

Konow blickte hoch und machte die Lage aus:

Das Dach des Claaß Jörk ruhte immerhin noch auf den Stützen, arg zerzaust zwar; am Giebel trat der Dachstuhl nackt heraus. Der Lehm der Wände war rundum zu Haufen zusammengesunken. Das Dach lag aber wenigstens nicht wie ein Grabhügel über dem Platz, wo das eigene Haus gestanden hatte. Darum könnte Claaß Jörk, sobald er von See heimgekehrt war, noch vor Einbruch des Frostes seine ausgewaschenen Wände wieder auffüllen lassen und mit Weib und Kind den Winter im eigenen Hause verleben.

Für uns, erwog Elias Konow, hat es mit dem Neubau Zeit bis zum nächsten Jahr. Man fängt mit dem Winter vor der Tür kein Haus zu bauen an. Es hieß also, sich weiterhin auf dem Hahnenboden über der Waschküche des Hofes einzurichten, den Keding den obdachlosen Schifferbrüdern, ohne den Hofherrn erst groß zu fragen, einfach eingeräumt hatte.

Elias Konow lächelte leise vor sich hin. Dieser Hahnenboden mit dem niedrigen Dach war nicht besser als der Mannschaftsraum einer kleinen, altertümlichen Brigg. Immerhin war in diesem Logis für den Sohn noch Platz, wenn auch er noch einmal von vorn zu beginnen willens sein würde; und dessen war der Schiffer Konow gewiss.

Mein Junge! – Der alte Elias schaute in den grauen Himmel hinauf, als wollte er ihm die Angst vorweisen, die immer härter nach seinem Herzen griff und ihm den Atem nahm. Konnte die VENUS nicht doch vor Ausbruch der Sturmflut in den Breitling gekommen sein? Sprach man im Dorf nicht davon, dass auf dem Festland allerlei Schiffer, Steuerleute und Matrosen lägen und warteten, weil die Landverbindung zur Heimat noch immer unterbrochen war?

Wehe, West, wehe! bat er. Jage den Bodden wieder zurück, damit mein Junge heimkommen kann, auch der Claaß! Halte, Himmel, sie in ihrer Unruhe nicht länger auf; sie werden erfahren haben, wie böse es daheim zugegangen ist.

Schiffer Konow stampfte rund um sein Dach. An der Westseite war der Sand hoch aufgeweht. Dafür war die alte Düne, die zwischen dem Vorgarten und dem Dorfweg gelegen hatte, verschwunden. Sie war nach Osten gewandert, bis das gestürzte Dach ihr Halt gebot. Unter dem Dach musste viel Hausrat begraben liegen, vor allem die schweren Schiffskisten aus Eichenholz, seine und Bruder Bernhards Kiste, in denen die Hauspapiere, Wäsche und ihre guten Anzüge lagen. Man musste sie bald zu bergen versuchen! Es war auch in der Beziehung an der Zeit, dass der Junge kam!

Die VENUS könnte nach Kalmar zurückgekehrt sein oder überhaupt noch dort gelegen haben. Man weiß ja nicht, wie lange am Erz zu laden war. Harte Fracht für ein älteres Schiff, solches Erz, bedachte Elias sorgenvoll, aber es wird wohl nichts anderes zu bekommen gewesen sein. Claaß hätte auf andere Fracht warten sollen oder notfalls mit Ballast heimgehen, aber er denkt zu viel an seinen Verdienst, hat mein Junge oft geklagt.

Am liebsten führe Claaß so tief in die Wintermonate hinein, bis ihm fast das Ruder festfriert. Hat Claaß um des Geldes willen Schiff und Mannschaft aufs Spiel gesetzt? Der alte Konow schüttelte unwillig den Kopf. Er kämpfte gegen ein Gefühl der Bitterkeit an und suchte nach einem Trost: Die VENUS kann einen Nothafen angelaufen haben, Karlskrona oder Simrishamn – da haben wir mal eine ganze Zeit gelegen – Elias wanderte tief in seine Erinnerungen zurück. Das muss vor mehr als zwanzig Jahren gewesen sein, auch im Herbst, auch im Sturm. Ich hatte ebenfalls Erz an Bord – aber ich bin niemals gern mit Erz gefahren. – Die VENUS könnte in Rönne Deckung gefunden haben, wer weiß das genau? In Rönne warteten wir einmal drei Monate lang, in jenem kalten Winter – war es 51 oder war es 52? – Wie man so etwas vergessen kann! Die Ostsee war dicht, wir lagen Schiff an Schiff. Der kleine Hafen war wie eine eigene Stadt, so viele Seeleute waren zusammengekommen. Am Strande türmten sich die Eisschollen mehr als einen Meter hoch auf, und der Winter wollte kein Ende nehmen! Wir kamen damals sogar erst im April wieder nach Haus!

*

Einen Umzug mit allen damit zusammenhängenden Mühseligkeiten hatte Rohrdachdecker Priebe mit seiner Frau Liese nicht zu bestehen. Zu einem Umzug gehört Umzugsgut. Priebes besaßen nur noch, was sie auf dem Leibe getragen hatten, als das Wasser kam. Alles andere nahm ihnen mitsamt dem Hause die See. Immerhin winkte Priebe durch die Zerstörung der Dächer Arbeit auf lange Zeit. Man brauchte sie nicht einmal breitzutreten.

Ihrem Einzug in den verfallenen Armenkaten, in dem bisher Thringret die Alleinherrscherin gewesen war, ging ein Vorbote voraus.

Frau Sophie Vossens Mädchen Anning erschien gegen Mittag mit einem stattlichen Bündel Kleidungsstücke verschiedenster Art. Über einem altrosa Barchentunterrock mit Festons lagen Unterhosen aus derbem, dunkelblauem Stoff, Wollhemden, eine schwarze Wolltaille mit Schoß und eng untereinander gesetzten goldenen Knöpfchen, mehrere Paar aufgerollter Wollstrümpfe und Männersocken. Das Ganze wurde von einem grauen Kopf- und Schultertuch, das reich mit Bommeln besetzt war, zusammengehalten.

»Ich brauche das Zeug nicht«, wehrte Thringret in der Tür das Bündel ab.

»Die Sachen sind für Priebes«, erklärte Anning.

»Die gibt's hier nicht!« Thringret, die nur die obere Hälfte der Klöhntür aufgemacht hatte, zog sie so heftig wieder zu, dass neben dem Rahmen ein Brocken Lehm von der Hauswand sprang.

»Sie sollen hier wohnen kommen!« Anning bummerte verzweifelt gegen die Tür; es war nicht geraten, mit einem unerledigten Auftrag zu Frau Sophie Voß zurückzukehren.

»Bei mir aber nicht«, überschlug sich von drinnen Thringrets schrille Stimme.

»Sie können aber heute noch kommen – der Herr Schulze hat es meiner Madamm gesagt!«

Keine Antwort mehr.

Anning ging noch einmal rund um das Haus. Die Stube besaß zwar zwei kleine Fenster, doch man konnte durch die restlichen Scheibenquadrate genauso wenig erspähen wie durch die von innen gegen die Sprossen genagelte Pappe. Kammer- und Küchenfenster waren mit Spinnweben völlig überzogen. Eine Hoftür gab es nicht. Zum Armenkaten gehörte zwar ein kleiner Garten, doch kein Hof.

Das verfallene Haus stand, vom Dorfweg etwas zurückgelegen, dicht am Grundstück der Griepsch. Daher hatten die beiden Anlieger sich in die Benutzung jenes Bretterverschlages geteilt, der in der Sturmflut zusammengebrochen war, so dass die Stange mit ihren Stützen und die Grube darunter, die bis an den Rand mit Seewasser vollgelaufen war, unter freiem Himmel lagen.

Teilen wird leichthin zu einer misslichen Angelegenheit, vor allem, wenn Pflichten und Rechte damit verbunden sind. Auch in diesem Fall wog wie fast immer das Recht wesentlich schwerer als die Pflicht, nämlich das Recht, den Inhalt der Grube zur Verbesserung des mageren Bodens auf das eigene Gartenland zu tragen. Solange es nur um zwei gleiche Parteien gegangen war, hatte die Reihenfolge auf der Hand gelegen. Seit jedoch Fietje dazu gestoßen war, stand das Verhältnis zugunsten der Griepsch zwei zu eins. Nun schien eine neue Verschiebung der Anteilhaber bevorzustehen. Die Griepsch, die vom Küchenfenster aus gespannt verfolgte, was dort drüben geschah, sah Komplikationen und einer Verschlechterung ihrer Lage unwillig entgegen.

Dachdecker Priebe umschlich den Katen, umlauerte ihn stundenlang. Nicht einmal das obere Fach der Klöhntür wurde auf sein Rufen und Bitten und Fordern noch einmal aufgemacht. Schließlich nahm Priebe, weil ihn die Füße nicht länger tragen wollten und er wohl meinte, irgendwann müsste Thringret ihm diesen Platz streitig machen und dazu zwangsweise ihr Haus verlassen, gottergeben mit hochgeklapptem Kragen auf jener Stange Platz, nicht ahnend, dass das in den Augen der Griepsch schon ein deutlicher Hinweis darauf war, dass neue Teilhaber ihren Anspruch sichtbar geltend machten. Die Griepsch versuchte, sich auszurechnen, wie oft sie nun noch in den Genuss des »Goldes« in der Grube kam, wenn sich das Verhältnis von zwei zu eins auf zwei zu drei verschob.

Darüber kam der Abend heran.

Priebe wusste sich keinen anderen Rat, als zu Laden-Tönnies in den Krug zu gehen, wo seine Liese eingekehrt war, um sich für die schwere Erstürmung der Festung gründlich zu stärken. Denn dass ihrem Mann allein das nicht gelingen würde, war ihr klar. So machten sich beide gemeinsam noch einmal zum Armenkaten auf. Dem »Herrn« konnte man ebenso wenig nach einem unerledigten Auftrag wieder unter die Augen treten wie der Frau Sophie. Und Schulze Dedow hatte Priebes mit dem geringsten Aufwand an Worten befohlen: »Marsch, in den Armenkaten mit euch!« Erst als gegen Mitternacht Liese dazu überging, die letzten Scheiben im Stubenfenster des Armenkatens einzuschlagen, gab Thringret nach.

*

»Du musst warten, bis Mieke nach dir verlangt!« Mit diesem flüsternd gegebenen Bescheid hatte die Griepsch bisher Erdmann Permien immer wieder an ihrer Schwelle zurückgewiesen.

»Hat Mieke noch keinmal nach mir gefragt?«, wollte Erdmann endlich wissen.

»Doch – heute morgen –«, die Griepsch zögerte, sagte dann ehrlich: »Sie wollte aber nur hören, ob du noch gar nichts von der VENUS erfahren hast.«

Erdmann Permien senkte den Kopf: »Ich kann ihr wenigstens erzählen, dass ich gestern beim Reeder in Rostock gewesen bin.«

Die Griepsch blickte angstvoll auf: »Sie will Albertining sehen –«

Erdmann wich zurück.

Da packte die Griepsch seinen Arm: »Sag du es ihr, ich habe es nicht übers Herz gebracht. Morgen muss sie aufstehen, sie kommt mir sonst ganz von Kräften.«

Erdmann schwieg. Sie hörten eine leise Stimme.

»Mieke ruft! – Geh hinein!« Die Griepsch zog ihn bis zur Stubentür und lief in die Küche, weiter hinaus auf den Hof, durch den kleinen Garten bis zum Dünenfuß, hielt sich die Ohren zu und schrie in die Brandung hinein: »Herrgott, Herrgott! Warum quälst du uns so?«

Wie schön Mieke aussah, wurde Erdmann erst bewusst, als diese schweren Minuten hinter ihm lagen. Von da an sah er in ihrem schmalen, fein geschnittenen Gesicht die dunkelblauen Augen, die schwarz wurden, als sie ihn tief in sich aufsogen, um aus jeder Regung seiner Züge zu lesen, was er nicht in Worte zu fassen vermochte. Er sah die Fülle des blonden Haars, das sich seit ihrer Kindheit nicht mehr frei vor ihm ausgebreitet hatte. Dieser Anblick begleitete ihn fortan durch die Tage und durch viele schlaflose Nächte, in denen sein Herz den Namen rief, der nicht der eine, der einzige Name seines Lebens werden durfte.

Als er bei ihr eingetreten war, stand ihr Gesicht für einen kurzen Augenblick in vollem Licht, über das schnell ein Schatten fiel: Erdmann war ohne Nachricht von Claaß gekommen!

»Wir müssen warten – Mieke – glaube mir«, er verweilte, um seiner Stimme mehr Festigkeit geben zu können, – »ich glaube, wir können zuversichtlich warten.« Er wollte kurz weiterberichten, dass er den Reeder und verschiedene Schiffer in Rostock gesprochen hätte. Auch von anderen Seglern, größeren und jüngeren Schiffen, deren Heimkehr noch länger als die der Venus fällig wäre, sei noch nicht das Geringste bekannt. Er wollte ferner erzählen, dass der Reeder hoffte, Claaß hätte einen Nothafen angelaufen. Verschweigen wollte er aber, dass der Makler aus Kalmar gekabelt hatte, um die Rostocker Reederei davon zu unterrichten, dass bei Ausbruch des Orkans die kostbare Ladung bereits unterwegs gewesen war. Der Reeder hatte sich nur Sorgen um die

Ladung gemacht, die Aussichten der VENUS, ihre Seetüchtigkeit von allen Seiten beleuchtet. Über das Schicksal der Mannschaft war auf dem Kontor kein Wort gefallen.

Erdmann kam nicht dazu. Mieke stellte ihm sofort die Frage: »Warum hast du Tining nicht mitgebracht? Ist sie krank?«

»Mieke – Tining ist gestorben – ich weiß nicht mal, ob sie noch lebte, als ich mit ihr nach Hause kam.«

Er löste die feuchten Hände von den Bettpfosten, wagte nicht, an die Breitseite des Bettes zu treten, um ihr nahe zu kommen, wich einen Schritt zurück, nahm jetzt erst den Babykorb wahr, der mit einem Schleier verdeckt auf der Kommode stand.

Mieke hatte die Augen geschlossen, ihr Gesicht schien regungslos.

Erdmann fand erst auf dem Flur wieder zu sich zurück. Er hörte, dass die Griepsch durch den Hof in die Küche kam, und lief, ehe sie ihn gesichtet haben konnte, hinaus, um die Schifferbrüder Konow aufzusuchen. Eines grauenden Vormittags tauchte auf dem Zufahrtsweg zum Schulzenhof der Nebelschleier einer Stalllaterne auf.

»Der Preister kommt«, kündete Dedow an, »will wohl die Schafe zählen, die die Sturmflut ihm übriggelassen hat.« Dedow beobachtete vom Wohnzimmerfenster aus mit dem Wohlgefühl dessen, der von der Geborgenheit und Wärme seines Hauses aus in die unfreundliche Novemberwelt schauen darf, die kleine von einem zu weiten Kragenmantel umhüllte Gestalt mit den hochgekrempelten Hosen über Zugstiefeln, die ebenfalls zu groß bemessen schienen.

Als das Stubenmädchen den Besuch anmeldete, zwinkerte Dedow der Erzieherin zu, die sofort verschwand, um mit seinen Töchtern Hermine und Holdine auf ihrem Zimmer Schule zu halten.

Dass Dedow dem geistlichen Besuch ein Glas Cognac mit einer seine Amtstätigkeit herabsetzenden Anzüglichkeit kredenzte, hätte Pastor Krumbow nicht hingehen lassen dürfen. Er wurde unsicher, stammelte, trank, leckte sich verstohlen die Mundwinkel ab, nahm noch einen Cognac an und tröstete sich mit der Pflicht seines Amtes, immer und immer wieder geduldig zu verzeihen.

»Sollte die Venus untergegangen sein«, führte Dedow in dem vom Pastor erbetenen Bericht aus, »sind es also drei Seelen – heißt es in Ihrer Sprache nicht so? –, die inzwischen ohne Ihren Beistand und ohne Ihre Empfehlung aus dieser Welt geschieden sind. Das Kind Jörk ist auf unserem neuen Friedhof beerdigt worden, – Schiffer Erdmann Permien soll ein Vaterunser dabei gesprochen haben, und hinterher wurde noch irgendwas Frommes gesungen, – das genügt Ihnen doch wohl?«

Dedow sah den Pastor über den silbernen Deckel seiner Pfeife spöttisch an. »Jedenfalls habe ich Todes- und Begräbnistag für Sie eingetragen«, fuhr er fort. – »Wie es im Dorf aussieht, werden Sie selbst feststellen – habe übrigens über meiner Waschküche die beiden alten Konows wohnen, passt mir durchaus nicht, Keding nahm sie einfach auf – ach, richtig, da ist noch was geboren – bei der Mieke Jörk, ein Junge – der Name ist mir noch nicht aufgegeben worden. Das wäre wohl alles.«

Dedow schob die Flasche in den Schrank zurück. Der Pastor hatte gedankt, er müsste ins Dorf, der Tag sei kurz. Obwohl er das höhnische Lachen des Schulzen im voraus hörte, setzte er mutig hinzu: »Und es gibt viele Seelen im Dorf, die jetzt meines Trostes bedürftig sind.«

Auf der Schwelle des Herrenhauses erlag Pastor Krumbow wieder der Schwäche, die der Dorfschulmeisterssohn, der sich unter Entbehrungen und Demütigungen zum Pastor hinaufstudiert hatte, nie überwand. Er fragte, den verschossenen Filzhut ehrerbietig in der Hand, ob gute Nachrichten von der Frau Gemahlin eingegangen seien, und bat bescheiden, sich der Dame des Hauses bei ihrer Rückkehr von der Badekur angelegentlichst empfehlen zu dürfen.

Mit dieser Unterwürfigkeit vor allem, was ihm höheren Standes schien, hing es nun auch zusammen, dass Pastor Krumbow nicht als erstes zu der Mutter eines gestorbenen und eines geborenen Kindes ging, sondern zu der Familie des Schiffers Samuel August Voß, die seinen Zuspruch gewiss am wenigsten nötig hatte.

Immerhin war es auch in den Augen des Pastors bedauernswert, dass durch Nachlässigkeit des Webers Daniel Lange ein erheblicher Teil des feinsten Flachses für Damastgedecke verlorengegangen war. Krumbow hörte mit geneigtem Kopf teilnehmsvoll zu, wie unheimlich diese Sturmflutnacht gewesen war und wie schwer die junge Alma unter dem Brausen und Rauschen gelitten hatte.

Gestärkt durch ein von Anning vorzeitig angerichtetes Mittagessen machte sich der Pastor zum Weber Lange auf den Weg, weil es der Frau Sophie Voß keine Ruhe mehr ließ, dass das Kind dieser Leute noch immer nicht getauft worden war. »Leben wir noch in einem christlichen Staat?«, hatte sie den Pastor mahnend gefragt.

*

Emma Lange schlug den Vorhang zurück, der den Inhalt des Kinderwagens vor aller Welt Neugier verbarg: »Sie können sich ja mal ansehen, Herr Pastor, wie 's in diesem Jahr gewachsen ist.«

Krumbow setzte die gütige Miene auf, die einem Täufling von Seiten der Geistlichkeit gebührt, bereit, der Mutter einige auf ihren besonderen Fall zugeschnittene Worte zu sagen, schrak aber unbeherrscht zurück. Er wusste, dass dieses Kind misswachsen war, doch die Zeit hatte aus ihm etwas Ungeheuerliches gemacht.

»Und das wollen Sie taufen, Herr Pastor?«

Krumbow schwieg.

»Das erlaube ich Ihnen einfach nicht! Das habe ich Ihnen schon damals gesagt!«

»Wenn der Herr Pastor es aber durchaus will«, schaltete sich Daniel behutsam ein.

»Ist das ein Mensch, Herr Pastor?«, fragte Emma.

Krumbow antwortete nach einer kleinen Weile unsicher: »Es ist ebenso, wie alle anderen Kinder, von einer Mutter geboren, Frau Lange.«

Emma griff in den Wagen, stützte den Wasserkopf hoch, in dem die Augen in irgendeiner beliebigen Stelle eingesetzt schienen, nur weil Augen dazugehören, und sagte: »Herr Pastor, Gott schuf Menschen nach seinem Bilde, so haben wir es in der Schule gelernt; das steht in der Schrift. Und hier können Sie sehen, dass sogar ihm etwas völlig danebengeraten kann! Meinen Sie wirklich, dass es Gott wohlgefällig wäre, wenn wir diese Missgeburt vor ihn bringen und Sie ihr das Kreuz auf den Wasserkopf machen? Wenn Sie das aber noch immer wollen, dann nicht bei mir im Haus! Dann nehmen Sie es man gleich mit und machen es bei sich in der Kirche ab. Wir sind nur einfältige, ungelehrte Leute und können nichts anderes tun, als diesem, weil es da ist und atmet, jeden Tag die Nahrung zu geben, die es pünktlich verlangt. Und das werden Sie kennenlernen, Herr Pastor, es meldet sich laut und vernehmlich, darin ist es weit über sein Alter hinaus. Und geben Sie ihm Haferschleim, spuckt es ihn aus. Es will Vollmilch haben oder gequirltes Ei. Wir armen Leute wissen manchmal nicht mehr, wie man es in diesen schweren Zeiten satt kriegen soll –«

Dem Pastor wurde heiß um die Ohren, er erhob sich schnell, murmelte ein paar unverständliche Worte und ging.

Die Griepsch nun verwehrte Krumbow den Zutritt zu Mieke höflich, aber bestimmt. ›Das fehlte uns noch‹, dachte sie, als der Pastor vor ihrer Tür stand, diese weinerliche Art, dieses Klageweib – soll das ein Trost für die arme Mutter sein?

Sie ließ den Pastor nur in ihre warme Küche hinein und bot ihm eine Tasse Malzkaffee an, wobei sie erzählte, was er ihrer Meinung nach zu wissen berechtigt war.

Weiter kam Pastor Krumbow an diesem Tage nicht mehr. Der Abend senkte sich früh über das heimgesuchte Dorf. Nebel nahm den matten Schein der Stalllaterne wieder auf, die den Pastor über das niedergewaschene Dünengelände geleitete, durch den tiefen Wald, am Heidemoor entlang, wo der schwarze Wacholder gespenstisch im Nebelgrau stand.

Es war kurz vor Mitternacht, als der Pastor, erschöpft von dem weiten, beschwerlichen Wege und gequält von der eigenen Unzulänglichkeit, endlich das Pfarrhaus neben dem hölzernen Glockenturm seiner Kirche erreichte.

*

Matrose Carl Seeger war der letzte, der zur Versammlung der Mitreeder an der Schaluppe NÖRDLICHE KRONE bei Erdmann Permien erschien. Fregattenschiffer Samuel August Voß fand es höchst überflüssig, dass auf diesen Matrosen mit seinem einen Part von nur einem Vierundsechzigstel gewartet wurde. Er hatte seine Uhr von der Kette gehakt und auf den Tisch gelegt.

Der Kassenbericht über die Lage der Schaluppe NÖRDLICHE KRONE, den Erdmann Permien erstattete, nachdem Seeger endlich, von einer Fahne billigsten Fusels umweht, auf einem Stuhl Platz gefunden hatte und gleich zusammensank, hielt sich unterhalb der bescheidensten Erwartungen aller Partenreeder. Nach Abzug von 456 Mark für Reparaturen blieben zur Verteilung nur ganze 912 Mark. Und von dieser Summe sollten, wie Erdmann Permien dringend bat, noch 400 Mark für unumgängliche Ausrüstungskosten im kommenden Frühjahr abgezweigt und auf eine Bank gelegt werden. Der Schiffskoch Pieplow, Lovises Mann, bekam einen roten Kopf. Er sah sich im Kreise um und knurrte, das hieße ja geradezu die kleinen Leute um ihren letzten Groschen bringen! Die ganze Summe sei unter die Mitreeder aufzuteilen. Wenn sich die Herrn Schiffer so etwas leisten könnten – er ginge nicht darauf ein! Elias Konow sprach ihm begütigend zu. Lieber vorsorglich handeln, meinte er, sonst könnte man im nächsten Jahr vor der harten Tatsache stehen, dass jeder eine Nachzahlung auf seine Parten zu leisten habe.

»Und wo nehme ich das Rohr für mein Dach her, und woher die Pappe für meinen Schuppen?«, rief Pieplow verzweifelt aus.

»Manning«, lachte Samuel August Voß, »du kriegst ja überhaupt nur 28,50 auf deinen Part ausbezahlt. Und wenn es wegen der Rücklage nur sechzehn Mark werden, macht das groß etwas aus?«

»Immerhin macht es –«, Pieplow zog die Stirn kraus und rechnete angestrengt.

»Zwölffünfzig Unterschied«, half ihm Samuel August Voß.

»Wenn ich aber nach Hause komme und Lovise fragt«, sagte Pieplow besorgt.

»K-k-kriege ich denn gar nichts?« Carl Seeger machte mühsam seine rotunterlaufenen Augen auf. »Was kriege ich denn?«

»Erdmann hat's doch verlesen«, lachte Voß. »Ganze acht Mark kriegst du, mein Lieber, ganze acht Mark kommen in diesem Jahr auf jedes Vierundsechzigstel. Und wie viele Parten hast du? Na? Brauchst also nicht mal zu multiplizieren!«

Seeger warf Voß einen wütenden Blick zu. Der hatte gut lachen, saß im Reichtum bis an den Hals. An den wagte sich nichts heran. Selbst das Wasser hatte um sein Haus einen Umweg gemacht, – aus Respekt oder aus Angst vor der feinen Frau Sophie.

Erdmann Permien legte die Papiere zusammen: »Ich möchte noch einmal um das Einverständnis der Mitreeder bitten, 400 Mark als Rücklage sicherzustellen.«

Dampfschiffer Hans Wilhelm Niemann, der bisher still zugehört hatte, rückte vom Tisch ab: »Ich bin nur auf Wunsch meines Vaters hier und möchte einen ganz anderen Vorschlag machen. Ich habe nämlich beim Taxamt in Rostock nach dem Wert der Parten meines Vaters in der NÖRDLICHE KRONE gefragt. Seine acht Vierundsechzigstel werden nur auf 60 Mark geschätzt. Hat das noch einen Sinn? Dieser Preis würde bei einem Verkauf der Parten aber nicht einmal zu bekommen sein. Wer fragt heute danach, Mitreeder in einer 32 Jahre alten Schaluppe zu spielen? Der beeidigte Schiffsmakler ist aber der Meinung, dass noch etwas mehr herauskommen kann, wenn das Schiff jetzt verkauft würde.«

Das betretene Schweigen, das seinen Worten folgte, ließ Dampfschiffer Niemann Zeit, seine Augen in die Runde wandern zu lassen, von den bärtigen Brüdern Konow, die still auf den Tisch schauten, über Pieplow, der den Mund weit geöffnet hielt, um besser folgen zu können, zu Laden-Tönnies Köhn mit seinem verschlossenen Gesicht, schnell hinweg über den schon wieder eingedruselten Matrosen. Sie machten für ein Weilchen bei Samuel August Voß halt, ohne erkunden zu können, was hinter dessen breiter Stirn vor sich ging. Dann warteten sie darauf, dem Blick von Erdmann Permien zu begegnen.

Schließlich sagte Niemann: »Wir wollen uns doch nichts vormachen, Erdmann. Du hättest dich längst von der Nördliche Krone getrennt, wenn sie dein Vater nicht gebaut und mehr als 25 Jahre lang geführt – sehr glücklich geführt hätte – es war allerdings in den guten Zeiten der Segelschifffahrt – und die haben wir hinter uns. Das ist mir lange klar. Ihr alten Windjammerschiffer meint, wir Dampferkapitäne wären keine Seeleute mehr, wir hätten nur auf der Brücke herumzustehen und zu kommandieren. So einfach ist die Sache für uns nicht. Das eine steht jedenfalls fest: Man hat von unserer Brücke aus einen weiteren Blick als von Deck, und der Kapitän hat seinen Kopf zum Denken, nicht als Zylinderständer. Was glaubst du wohl, Erdmann, wie die Zukunft der Schifffahrt aussehen wird? Nicht die Spur anders als die Zukunft der Wirtschaft überhaupt; unsere Schifffahrt ist ein Teil der gesamten Weltwirtschaft, ein bedeutender Teil; die Lösung der wirtschaftlichen Probleme bestimmt, was die Zukunft uns bringt. Und da hängt es wiederum ganz einfach davon ab, wer hier die Hände im Spiel haben wird!«

Voß unterdrückte ein Gähnen. Niemann lächelte nachsichtig: »Das ist gar nicht so langweilig, wie du denkst, Samuel August, das ist so interessant, dass man, hat man erst einmal seine Nase in diese Dinge hineingesteckt, nicht wieder davon loskommen kann, und allmählich geht einem hier und da sogar ein Licht über die wirtschaftlichen Zusammenhänge auf, von denen man sich vorher nichts träumen ließ. Da ist vor ein paar Jahren in Hamburg ein merkwürdiges Buch vom Kapital erschienen, das habe ich mir gekauft und schon mehrere Male von Anfang bis zu Ende durchgelesen –«

»Wat, Hans Willem, seit wann liest du Romane wie ein Frauenzimmer?«, unterbrach ihn Voß.

»Kein Roman, Samuel August –«

Erdmann mischte sich ein: »Wollen wir uns nicht lieber erst über die Rücklage einigen.«

»Richtig«, sagte Niemann freundlich, »ich komme zu leicht in Fahrt, wenn es um diese Dinge geht. Ich glaube übrigens, man kann mit Sicherheit sagen, Erdmann, dass deine Kassette das letzte Mal zum Ausbezahlen hier auf dem Tisch steht. In Zukunft werdet ihr nur noch Nachzahlungen zu leisten haben. Und wer, Erdmann, – das sage mir bitte, – wer tritt dann für eure kleinen Mitreeder ein, die einfach nicht in der Lage wären, auch nur einen Pfennig nachzuzahlen?«

»Nicht bloß die Kleinen«, verbesserte Elias Konow ihn bescheiden, »sogar wir Schiffer würden das kaum können. Wir beide werden Gelder aufnehmen müssen, wenn wir noch einmal ein Haus bauen wollen. Aber das macht nichts, Hans Wilhelm, das macht nichts, wenn nur – wenn nur der Junge wiederkommt –« Die letzten Worte waren kaum zu verstehen. »Wir hoffen noch immer«, brachte Elias nach einer Weile heraus. »Nicht wahr, Bernhard?«

Der Bruder nickte.

»Schiffe sind oft monatelang und noch länger überfällig gewesen. Nicht wahr, Erdmann, du meinst doch auch, dass wir noch hoffen können?«

Es war still in der Runde geworden. Hans Wilhelm Niemann dachte daran, wie viele Segler in den letzten Jahren verlorengegangen waren, nicht nur alte, verbrauchte Schiffe, auch neuere Briggs und Barken waren in einer erschreckend hohen Zahl untergegangen, gestrandet, verschollen, viele Segler und viele gute Seeleute mit ihnen!

Endlich sagte Samuel August Voß: »Erdmann, im Grunde bist du auch zu schade für solch einen alten, kleinen Kasten, dem man nichts mehr zutrauen darf, der mit seinem bescheidenen Laderaum auch kaum mehr konkurrieren kann. Wenn wir die NÖRDLICHE KRONE verkaufen, baust du neu, groß und modern, nimmst dir meinen Korrespondentreeder Babentien an, bei dem bist du mit Frachten gut aufgehoben, und Mitreeder, Erdmann? Ich bin der Erste, der sein Geld in ein neues Schiff steckt, das du fährst. –

Aber ich will dich nicht drängen, wir wollen jetzt zum Abschluss kommen. Lass die Rücklage fahren, Erdmann, dann springen für die kleinen Mitreeder ein paar Mark mehr heraus, die jeder von ihnen im Augenblick bitter nötig hat!«

*

Fietje Hick kam erst nach Tagen dazu, seine Beute in Ruhe anzusehen. Es war fast dunkel gewesen, als er endlich die treibende Roof erwischte. Er hatte sie mit großer Mühe allein auf den Strand gezogen, musste den weiten Weg bis zu den Fischerbooten zurücklaufen, von dort einen Anker holen, wieder zur Roof, sie festlegen, damit die See seinen Besitz nicht erneut an sich reißen konnte.

Er wartete bis zum Sonntag, an dem der Zöllner regelmäßig zu seinem Mädchen aufs Land ritt, und machte sich mit zwei starken Rundhölzern auf.

Eine ganze Roof war es nicht, doch das Achterende des Deckaufbaues von einem älteren, anscheinend gut gehaltenen Schiff, mit je zwei eiförmigen Bullaugen an den Seiten und einem größeren Bullauge in der Rückwand. Zwei Kammern mussten darin gewesen sein, aber die Zwischenwand war zerschlagen, nur eine Tür mit Messinggriff war noch da, am hinteren Bullauge noch die Messingstange, an der die Gardine gehangen hatte. Man konnte, so wie sie schon etwas eingesandet stand, wenn man sich bückte, in ihr umhergehen wie in einem kleinen Haus.

Ein Haus! Mein eigenes Haus! Jetzt müsste man eine Buddel in der Tasche haben, um dieses Glück in vollen Zügen zu genießen! Vielleicht war es wiederum gut, noch so lange nüchtern zu sein, bis der Besitz endgültig geborgen war.

Fietje saß wie benommen am Strand und dachte darüber nach, wo das eigene Haus seinen Platz bekommen sollte. Die ganze Welt stand ihm frei, denn die paar Quadratmeter Erde, die es bedeckte, würde ihm niemand verwehren, in keinem Lande, den ganzen Erdball rund! Doch wie es oftmals geht, wenn einem alle nur irgend denkbaren Möglichkeiten zur Wahl gestellt sind, greift man zu dem, was am nächsten liegt.

Also rollte er in mühevollem Tun die Roof auf den Rundhölzern den Strand entlang, Schritt für Schritt. Der West frischte auf, es begann zu regnen. Nichts verdross ihn. Er sang aus voller, rauer Kehle, wie er an Bord beim Ankerspill gesungen hatte. Und als er schließlich die Höhe des Dorfes erreicht hatte, vergaß er alle Rücksicht auf Mutter und Kind, stürmte über den Hof, durch die Küche, durch den Flur bis zur Stube, um der Griepsch laut sein Glück zu verkünden.

Nur, um ihn so schnell wie möglich aus dem Hause zu bringen, damit der Säugling nicht erwachte und schrie, kam die Griepsch sofort hinaus und half ihm sogar, die Roof über den Dünenfuß bis dorthin zu zerren, wo ihrer Meinung nach ihr eigenes Grundstück begann. Sie tat noch ein übriges: Sie schenkte Fietje Hick eine ganze Mark, damit er den Tag bei Laden-Tönnies im Krug beschloss.

Am nächsten Morgen waren natürlich sämtliche Jungen des Dorfes, die Pieplowschen allen voran, zur Stelle, um Fietje Hicks aufregenden Fund anzusehen. Sie liefen in der Roof aus und ein, schauten durch alle Bullaugen, beklopften die Wände und waren gerade dabei, auf Langfahrt zu gehen, da sichteten sie die Schifferbrüder Konow, Bernhard an Elias' Arm. Die Jungen wurden plötzlich befangen und schoben sich gegenseitig fort, denn sie spürten etwas Bedrohliches, Unheimliches. Es wuchs aus der Stille, in der die beiden alten Schiffer vor der Roof verharrten. Sie gingen nicht um sie herum, stiegen nicht neugierig hinein, um festzustellen, wie sie innen beschaffen war. Es schien, als wüssten sie darüber im voraus Bescheid.

Bernhard Konow nickte, ohne den Bruder anzusehen, nickte noch einmal, und dann entdeckten die Jungen, was sie bisher in ihrem kurzen, unbekümmerten Leben wohl noch niemals gesehen, noch je für möglich gehalten hätten. Dem Schiffer Elias Konow rollten dicke Tränen in den Bart.

Die Jungen machten sich scheu davon, krochen hinter niedergesunkene Zäune und in den Schutz von Gestrüpp, während Bernhard Konow sich mühte, den Bruder zu stützen, und beide die Stätte verließen, ohne sich auch nur ein einziges Mal umzusehen.

Am Abend aber konnte man noch einen weiteren Fahrensmann des Dorfes weinen sehen. Das war Fietje Hick, der schluchzend und hicksend als einziger Gast im Krug am runden Ofen saß.

Laden-Tönnies, ein breites Wolltuch fest um den Leib gebunden, schenkte ihm immer wieder ein und unterließ es für dieses eine Mal, die üblichen Striche auf den Bierfilz zu machen. Er fühlte tief mit Fietje mit und begriff, wie schwer der um sein kurzes Glück rang.

»Wenn es wirklich so ist, Tönnies – dann – dann gehört sie – hick – Mieke – damit will ich sie Mieke schenken – hick, nicht zum Wohnen, aber – verstehst du, Tönnies, hick – zum Trost.«

2. KAPITEL

Es ging selten ein fremder Mensch durch dieses Dorf. Nur die erste Frühlingszeit brachte regelmäßig die Karrner aus dem Sachsenlande. Doch die wurden erwartet, um den Spickhering aufzukaufen, und waren selbst dann nicht fremd, wenn andere Kutscher als das Jahr zuvor die Wagen führten.

Elias Konow wunderte sich, als jemand den Dorfweg entlang geschritten kam: ein unbekanntes Mädchen, ärmlich, aber nicht armselig gekleidet, ein Mädchen vom Lande mit einem dunklen Mantel über einem roten Rock.

Er hatte sie nur einen kurzen Augenblick gesehen, ehe der Stranddorn, den er in Miekes neu angelegtem Vorgarten eingesetzt hatte, sie wieder verbarg. Er nahm nur noch wahr, dass die Fremde ein grauleinenes Reiseplaid trug, als wäre sie der erste, allerdings reichlich verfrühte Hochzeitsgast im Hause Voß. Und jetzt, da er sie nicht mehr sah, schien es dem alten Schiffer, als sei diese blasse, blonde Gestalt gar kein Mädchen gewesen, sondern eine junge Frau, die sich noch wie ein Mädchen trug.

Elias schob die Netznadel in eine neue Schlaufe hinein, zog an, knüpperte, las achtsam einen Fussel vom frisch gedielten Fußboden auf, so wie er in jeder Beziehung bemüht war, sich durch Sorgsamkeit für die Aufnahme in Miekes Haus dankbar zu zeigen und Mieke von früh bis spät zur Hand zu gehen. Jetzt dachte er daran, wie oft wohl im Laufe der Jahre Mädchen, die der Schulze verführt hatte, den schweren, vergeblichen Weg zu ihm hinauf gegangen waren, und das Herz tat ihm weh.

Darüber verpasste er, dass das Mädchen noch einmal draußen vorüberkam, langsamer, suchender, ihn auch jetzt nicht am Fenster sah; nun aber nicht wieder, wie auf dem Hinweg, an der abgeschwemmten Düne ratlos vorbeiging, hinter der einmal sein Haus gelegen hatte, weil sie meinte, diesem Hause noch begegnen zu müssen. Jetzt ging sie, wie von einem Traumbild geführt, der kahlen, verwüsteten Stelle zu und sah dabei das Haus vor sich, das ihr der junge Steuermann Elias Konow beschrieben hatte, die breite Front nach Westen, gestrichen in einem blassgelben Farbton, die Haustür in sattem Grün. Auf ihren beiden Scheiben in hellem Holz als Verzierung und als Erkennungszeichen zugleich die Anfangsbuchstaben seines Namens aufgelegt, die schon die Anfangsbuchstaben seines Großvaters gewesen waren.

Das Mädchen entdeckte ein kleines Beet, das im Grunde nichts anderes war als ein sandiger Platz, jüngst erst im Strandhafer freigelegt. In der Mitte war eine blaugraue Distel eingesetzt, die der Volksmund »Seemannstreu« nennt. Davor stand ein Anker, zu seinen Seiten waren die hölzernen Buchstaben jener alten Tür hingelegt, frisch gestrichen, um zum Gedenken an den auf See gebliebenen Sohn noch ein Weilchen Wind und Wetter trotzen zu können. Das Mädchen stand lange still davor und versuchte zu fassen, dass alles zu Ende war.

*

Tönnies Köhn hieß Marie eine Handvoll Kaffeebohnen aus dem Laden holen, von den ganz teuren, die er extra zur Hochzeit im

Hause Voß eingekauft hatte. Denn selbst die reiche Frau Sophie begnügte sich für täglich mit einer wohlfeilen Melange. Jetzt sollte die Siedenstickser ihre letzten Künste versuchen. Sie hatte nämlich noch ein Mittel im Hinterhalt, ein hartes allerdings, deutete sie an, ein schmerzhaftes, aber das beste, das sie nicht jedwedem zugute kommen ließ.

Man muss gewiss sparsam mit den geheimen Künsten sein, sonst verbraucht sich die eigene Kraft und es ist alles aus. Anders hatte sich Tönnies nicht zu erklären gewusst, warum die Siedenstickerin bisher mit diesem Mittel hinter dem Berge gehalten hatte, das bestimmt das einzige war, ihn von seinem immer mehr quälenden Leiden endgültig zu befreien. Denn all das andere dumme Zeugs, diese ewige Böten und Strieken, diese Wickel und vor allem der breite Ledergurt, der ihm geradezu das Leben aus seinem Körper presste, so dass er ihn gleich wieder aufschnallen ließ, als die Siedenstickerin gegangen war, hatten die Sache im Grunde nicht einmal erträglicher gemacht. Wenn es angängig wäre, hätte er sich von ihr am liebsten das ganze Gedärm einfach herausreißen lassen. Schmerzhafter als diese ständige Prozedur, es zurückzustopfen, konnte das auch nicht sein. Doch ohne diese Würmer im Leibe vermochte der Mensch nun einmal nicht zu leben.

»Schlangengrube«, stöhnte Tönnies. »Marie, hast du auch genug genommen? Mach ihn steif – und lass ihn ordentlich ziehen – vergiss nicht ein paar Körnchen Salz – stell ihr auch Kandis hin – was macht sie noch immer draußen?«

Marie Köhn erschien mit dem braunschwarzen Kaffeetuch in der Hand vor der Kammer: »Erst war sie im Keller und dichtete die Luke fest ab – die darf aber nie wieder aufgemacht werden, sagte sie – sie hat sich unseren Spaten genommen, – aber wozu, hat sie nicht erklärt.«

»Ich habe mir schon gedacht«, fing sie nach einer Weile wieder an, »wenn auch das nichts hilft –«

»Das hilft!« Marie fuhr von seiner Behauptung unangefochten fort: »Weil wir die gute Hose nicht zukriegen, und so viel einsetzen, geht nicht. Wir wollen wenigstens zu Peters und Almas Hochzeitsessen hinübergehen – offen kann sie nicht bleiben – ich binde dir einfach meine schwarze Alpakaschürze vor, die verdeckt.«

Tönnies grunzte, vielleicht aus Wut über das, worauf Frauenzimmer verfallen können, oder aus Schmerzen.

»Der Rock wird zugehen, wenn man die Knöpfe versetzt, und die Schürze bleibt ja unter dem Tisch.«

»Halts Maul, Marie! Die Siedensticker soll endlich kommen! Wo bleibt das verdammte Weibsstück? Geh mal nachsehen, wo die steckt!«

»Ich glaube, das darf man nicht!«

Tönnies wollte den ganzen Teufelskram verfluchen, besann sich aber schnell; fluchen durfte man auch nicht. Glauben musste man, wenn es helfen sollte. Und er bemühte sich, zu glauben und geduldig zu sein, obwohl er auf eine lange Probe gestellt wurde, bis die Siedensticker kam. Sie wickelte geheimnisvoll einen großen Stein aus ihrer Schürze, von dem sie die letzten Reste Sand entfernte. Sie musste ihn irgendwo in den Dünen ausgegraben haben, denn feucht war er auch.

Und nun setzte das Furchtbarste ein, was Tönnies Köhn in seinem gequälten Leben durchstehen musste: Die Siedensticker kam, den dicken Brocken mit beiden Händen tragend, langsam auf seine Lagerstatt zu. Sie hielt dabei die Augen geschlossen, und damit waren sie aus ihrem Gesicht gänzlich verschwunden, weil die griesgrauen Augenlider in das Gewebe der trockenen Falten, in das ihr Gesicht zerknittert war, restlos eingingen. Jetzt stand sie vor ihm, die fahle Zunge auf der Unterlippe, und über ihm ruhte im Gerüst der Greisenhände der schwere Stein. – Wird sie ihn fallenlassen – mitten auf seinen Bruch?

Tönnies bebte. Er schrie, er brüllte vor Angst, obwohl er von früheren Behandlungsmethoden her wusste, dass jeglicher Laut, den er von sich gab, den Zauber brechen konnte. Er stöhnte noch einmal heiser, dann hatte er sich wieder in der Gewalt.

Bei seinem Schrei war die Siedensticker vom Bett zurückgewichen. Gab sie ihn etwa auf? Wollte sie ihn seinem Elend überlassen? Er warf ihr einen flehenden Blick zu. Sie musste ihn fühlen können, denn ihre Augen waren noch immer zusammengefaltet; sie kam wieder näher, sie begann zu murmeln. Sie warf den Stein nicht auf ihn herab, sie senkte ihn langsam, tastete sich mit vorgespreizten kleinen Fingern bis zu der Stelle, wo der Bruch ausgetreten war, und jetzt – Tönnies' Adamsapfel tanzte beim Herunterschlucken des Schmerzensspeichels. – Er hatte den Stein auf dem Bauch, fühlte gerade noch, dass die Siedensticker ihn langsam zu rollen begann, immer noch murmelnd, dann vergingen ihm die Sinne.

Marie Köhn wusste, was sich gehört. Sie machte sich unsichtbar, als die Siedensticker aus Tönnies' Kammer kam. Aber sie hörte, wie diese wiederum in den Keller hinunterstieg und dort etwas Schweres gegen die Mauer poltern ließ. Das musste der Bruch sein. Marie atmete leise auf. Sie holte den Kaffee aus der Röhre. Beide Frauen setzten sich an den Küchentisch. Die Siedensticker schob ein Stück Kandis in den zahnlosen Mund und ließ es genießerisch vom duftenden Kaffee umspülen. Erst als ihr die Kanne den letzten Tropfen gespendet hatte, stand sie auf und verließ ebenso wortlos, wie sie gelutscht und getrunken hatte, das Haus.

*

In der guten Stube des Herrenhofes brannten Stehlampen mit zart getönten, tulpenförmigen Glocken und der Kronleuchter mit seinem Prismengehänge, das leise klirrte, wenn der Schulze Dedow vom Kartentisch aufstand, sich die Beine vertrat und ein paar Worte an die Erzieherin richtete, die stickend am Nähtischchen saß.

Schiffer Samuel August Voß ließ Frau Elisabeth Dedow abheben und gab aus.

»Fräulein Susanne«, befahl sie, »gehen Sie endlich hinauf, um aufzupassen, dass Hermine nicht bei der Kerze liest. Man müsste das Kind zu einem vernünftigen Arzt bringen, – ein Jammer, dass wir hier nur den alten Feldseher Hinrichs haben. Hermine scheint bleichsüchtig zu sein.«

Die Erzieherin hatte sich sofort erhoben, machte in der Tür eine kleine Verbeugung vor ihrer »gnädigen Frau« und vermied, dem Blick des Hausherrn zu begegnen.

»Dass man sie immer erst ermahnen muss, ihrer Pflicht zu genügen.« Frau Dedow hatte einen gequälten Ton in ihrer leisen Stimme. »Jedes Mal, wenn ich verreist war, muss ich von Neuem anfangen, sie zu erziehen.«

»Und daran soll ich immer schuld sein, Samuel«, sagte Dedow leichthin. »Ja, so sind die Frauen – wer spielt eigentlich aus?«

Frau Elisabeth Dedow war noch beim Ordnen ihrer Karten. Sie fragte: »Alma ist doch nicht etwa nach Ribnitz gefahren, Herr Voß? Sie ist zu zart für das schlechte Wetter. Dieser schreckliche Wind! Und dieses Fährboot mit all dem Pöbel! Lieber nehme ich den Wagen und fahre den weiten Weg über Land.«

»Alma erwartet ihren Peter bei uns zu Haus, meine Gnädigste. Pech übrigens, mit Peters Vater Tönnies. Alma hat sich so aufgeregt! Und was wird Peter sagen, dass sein Vater im Krankenhaus liegt!«

»Wie traurig, so kurz vor der Hochzeit«, seufzte Elisabeth.

»Ich glaube nicht, dass Keding ihn wieder holt«, meinte Dedow.

»Jetzt war er endlich soweit, ins Krankenhaus zu wollen. Was unser Hinrichs mit allem Zureden nicht erreichen konnte, hat wohl die Siedensticker geschafft! Die steckt mit dem Kuhlengräber unter einer Decke«, lachte er. »Wen hat die nicht schon auf dem Gewissen! Und dieser Teufelsdreck, den sie braut! Sie soll ja gegen Furunkel Kuhschiet verordnen!« Frau Elisabeth legte die Karten aus der Hand und stand auf: »Verzeih, Reinhold, – ich bin müde.«

Dedow schaute hoch: »Mitten im Spiel? Aber wenn du keine Lust mehr hast«, fügte er sich. Er kannte das. Sie war nervös. Vielleicht hatte er sie gereizt. Sie vertrug keine Kraftausdrücke.

»Was machen wir beide allein, Samuel?«, fragte er. »Wir können doch nicht wie alte Eheleute zu zweien Tenakel spielen?«

»Ich bin wirklich müde, Reinhold.«

»Wie wäre es, Samuel, sollen wir unser Fräulein Susanne runterrufen? Die spielt gern, spielt sogar gut, trotz des frommen Augenaufschlags, der mich immer amüsiert. Neulich hat sie uns beide schön in die Tasche gesteckt beim Skat, Elisabeth.«

Frau Dedow hörte darüber hinweg: »Ich sage dem Küchenmädchen Bescheid, falls du noch etwas wünschst, Reinhold.«

Dedow küsste ihr mit einer betont tiefen Verbeugung die Hand. »Ja, so ist es, Samuel«, sagte er trocken, nachdem sich die Tür geschlossen hatte. Er holte die Cognacflasche aus dem Eckschrank. »Dieser Tropfen ist nur ein kümmerlicher Trost. – Weißt du, man versteht die Frauen nicht – die müssten ganz anders sein – manche sind richtig, aber nur manche – es hapert wahrscheinlich immer nur an der eigenen Frau.« Er schenkte Voß ein.

»Lass, alter Freund, ich weiß, du magst nicht, wenn ich so etwas von den Frauen sage.« Er trank sein großes Glas mit einem Zuge leer und schaute sich suchend im Zimmer um. Nach einer Weile fragte er: »Um auf etwas anderes zu kommen: Wie steht es mit Erdmann Permien? Verkauft er seine NÖRDLICHE KRONE endlich und baut neu?«

Voß nickte: »Die Schaluppe hat sogar noch ein bisschen mehr gebracht, als ich dachte. Erdmann ist schon in Gang. Hätte er sich letztes Jahr entschließen können, wäre das neue Schiff im Hochsommer dagewesen! Mittelgroße eiserne Bark – kostet eine Stange Gold – aber dann wird man sehen, was für ein Seemann dieser Erdmann ist. – Jetzt liegt er ein ganzes Jahr brach, weil er zu lange gezögert hat, – ich verstehe das nicht.« Er nahm einen kleinen Schluck.

Dedow sah ihn schweigend von der Seite an und dachte sich sein Teil.

»Mir fällt es schon schwer«, fuhr Voß nachdenklich fort, »dass ich wegen Almas Hochzeit erst später auslaufen kann. Mag morgens gar nicht vor die Tür unter den hohen Frühlingshimmel treten, – komme mir geradezu unnütz zu Hause vor, – aber dieser Erdmann, den scheint das Zuhause hocken nicht mal zu stören.«

Dedow grinste.

Voß stopfte sich die Pfeife, brannte sie an, tat langsam ein paar Züge, ehe er sagte: »Was du da von den Frauen meintest, Reinhold –«, er dampfte wieder – »Männer sind manchmal auch nicht zu verstehen, jedenfalls nicht, wenn man denkt, dass es richtige Männer sind, und dafür hatte ich den Erdmann immer gehalten. Jetzt tüdelt er dauernd zu Hause rum, wartet der ollen, mallen Tante Amanda auf, schnitzt Schiffchen für seinen Jungen, läuft mit ihm an den Strand. Und so soll das den ganzen Sommer weitergehen.«

»Das verstehst du nicht? Den hält ganz einfach die Schürze, Samuel! – Prost!« Er ging über Vossens abwehrende Handbewegung fort und schenkte wieder ein.

*

Der Polterabend war mit Rücksicht auf den Tod des Schwiegervaters ausgefallen, Frau Sophie zur stillen Erleichterung. Sie schätzte solche Vorfeiern nicht, nach denen man eigentlich die Stuben noch einmal gründlich säubern müsste. Auch die Zahl der Hochzeitsgäste war um des Trauerfalles willen eingeschränkt worden.

Über dem Hochzeitstage lag Frühlingshauch. Die Schlehen blühten, und der Wald, durch den die Fahrt im Wagen zur Kirche ging, würde bereits von Anemonen besät sein. Doch vorerst wanderte der Hochzeitszug durch das ganze Dorf, der kleine Erdmann Permien und Dürten Pieplow schritten veilchenstreuend voran. So hatte es Sophie Voß gewünscht. Auch die Westerseite mit ihren kleinen Leuten sollte etwas vom Glanz dieses Tages abbekommen, an dem der Fregattenschiffer Samuel August Voß seine einzige Tochter Alma mit dem Schiffer Peter Köhn verheiratete.

Jedes Haus im Dorf hatte geflaggt. Selbst die Roof, in die kurz entschlossen Thringret zu Fietje Hick eingezogen war, weil ihr die Gemeinschaft mit Priebes nicht passte, sollte eine kleine Flagge getragen haben. Der Armenkaten hatte wenigstens eine Art Wimpel gehisst. Mieke blieb allein zu Hause, während alle bis auf die ältesten Leute, die ihr Bett nicht mehr verlassen konnten, und die

Jüngsten in Korb oder Wagen, auf der Dorfstraße standen. Dafür empfing Mieke gegen Abend, während die Hochzeitsgesellschaft an der hufeisenförmig zusammengesetzten Tafel saß, einen unerwarteten Besuch, der sie in eigener Weise aufrichtete.

So schritt der Zug feierlich über den Dorfweg mit seinem tiefen, weißen Dünensand dahin. Die Frauen der Westerseite und der Fischerreihe konnten sich nicht satt an dem schwarzen Atlaskleid der Braut mit der mächtigen Schleppe sehen. Es tat ihnen nur um die seidenen Schuhe leid, die tief im Sand versanken. Hinter dem Paar zogen die Eltern der Braut vorbei, in ihrer Mitte die Mutter des Bräutigams, dahinter der angesehene Reeder Babentien aus Rostock mit dem stattlichen, eisgrauen Bart, neben ihm seine korpulente Frau, Erdmann Permien, die verhutzelte Tante Amanda am Arm, beide Brüder Konow, Hans Wilhelm Niemann mit seiner Frau.

Alle Damen trugen ihren warmen Mantel über dem Festkleid, so dass der Zug, wie er langsam unter der hellen Sonne entschwand, um der dunklen Frauenkleidung und der Zylinder willen ebenso gut ein Trauerzug hätte sein können, der auf dem Wege zum Friedhof war.

Die Hochzeitsfeier im Hause bestand aus einer vielstündig abrollenden Kette von Mahlzeiten, beginnend mit dem Mittagessen gleich nach der Heimkehr von der Kirche. Daran schloss sich die Kaffeetafel mit einer Fülle von Torten, Streuselplatten, Napfkuchen und Kleingebäck. Um Mitternacht gab es noch eine Fischmahlzeit. Die kleinen Leute im Dorf waren für eine Einladung natürlich nicht in Frage gekommen. Aber damit sie wenigstens ihre Neugier befriedigen konnten, wurden nach altem Brauch die Laden nicht vorgelegt, ja, die Fenster wurden nicht einmal mit Gardinen verhängt.

Ab und an trat das Hausmädchen Anning heraus, um den Kindern, die sich an den Scheiben die Nasen platt drückten, auf die schon mit Vorbedacht mitgebrachten Teller aus einer großen Schüssel je einen Klacks Milchreis mit rotem Zucker aufzufüllen, den sie schnell mit der Zunge herunterschlappten, um den Teller noch einmal hinzuhalten, ehe die Austeilung für dieses Mal beendet war.

Die fünf Pieplows hatten es am besten. Sie hockten vor dem angelehnten Küchenfenster im Hof, dessen Tür sie von innen mit dem Holzknebel verschlossen hatten. Mutter, die das Hochzeitsessen kochte, reichte ihnen heimlich von allem hinaus, vom Schweinebraten, vom Kompott, von den Süßigkeiten, die kaum angerührt wieder von der Festtafel zurückgekommen waren, ehe zur Kaffeemahlzeit frisch aufgedeckt wurde; sie bekamen sogar von den Torten noch etwas zu schlecken. Am Abend, nachdem die Kinder schließlich fortgejagt worden waren, weil die Großen ihre Plätze vor den Fenstern einnehmen wollten, pflegte der Brautvater in geziemenden Zeitabständen persönlich in die Haustür zu treten, eine Flasche Köm und ein ansehnliches Glas in der Hand, um den »Inkiekers« im Namen des Brautpaares einen Schnaps einzuschenken und dafür gelassen ihre Glückwünsche entgegenzunehmen.

*

Mieke Jörk schrak zusammen, als an ihre Tür geklopft wurde. Kam etwa einer von den Hochzeitsgästen auf den Gedanken, aus Mitleid nach ihr zu sehen?

Sie hatte keine Lampe angezündet. Der helle Abend schaute in die Stube herein. Klein-Niklas schlief im Bettchen. Diese stille Stunde tat gut, ebenso gut, wie das unermüdliche, treue Wirken der Schifferbrüder, die bis zur Vollendung ihres Neubaus ihre Hausgenossen geworden waren.

Du hast zwei Minister bekommen, Mieke, konnte Elias Konow lächelnd sagen, deinen Außenminister, das bin nämlich ich, und den Innenminister Bernhard. Sie stimmte jedes Mal zu, ließ die alten Schiffer ihre Dankbarkeit fühlen, und so, wie die beiden für ihr Anwesen sorgten, war auch sie auf ihr Wohlergehen bedacht.

Es klopfte noch einmal, doch zu leise für einen festlich gestimmten Hochzeitsgast. Mieke antwortete. Jenes junge Mädchen, das Elias Konow damals draußen gesehen hatte, stand auf der Schwelle und fragte bescheiden nach ihm. Er sei nicht hier. Wenn etwas an Schiffer Konow auszurichten wäre, meinte Mieke, könnte sie es vielleicht für ihn entgegennehmen.

Mieke war aufgestanden, bot der Fremden einen Stuhl an und trug den Kinderkorb in ihre Schlafkammer.

»Ich danke schön – aber ich muss Herrn Konow selbst sprechen.« Das Mädchen blieb in der Tür.

Mieke mochte nicht hinschauen. Ihr war, als wünschte das Mädchen das nicht, aber sie spürte zugleich, dass sie sie nicht einfach wieder fortgehen lassen durfte. Wohin sollte sie an diesem Abend noch gehen? Wo war sie überhaupt zu Haus?

»Du bleibst bei uns«, sagte sie ruhig. »Ich weiß nicht, wann Schiffer Konow heute Abend zurückkommt, aber du kannst ihn morgen sprechen – verzeih, dass ich du sagte«, fügte Mieke ein bisschen verwirrt hinzu, »es kam wie von selbst.«

»Ich bin ja auch nur –« das Mädchen stockte, schaute sich befangen in der Stube um, wo alles wohlgeordnet und freundlich aussah. Und unter aufsteigenden Tränen sagte sie: »Ich wüsste auch nicht, wohin ich gehen sollte – ich bin –«

»Hast du kein Zuhause mehr?« Mieke nahm sie in den Arm und führte sie zum Sofa.

»Ich war schon einmal hier, weil ich ihn aufsuchen wollte – und da – da sah ich es – ich hatte es nicht verstehen können, warum er nicht kam, warum er auch nicht mehr schrieb. – Nun musste ich wieder nach Hause gehen und meinen Eltern sagen, dass er auf See geblieben ist, – aber Vater – und auch Mutter – das hätte ich nie von Mutter gedacht –«, sie schluchzte, die Hände vor die Augen gepresst, hübsche, doch verarbeitete Hände, dann sammelte sich eine Kraft in ihr, das Weinen verstummte, die Stimme wurde ruhiger.

Sie fand nur einfache, unbeholfene Worte, dennoch ließen sie deutlich vor Mieke das Bild des jungen Steuermanns Elias Konow entstehen, so wie das Mädchen ihn gesehen hatte, einen Tag nur und die letzte Nacht, bevor die VENUS nach Kalmar auslief.

Mieke erlebte mit, wie Elias ihr auf der Straße begegnete und beide sofort erkannten, dass sie zusammengehörten, ihr Leben lang.

Lisbeth fragte verhalten: »Ist heute eine Hochzeit im Dorf?«

Mieke stimmte zu. »Wir wollten gleich nach dem Weihnachtsfest Hochzeit halten, aber Elias kam ja nicht. Es kam auch kein Brief mehr. Ich war noch in meiner Stellung in Rostock, ich musste zuletzt gehen, ehe die gnädige Frau es merkte. Sie hätte mich totgeschlagen. Sie war so hart.« Lisbeth schluchzte.«Sie schlug mich gleich, als mir ein Teller zerbrach. Sie schlug mich, wie ich beim Einholen etwas vergessen hatte. Sie schloss auch alles vor mir ab, dabei habe ich niemals genascht!« Lisbeth fasste sich wieder: »Ich wollte bei meinen Eltern auf Elias warten. Er wäre gekommen –«

Mieke nickte, sie wusste, dass Elias sein Versprechen gehalten hätte.

»Mutter behielt mich zu Hause«, fuhr Lisbeth fort, »weil wir heiraten wollten, sobald Elias eingelaufen war. Nur auf der Straße durfte ich mich über Tag nicht sehen lassen. Doch als ich von hier zurückkam und sagte, dass Elias auf See geblieben ist, – da haben – da haben Vater und – auch Mutter mich fortgejagt!«

*

Wenn der ehemalige Matrose, Fischer Carl Seeger, an der Reihe war, mit der Hellebarde in der Hand das Nachtwächteramt zu versehen, sah sich jeder vor.

Dann war, um einen schmunzelnd gebrauchten Ausdruck des Schulzen und Dedow zu übernehmen, die sittenreine Nacht, die aber für ihn glücklicherweise nur einmal im Monat eingeschaltet werden musste.

Keiner im Dorf verfügte über ein so scharfes Ohr und solch eine Zähigkeit, in die Geheimnisse der Häuser und dunklen Stunden einzudringen, wie dieser Seeger, der sich sogar erfrechte, an das Fenster des Schulzen zu klopfen, wenn er sicher sein durfte, ihm damit eine höchst ungelegene Störung zu bereiten.

In dieser Nacht standen alle als »Inkieker« an den Fenstern des Hochzeitshauses. Das Dorf wirkte bis auf das weithin strahlende Licht bei Vossens wie ausgestorben, und Seeger wanderte gelangweilt seines vorgeschriebenen Weges.

Die von den Genüssen der Tafel mitgenommene Gesellschaft ekelte ihn einfach an. Schließlich ließ er sich vom Brautvater einen Schnaps an der Haustür kredenzen, hinterher gleich noch einen zweiten, weil er sich nicht zum Vergnügen die Nacht um die Ohren schlug; damit war für ihn die Teilnahme an diesem Fest abgetan.

Seeger trottete missvergnügt an den dunklen Häusern entlang, deren Fenster nicht einmal durch Laden abgedichtet waren, erwägend, ob er nicht getrost nach Hause gehen, die Hellebarde an sein Bett stellen und sich aufs Ohr legen sollte. Wäre nur dieser Schuft, der Dedow nicht, – glaubte man sicher vor ihm zu sein, – urplötzlich stand er wie aus der Erde herausgewachsen da, und sein Stock hieb unbarmherzig ein. Er durfte das ja, er war der Herr über das Dorf!

Kühl war die Nacht, wie es auch über Tage trotz der Sonne nicht recht warm geworden war. Vom Hochzeitshaus schrillte die keifende Stimme einer Frau, die sich gegen des Zöllners gierige Hände wehren musste. Der Hellebardenschaft sank tief in den Sand; die Füße wurden schwer wie Blei. Seeger stampfte müde an Laden-Tönnies' Krug vorbei und schenkte dem Toten ein dankbares Gedenken. Mit dem Krug war es seitdem aus, obwohl Marie ihn weiterführte. Da sie von Natur bescheiden ausgestattet war, hätte sie wenigstens großzügig und nicht sofort mit der Kreide bei der Hand sein sollen. Das Gegenteil war der Fall. Die Wirtin war kleinlich und eng. Es war also traurig und lustlos im Dorf geworden.

Seeger gab sich dem trüben Gedanken hin, warum es eigentlich mit der Welt und den Lebensfreuden immer weiter abwärts ging? Wo sollte das enden?

Er hatte den Katen der Griepsch erreicht und blieb stehen: Ihn deuchte, dass er von irgendwoher Töne vernehmen konnte, es klang wie ferne Musik.

Er ging den Tönen nach, entdeckte einen Lichtschimmer hinter den ovalen Bullaugen der Roof, guckte hinein und wurde hellwach: Fietje blies Tanzmusik auf der Mundharmonika, die so klein war, dass sie restlos in seiner roten Pranke verschwand. Es hatte den Anschein, als söge er mit den Lippen Musik aus seiner dicken Seemannsfaust.

Seeger hatte durch die Fenster des Hochzeitshauses die vornehmen Paare gesehen, die sich im Walzertakt drehten. Die Braut hielt beim Tanzen die lange Schleppe hoch. Auch in der Roof wurde beim Tanzen etwas gerafft, wenn es auch nur ein Stück Stoßborte war, mit dem Thringret den Saum ihres grauen, geflickten Rockes hob. Drüben hatte der bucklige Ahrens aus Ribnitz mit dem Schifferklavier aufgespielt. Hier machte sich Fietje tanzend selbst die Musik und fand mit der anderen Hand an Thringrets Schulterblättern Halt. In einem aber waren sich die Paare hüben und drüben gleich: Sie wiegten und schmiegten sich aneinander und waren aller Umwelt entrückt. Dann eilte die Roof dem reichen Hochzeitshaus in der Schifferreihe weit voraus.

Der Nachtwächter Carl Seeger durfte, die Hellebarde in der vor Aufregung bebenden Hand, zum ersten und gewiss auch zum letzten Male in seinem Leben Zuschauer bei einer Hochzeitsnacht sein, der kein üppiges Gastmahl vorausging, die nicht einmal eines prächtig hergerichteten Hochzeitsbettes bedurfte. Man nahm in der Roof mit dem wackligen Korbstuhl in der Ecke vorlieb.

*

»Guter Gedanke, Babentien, frische Luft zu schöpfen. Das Volk da draußen wird sich endlich verlaufen haben!«

Samuel August Voß schwankte nicht. Der schwere französische Rotwein, der zum Braten gereicht worden war, hatte ihm jedoch etwas zugesetzt. Er hakte seinen Reeder ein und trat mit ihm vor die Tür. Draußen stand Hans Wilhelm Niemann an die Hauswand gelehnt und sog nachdenklich an seiner Zigarre. Und der sich soeben wie ein Schatten im ersten Morgendämmern durch den Vorgarten entfernte, musste Erdmann Permien sein. Beide Herren spürten, dass hier eine Auseinandersetzung stattgefunden hatte, und glaubten auch zu wissen, worum sie gegangen war.

Samuel August Voß, durch den Alkohol locker geworden, schoss gleich ins Schwarze: »Hans Wilhelm, wenn du dem Erdmann wieder mit deiner verrückten neuen Weisheit an den Wagen gefahren bist, bekommt du es jetzt mit zweien zu tun, die auf seiner Seite stehen.«

»Gern, vergesst nur nicht, für mich arbeitet die Zeit«, sagte der Dampfschiffer gelassen.

»Für uns arbeitet der Wind«, lachte Babentien, »und das kostenlos. Außerdem macht uns das bisschen Heuer der Matrosen auch nicht arm. Bei mir an Bord wird noch in alter Weise von der Mannschaft selbst gelöscht und geladen, soweit das möglich ist. In vielen Häfen schlagen die Roten ja gleich Radau, als wenn die Arbeitszuteilung nicht allein unsere Sache wäre. Wem das nicht passt, der kann ja von Bord gehen und sich die Hacken schief laufen, von Haifisch zu Haifisch, bis er wieder einen Pott gefunden hat.«

»Passt nur auf«, sagte Niemann ernst, »dass der Wind, den ich meine, nicht zum Sturm wird und euch wegfegt! Dann nützt kein Reffen mehr, dann kommt alles zu spät! Im Übrigen wissen Sie besser als ich, Babentien«, fuhr er in einem fast herausfordernden Tonfall fort, »was Sie allein in den letzten zehn Jahren an Seglern verloren haben. Ihre Yacht EMIL UND EMILIE ist 66 gestrandet. Die Brigg ENIGKEIT im Jahr davor, wenn ich nicht irre. Die gekaperte Brigg JUPITER nehme ich aus, denn Kapern hat nicht allein mit der Segelation zu tun. Doch vorher – das Jahr weiß ich nicht mehr – strandete die Galeasse MAGDA und musste condemniert werden, ebenso die Schonerbark AUGUSTE. War es nicht so?«

»Nun – und?«

»Und die VENUS, Babentien, unser letzter Verlust! Übrigens noch die Brigg JOHANN FRIEDRICH, die vergaß ich beinahe, die schon auf ihrer Jungfernfahrt sank.«

»Nun – und? – Sind wir darüber Konkurs gegangen, Samuel August und ich? Ja oder nein?«

»Auf einen Konkurs mehr oder weniger kommt es nicht an«, sagte Niemann gelassen.

»Erlauben Sie mal! Ihnen vielleicht nicht, aber uns! – Sie haben ja kein Kapital zu verlieren. Uns haben die Schiffe aber trotz aller Verluste im Laufe der Jahre ein ansehnliches Kapital verdient, das sich verzinsen muss.«

»Ihre Seeleute haben Ihnen das Kapital verdient, sollten Sie lieber sagen«, warf Niemann scharf ein.

Babentien ging über diese Worte hinweg, als wären sie einer Antwort nicht wert. »Unsere Schiffe haben uns jedenfalls so viel eingebracht«, sagte er ruhig, »dass uns die großen Verluste nicht umwerfen konnten. Genügt das nicht? Außerdem möchte ich mal unseren Welthandel sehen, wenn wir Reeder keine großen Segler mehr bauen wollten. Und noch etwas anderes, Niemann«, Babentien packte den Dampfschiffer beim Rockknopf, »das allerdings werden Sie noch weniger gern hören wollen, – vielleicht sind Sie überhaupt zu verblendet, um mich zu verstehen! Aber in meinen Augen ist ein Dampfschiffer wie Sie überhaupt kein Seemann mehr, sondern eine Art Maschinist oder ein Kohlentrimmer oder was weiß ich sonst!«

Voß fand, dass sein alter Korrespondentreeder zu weit ging. Er legte schnell einen Arm um Babentiens Schulter, zog ihn zurück und sagte begütigend: »So schlimm wollen wir es nun doch nicht hinstellen, lieber Freund. – Wenn Hans Wilhelm zur Hamburg-Amerikanischen Paketfahrt-Aktiengesellschaft übergegangen ist und dort sein festes Gehalt als Kapitän bezieht, kann er trotzdem ein guter Seemann sein. Diese Ehre wollen wir ihm nicht gleich abschneiden. Mein Fall wäre es allerdings nicht. Ich habe mir geschworen, niemals einen Fuß auf ein Dampfschiff zu setzen. Aber das ist ebenfalls meine ganz persönliche Angelegenheit. – Ich denke, wir gehen wieder hinein. Unsere Damen werden sich schon wundern, wo wir so lange bleiben. Außerdem ist es empfindlich kalt draußen; wir können uns einen tüchtigen Schnupfen holen. Ich fürchte, Alma hat sich auf der Wagenfahrt zur Kirche erkältet. Sie hatte auf Wunsch meiner Frau nur ihren leichten Mantel übergezogen, damit das Hochzeitskleid nicht verknautscht wurde, ehe sie in die Kirche kam. Für die Rückfahrt hatten wir allerdings ihren Wintermantel mitgenommen. Mir kam es aber vorhin so vor, als schuddere sie; dabei ist drinnen eine wahre Treibhausluft. Ich hätte mir am liebsten den Bratenrock ausgezogen. Aber du kennst ja Sophie, – und im übrigen hat sie recht!«

*

Erdmann Permien nahm sich des Hausgartens an, den Tante Amanda wegen ihrer Gicht nicht mehr pflegen konnte. Überall hatte Quecke den leichten Boden durchzogen. Windenwurzeln waren in eine kaum mehr erreichbare Tiefe gedrungen. Die Kartoffeln hatten sich durch den kühlen Frühsommer so spät entwickelt, dass das Unkraut mühelos überhandnehmen konnte.

Er richtete sich ab und an auf, um über das Grundstück der Brüder Konow hinweg nach Norden zu blicken. Die Sturmflut hatte die Gärten ihrer windverkrüppelten kleinen Bäume und Beerensträucher beraubt. Nichts stand mehr im Wege, um bis dorthin zu schauen, wo Mieke sichtbar werden konnte, meist mit dem kleinen Niklas auf dem Arm.

Erdmann dachte mit Neid an die Brüder Konow, die unter Miekes Dach wohnten, bis ihr neues Haus, das im Bau stand, fertig geworden war, die sie täglich sehen, ihr allzeit hilfreich zur Hand gehen durften und sich dieses unvorstellbaren Glückes gewiss nicht einmal bewusst waren. Manchmal überkam ihn ein Groll gegen jenes Kind, das vor Wochen in Miekes Haus geboren worden war und Mieke völlig mit Beschlag belegte, weil seine Mutter unter den Folgen der Geburt schwer zu leiden hatte. Und wie viel Not hatte Lisbeth mit ihrem unehelichen Kind in dieses Haus gebracht! Mieke wurde um ihretwillen von der ganzen Osterseite gemieden.

Über Tag hatte Mieke also keine Zeit für ihn, das war zu begreifen. Doch immer, wenn er gegen Abend einmal kam, nur um bei ihr einzugucken und, wie er entschuldigend erklärte, zu fragen, ob sie vielleicht den Kopf Salat gebrauchten könnte, lag diese Lisbeth mit der entzündeten Brust in der Stube, und Mieke hatte im Grunde nur für die Kranke Auge und Ohr. »Der Salat wird Lisbeth gut tun, bei uns wächst leider in diesem Jahr noch nichts wieder. Schönen Dank, Erdmann«, nickte Mieke ihm zu, als sollte er gleich wieder gehen.

Sitzen bleiben, um ein wenig mit ihr zu sprechen, ihr zu erzählen, wie weit es mit dem neuen Schiff auf der Werft gediehen war, oder irgendetwas anderes Naheliegendes zu berichten, was ihn anging und nach seinem Herzen auch sie angehen sollte, hatte keinen Sinn. Das war verschiedene Male erprobt und mit bitteren Erfahrungen bezahlt worden.

Manchmal ging Erdmann nach einem kurzen, beherrschten Gruß zu den Brüdern Konow auf die andere Seite des Hausflurs hinüber, um wenigstens noch mit Mieke unter dem gleichen Dach zu bleiben. Dort wurde aber nur von dem neuen Hause gesprochen, dem Haus für Elias den Vierten, wie sie gern sagten. Und bald gähnte der alte Schiffer Elias unverhohlen, schämte sich seiner Müdigkeit nicht, weil er den ganzen Tag auf dem Bau geholfen hatte. Erdmann musste auch hier immer bald wieder gehen. Er hatte sich noch nie in seinem Leben so einsam gefühlt wie in dieser Zeit.

Würde Tante Amanda ihn wenigstens in Ruhe lassen, aber die jagte ihn mit ihren ewigen Anspielungen geradezu aus dem Hause. Sie nannte Miekes Namen nicht, das wagte sie nicht, aber es war eindeutig, dass ihr Sticheln auf Frauen aus dem Schifferstande, die empörenderweise dem sittlichen Verfall der Mädchen aus dem Volke noch Vorschub leisteten, nur Mieke gelten konnte.

Erdmann wurde aus seinen Gedanken gerissen. »Vater, Dürten will wissen, was man zu einer Hochzeit kocht.«

Erdmann hatte bisher die Kinder nicht gesehen. Dürten Pieplow saß, das Röckchen sorgsam über die weißroten Kringelstrümpfe gezogen, in der offenen Hoftür auf einer Bank und hatte Tante Amandas Flandernhut umgebunden, unter dem ihr frisches, rundes Gesichtchen fast verschwand. Der kleine Erdmann wies auf das Klappbrett, das zum Fische schuppen angebracht war. Dort war mit unreifen Johannisbeeren, Gänseblümchen und Windenranken festlich gedeckt.

Erdmann lachte: »Das dürfte Dürten doch am besten wissen, weil ihre eigene Mutter auf allen Hochzeiten kocht.«

»Wir haben bei Vossens Kuchen und Reis bekommen. Kannst du nicht Reis für uns säen, Vater?«

»Reis? Wozu denn?«

»Damit wir genug haben, wenn wir Hochzeit machen, denn da braucht man furchtbar viel, weil die Jungen vor den Fenstern gleich alles aufschlappen.«

»Wann soll denn eure Hochzeit sein?«, fragte Erdmann im Spaß.

»Wenn ich nicht mehr zur Schule muss, Vater. Oder geht es vorher?«

Der kleine Erdmann machte ein nachdenkliches Gesicht.

»Schlecht«, lachte der große Erdmann.

»Aber wenn ich 's einfach tue, Vater?« Weil er nicht gleich eine Antwort bekam, fragte er weiter: »Oder kann mir der Lehrer das einfach verbieten?«

»Ich glaube, ja, Erdmann.«

»Auch wenn wir dann Braut und Bräutigam sind, Vater?«

»Ich bin doch schon deine Braut«, fiel Dürten energisch ein.

»Danach müsst ihr den Lehrer wohl selbst mal fragen.«

»Hast du damals auch den Lehrer gefragt, Vater?«

»Nein, ich war älter, ich war schon Steuermann.«

»So lange warten wir einfach mit der Hochzeit nicht, Vater. Nicht wahr, Dürten?«

Sie schüttelte den Kopf mit dem wackelnden Flandernhut.

»Dann muss ich also bald mit dem Reis säen anfangen«, spaßte der Schiffer. Wie schön, dachte er, als er wieder beim Hacken war und hinter sich die Kinder an ihrer Hochzeitstafel plappern hörte, wenn das Lebensziel noch so klar vor einem liegt, dass man denken kann, »ich tue es *einfach*«.

»Du, Vater, da drüben geht Tante Mieke«, rief der Junge. »Dürten möchte gern ihr neues Kind sehen. – Dürfen wir schnell mal hinlaufen?«

»Das könnt ihr. Grüßt aber von mir und sagt, ich hätte es euch erlaubt.« Er sah den beiden Kindern nach, die sich anfassten und wie kleine Hasen über die kahlen Gärten hoppelten, bis dorthin, wo auch er jetzt Mieke erblickte.

*

Bei Frau Sophie Voß war Kränzchen, Schifferkränzchen, wie es genannt wurde, trotz der Frau Schulze Dedow, die als eine der wenigen »Damen« im Dorf selbstverständlich dazugehörte.

Der Kreis war um eine Kränzchenschwester kleiner geworden. Mit Erleichterung wurde festgestellt, dass Mieke Jörk wenigstens so viel Takt besaß, sich selbst aus der Gesellschaft zurückzuziehen. Sie schien also noch zu wissen, was sie den anderen Schifferfrauen schuldig war. Umso unbegreiflicher, dass sie es für sich selbst nicht mehr wusste! Wie konnte sie dieses Handwerkermädel mit ihrem Hurenkind im eigenen Hause behalten?

Alma war auch dieses Mal noch nicht dabei, obwohl sie, seit sie eine junge Frau geworden war, in das Kränzchen aufgenommen werden sollte. Der Arzt in Rostock, zu dem die Mutter mit ihr gefahren war, weil der Husten nicht nachließ und immer wieder Fieber auftrat, hatte jede Geselligkeit streng verboten und ihr größte Schonung auferlegt. Die Mutter beruhigend, hatte er hinzugefügt, jung verheiratete Frauen seien leicht anfällig, vor allem in der ersten Zeit. Aus Schamgefühl hatte Frau Sophie verschwiegen, dass Alma schon an der Festtafel krank geworden war und noch immer an Influenza gelitten hatte, als der junge Ehemann auf Fahrt gehen musste. Die beiden Fenster der guten Stube standen weit offen, die Spitzengardinen waren vorgezogen und bewegten sich leise im Wind, der das Rauschen der Brandung mit sich führte, diese ewige Melodie des Seemannsdorfes.

Frau Sophie hatte sich vorgenommen, jenes Thema, das im Grunde alle lebhaft beschäftigte, möglichst zu vermeiden. Sie hielt es für ehrenrührig, sich überhaupt mit solchen Dingen zu befassen: ein hergelaufenes Mädchen, das ein Kind bekam! War es nicht zu verstehen, dass deren Eltern sie aus dem Haus gewiesen hatten? Diese kleinen Leute schienen merkwürdigerweise ein gewisses Gefühl für Anstand und Sitte zu besitzen.

Lange klammerte sich das Gespräch an das Befinden der jungen Frau Alma, über das sich allerhand sagen ließ, wenn jeder aus seinem Bekanntenkreise etwas beisteuerte, und das geschah in reichem Maße. Als jedoch Tante Amanda Permien weitschweifig und mit unverkennbarem Genuss erzählte, sie könne sich an einen ähnlichen Fall in ihrer Verwandtschaft erinnern, ebenfalls eine junge Frau, die während der Hochzeit krank geworden sei, aber da wäre es eben Schwindsucht gewesen, und sie wäre dann auch daran gestorben, hielt es Frau Dampfschiffer Frieda Niemann für geboten, dieses Thema abzubrechen. Zeit, sich nach einem unverfänglichen Gesprächsstoff umzusehen, blieb ihr nicht. So griff sie zum Nächstliegenden und sagte, schon im Tonfall den erwünschten Wechsel des Schauplatzes ihrer Gedanken deutlich machend: »Es würde mich wirklich interessieren, wie Elias und Bernhard Konow sich das mit dem Kind weiter denken. Sie können sich doch unmöglich dieses – dieses Kuckucksei anhängen lassen!«

»Die sogenannte Mutter ist ja auch noch da«, warf Marie Köhn einfältig ein.

Schweigen folgte. Keiner hatte sich bisher vorgestellt, dass dieses Mädchen – Lisbeth hieß es, nach seinem Familiennamen hatte noch niemand in diesem Kreis gefragt – von nun an bis in alle Ewigkeit in ihrem Dorf bleiben sollte. Schön, wenn der alte Konow die skeptische Frage des Schulzen, wieso er sicher sei, dass dieses Kind wirklich von seinem Sohn in die Welt gesetzt worden wäre, da keinerlei Beweise dafür vorlägen – weit von sich gewiesen hatte und durchaus in diesem Geschöpf seinen Enkel sehen wollte, war das seine Sache. Jeder macht sich so lächerlich wie er kann. Doch wenn diese Lisbeth ihr lockeres Leben weiterführte, unter aller Augen und noch dazu in einem Hause der Schifferreihe –

»Kann Ihr Mann nicht dagegen einschreiten?«, fragte Frau Voß.

Elisabeth Dedow errötete leicht: »Ich weiß nicht, ich spreche mit meinem Mann nicht über dörflichen Kleinkram. Ich bin ihm dankbar, dass er mich mit so etwas verschont.«

»Ich halte es für seine Pflicht, über die Sittlichkeit in seiner Gemeinde zu wachen« meinte Frau Voß. Sie bereute ihre Worte, als Tante Amanda mit einem Seitenblick auf Frau Dedow hinzufügte: »Jedenfalls sollte unser Schulze in diesem *einen* Fall nicht vergessen, was er unseren Kreisen schuldig ist!«

Es war ein Glück, dass Anning mit der Speise erschien, die der übliche Abschluss des Kränzchennachmittags war. Damit wurde dieser peinliche Gesprächsstoff abgebrochen. Alle fingen bedächtig zu essen an und lobten das Gebotene gebührend. Sophie Voß warf einen verstohlenen Blick auf die Gattin des Schulzen, ob sie aus Tante Amandas Worten die Anspielung auf gewisse Gerüchte über ihren Mann herausgehört hatte, die niemals verstummen wollten. Elisabeth Dedow war nichts anzumerken, und so wandte sich auch Sophie Voß erleichtert dem Genuss der Speise zu.

Es bestand immerhin, so dachte sie, ein wesentlicher Unterschied zwischen dem, was ein Mädchen tat, und dem, was ein Mann tat. Und wenn die Leute im Dorf darüber tuschelten, ja, mitunter sogar laut davon sprachen, dass Herr Dedow es neuerdings mit der jungen Erzieherin seiner eigenen Töchter hätte, – über so etwas ging man schweigend hinweg. Man würde nur sein eigenes Nest beschmutzen.

*

Fräulein Susanne klappte den spitzenumrandeten Sonnenschirm zu: »Wartet draußen, Hermine und Holdine, bis ich wiederkomme. Ihr wisst, dass ihr nicht mit zu Langes dürft. Ihr könnt inzwischen draußen ein bisschen auf und ab gehen, aber nicht mit den schmutzigen Dorfgören da drüben herumtoben. Eure Mutter hat das streng verboten! Das schickt sich nicht für euch!«

»Wir wollen aber gern die Webstube sehen! Dürfen wir nicht schnell mal hineingucken?«, rief Hermine hinter der Erzieherin her.

»Ihr bleibt draußen, wie ich es gesagt habe«, antwortete sie kurz. »Ich bin gleich wieder da.«

Frau Dedow hatte angeordnet, dass die Kinder nicht mit zum Weber hineingehen durften, der an das Dutzend Handtücher zu mahnen war, das er noch immer nicht geliefert hatte. Die Töchter hätten draußen zu warten, um die Missgeburt dieser Leute nicht zu sehen; so etwas könnte ihnen für das ganze Leben einen Schock einjagen. Auch Fräulein Susanne graute sich davor, zumal der Wasserkopf aus dem verdeckten Kinderwagen schließlich hinausgewachsen war und irgendwo im Hause auf der Erde herumliegen sollte.

Sie ging auf Zehenspitzen in den Flur, klopfte leise an die Tür des Webers. Es kam keine Antwort, auch vom Webstuhl war nichts zu hören. Sie schaute angstvoll hinein. Der Webstuhl stand verlassen da.

Fräulein Susanne rief vom Flur aus nach dem Weberpaar; sie wagte nicht, in die Küche zu gehen. Sie rief wieder. Endlich antwortete eine Stimme vom Hof. Fräulein Susanne nahm sich zusammen. Eine Übelkeit, die sie mit dem Grauen vor dieser Missgeburt erklärte, stieg in ihr hoch. Sie holte tief Luft, soweit es das Korsett unter dem eng anliegenden weißen Leinenkleid gestattete, hob den Rock an und klinkte die Hoftür auf. Sie hatte den Auftrag ihrer Gnädigen auszuführen, koste es, was es wolle.

Der Hofraum, den zwei neue, noch rohe Bretterschuppen nach den Seiten abgrenzten, lag in prallem Sonnenlicht. Im ersten Augenblick sah Fräulein Susanne nur Priebeliese auf der Erde kauern, eine gelbe, halb verwelkte Ringelblume in der Hand. Doch hinter ihr, da lag dieses schreckliche Geschöpf im Sand, nur einen Sack unter sich, nicht einmal zugedeckt, und mit einer grauen Barchentnachtjacke bekleidet, die allerdings bis auf die verkrümmten Beine reichte! Fräulein Susanne ließ Schirm und Rock fallen, streckte beide Hände abwehrend aus, und dann kam es! Sie empfand es nur dankbar, dass dieses alte Weib ihr die Stirn hielt und gütig auf sie einsprach, so gütig, dass sie sich vollends gehen ließ und dem Druck in der Magengegend willig nachgab.

»Ist ja schon wieder gut«, sagte Priebeliese, als Fräulein Susanne nach ihrem Taschentuch im Gürtel griff.

»Ist ja schon wieder gut«, wiederholte Fräulein Susanne mechanisch und versuchte verschämt, ein bisschen zu lächeln. Da entdeckte sie Spritzer auf ihrem hochgeschnürten Busen, erschrak und begann mit dem Tuch zu tupfen und leicht zu reiben, musste Luft holen, tupfte wieder; aber die Spuren ließen sich von dem blütenweißen Leinen nicht tilgen.

Priebeliese sah ihrem Bemühen teilnahmsvoll zu. »Spucke macht es noch schlimmer«, meinte sie. »So was geht nur mit Kochen weg.«

»Das kam bloß davon, weil ich das nicht sehen kann!« Fräulein Susanne wies mit geschlossenen Augen zum Wasserkopf auf der Erde.

»Der arme Wurm.« Priebeliese warf einen zärtlichen Blick auf das blinzelnde Geschöpf. »Er muss mal an die frische Luft. Langes tun 's nie, die würden ihn am liebsten im dunklen Stall einsperren; er bekommt niemals die Sonne oder eine Blume zu sehen. Langes sind heute früh mit dem Fährboot los, Flachs einzuhandeln, – und da hab ich ihn mir herausgeholt, braucht keiner zu wissen, und habe ihm die Blume gegeben. Glauben Sie mir, er sieht sie und freut sich daran.«

Priebeliese kniete sich wieder zu der Missgeburt und schob ihr die Blume in die Hand, um Fräulein Susanne ihre Behauptung zu beweisen. Aber das Fräulein flüchtete zur Küchentür.

»Lassen Sie das, ich kann das nicht sehen, mir wird übel davon!«

Ein leises Lächeln ging über Priebelieses Gesicht. »Nein, nein«, sagte sie freundlich, »davon kommt das nicht. So fängt es nun mal bei uns Frauen an.«

Fräulein Susanne erschrak, das Blut schoss ihr in den Kopf. Unverschämt, dachte sie, das war ja, das war ja geradezu schamlos! Sie warf Priebeliese einen verachtenden Blick zu.

»Nun – nun«, lächelte Priebeliese wieder, »ich kann nichts dazu. Die Welt geht diesen Gang, immer den gleichen Gang mit jedem von uns, arm oder reich –«

Die Kinder riefen vom Dorfweg: »Fräulein, Fräulein, wo bleiben Sie denn?«

»Wollt ihr wohl artig sein? Ich komme schon – bleibt draußen, untersteht euch nicht!« Ihre Augen hefteten sich wieder auf die Spuren auf dem weißen Stoff. Priebeliese verstand sie sofort: »Kommen Sie man, Fräulein.« Sie nahm dem Wasserkopf die zerdrückte Ringelblume aus der Hand, zog eine Nadel aus ihrem Busen und steckte Fräulein Susanne die Blume über den Fleck auf der Brust.

»Nu ist 's verdeckt, und nichts für ungut, Fräulein«, sagte sie freundlich. »Man kann ja nicht immer dafür, wenn es dann doch so weit kommt.«

*

Weil die Tür zum Laden in den Angeln quietschte, brauchte Marie Köhn die durch Rost abgebrochene Klingel glücklicherweise nicht zu erneuern.

Die Gaststube stand fast immer leer. Selbst Fietje Hick blieb aus unerfindlichen Gründen völlig aus. Diesem eifrigen Trinker und säumigen Zahler war kaum nachzutrauern; immerhin hatte er etwas Leben in den ausgestorbenen Krug gebracht. Die Wadenfischer kamen höchstens noch am Sonnabendabend an, verlangten jedoch nur im Laden aus der Korbflasche ein Achtel oder ein Viertel Köm, den sie sich in mitgebrachte Gefäße einmessen ließen, und gingen damit davon.

Früher, zu Tönnies' Lebzeiten, hatten gerade die Wadenfischer ab und zu etwas springen lassen. Damals hatten sie auch noch gut verdient. Jetzt ging es mit ihren Einnahmen mehr und mehr zurück.

Hatten sie ein paar gute Fänge gemacht, gleich fielen die Preise. Sie wurden plötzlich ihren Hering nicht mehr los und warfen ihn schließlich auf ihr Land, um den kargen Boden damit zu düngen. Es schien sogar, als bekämen die Karrner Wind davon. Jedenfalls ließen sie nach guten Fängen so lange auf sich warten, bis sie den Spickhering fast geschenkt bekamen. Im Grunde sprangen für die Fischer kaum mehr die Kosten des Salzens und Räucherns heraus.

Auch im Laden war es empfindlich zu spüren, dass das Geld im Dorf immer knapper wurde. Niemals war so viel Sirup und so wenig Zucker gefordert worden, und das sprach für alles andere mit.

Marie Köhn hörte die Ladentür, klapperte eilig die Bodentreppe hinunter und von der Küche gleich in den Laden hinein. Es war kurz vor Mittagszeit, also gewiss irgendein Kind, das noch Salz holen musste, die Kupferpfennige in der heißen Hand ängstlich verschlossen.

Ein fremder, jüngerer Mann stand vor dem Tresen und musterte das Karrensiehl, das von der Decke herabhing. Er trug einen zusammengelegten schwarzen Gehrock auf dem Arm, dazu einen Knotenstock. Über dem weißen, etwas verschwitzten Hemd, das auf den Schultern geflickt war, hielten Hosenträger die im Bund zu weite, grünliche Hose. Er grüßte höflich, ja beinahe ein bisschen unterwürfig, wobei eine blonde Locke von der Stirn über seine vorstehenden, wasserhellen Augen fiel.

Marie wartete geduldig. Der Fremde ließ seine Augen wandern, ohne etwas zu verlangen, noch nach irgendeinem Preise zu fragen. Im ersten Augenblick hatte Marie gedacht, es sei der neue Reisende von Roeding, da der alte sich im Frühjahr von ihr verabschiedet hatte.

Jetzt trat er in die Tür zurück und fragte bescheiden: »Bekomme ich hier wohl ein Bier? Ein helles, aber ein kleines, bitte!«

Verwundert folgte Marie Köhn ihm in die Gaststube, rieb ein Glas nach, damit er sehen konnte, wie sauber es bei ihr zuging, und schenkte für ihre Verhältnisse gut ein, denn man konnte nicht wissen – sie stellte ihm das Bier hin, er dankte und ließ es stehen. Ein Arbeiter war es nicht, so sah er nicht aus, auch kein wandernder Handwerksbursche, trotz des Knotenstockes; dazu war er nicht mehr jung genug. Dem Gehrock nach könnte er beinahe ein Schiffer sein, dazu wiederum passte sein untertäniger Gruß nicht. Marie machte sich an der Theke zu schaffen, während der Mann auch durch diesen Raum seine Augen aufmerksam wandern ließ. Er hatte ein Bein über das andere geschlagen; sein Schuhwerk war gut. Er trank in sparsamen Schlucken, denen anzumerken war, dass er mit seinem kleinen Hellen lange hauszuhalten gedachte. Schließlich nahm Marie Köhn unauffällig an einem anderen Tisch Platz. Sie wollte die Gaststube nicht verlassen und schämte sich zugleich ihrer Angst, dass er ein Landstreicher sein könnte, vor dem man sein Gut hüten musste.

Sie hätte ihn gern ein bisschen ausgefragt, nach seinem Herkommen, nach seinem Beruf und was er hier suche. Dagegen begann er nun selbst, den Arm lässig über die Stuhllehne gelegt, nach diesem und jenem zu fragen: wie es sich hier lebe, ob die Menschen freundlich seien, ob arm – denn mit Sicherheit könnte man das auf den ersten Blick keinem Ort ansehen. Da, wo er wohne, wirkten die Ortschaften eigentlich wohlhäbiger, doch wenn man hinter die Wände guckte, wäre es meist nur Schein.

Ehe Marie es recht zum Bewusstsein gekommen war, war sie ins Erzählen geraten. Sie sprach nicht von den Sorgen, die sie drückten, der Geldknappheit und der dadurch bedingten Sparsamkeit. Sie wollte vor diesem Fremden nicht ärmlich erscheinen. Im Gegenteil. Sie wies auf das Bild der kleinen Brigg zwischen den Fenstern hin, die ihr Mann geführt hatte, bis sein Leiden zutage trat und ihn zwang, diesen Krug mit Laden aufzumachen. Sie berichtete von der strahlenden Hochzeit ihres Sohnes, des Schiffers Peter Köhn, mit der Tochter des Fregattenschiffers Voß. Sie kam auf den Schulzenhof zu sprechen und verbreitete sich lange über das vornehme Leben dort oben. Ab und zu nickte der Fremde. Er brauchte nichts mehr zu fragen. Der Redestrom floss unaufhörlich aus ihrem Mund. Schließlich war er es sogar, der ihn stoppte, aufstand und sein Bier bezahlte.

»Will der Herr heute noch weit?«, fragte sie, durch ihre Redseligkeit verwirrt.

Er schüttelte den Kopf, nahm den Rock wieder auf den Arm, schaute sich noch einmal in aller Ruhe um und sagte, schon auf dem Wege zur Tür: »Ich wandre zurück – ich bin gut zu Fuß – ich gucke vielleicht einmal wieder hier ein. Es hat mir gefallen.«

*

Es war ein Septembertag, wie ihn nur die Küste sieht. Der Himmel hoch, leicht und licht. Andere Wolkengebilde standen jedoch um sein Rund als im Mai, Wolken, deren Leuchtkraft vom Glanz des Sommers gesättigt war. Wolken der Reife und der Erfüllung. Auch das Grün der Pappeln und Weiden, das noch nichts vom Welken verriet, war anderer Art, als es der volle Sommer zeigt. Zeit der Entscheidung, wurde es Mieke bewusst, als sie am Friedhofshang stand.

Sie war vom Grab der kleinen Albertine gekommen, hatte dem Rosenstöckchen, das Erdmann Permien aus Rostock mitgebracht hatte, als er zum Stapellauf seiner Bark auf der Werft war, Wasser gegeben, auch die niedrige Hecke getränkt, die das Kindergrab umgab. Albertine hatte inzwischen Gesellschaft bekommen, wenn es auch nur alte und ältere Leute waren, die zu ihren Seiten gebettet lagen. Immerhin sah die Grabstätte nicht mehr einsam aus.

Auf halber Höhe des Friedhofshanges waren Silberpappeln eingesetzt worden. Zum Winter sollte ein Gatter angelegt werden, um das Wild von den Gräbern fernzuhalten, das bei Frost und Schnee aus dem Walde bis nahe ans Dorf trat. Übrigens kamen Hasen und wilde Kaninchen auch, und die Heidereiter hatten zu tun, um der Wildschweinplage Herr zu werden.

Ein sanfter Wind wehte von Ost. Vom Hange des Friedhofs aus sah man die beiden Wasser in ihrem stillen, fast fleckenlosen Blau, fleckenlos, wenn man die grauen Segler, die unter vollem Zeug vor der Sonne in der Ferne standen, und die goldbraunen Segel der Fischerboote auf der Binnensee, die der abflauende Wind sich selbst überließ, nicht als Flecke bezeichnen will.

Erdmann Permien ging am Strande entlang, kam von der Fischerhütte dicht am Wald, wo die Wadenfischer ihre Niederlassung hatten. Er blickte hoch, sah Mieke am Hang und blieb stehen. Auch Mieke blieb stehen und schaute zu ihm hinüber. Sie nickten sich einen Gruß zu; darauf hätte jeder seinen eigenen Weg weitergehen können. Aber Mieke bog nicht ins Dorf ein. Sie stellte die kleine Harke und die Wasserkanne am Stranddorn ab, als dürfte sie jetzt nichts mehr in den Händen halten, müsste frei sein, ganz frei, wenn sie ihm entgegenging.

Auch Erdmann nahm seinen Heimweg den Strand entlang nicht wieder auf. Er ging ein paar Schritte zum Dünenfuß und blieb wartend stehen, ob sie, die die Dünen seinen Blicken entzogen hatten, zu ihm herüberkäme.

Mieke trat auf ihn zu und küsste ihn. Er hielt sie in seinem Arm. Es war Wirklichkeit! Wirklichkeit war ihr Mund, ihre sonnenverbrannte, duftende Haut, ihr helles, weiches Haar, Wirklichkeit ihre Brust an der seinen, der Nacken, den seine Hand umschloss.

Sie wanderten Arm in Arm mitten durch das Dorf, dessen Fenster zu beiden Seiten auch heute noch wie lauter neugierige Augenpaare sind. Sie kamen zuerst an ihrem Hause, dann an seinem Hause vorbei. Gingen zur Binnensee, die die Wiesen überschwemmt hatte und dem Himmel das Bild seiner gesättigten Schönheit wiedergab. Sie schritten an Gärten entlang, in denen die Bohnen sich reifend zur Erde neigten, die Sonnenblumen das Gewicht ihrer Köpfe kaum mehr zu tragen vermochten, an Feldern vorüber, wo die Kartoffelernte in vollem Gange war. Ein Bauer kam ihnen mit seinem Fuhrwerk entgegen. Er lächelte über ihr Glück.

Sie traten zu später Stunde jeder wieder in sein eigenes Haus. Die Hochzeit sollte im Frühjahr in aller Stille sein, ehe Erdmann mit der neuen Bark unter Segel ging. Dann zog Mieke mit dem kleinen Niklas zu ihm.

*

In der Roof war bis weit über Mitternacht Licht. Thringret hatte sich schließlich in die hintere Koje gepackt. In der ersten Kammer, auf Hockern am Klapptisch, den ein gebefreudiger Südwest in den letzten Augusttagen an den Strand gespült hatte, als wollte er Fietje bei der Einrichtung seines Hauses dienstbar sein, blieben Fietje und Carl Seeger allein zurück.

Man muss schon sagen, dass diese Kammer wohnlich war, wenn man sie richtig, und das heißt in diesem Fall mit den immer verschwommenen Augen Fietjes, anzusehen versteht. Die Wände waren frisch gekalkt, ein Anstrich, der sich beliebig und billig erneuern lässt. Man hat mit keiner Tapete zu tun, die abreißen kann. Außerdem heben sich bunte Bilder vom Weiß am besten ab. Und an bunten Bildern war Fietje nicht arm: Postkarten vom schönen, warmen Süden, nicht mit Palmen darauf, sondern mit den Frauen des Orients, so wie sie geschaffen sind, wundervoll koloriert, für den Seemann von geschäftstüchtigen Unternehmern eigens hergestellt. Besitzt man nun keinen Keller oder Vorratsraum, auch kein Schapp, um lebensnotwendige Dinge wie die Korbflasche mit Schnaps aufzubewahren, schiebt man die Flasche einfach unter den Tisch, um so schneller ist sie zur Hand.

»Ja, so is es, Carl, mit den Frauen – hick – man muss erst das Leben – hick – kennen, Carl, um es zu verstehen. Sieh mal, Carl, meine Thringret – hick – die freut sich, wenn ich man komme, man is ja nich mehr, wie man früher war, – hick – hat nichts mehr! Früher, da konnten es zwei, und wenn du mir – hick – glaubst, drei sein, in einer Nacht, aber die Frauen – diese verdammten – hick – Huren in Dundee und Rotterdam und am schlimmsten die in Marseille, haben mich krank un fertiggemacht – ja, Carl, bei denen ging alles drauf – haben mich ausgelacht und verhöhnt – hick – Carl, hörst du noch?«

Er griff nach der schweren, bauchigen Flasche. Seeger fasste schnell zu. Der Tisch schwamm bereits. Von heute an galt es, mit dem Schnaps wenigstens in dieser Beziehung haushälterisch umzugehen.

Er musterte Fietje, der stier auf sein Glas sah, wieweit der ihm eigentlich noch folgen konnte.

»Also, Fietje, wir machen 'nen Krug für die Wadenkompanie auf, eine Krugkompanie, he?«

»Ja, Carl, Krugkompanie machen wir auf – hick –!«

»Wenn ich fische und du schenkst allein aus, bekomme ich meinen Anteil aber auch, he?«

»– Hick –«

»Ich schaffe den Schnaps ran, aber Maul halten, Fietje, du weißt, da drüben die Marie –«

»Hick – die Marie –«

»Die holt gleich den Dedow, wenn sie was merkt, die gönnt es uns nicht, will allein ausschenken und verdienen. Und dann sperrt der Dedow dich ein, Fietje!«

»Hick – sperrt mich ein, dich aber auch!«

»Hör zu, Fietje: Ich hole den Schnaps vom Fährboot ab, bringe ihn abends her, wenn drüben kein Licht mehr ist, – die Marie, die passt auf! Kommt ja kein Mensch mehr in ihren Krug. Wer kommt denn groß, wenn man nur auf den Strich im Glas sieht – du schenkst aus und kassierst, Fietje, abgemacht?«

»Hick«, sagte Fietje und gab ihm die Hand. Carl stand befriedigt auf; dieses Hick war ihm ebenso gut wie ein Ja und mindestens so viel wert wie ein Siegel vom Amt.

*

Die Griepsch hatte Hände und Nägel mit der scharfen Bürste gründlich gesäubert und auf dem Stuhl über den dicken, gehäkelten Unterrock, den man unmöglich jedes Mal waschen konnte, das saubere Leinenhemd und frische, steifgestärkte weiße Hosen mit Queder bereitgelegt, wie es von Feldseher Hinrichs angeordnet war.

In dieser Nacht musste bei Möllers in der Fischerreihe das Kind kommen. Die Griepsch ging früh zu Bett, um Vorrat zu schlafen. Sie kannte die Sache bei Lene Möller, hatte sie schon mehrfach mitgemacht: War es endlich so weit, würde nicht viel Umstand sein.

Diese Kinder – immer waren es übrigens Jungen, noch niemals hatte sie ein Mädel darunter gehabt, ob es nun auf der Fischerreihe war oder auf der Westerseite – auf der vornehmen Osterseite kam so etwas natürlich niemals vor – es war immer das gleiche. Sie ließen erst mächtig auf sich warten, als wollten sie die Geborgenheit des Mutterschoßes nicht verlassen. Plötzlich schossen sie mit einem Kopfsprung in diese Welt hinein, dass man Mühe hatte, sie aufzufangen. Alle bekamen die gleiche Art, hitzig, hochfahrend, wie der da oben auf dem Hof, die Augen wie schwarze Kerne. In den Dörfern hinter dem Walde sollte es auch solche geben, wurde gesagt. Die Griepsch kannte sich aus und nahm jedes Mal wieder still lächelnd den Stolz der Väter in Kauf.

Als es dann klopfte, gerade wie ihr im Traum die bauchige Kaffeekanne erschien, die ihr Gewerbe so anziehend machte, wurde ihr bereits im Erwachen bewusst, dass draußen vor ihrer Tür kein werdender Vater stand. Werdende Väter hatten – so sagte man im Dorf – »Hummeln im Nors« und ließen einem nicht einmal die nötige Zeit, in die sauberen, langen Hosenröhren richtig einzufädeln. Trotzdem stand sie auf, schonte aber den Staat vor dem Bett und ging, die blaue Piej über dem alten Hemd, hinaus.

Es war stockdunkel draußen; im ersten Augenblick konnte sie niemanden vor ihrer Schwelle entdecken, dachte ärgerlich, dass es also wieder die Lümmels der Pieplow gewesen waren, die sie, sobald eine Geburt zu erwarten stand, häufig zur Probe mobilisierten. Sie wollte schon wieder schließen, da wurde von draußen die Klinke festgehalten, eine verschüchterte Stimme flüsterte: »Liebe Frau, ich muss Sie sprechen, lassen Sie mich bitte hinein.«

Erst in der Stube, als die Griepsch die Kerze angezündet hatte, erkannte sie unter dem alten, grauen Mantel und einem tief in die Stirn gezogenen dunklen Schal das Fräulein Susanne und war sich sofort darüber klar, weshalb die zu ihr kam.

Ja, so war es, dachte sie, sonst immer vornehm, mit Handschuhen und Schirm, die Herrschaftskinder neben sich, die Nase rümpfen vor den kleinen Leuten im Dorf und ihnen am liebsten aus dem Wege gehen, »igitt« sagen, wenn solch ein armes Wurm auf dem Dorfweg Sandkuchen buk und Talglicht auf der Oberlippe hatte, anstatt ihm das schnell mit der Schürze abzuputzen. Aber mit einer Schürze ließ sich so eine nie sehen, als wenn Schürze schändete. Dabei stand sie nur in Kost und Lohn. Aber ganz zuletzt, wirklich, erst ganz zuletzt – denn wie weit es hier bereits gediehen war, begriff die Griepsch schnell aus den stockenden, unbeholfenen Versuchen des Fräuleins, sich verständlich zu machen – krochen sie im Dunkeln her, ohne großen Hut und Spitzenschirm, hatten nicht mal so viel Verstand, zu wissen, was sie zu tun gehabt hätten, logen sich selbst Tag für Tag etwas vor, schnürten sich, immer mehr schnüren, nur nicht die Wahrheit sehen, lieber sich das Leben aus dem Leibe pressen. Wenn es zu spät war, kamen sie an, schrien auf, wollten ohnmächtig werden, jaulten und bettelten und versprachen goldene Berge und waren kaum wieder aus dem Hause zu bringen.

»Das fasse ich nicht mehr an«, wiederholt die Griepsch energisch und stand auf, um Fräulein Susanne zu bedeuten, dass mit ihr nichts zu machen sei. »Wären Sie vor acht Wochen zu mir gekommen oder meinetwegen auch noch vor sieben, – ich bin ja kein Unmensch, das Fell habe ich noch keinem über die Ohren gezogen, – aber jetzt noch«, die Griepsch wurde erregt, »damit es schiefgeht und sie mich hinterher holen, nachdem sie Ihre Leiche aufgemacht haben; dann kommt das Gericht und das Verhör, und ich werde eingelocht! Zuchthaus, Fräulein, steht drauf! Und da nützt es mir gar nichts, wenn ich den Männern sage – denn es sind nur Männer, mit denen man es zu tun bekommt, – dass sie alles auf ihr eigenes Gewissen nehmen müssten. – Das glaube ich Ihnen schon, dass Sie erst nicht richtig gewusst haben, was da vor sich ging, als er kam! – Bessere Mädchen und das erste Mal; das macht solchen Männern am meisten Spaß! Ich weiß Bescheid, Fräulein, mir brauchten Sie das nicht noch alles zu erzählen. Sie sind nicht die erste und werden auch nicht die letzte sein. – Aber sage Sie mir mal«, – die Griepsch setzte sich auf die Stuhlkante, »zwanzig Jahre alt sind Sie geworden? Du großer Gott – was haben Sie sich eigentlich vorher gedacht, wie das so ist und wozu der Mann das hat? Gar nichts haben Sie sich gedacht? Ist das die Möglichkeit? Haben Sie denn nie – na, schon gut«, sagte sie, »hören Sie man auf zu weinen, weinen nützt nichts mehr, viel weinen ist auch nicht gesund, – jetzt müssen Sie an das andere denken, denn das ist nun einmal da – das haben Sie weg! Bleiben Sie nicht mehr zu lange, gehen Sie bald von da oben fort, – aber glauben Sie nicht, dass der Ihnen hilft, dann hätte der viel zu tun. Jetzt heißt es sich selbst zu helfen, und wenn es erst da ist –« Sie horchte auf, es bummerte an ihre Tür. Fräulein Susanne fuhr erschrocken hoch.

»Ja, Heine, ich hör ja schon, ich muss nur noch rasch in mein sauberes Zeug. Lauf man voraus und setz Wasser auf! – So und nun gehen Sie auch, Fräulein, der ist schon wieder fort, – aber Vorsicht im Dunkeln, dass Sie nicht fallen!«

3. KAPITEL

Dass Pastor Krumbow sich geweigert hatte, der Selbstmörderin, die die Ostsee wieder zurückgab, die kirchliche Beerdigung zukommen zu lassen, ihr sogar einen Platz auf dem Friedhof streitig machen wollte, bis der Schulze ihn darauf hinwies, dass dieser Dünenhang der Gemeinde gehörte, – dieses Ereignis hatte die Gemüter auf beiden Seiten des Dorfes tief erregt. Auf der Schifferreihe hatte man sich hinter geschlossenen Fenstern damit auseinanderzusetzen versucht, während sich die kleinen Leute laut mit der Frage vorgewagt hatten, ob es denn kein Recht und keine Gerechtigkeit mehr in der Welt gäbe, die solch einem »hohen« Herrn endlich das Treiben legte?

Jahre waren darüber vergangen, keiner sprach mehr davon. Das Grab des Fräulein Susanne lag – auch das war, nur um dem Pastor eins auszuwischen, auf Anordnung des Schulzen geschehen – nicht abseits am Gatter, wo die verwelkten Kränze hingeworfen wurden, angeschwemmte Leichen unbekannter Seeleute beerdigt wurden und bald nach Fräulein Susanne der Wasserkopf der Webersleute untergekommen war. Es lag ordentlich in Reih und Glied auf der Seite, die den kleinen Leuten im Dorf vorbehalten blieb.

Die Jahreszeit aber war die gleiche wie damals, als jetzt die Räder des Wagens mühselig durch den Sand mahlten, auf dem Fregattenschiffer Samuel August Voß saß, die Seekiste und einen neumodischen Koffer zu seinen Füßen, die sein gesamtes bewegliches Gut von Bord aufgenommen hatten, und von der Seefahrt »heimkam«. Dieses Wort hatte für Voß einen neuen, bitteren Sinn, um dessen Folgen er rang.

Als sich der Schiffer nach den langen, bis weit in die Nacht geführten Verhandlungen auf dem Kontor seines Korrespondentreeders morgens im Spiegel gesehen hatte, war er erschrocken. Sein Bart musste über Nacht weiß geworden sein. Er riss sich zusammen, es konnte nicht sein, dass seine Unterlippe zitterte wie bei einem Greis. Wie alt war er eigentlich? Wenig über fünfzig, also musste es doch eine Täuschung gewesen sein!

Sophie hatte festlich aufgedeckt, wie immer, wenn der Herr des Hauses von der See zurückerwartet wurde. Alles war bereitet, wie er es gewohnt war. Der zweite Schinken der Hausschlachtung war nur so weit angeschnitten, bis die besten Stücke kamen, große, saftige Scheiben mit breitem, schneeweißem Rand. Auch die Mettwurst im Dickdarm, die er am liebsten aß, war aufgetischt. Sophie hatte an den Hering vom Herbstfang gedacht, in Buttermilch eingelegt, und als Willkommenstrank die letzte Flasche Rotwein temperiert. Dass Fässchen, das Samuel August regelmäßig zum Winter aus Frankreich mitbringen ließ, war wohl noch unterwegs. Und neben seinem Gedeck lag Almas letzter Brief aus dem Sanatorium in der Schweiz. Alma berichtete endlich von leiser Besserung nach dem unerwarteten Rückschlag, den Frau Sophie ihren Mann nur andeutungsweise wissen ließ, denn der Sommer hatte ihm Widrigkeiten genug gebracht. Auf dem Frachtenmarkt sollte selbst für gute Segler kaum etwas zu machen gewesen sein. Und der völlig regelwidrige Südweststurm Mitte August hatte die Fregatte den Besanmast und einen Teil der Segel gekostet. Dazu war das Schiff nur mit Ballast unterwegs gewesen. Samuel August Voß bemühte sich, dem liebevollen Empfang gerecht zu werden, aber Sophie sah, wie krampfhaft seine Hände das Besteck festhielten, wie schwer ihm das Schlucken fiel.

»Warum soll ich einen großen Anlauf nehmen –«, sein Messer glitt auf den Tellerrand, »ich glaube, Sophie, auch unsere Fregatte geht mit drauf. Babentien wird Konkurs anmelden müssen. – Warum sagst du nichts, Sophie? Hast du schon davon gehört?«

Sie verneinte.

»Oder begreifst du noch nicht, was das für uns heißt?« Er stieß die Worte kurz heraus.

»Doch, Samuel, ich glaube, ich verstehe dich, wenn es mir auch überraschend kommt. Konkurs, sagst du.«

»Ja, Sophie, Kon – kurs. Wir haben gestern bis spät in die Nacht auf seinem Kontor gesessen und alles durchgesprochen. Der Revisor war auch dabei. Im November wird die letzte, abschließende Sitzung mit allen Partenreedern sein. Gestern waren Hansen von der PALME da, auch Erdmann mit seiner HOFFNUNG, der alte Allwart von der Einigkeit wird condemniert. Peter war mit der EVELINE noch immer nicht zurück, er wird übrigens kaum unmittelbar betroffen; für Babentiens Parten in der EVELINE werden sich Käufer finden. Wir haben uns den Fall mit der EINIGKEIT hin und her überlegt, es ist aber nichts mehr zu machen. Daran verlieren wir anderen das meiste Geld, und Allwart wird alles los!«

Er stand vom Tisch auf, trat ans Fenster und sagte mehr zu sich selbst: »Es hat sich im Grunde schon seit Jahren über uns zusammengezogen. Man wollte es nur nicht sehen. Babentien ist nicht der erste. Winkel & Co. haben im vergangenen Winter zugemacht. Deren Schiffe waren allerdings fast alle veraltet; dass man mit solchen Kästen nicht mehr mitkommen kann, versteht sich von selbst. Nun ist uns auch noch DIE PERLE verlorengegangen, und es sieht so aus, als legten diese anonymen Aktiengesellschaften in

Hamburg und Bremen in jedem Jahr mehr von diesen verfluchten Schlotkästen auf, einen immer dicker als den anderen. Damit machen sie uns kleine Unternehmer einfach kaputt. Der Große frisst den Kleinen, wie bei den Fischen, die schlucken sich ja auch gegenseitig über. Ja, Sophie –«, er wandte sich um, »ich habe mich gestern bereit erklärt, wenn es nötig ist, auch meine sämtlichen Parten in den Schiffen, die Baeseler in Rostock als Korrespondentreeder hat, zur Verfügung zu stellen. – Die anderen sind meinem Beispiel sofort gefolgt. Wenn jeder einspringt, werden wir etwas retten können. Sonst wären wir jetzt arm wie eine Kirchenmaus.«

Sophie erschrak. Arm waren die kleinen Leute auf der Westerseite und in der Fischerreihe, waren es immer gewesen, das gehörte sich einfach so. Man konnte ihnen zwar helfen, mit abgelegten Kleidungsstücken, in Notfällen auch mit ein bisschen Geld, aber sie waren und blieben arm. Sollte die Armut sich etwa in die Osterseite der Schiffer wagen? Stand dieses Gespenst vor der eigenen Tür? Der dumpfe Pendelschlag der hohen Uhr in der Sofaecke gab Antwort. »Arm – arm«, sagte er.

Dazwischen das verschämte Trillerchen, das aus der Tiefe des Uhrwerks kam. Drauf wieder: »Arm – arm.«

*

Dachdecker Priebe ließ sich unter verhaltenem Stöhnen ein sauberes Betttuch unterschieben. Zwölf Wochen lag er bereits, und hatte er Hinrichs recht verstanden, würde er nicht wieder zum Aufstehen kommen. Wenn Hinrichs meinte, bei so hohem Alter lohne sich der mühselige Krankentransport nach Rostock nicht mehr, um den gebrochenen Oberschenkel eingipsen zu lassen, – mit oder ohne Gips – alte Leute bekämen vom langen Liegen doch Lungenentzündung, und dann wäre es sowieso aus, das könnte man einfacher haben – wenn er das meinte, blieb es dabei, weil niemand ihm etwas anderes befehlen konnte.

»Sag mal, Liese, hat er das wirklich damals gesagt?« Das fragte Emil Priebe ab und an wieder, und jedes Mal nickte Priebeliese und wunderte sich, weshalb Emil so viel Wesens davon machte. Einmal musste es für jeden sein. Freilich, wenn Emil mit seinen über siebzig Jahren nicht mehr auf Möllers Dach gestiegen wäre, hätte er noch ein Weilchen länger leben können!

Nun waren alle Arbeit und Mühe der letzten Jahre vergeblich gewesen: Zuerst der bittere Kampf darum, an ein neues Grundstück zu kommen. Dedow hatte ihm zwar bereitwillig auf der Westerseite die sandige Ecke neben dem Weberkaten angeboten oder, wenn Priebe das lieber haben wollte, den schmalen Streifen neben dem Zollhaus gleich hinter dem Strand. Priebe hatte beides abgelehnt.

Drüben auf der anderen Seite, wo der Boden besser war, wo nicht soviel Flugsand von den Dünen herübergeweht wurde, dort hatte er etwas haben wollen, auch wenn es teurer käme! Drüben war noch unbebautes Land, das ebenfalls der Gemeinde gehörte. Am meisten aber drängte er auf ein bescheidenes Fleckchen unterhalb des Schulzengehöfts, wo die Wiesen begannen. Dort war soviel Land, soviel gutes Land! Aber alles war Dedows Eigentum!

Wie ging es nur an, dass ein einziger Mensch soviel Land besitzen durfte! Diese Frage ließ Priebe keine Ruhe. Warum verkaufte Dedow ihm nicht ein Stückchen davon, zumal es geradezu brachlag, denn der Schulze besaß so viele Wiesen, dass manches Jahr nicht einmal alle gemäht worden waren. Solch ein Stück Wiesenland durfte gern teuer sein. Nur genug für einen kleinen Katen mit Krautgarten dazu und einem Eckchen vor dem Haus. Dort konnten, gegen Seewind geschützt, in seinem Vorgarten Phlox und Margeriten blühen, weiße Lilien auch, wie sie sonst nur vor dem Schulzenhof weithin leuchteten, dass es eine wahre Pracht anzuschauen war. War es etwa ungehörig gewesen, darum zu bitten?

Aber nein, Priebeliese hatte es vorher gewusst und keine Hoffnung in sich aufkommen lassen: nicht einmal bescheiden so weit hinter der Schifferreihe, dass das Häuschen kaum mehr gesehen werden konnte, – dorthin ließ man kleine Leute nicht! Dort durften sie niemals bauen und wohnen!

Hat denn der Herrgott die Erde nicht für alle Menschen geschaffen? Diese Frage bedrückte Priebe hart. Hat der Herrgott von vornherein die Erde geteilt, sauber geteilt in eine magere Hälfte für die armen Leute und in eine gute für die anderen, die an sich schon im Reichtum saßen?

Alle lebten von ihren Vätern und Vatersvätern her in demselben Dorf zwischen den drohenden Wassern und vor dem Wald. Jeder wurde auf gleiche Weise aus einem Mutterleibe geholt und eines Tages im Dünenhang eingebuddelt. Und doch – und doch – sogar auf diesem schmalen Streifen Land gab es zwei streng voneinander getrennte Welten. Auf der Osterseite dort drüben hatten sie Rotwein und Orangen, hatten alles, was der Mensch sich nur wünschen kann, brauchen sich nicht einmal groß darum zu quälen. Quälen dagegen mussten sich die Matrosen, die den Reedern die Gewinne brachten, aber zu Geld kamen sie nie! Ihre Kinder wurden mit Kartoffeln und Sirup groß gemacht – und wenige Schritte hinüber zur Osterseite wuchsen die Schifferkinder wie Zuckerpuppen auf. Armut und Not kamen einfach nicht an die Osterseite heran.

Priebeliese verwies ihn auf Samuel August Voß. Ihrer Meinung nach hatte es der Herrgott mit der Teilung doch nicht ganz genau genommen, oder er hielt sie nicht immer ein, sonst hätte er den Fregattenschiffer nicht plötzlich arm gemacht, vor allem nicht seine feine Frau Sophie!

»Arm –«, knurrte Priebe und versuchte, sich ein bisschen anders zu legen. Der Oberschenkel tat kaum mehr weh, doch der ganze Rücken von Tag zu Tag mehr, und am meisten die Knie, die sich schon lange nicht mehr völlig ausstrecken ließen. »Arm – arm«, knurrte er. »Arm nennst du das? Die sitzen drüben noch immer hinter den weißen Spitzengardinen im schönen eigenen Haus. Wenn du das arm nennst?«

Priebeliese schwieg. Es hatte keinen Zweck, Emil in diesem verbitterten, unzufriedenen Zustand klarzumachen, dass es verschiedene Sorten von Armut gab, dass die Reichen eine eigene Art Armut besaßen, die anders als die Armut der Armen war. Warum wollte Emil noch einmal bauen, nachdem ihm der Himmel einen Fingerzeig gegeben und ihm sein Haus durch die See einfach fortgerissen hatte? War das nicht deutlich genug gewesen?

Da er der Einzige war, dem die Sturmflut nicht nur das Haus, sondern noch dazu sein Grundstück genommen hatte, war es offensichtlich, dass er als Einziger im Dorf von nun an nichts mehr besitzen sollte. Und was machte es im Grunde aus, ob man ihn im Sarge aus dem Armenkaten oder aus einer anderen Haustür hinaustrug? Priebeliese konnte darin keinen Unterschied sehen. Einmal musste es doch geschehen, und nach Hinrichs Worten stand der Tod schon vor Emils Tür. Nur darum war Hinrichs nicht mehr wiedergekommen, nachdem er ihn untersucht und gesagt hatte, wie es um ihn stand.

Weil Emil auf der guten Seite nichts bekommen durfte, hatte er murrend den Streifen unter dem Zollhaus genommen und von früh bis spät besinnungslos geschuftet, um Geld für sein Baumaterial zu verdienen. In seiner Ungeduld hatte er alle Vorsicht außer acht gelassen; nur dadurch war ihm der Unfall zugestoßen.

In Priebeliese wanderten die Gedanken wieder im Kreise herum. Niemals kam man damit zu Ende, immer fing es von vorn an, gerade wenn man glaubte, angelangt zu sein.

»Was sitzt du so dwatsch herum?«, da fuhr Emil sie an. »Komm lieber her und fass mit zu! Glaubst du, ich will bis in alle Ewigkeit hier im Bett liegenbleiben und darauf warten, dass der Hinrichs recht behält und seine Lungenentzündung kommt? Scher dich her – mach keine Fisimatenten, jetzt wird pariert! – Pack mich am Arm – so – fass ordentlich zu – der meint, mein Oberschenkel sei gebrochen?«, höhnte er. »Dem werde ich ganz was anderes beweisen! – Halt doch fest – so – na, siehst du – es geht – lass nicht los! Untersteh dich!«

Emil stand in den zitternden Armen seiner Liese wie in einem festen Gehäuse.

»Siehst du woll?« Speichel trat aus seinem Munde, aber er hielt sich. »Genug für heute, morgen wieder und morgen mehr! Und den Hinrichs, diesen Kerl, schmeißt du raus, wenn er kommt, um mich tot zu sehen!«

*

Im Herbst war Hermine Dedow aus dem Töchterstift in Grimmen zurückgekommen, während Holdine noch ein weiteres Jahr dort bleiben sollte.

Eigentlich war es im Stift schöner gewesen als zu Hause; jedenfalls kamen Hermine die Spaziergänge der Stiftstöchter, paarweise in der klösterlich grauen Tracht, die Hauptlehrerin voran, die Handarbeitslehrerin am Schluss des Zuges, nachträglich nicht mehr so langweilig vor.

Es war zwar immer der gleiche Weg gewesen, wohl schon von Adams Zeiten an, über den Markt, an Vorstadthäusern mit ihren kleinen Gärten entlang bis dorthin, wo die lange Scheunenstraße der Ackerbürger begann und man schnell noch einen Blick in das ferne, freie Land werfen konnte, ehe es »kehrt« hieß. Am Marktplatz warteten jedoch stets die Gymnasiasten mit ihren bunten Mützen, den weißen der Primaner und den taubenblauen der Sekundaner; manchmal flog eine Blume herüber. Und als Hermine einmal stehengeblieben war, weil sich ein Knopf am Stiefel gelöst hatte, und aus der Reihe kam, steckte ihr ein Primaner, dessen Namen sie niemals erfahren hatte, ein Zettelchen zu, auf dem stand ein Gedicht, ein richtiges Liebesgedicht, das sie abends im Bett unter Tränen las und sorgsam vor ihrer Stubenkameradin verbarg.

Hier gab es keine weißen und blauen Mützen und keinen anderen Spaziergang als den mit Mama. Niemals durfte sie allein ins Dorf. Allein durfte sie nur in den Garten gehen, durch den jetzt der Wind fuhr und den Bäumen die letzten Blätter nahm. Und kam sie mit Mama hinaus, um sich, wie es hieß, ein bisschen Bewegung zu machen und bei dieser Gelegenheit nach der Gesundheit der alten Frau Amanda Permien zu fragen oder Frau Sophie Voß einen kleinen Besuch abzustatten, durfte sie sich nicht einmal nach Heiner Pieplow umschauen, dessen weite Schifferhosen lustig im Winde flatterten. Heiner war kein Gymnasiast, er besuchte in Wustrow die Seefahrtsschule und arbeitete auf sein Steuermannsexamen los. Heiner war also schon ein erwachsener Mann.

Nur das eine war unangenehm: Wenn Mama gelegentlich »Pieplow« sagte, musste man sich im stillen eingestehen, dass das ein unmöglicher, ordinärer Name war, den man am besten nicht in den Mund nahm. Aber man brauchte ja nur an »Heiner« zu denken, dann war alles gut.

Papa war wenig zu Haus. Besuch kam fast nie außer den Damen vom Schifferkränzchen. Doch für dieses Kränzchen musste man verheiratet sein. Überdies waren die Damen alle schon furchtbar alt! Und wenn Papa mit seinen Herren Karten spielte, durfte nur Mama unten bleiben, wie ungern sie das auch tat. Kaum waren die Herren gekommen und hatten die »Damen des Hauses« begrüßt, schickte Papa sie wie ein kleines Kind in ihr Zimmer hinauf.

Im Frühjahr sollte Papa einen Forsteleven bekommen, einen Herrn von Spitz. Aber Mama wünschte, dass er beim Revierförster unterkäme, weil in ihrem Hause eine erwachsene Tochter sei.

Im Winter, bald nach der Weihnachtszeit, sollte Hermine ihren ersten Ball besuchen. In Rostock, wünschte Mama, wie umständlich das auch sei. »Am besten wäre es aber«, meinte sie, »wir schickten Hermine zu meinen Eltern auf unser Gut, damit sie gleich in die ihr entsprechenden Kreise kommt und dort ihre erste Ballsaison erlebt.«

»Wat soll der Umstand«, lachte Papa, »lass sie man auf den Ball der Seefahrtsschule gehen!«

Mama erwiderte nichts darauf; immer, wenn sie schwieg, war sie entgegengesetzter Meinung. In der Weihnachtswoche sollte eine kleine Festlichkeit im Hause stattfinden, auf der sie von ihren Eltern als erwachsene Tochter in die Gesellschaft eingeführt wurde. Aber bis dahin – bis dahin verging noch unendlich viel Zeit, die sich einfach nicht vertreiben ließ.

Staubwischen jeden Morgen im Salon, alle Prismen und Glasglocken polieren, nachdem das Mädchen die Lampen geputzt und neu aufgegossen hatte. Dann mit Mama in der Wohnstube sitzen und sticken, aber nicht etwa mit Vorlesen; gelesen durfte frühestens nach dem Nachmittagskaffee werden. Ein bisschen Klavierspielen jeden Tag, darauf bestand Mama. Freitags, wenn das geputzte Silber aus der Küche zurückkam, waren alle Bestecke nachzuzählen, ob das Personal nichts davon gestohlen hatte. Und wenn Mama für den Kartenabend der Herren in der Küche die Salate bereitete und die Platten auflegte, musste sie dabeistehen, durfte Löffel und Senf, Öl und Essig reichen, auch manchmal unter Aufsicht die Mayonnaise rühren.

Abends las sie regelmäßig vor. Mama hörte aber oft nicht zu, obwohl sie die Bücher selbst ausgewählt hatte. Immer wieder lauschte sie hinaus, ob der Wagen endlich käme. Stand jedoch der Wagen in der Remise auf dem Hof und Papa war nur spazieren gegangen, war sie noch nervöser und zog alle Viertelstunden die Uhr. Wie oft musste Hermine das Vorlesen unterbrechen, um die Köchin zu rufen, die auf der Schwelle stehend irgendeinen Auftrag bekam, der ebenso gut bis zum nächsten Morgen Zeit gehabt hätte. Hermine durfte schließlich schlafen gehen. Die Mutter hielt im Wohnzimmer mit ihrer Handarbeit weiter aus. Papa kam wohl oft erst furchtbar spät wieder nach Hause.

*

Dampfschiffer Hans Wilhelm Niemann machte sich gegen Ende November zu Samuel August Voß auf. Er wählte den Vormittag, weil er aus respektvoller Entfernung festgestellt hatte, dass der Schiffer täglich gleich nach dem Mittagessen, bei jedem Wetter zudem, sein Haus verließ, auf dem kürzesten Wege zum Strand hinüberging und erst wiederkehrte, wenn die Dämmerung kam. Zugleich durfte Niemann damit rechnen, den Herrn des Hauses im Vorderzimmer allein anzutreffen, weil Frau Sophie den Haushalt jetzt ohne Hilfe besorgen musste.

Er hatte sich nicht getäuscht. Schiffer Samuel August Voß saß am Fenster, die Stahlbrille auf der schmalen, gekrümmten Nase, und las sein Blättchen. Wäre nicht an die Stelle der dunklen Zigarre eine kurze Pfeife getreten, die überdies ausgeklopft und gereinigt in der großen Muschel auf dem Fensterbrett lag, hätte sich keine Veränderung feststellen lassen. Der Schiffer ruhte sich nach der langen, in diesem Jahr besonders aufreibenden Fahrenszeit während des Winters aus und genoss das Behagen des Heims und die Fürsorge seiner Frau. Samuel August Voß freute sich sichtlich über seinen Besuch.

»Nun, alter Freund«, sagte er, als hätte er es mit einem Altersgenossen zu tun, »was kann ich dir anbieten? Einen Klaren wohl nicht, dazu ist das Wetter nicht gerade angetan – zum Grog, der der Temperatur angemessener wäre, scheint es mir reichlich früh am Tag – aber ein Gläschen Portwein, Junge, das wäre nicht schlecht!«

Ehe sich Hans Wilhelm Niemann entscheiden konnte, ob in diesem Fall eine Zusage oder eine Ablehnung taktvoller sei, hatte Voß dem Wandschrank die passenden Gläser entnommen, gleich darauf stand auch die Portweinkaraffe auf dem Tisch.

»Ungemütliches Wetter.« Voß rieb sich die Hände. »Nun, was gibt's Neues im Dorf? Was macht die Frau? Was macht der Jüngste? Hat er schon seine ersten Büxen an?«

Hans Wilhelm Niemann hörte heraus, dass Voß nur fragte, um selbst nicht gefragt zu werden; dieses Versteckspiel kam ihm unnötig vor. »Sag mir lieber, Samuel August, was für Pläne hast du eigentlich?«

Hochgezogene Augenbrauen waren die einzige Antwort.

»Erdmann hat mir erzählt, was in Rostock entschieden worden ist. Also mit Babentien ist es vorbei?«

»Ja, stimmt, vorbei.«

»Und du, Samuel August?«

»Versteht sich wohl von selbst: dito vorbei.«

»Ich komme nicht, um Einzelheiten über diesen Konkurs zu hören. Wer die Schiffe gekauft hat oder kaufen wird, werden die Spatzen bald von allen Dächern pfeifen. Ich komme mit einer Bitte zu dir.«

Wieder gingen die Augenbrauen hoch.

»Wir brauchen dich nämlich!«

»Wir? Was heißt hier ›wir‹?«

»Die Schifffahrt, Mann!«

»Etwa deine Schlotkästen?«, fragte Samuel August scharf.

Niemann wollte sich nicht verletzen lassen. »Kannst sie gern so nennen, wenn es dir Spaß macht. Aber im Frühjahr wird ein neues Dampfschiff eingestellt. Der Posten des Kapitäns soll besetzt werden – sie haben mich auf dem Konto schon einmal gefragt und jetzt deswegen an mich geschrieben.« Er fügte eindringlich hinzu: »Wir brauchen nämlich – wir suchen einen erfahrenen, möglichst auch etwas älteren Segelschiffer.«

»Sieh – so!«

»Willst du dich etwa jetzt schon zur Ruhe setzen?«

»Nun frag mich bloß noch, Hans Wilhelm, worauf ich mich zur Ruhe setzen will«, antwortete Voß. Dabei trat ein Lächeln um seinen Mund, das schwer zu deuten war. »Breit und behaglich ist nämlich mein Ruhelager nicht, des kannst du gewiss sein. Aber das hilft nun mal nichts, das gehört dazu. Es sind die wenigsten, die ihr Leben in Saus und Braus beschließen können. Aber auf einen von euren Schlotkästen gehe ich nicht, ein für allemal gesagt, damit du es endlich begreifst!«

Niemann trat näher an Voß heran: »Willst du wirklich für den Rest deines Lebens – dieser Rest könnte erheblich lang sein, du bist noch keine Sechzig – mit einer kalten Pfeife auf der unbenutzten Aschenschale untätig am Fenster herumsitzen und beobachten, wer auf dem Dorfweg vorübergeht, während draußen die Schiffe weiterfahren, immer mehr Schiffe, immer größere, immer schönere, schnellere? Die Hände in den Schoß legen, Mann? Und weißt, dass wir dich brauchen!«

»Laat mi to freeden«, knurrte Voß ungehalten.

Niemann maß mit langen Schritten die Stube aus: »Wir sind auf die gleiche Schifferschule gegangen, Samuel, haben uns mit Wetter und Wind herumgeschlagen, sind beide Fahrensleute, nur, wir fahren auf zwei völlig verschiedenen Kursen. – Deiner ist der der Osterseite – ihr wollt Herren bleiben, weil ihr einmal Herren wart, – ein eigenes Schiff, groß oder klein, fähig oder unfähig für den ständig heißeren Wettbewerb um Fracht und Preise auf dem Weltmarkt, damit ist euer Horizont abgesteckt! Dahinter tun sich neue Welten auf –.« Er versuchte, ruhiger zu sprechen. »Weißt du noch, Samuel August, dass du mich damals auf der letzten Partenreederversammlung der NÖRDLICHEN KRONE, auf der die Pleite eurer veralteten Schifffahrt klar zutage trat, ausgelacht hattest, weil du dachtest, ich läse Romane? Weißt du das noch? Du solltest das Buch, von dem ich damals sprach, weil es mich nicht wieder losließ, einmal lesen. Dann begreifst du im Ernst, dass es mit eurem Denken und eurer Schifffahrt ein Ende nimmt – wann, das weiß man noch nicht, aber man sieht es kommen – .« Er machte eine Pause. »Diese Großreedereien, bei denen ich angestellt bin, leben auch nur für eine begrenzte Zeit, die sind noch nicht das letzte Wort. Dahinter zeigt sich etwas ganz Neues. Dorthin geht mein Kurs! Immer voraus! Dieses Buch handelt vom Kapital und heißt auch so – es ist eine verteufelt gute Segelanweisung, Mann!«

Samuel August schreckte hoch. Die Tür war aufgegangen. Er wandte sich um: »Ach, liebe Sophie – wie hübsch, dass du kommst und uns eine kleine Stärkung bringst. Ich könnte sonst vielleicht doch noch schwach werden, weil mir Hans Wilhelm solch ein konziliantes Angebot macht. – Lach doch, Hans Wilhelm, es ist noch kein Wort über den Lohn – oder sagt ihr: das Gehalt, das ein Dampfschiffer bei euch erhält, gefallen – aber das ist dir wohl klar: Selbst euer Geld lockt mich nicht. Ich danke dir«, er hob sein bisher kaum angerührtes Glas, »dass du an mich gedacht hast. Ich weiß, es war gut gemeint.«

Er überließ den weitern Ablauf der Unterhaltung seiner Frau, die beide Herren mit einem Frühstück versorgte, welchem nicht anzumerken war, dass der Reeder Babentien in Konkurs gegangen war und der Schiffer Samuel August Voß mitgezogen hatte, oder genauer gesagt, dass der Fregattenschiffer Samuel August Voß ihn auf diesem schweren Wege nicht verlassen hatte. Und als Hans Wilhelm der Frau des Hauses erzählte, er erwöge, mit seiner Familie nach Hamburg überzusiedeln, schon um des Jüngsten, des kleinen Robert, willen, der sich nicht, wie sein Vater und seine Brüder, mit der Dorfschule begnügen sollte, gab es für beide neuen Gesprächsstoff genug. Nur einmal mischte sich Samuel August ein. Er bekräftigte mit einem Schlag auf den Tisch die Meinung seiner Frau: Die Heimat und das Haus der Väter auf dem eigenen Grund sollte man um keinen Preis der Welt verlassen und in andere Hände geben!

*

Dürten Pieplow und Erdmann Permien stellten Marie Köhns Geduld auf eine harte Probe. Jemand war in die Gaststube gekommen, sie hörte nebenan Schritte, endlich schurrte ein Stuhl. Die Kinder konnten sich nicht entscheiden, ob sie für die Pfennige, die der Junge bereits auf den Ladentisch gelegt hatte, eine Hand schützend davor, als könnte das Geld plötzlich zu rollen beginnen, zwei Lakritzenstangen oder zwei Zuckerstangen wählen sollten, weil sie erst beraten mussten, was letzten Endes ausgiebiger wäre.

Marie Köhn schaute schnell in die Gaststube hinein. Dort saß der gleiche Fremde, der vor Jahren aufgetaucht war. Neben seinem Stuhl lag ein dicker Rucksack.

»Ich kann gern warten«, sagte er freundlich.

Marie huschte in den Laden zurück. Der Junge nahm nichts, aber bei einem Pieplow-Kind war man nie sicher. Inzwischen hatten sich die Kinder entschieden, sie wählten eine schwarze, leicht bewegliche und eine feste, bunt, geäderte Stange.

»Du darfst mit der Zuckerstange anfangen, Dürten«, sagte Erdmann großzügig, während er die Pfennige freigab, »wenn wir zu Hause sind, tauschen wir.«

»Abbeißen darf keiner, nur lutschen«, wurde weiterhin abgemacht, ehe sie endlich den Laden verließen.

Der Fremde hatte in der Wartezeit festgestellt, dass die Gaststube vor kurzem frisch geweißt worden war, auch die Gardinen mussten neu sein. Aber der Raum wirkte wie abgestorben. Es lag kein Geruch von Tabak, Bier oder Schnaps in der Luft. Der Bierhahn schien versiegt zu sein, warum stände sonst der Kasten mit Flaschen da, auf denen sich Staub angesammelt hatte? Waren die Leute im Ort etwa enthaltsam geworden? Dann musste es das erste nüchterne Seemannsdorf sein, das ihm bisher begegnet war. Wenn aber ein Temperenzler hier Einfluss hatte, wäre es sinnlos, dagegen anzugehen und sich mit einem Krug zu behängen; solche Kerle hatten eine unvorstellbare Macht auf dem Land. Der Laden dagegen – erwog er weiter – wenn die Männer kein Geld im Krug vertrinken, kaufen die Frauen mehr ein. Doch an solch einem Laden pflegen ältliche Witwen wie Kletten zu hängen, während ihnen ein Krug mit den Jahren lästig wird. Er war mit seinen Gedanken noch nicht ganz fertig, da kam Marie Köhn.

Diesmal stellte der Fremde sich vor. Er war aufgestanden, verbeugte sich und sagte deutlich: »Jacob Joachim Eduard Dahm.« Er hatte seinen Lodenmantel aufgeknöpft, trug darunter einen langschößigen Rock. Die grünliche Hose schien noch die gleiche von damals zu sein, wie auch sein Gesicht unverändert war. Die blonde, lockige Haarsträhne fiel wieder bis über die blauen, etwas hervorstehenden Augen.

»Ein kleines Helles?«, fragte Marie.

Sie weiß noch genau, dachte Jacob Joachim Eduard Dahm geschmeichelt, was ich damals bestellte.

»Nein, eine Flasche, bitte«, sagte er mit Rücksicht darauf, dass es anderes Bier in diesem Krug bestimmt nicht mehr gab.

Als sie ihm das Gewünschte reichte, sagte er bescheiden: »Auch ein Glas, wenn ich darum noch bitten darf.«

Marie Köhn war von diesem Wunsch beeindruckt. Also war es doch ein Herr!

»Ich bin wieder mal ein bisschen im Land«, begann er, als wären sie gut miteinander bekannt. »Der Dorfweg ist noch immer in dem alten, elenden Zustand, als wenn hier gar keine Menschen lebten, – lauter Lachen und unergründlich tiefer Sand.« Er zog kopfschüttelnd ein Paket Schnitten aus der Tasche und klappte sein Messer auf.

Marie lief zur Küche, um einen Teller zu holen, damit der Herr nicht aus dem Papier essen musste.

»Wie kann das nur angehen«, fuhr er nach ihrer Rückkehr fort. »Hier müsste Wandel geschaffen werden – Handel und Wandel, so sagt man, das gehört zusammen –«, er machte eine Pause und aß.

Marie stellte verwundert fest, dass zwischen die dicken, dunklen Landbrotschnitten nur Schmalz geschmiert war.

Nach einem Weilchen fragte er: »Da drüben steht ja ein unbewohntes Haus – ein ganz nettes Haus. Sind die Besitzer tot?«

Marie erklärte die Familienumstände: Die Witwe des Schiffers Claaß Jörk sei zu ihrem neuen Mann gezogen.

»Und seitdem wohnt niemand mehr drin?«, fragte er erstaunt.

»Hat sich kein Mieter gefunden? Soll das Haus verkauft werden?« Darüber konnte Marie keine Auskunft geben.

»Lässt die Frau ihr Haus einfach ungenutzt stehen? Das kostet doch Geld!«

So weit hatte Marie Köhn noch nie gedacht.

»Man ist hier wirklich wie hinter aller Welt.« Er aß nachdenklich sein Brot auf, pickte die Krümel hoch, faltete das fettige Papier achtsam zusammen und schob es in seine Manteltasche. »Könnte man wohl ein Zimmer haben, gute Frau?«

»Ein Zimmer?«

»Nur für ein oder zwei Nächte.«

Marie stutzte. Solche Frage war ihr noch nicht beggegnet.

»Oder irgendeine Kammer?«

Sie nickte unsicher. Peters kleine Dachstube war nicht bewohnt. »Wenn der Herr vorliebnehmen will –«, sie erklärte, dass sie erst aufräumen und sauber machen müsste, sehr bescheiden sei die Stube auch und nicht zu heizen.

Er hörte kaum zu. »Dann ist es in Ordnung – mit dem Essen brauche ich sie nicht weiter zu bemühen.« Er wies auf den Rucksack. »Ich habe mir alles mitgebracht.«

Auf seinen Spürwegen kreuz und quer durch das Dorf kam Jacob Joachim Eduard Dahm gegen Abend zu den schwach erleuchteten Bullaugen der Roof und stellt mit einem Blick fest, dass keine Absage an den Alkohol den Krug von Marie Köhn verödet hatte.

*

Am dritten Weihnachtsfeiertag trat das Kränzchen nach langer Pause bei Tante Amanda zusammen. Mieke deckte den Tisch festlich mit Tannengrün und einem dreiarmigen Kerzenhalter in der Mitte.

Sie hängte die Lamettafäden wieder an den Weihnachtsbaum, die Niklas heruntergerissen hatte, als er nach den vergoldeten Nüssen angelte.

Tante Amanda saß im Korbstuhl und schaute zu. Alter und Rheuma hatten ihren Rücken gekrümmt. Sie musste den Kopf zur Seite neigen, wenn sie hochschauen wollte. Mit dem aufgetürmten Spitzenhäubchen auf dem dünnen Haar, den scharf gewordenen Zügen und vertrockneten Augenlidern konnte sie an einen Kakadu erinnern. Auch ihre Stimme hatte etwas Krächzendes bekommen.

»Tu mir heute die Liebe, Mieke, und bleibe hier. Es wird das letzte Mal sein, dass ich das Kränzchen bei mir sehe. Du würdest es später, wenn ich erst unter der Erde liege, bitter bereuen, dass du mir bis zuletzt diesen Kummer bereitet hast.«

Mieke bückte sich nach einem goldenen Faden.

»Ich kann ja den Damen sagen, wie leid es dir tut, dass du uns das seit Jahr und Tag angetan hast, und du versprichst uns, nicht mehr zu dieser – dieser Lisbeth hinzugehen –«

»Liebe Tante Amanda, das kann ich nicht tun«, sagte Mieke leise.

»Die steht dir also näher als deine eigene Familie?«, fragte Tante Amanda scharf.

»Das darfst du nicht sagen, Tante. Erdmann begleitet mich ja oft.«

»Wohin geht ihr heute Nachmittag?«

»Zu Lisbeth und Elias.«

»Das muss man ja geradezu einen Affront nennen, Mieke! – Wenn mich die Damen fragen, wo ihr seid?«

»Dann musst du die Wahrheit sagen, Tante.«

»Ich würde mich schämen, so etwas über meine Lippen zu bringen!« Mieke war rot geworden. Ihre Hände zitterten, als sie den kleinen Tannenkranz um Tante Amandas Tasse zurechtrückte.

»Erdmann hält auch viel von Lisbeth«, sagte sie bescheiden.

»Erdmann – Erdmann! – Was wissen denn Männer! Und wenn sie verliebt sind – merk dir, liebes Kind: Verliebte sehen in der Welt nur sich, doch sie vergessen, dass die Welt sie sieht!«

»Ich hatte damit gerechnet«, fuhr sie ärgerlich fort, »Erdmann würde mit der Zeit vernünftiger und gesetzter werden, anstatt nur hinter dir herzulaufen und dir alles zu Gefallen zu tun! – Aber sage mir bitte, Mieke, fragst du dich nie, was die Leute über dich reden? Nicht nur meine Kränzchenschwestern, sondern die da drüben, die Webers, die Pieplow, um nur ein paar zu nennen. Solchen kleinen Leuten sollten wir immer mit gutem Beispiel vorangehen! Wie wenig Takt leider Männer in diesen Dingen haben, hast du zur Genüge an dem alten Schiffer Konow gesehen. Der machte sich glatt zum Narren, als er mit dem Baby auf dem Arm an seinem Gartenzaun stand, und noch jetzt fasst er den großen Bengel, der schon zur Schule geht, wie eine Kinderfrau an die Hand.«

Mieke nahm sich zusammen, um Tante Amanda nicht aufzuregen und ihr die Vorfreude auf den Kränzchennachmittag zu schmälern. Als Tante Amanda jedoch von Elias Konow zu Lisbeth überging und etwas von diesem losen Mädchen aus dem Volk sagte, das es verstanden hätte, sich in ein warmes, wohlvorbereitetes Nest auf der Schifferreihe zu setzen, konnte sie nicht länger schweigen.

»Liebe Tante«, bat sie, »das ganze Unglück kam nur, weil Elias auf See blieb. Sonst hätten sie gleich nach seiner Rückkehr geheiratet, und alles wäre in Ordnung gewesen.«

»In Ordnung, Mieke, in Ordnung kann man nicht sagen; jeder rechnet nach.« Sie bewegte ihre gichtkrummen Finger. »Und willst du etwa gutheißen, dass Elias uns den Tort antun wollte, mit solch einem Mädchen aus dem niedrigsten Volke anzukommen, sie zur Schifferfrau zu machen und uns zuzumuten, sie in unsere Kreise aufzunehmen? Wenn er aber nicht davon abzubringen gewesen wäre«, fuhr sie versöhnlicher fort, »hätten wir vielleicht den Mantel der Liebe darüber gebreitet – denn wir sollen verzeihen – sogar den Sünderinnen. Wer aber weiß, Mieke, ob Gott nicht diese Sünderin und Elias durch den Untergang der Venus strafen wollte? Denn Gott der Herr ist gewaltig in seinem Zorn, wie es im alten Testament geschrieben steht! Sein Zorn könnte auch über euch beide kommen, liebes Kind. Ich warne dich zum letzten Mal, brich den Verkehr mit der da ab! Mach endlich alles wieder gut!«

Mieke verließ leise das Zimmer und flüchtete zu Erdmann, der in der Küche die Flasche Südwein aufzog, mit der Tante Amanda den Kränzchenschwestern eine Überraschung bereiten wollte, nachdem ihre Lieblingsspeise aus rosa Sahnekrem, die den Namen »Errötende Jungfrau« trug, aufgetischt worden war.

*

Als Daniel, der Weber, einmal hinausgehen musste und auf Grund seiner sitzenden Lebensweise erst nach geraumer Zeit zurückzuerwarten war, benutzte Emma die gute Gelegenheit, in seine Webstube zu schlüpfen, um endlich festzustellen, was für eine Arbeit er angefangen hatte, um derentwillen er sogar unter allerlei Vorwänden Frau Dampfschiffer Niemanns Auftrag auf Kopfkissenbezüge hinausgeschoben hatte.

Die Arbeit musste sehr eilig sein, denn Daniel saß bis spät des Nachts dabei und noch dazu hinter verschlossener Tür. Er gönnte sich kaum eine Mittagspause. Auf ihre Fragen hatte sie nur die Antwort bekommen: »Halts Maul! Lass mich in Ruh! Das geht dich nichts an! Weiber plappern alles aus, und nachher stehe ich da wie einer, der es heraufbeschworen hat!«

Was dort aufgelegt und etwa einen halben Meter lang gefördert war, war ein Damasttuch, doch für ein Tafelgedeck zu schmal. Es lief auch keinerlei Muster über den Grund. Den Rand begleiteten einige schlichte Streifen. Erst zur Mitte hin schien ein Muster zu beginnen. Es könnten Röschen werden, vielleicht aber auch Kinderköpfchen.

Emma sah genauer zu: Nein, Engel wahrhaftig, Engel wurden es! Die Flügel neben den Köpfchen waren deutlich zu sehen, und darunter begann ein Kreuz, ein gewaltig großes Kreuz, das von fliegenden Engeln umgeben war! Emma musste sich setzen. Ein unheimliches Angstgefühl hatte ihr Herz gepackt. Sie hatte erkannt, was es war, – es war ein Leichentuch, das bei der Aufbahrung über dem Toten liegen und ihm unter die Erde mitgegeben werden sollte. Sie vergaß Daniel und seine Rückkehr. – Wann hatte Daniel je ein Leichentuch gewebt? Tat er es nur, um so etwas im Vorrat zu haben? Aber es eilte ja, eilte so sehr, dass er Frau Dampfschiffer Niemann vertröstet hatte, obwohl er das Geld dringend gebrauchen konnte!

Also starb jemand im Dorf, und zwar bald! Also stand im Dorf ein Tod bevor!

Und Daniel wusste es, wie er immer auf eine ihr völlig unerklärliche und unzugängliche Weise jedes Unheil zu spüren meinte, das irgendwo lauerte!

Ihre Gedanken jagten die Häuserreihen des Dorfes entlang. Auf dem Schulzenhof? Dort war niemand krank. Bei Samuel August Voß? Der Schiffer sah allerdings schlecht aus, seit er das Pech mit dem Reeder gehabt hatte und der Reichtum dahingegangen war! Der jungen Frau Alma sollte es aber ausgezeichnet gehen; sie war vor dem Weihnachtsfest aus dem teuren Sanatorium in der Schweiz heimgekehrt. Natürlich schonte sie sich, aber so etwas durften sich solche Leute eben immer noch leisten. Etwa der alte Schiffer Konow? Nein, dem konnte es nicht gelten, der wurde von Jahr zu Jahr jünger, dem sah kein Mensch mehr sein Alter an. Weiter jagten Emmas Gedanken, blieben dann wie erleichtert bei Tante Amanda stehen. Die könnte es sein! Ja, die musste es sein, denn auf der eigenen Westerseite oder gar in der armseligen Fischerreihe konnte ein jeder sterben, von früh bis spät, er bekam trotzdem niemals solch ein kostbares Leichentuch.

Also, Amanda Permien!

Doch wie sehr Emma sich mühte, sie vermochte sich nicht vorzustellen, dass diese alte, verhutzelte Frau mit dem scharfen Vogelgesicht, vor dem sich die Kinder fürchteten, unter einem Leichentuch mit fliegenden Engeln lag, Selbst die Engel würden sich vor ihr fürchten müssen!

Gälte das Leichentuch Frau Amanda Permien, hätte Daniel ein anderes Muster ausgesucht, denn er dachte sich immer etwas bei seiner Weberei. Für die hätte Daniel bestimmt keine Engel gewählt, sondern Palmenzweige zum Beispiel, dazu das heilige Buch, das sie immer im Munde führte, wenn es ihr in den Kram passte. Aber Engel auf keinen Fall!

Emma stand mit einem Ruck auf. Ihr wurde siedend heiß. Jetzt wusste sie, warum Daniel so geheimnisvoll vor ihr tat, immer die Tür zur Webstube vor ihr verschloss. Das war bisher niemals vorgekommen. Jetzt wusste sie es: Das Leichentuch – dieses Leichentuch war für sie selbst bestimmt! Daniel sah ihren Tod voraus! Bald, bald sogar, denn er webte ja Tag und Nacht! »Daniel –«, sie wollte ihn rufen, wollte nach ihm um Hilfe schreien. Die Angst presste ihr die Kehle zu.

Emma wusste kaum, wie sie aus der Webstube gekommen war. Sie hörte nicht, dass Daniel von seiner langen Sitzung zurückkehrte. Sie kauerte auf dem Boden wie ein Tier, das sich vor dem Tode verkriechen will, die angstnassen Hände im Schoß verkrampft, und wiegte den Körper hin und her, hin und her. Der Webstuhl klapperte unter ihr. Daniel webte an ihrem Leichentuch! Sie kroch auf den Knien bis zur Bodenstiege und schrie aus Leibeskräften gegen das Klappern an: »Daniel! Wird das mein Leichentuch?«

Der Webstuhl stand still.

Aber sie musste noch einmal schreien, ehe er sie verstand.

»Halt die Schnauze, Emma! Was hast du an meinem Webstuhl zu suchen? Bildest du dir etwa ein, ich würde mir für dich soviel Arbeit machen?«

*

Als der erste Schneesturm dieses Winters um das Haus tobte, der Schnee in wenigen Stunden die Fenster und auch die Haustür verriegelte, dass nur der Ausgang zum Hof übrigblieb, setzte ein lange anhaltender Blutsturz, den eine Erkältung ausgelöst haben konnte, dem Leben der jungen Frau Alma Köhn ein Ende. Sie losch wie eine Lampe aus, deren Brennstoff versiegt war.

Frau Sophie erkannte es gleich. Der Versuch, dessen Erfolg überdies sehr zweifelhaft gewesen wäre, da der Südwest nicht nachließ, den Feldscher Hinrichs heranzuholen, unterblieb. Nicht einmal dem Ehemann, der wegen einer Reparatur auf der Werft in Rostock war, konnte Nachricht gegeben werden. In Seestiefeln, den Südwester fest unter den Bart gezurrt, mühten sich die Fischer, den Sarg durch die Hintertür auf dem geschützten Umweg über den Schulzenhof, wo der Pastor ihn erwartete, zum Friedhof zu tragen.

Keding hatte das Kunststück vollbracht, Krumbow im Schlitten zu holen, vom Ausgang des Darßes an wegen der Schneewehen am Strande entlang; er hatte dabei die Pferde fast zuschanden gefahren, so dass an eine Heimkehr des Pastors vorderhand nicht zu denken war.

Nur Männer folgten zum Friedhof mit. Frau Sophie hatte sich bescheiden müssen, dass auch die Bewirtung des Trauergefolges wegen des Unwetters unterblieb. Sie wartete gefasst allein in dem sturmumtobten Haus, bis Samuel August endlich völlig erschöpft, sogar die hohen Stiefel und die Taschen des Ölrocks mit Schnee vollgeweht, zurückkam.

Frau Elisabeth Dedow hatte beide Gastzimmer heizen lassen, denn der neue Eleve, Dankwart von Spitz aus dem Hause Züllchow, der seinem Chef Abrechnungen über den Holzeinschlag vorgelegt hatte, war ebenfalls eingeschneit.

Das Hausmädchen trug den triefenden Talar, die dickwollenen Socken und die Hose des Pastors zum Trocknen in die Küche. Als Krumbow vor dem Spiegel im Flur feststellen musste, wie zerknittert der in einem Kojensack auf dem Schlitten mitgeführte Gehrockanzug war, vernahm er aus dem Salon Lachen und eine übermütige Männerstimme. Es klang, als wären die jungen Leute drinnen allein. Er sah sich hilfesuchend nach der Dame des Hauses um, da öffnete das Mädchen ihm die Tür zum Salon.

Der junge Dankwart von Spitz stand in Jagdstiefeln und einem untadelig gebügelten grünen Rock vor Hermine, die kokett im Sofa lehnte; die Ärmel ihres weichen Wollkleides waren zurückgeschlagen und ließen wohlgeformte schneeweiße Arme sehen. Am Fenster saß Frau Dedow mit ihrer Stickerei.

Der Pastor, der sich in seiner Unsicherheit dem Eleven vorstellte, anstatt dessen Vorstellung entgegenzunehmen, sagte Frau Dedow einige unbeholfene Worte über den traurigen Anlass, der ihn hierhergeführt hatte. Das laute Geplauder der jungen Leute, die sich durch sein Kommen kaum hatten stören lassen, verwirrte ihn mehr und mehr.

»Hermine«, verwies Frau Dedow ihre Tochter sanft, »ich glaube nicht, dass dieser Ton heute ganz am Platze ist.«

Darauf ging Hermine zum Flüstern über und zwang ihre Mutter, die Aufmerksamkeit zwischen dem Pastor und der Tochter zu teilen. Sie wollte hören, welche Antwort Hermine dem jungen Herrn von Spitz auf seine Frage gab, wie dem gnädigen Fräulein ihr erster Ball gefallen hätte.

Frau Dedow hatte dieser Ball der Seefahrtsschüler in dem für ihr Empfinden reichlich primitiven und gewöhnlichen Gasthaussaal durchaus missfallen. Gewiss, die jungen Tänzer hatten zum Teil gute Figuren, das musste man ihnen lassen. Doch wie ungehobelt! Wie ungewandt! Nicht einmal fähig, mit jungen Damen eine schickliche Konversation zu führen. Sie tanzten pausenlos. Auch mit Hermines Benehmen war sie in keiner Weise einverstanden gewesen. Ihre Tochter hätte diesem Pieplow durch einen Korb zu verstehen geben müssen, dass man die gleiche Dame nicht zu jedem Tanz bitten darf. Bei der Damenwahl aber lief Hermine sogar sofort auf ihn zu, anstatt ihm wenigstens bei dieser Gelegenheit zu zeigen, was sich einer Dame der Gesellschaft gegenüber gehört. Sie hätte ihn fühlen lassen müssen, welch ein Abstand zwischen dem Sohn eines Schiffskochs und der Tochter des Försters Dedow bestand!

»Herr von Spitz, wollen Sie sich nicht ein bisschen zu uns setzen?« Elisabeth Dedow wies liebenswürdig auf ein besticktes Taburett. Es ging nicht an, dass Hermine Herrn von Spitz Andeutungen machte, die auf diesen Steuermannsschüler mit dem unmöglichen Namen hinauskommen konnten.

Herr von Spitz folgte ihrer Aufforderung artig, hörte höflich an, was der Pastor von der Mahnung Gottes zu sagen fand, sich des eigenen Endes mit dem darauffolgenden Jüngsten Gericht immer gegenwärtig zu sein, die deutlich in dem unerwarteten Tod dieser jungen Frau zum Ausdruck gekommen sei.

Hermine war schmollend auf dem Sofa sitzen geblieben und blickte gelangweilt in den ewigen Schneewirbel hinaus. Sie hatte sich ihr Leben als junges Mädchen anders vorgestellt.

*

In den ersten Märztagen, als die Wetterlage ruhig war und die Verbindung mit Segelschlitten über die Binnensee, mit Klingelschlitten über Land, gesichert schien, kam der neue Vertreter von Roeding ins Dorf. Er stellte sich bei Marie Köhn mit dem Namen Alms vor, nahm ihre kleinen Bestellungen auf Haus- und Gartengeräten, Riegel und Nägel, Holzpantoffeln und Karrensiehle dankbar entgegen und erkundigte sich dann, ob hier im Dorf ein Junge zum Frühjahr auf See gehen wollte.

In diesem Jahr war es nur einer, Pieplows Theodor, im letzten Herbst dreizehn Jahre alt geworden. Der Reisende ließ sich Pieplows Haus beschreiben und machte sich dorthin auf.

Er wurde von Lovise sofort in der Küche an den Tisch gebeten. Alle rückten zusammen. Lovise kescherte ihren Mann hoch, einen Hocker und einen Becher zu holen, nahm die große Dürten auf ihren Schoß und fing gleich an, mit weit vorgestreckten Händen für den Gast ein dickes Brot mit Sirup zu streichen.

Dann setzte das Fragen ein. Endlich war wieder jemand aus der Stadt gekommen und konnte erzählen, wie es bei Roedings stand, beim alten und beim jungen Chef. Er brachte einen Sack voll Neuigkeiten mit, wie die Gründung eines Kriegervereins. Von so etwas hatte Lovise Pieplow noch nie gehört; sie musste darüber beruhigt werden, dass solch ein Verein nicht die Absicht verfolgte, einen neuen Krieg zu erklären. Alms berichtete von Plänen, den Hafen an der Binnensee zu erneuern und auszubauen, von den kupferfesten Schonern, die bei den beiden Werften der Stadt auf Kiel gelegt worden waren.

Ja, wer in der Welt herumkäme, meinte Lovise, von der Fülle des Neuen schier erdrückt, der wüsste Bescheid. Und mit dem Thema vom Schiffbau war man dem beiderseitigen Ziel nähergekommen: Theodors Ausrüstung für die See.

Lovise holte weit aus, schonte ihren Mann nicht, der schläfrig wie immer am Tisch saß, und sagte, dass er viel zu träge sei, auf die Binnensee zu gehen und im Eis zu fischen. Da holte sich nämlich manch einer einen kleinen Verdienst, und wenn nicht anders, hätte man wenigstens ab und an eine Mahlzeit auf dem Tisch. Aber so einer, der aus purer Faulheit zum Sägebock und Hauklotz Zuflucht nähme, als könnten ihre Jungen nicht allein mit dem bisschen Holz fertig werden, – ihr Großer allerdings – sie zeigte mit den Augen auf Heiner, der wortlos eine Sirupschnitte nach der anderen aß – ja, ihr Heiner, der ginge nun auf Schule und hätte keine Zeit – was sie da alles lernen müssten, ihr schwirre schon der Kopf, wenn sie nur seine Bücher auf dem Tisch liegen sähe, und was das kostete – aber das Schlimmste, – sie sah geflissentlich dorthin, wo ihr Mann gottergeben saß, – damit würden sie alle bald an den Rand des Grabes gebracht. Sie machte eine Pause, ehe sie sich an ihren Mann wandte: »Ich gebe ja zu, Pieplow, dass dieser versoffene Matrose auch Schuld daran hat. Ich höre, wenn er am Schuppen nach dir pfeift, – warum brauchst du aber heimlich gleich hinter ihm herlaufen, das sage mir mal!«

So ginge nämlich das bisschen Geld auch noch dahin, erklärte sie dem Reisenden weiter. Wenn nur die Ostseehäfen erst wieder offen wären, damit sie Pieplow'n los würde. Ein Esser weniger am Tisch und ein Säufer weniger im Dorf, das mache was aus! Sie warf ihrem Mann einen drohenden Blick zu, sich nicht zu mucksen, aber die Anwesenheit eines Fremden machte ihm anscheinend Mut: »Jo, jo, Lovise, führ du ees man to Seei –. Maandags, mittwochs un fridags geew dat keen Fleesch an Buurd, dienstags, donnerstags un sünnabens wiert ook nich Zwang un sünndags braad't de Schipper sien Fisch in uns Fett – wer op dee oll Koor nich versuppt, de verhungert doropp – wenn dat Trappzuurn goor keen Enn' noohm, sall de Düwel de ganze christliche Seefahrt haalen –.«

Eine so lange Rede hatte Pieplow wohl in seinem ganzen Leben nicht gehalten, sonst hätte es Lovise die Sprache nicht verschlagen. Sie raffte nur den Brotkorb an sich, in den er gerade wieder hineinlangen wollte.

Alms hatte indessen die Kümmerlichkeit dieser Küche mit der offenen Feuerstelle unter der Glocke und die Armseligkeit der viel geflickten und gestopften Jungenärmel in sich aufgenommen. Nur das etwa elf Jahre alte Mädchen, das als Einzige ein Stück Kandis in seinen Malzkaffee werfen durfte, während Theodor einen heftigen Schlag auf seine Finger bekam, als er sich heimlich auch einen Brocken angeln wollte, sah besser gekleidet aus. Um zum Abschluss zu kommen, legte Alms sein Auftragsbuch auf den Tisch und sagte bündig: »Jetzt wird notiert. Zuerst die Stiefel.«

Lovise seufzte tief.

»Stiefel, und zwar solide, muss der Junge haben«, bestimmte der Reisende. »Weiter vier Hemden aus Gaschen – dunkelblau oder grau?«

»Was kosten die Hemden jetzt?«, fragte Lovise ängstlich.

»Bisher noch den alten Preis. Aber wie lange, kann ich nicht sagen. Wir haben einen kleinen Restbestand. Was neu herein kommt, wird beträchtlich teurer werden. Also vier Hemden?«

»Dunkelblaue«, wagte Theodor zu bestimmen.

»Grau«, herrschte die Mutter ihn an. »Davon verstehst du nichts, Bengel! Grau, da sieht man den Dreck nicht so schnell!«

»Also grau – dann blaue Leinenjacke und Hose.« Alms schrieb auf, ohne Lovises Einverständnis abzuwarten. »Eine Kojendecke«, sagte er weiterschreibend vor sich hin.

»Kojendecke?« Lovise schrak hoch. »Er kann vorläufig Heiners haben. Er könnte fürs erste auch Heiners Seestiefel nehmen, denn der große Lulatsch zieht sie an Land nicht mehr an, der will jetzt fein sein!«

»Ich habe die Stiefel schon notiert«, sagte Alms und setzte den Bleistift wieder an.

»Ja«, lachte Lovise kurz auf, »notiert – notiert – das sagt sich leicht für einen Handelsmann, – aber wenn man die Stiefel nicht bezahlen kann? – Ich habe dem Jungen im Winter klargemacht, er kommt nicht zur See, er bleibt an Land. Die See kostet zu viel. Wie er getobt hat, Herr Alms, wie er geschrien und geheult hat! Die Scheibe da hat er mir einfach eingeschlagen! Nun ist sie geklebt, es zieht aber durchs ganze Haus, wenn der Wind drauf steht. Alle Fenster wollte er mir zertöppern, und Sie können 's mir glauben, er hätte es getan! – Was soll das alles denn kosten?«, fragte sie angstvoll.

»Das kostet gar nichts, liebe Frau«, sagte Alms verschlagen und klappte schnell sein Buch zu.

»Jedenfalls kostet es jetzt nichts, und Sie haben überhaupt nichts zu bezahlen. Wir kommen Ihnen bis zum äußersten entgegen, weil die Zeiten schlecht sind. Die Rechnung stellt erst die Firma aus und schickt sie an die Reederei, wo Ihr Junge fährt. Die zieht ihm den Betrag von der Heuer ab, die Raten werden auf ein ganzes Jahr verteilt. Na, Junge«, wandte er sich an Theodor, der puterrot geworden war, »machen wir beide zusammen das Geschäft?«

»Topp!«, stieß Theodor mit vollem Munde aus und verschluckte sich heftig.

»Dann hol dir deine Ausrüstung bald bei uns ab«, bestimmte Alms.

Von dem erheblichen Preisaufschlag, den die Firma für ihr »Entgegenkommen« nahm, ahnten Mutter und Sohn noch nichts.

*

Es ging das Gerücht um, ein Fremder hätte jene Ecke vor der Fischerreihe gekauft, die damals die Sturmflut nahezu eingeebnet hatte. Jedenfalls war ein Geometer erschienen und hatte Grenzsteine gesetzt. Leider war der Schulze dabei zugegen gewesen, so dass keiner den Geometer ausfragen konnte. Eines Tages, so um die Mittagszeit herum, kamen zwei Wagen mit Brettern an, machten auf der mecklenburgischen Seite vor dem Dorf halt, weil der Sand zu unergründlich war, um mit der Last weiterzukommen … Gleich darauf sah man jenen Mann in dem alten Lodenmantel, der im Herbst um jedes Haus im Dorf herumgeschlichen war, gemeinsam mit den Fuhrleuten die Wagen entladen, die Bretter schleppen und auf dem Grundstück aufstapeln. Er musste Riesenkräfte besitzen und wusste von Müdigkeit nichts. Eine lockige Haarsträhne fiel ihm ins Gesicht. Er hatte seinen Hut abgesetzt, um ihn nicht durchzuschwitzen. Der Schweiß troff ihm sogar von der Nasenspitze herab.

Es dämmerte schließlich, die Kinder verliefen sich. Auch die Erwachsenen gaben allmählich ihre verstohlenen Beobachtungsposten auf, nachdem die Wagen entladen und wieder gen Süden verschwunden waren. Die Nacht über schien der Mann sein Holz auf dem Platz bewacht zu haben; jedenfalls sah man ihn in aller Morgenfrühe kauend auf dem Bretterstapel sitzen, den Rucksack zu seinen Füßen, und Ausschau nach Süden haltend. Nach einiger Zeit tauchte wieder ein Wagen auf, und der scheute den tiefen Sand nicht, zumal er kleiner und auch wohl leichter war. Er mahlte sich ächzend voran und machte genau vor der Ecke halt. Als Erste entstieg ihm eine kurze, dunkelhaarige, etwas beleibte Frau.

Nun konnte man in diesen Frühlingstagen, nachdem die Seeleute endlich ausgezogen waren und den Frauen die Bestellung von Garten und Feld allein überlassen hatten, nicht ewig hinter Hecken und Fenstern stehen oder am Brunnen, oder wo es sich sonst ergab. Als die rundliche Frau dazu gestoßen war und es eigentlich erst richtig spannend zu werden begann, ließ sich der Mahnruf des Gewissens nicht länger überhören. So wurde erst gegen Mittag festgestellt, dass an der Ecke so etwas wie ein Schuppen im Entstehen war. Die Bretter waren haargenau vorher zugeschnitten worden. Die Frau hielt sie ihrem Mann Stück für Stück hin, und er schlug gleich die Nägel ein. Merkwürdig war nur, dass der Schuppen Fenster bekam, als genügte diesen komischen Leuten die Tür nicht, die Licht genug hineinließ, wenn man Holz oder Gerätschaften herauszuholen hatte. Marie Köhn fiel an diesem Tage die Einsamkeit besonders aufs Herz, da wieder kein Gast in ihrem Krug saß. Sie dachte unausgesetzt an den eigenartigen Mann, dessen langer Name sich ihrem Gedächtnis tief eingeprägt hatte, und hoffte darauf, dass er bei ihr einschauen würde. Er hatte immerhin sein Versprechen eingelöst: Er war wiedergekommen! Sie blieb bis Mitternacht auf und wartete auf ihn. Mitunter trat sie, wenn die Müdigkeit sie übermannen wollte, für ein Weilchen in die lichte Frühlingsnacht hinaus und kämpfte um seinetwillen den Ärger nieder, dass grölender Männergesang aus der Roof laut bis zu ihr herüberschallte.

*

Wer beim Schulzen etwas vorzubringen hatte, ging nicht schnurstracks in das Herrenhaus und klopfte unbefangen an die Tür der schmalen, einfenstrigen Stube, wo die Akten des Försteramtes und des Schulzenamtes einträchtig nebeneinanderlagen. Der ging auf den Wirtschaftshof, guckte in alle Ställe und Schuppen hinein, falls er Keding nicht schon auf dem Felde oder bei den Schnittern gesichtet hatte und dorthin steuern konnte. Darum führte der Kasten, in dem jeder, der heiraten wollte, vorher »zu hängen« hatte, ein unbeachtetes Dasein an der Schulzentür, und das Ereignis, das dann alle Gemüter aufs Heftigste bewegte, auf der Osterseite genau wie auf der Westerseite, wurde erst bekannt, als es bereits geschehen war. Die Scheu vor dem Schulzen hatte das Dorf um einen Gesprächsstoff gebracht, der sich in drei Wochen kaum erschöpft hätte.

Frau Sophie Voß sah den Pastor mit seinem Rucksack an ihrem Grundstück vorübergehen, begab sich gleich in die Küche und schürte das Feuer an. Der Pastor schaute, sobald er in diese abgelegene Gemeinde kam, regelmäßig bei ihr ein. Er sollte seine Tasse Kaffee bekommen. Auf der anderen Seite dagegen musste Lovise Pieplow stutzig werden, weil sie beobachten durfte, wie der Pastor im Hause des alten Elias Konow verschwand. Sollte der Schiffer gestorben sein? Lovise machte sich gleich zum Laden auf; der irdene Siruptopf konnte trotz aller gebotenen Sparsamkeit wieder aufgefüllt werden.

Marie Köhn hatte gleichfalls den Pastor gesehen, doch kurz vor dem Mittagessen den alten Konow auch. So konnte der nicht gestorben sein. Emma Lange stellte sich ebenfalls ein, gleich hinterher kam die Frau des Fischers Seeger an. Die vier Frauen bauten sich hinter dem Fenster der Gaststube auf.

Es dauerte und es dauerte. Was machte der Pastor so lange bei Konow?

Marie Köhn fiel ein, dass diese Lisbeth vor einigen Tagen ein Viertel von dem besseren Kaffee gekauft, auch Mehl und Rosinen geholt hatte.

»Was hat das mit dem Pastor zu tun?«, sagte Lovise Pieplow ungeduldig. Maries dummes Schwätzen und das untätige Warten machten sie nervös. Sie hätte zu Hause bleiben sollen, weil der Waschkessel auf dem Feuer stand und gewiss längst aus dem Kochen gekommen war. Als der Pastor endlich wieder aus Konows Hause trat, wurde den Frauen die Sinnlosigkeit ihrer Zeitvergeudung offenbar, denn dem Pastor war nichts Besonderes anzusehen. Nur, dass er sich gleich auf den Heimweg begab, ohne bei Frau Sophie Voß vorzusprechen, war bemerkenswert, indes des langen Herumstehens nicht wert.

»Nun ist es geschehen, liebe Lisbeth!« Der alte Schiffer Elias Konow trug seinen guten schwarzen Rock und sie ein funkelnagelneues Kleid. »Ich danke dir, dass du eingewilligt hast«, fuhr er fort. »Die Mutter meines Enkels und des einzigen Kindes meines armen Jungen soll unseren Namen tragen. Nicht nur vor der Welt – vor den

Leuten –«, er lächelte, »die werden genug über uns zu klatschen haben. Fünfzig Jahre Altersunterschied ist auch allerhand und dürfte noch nicht oft vorgekommen sein, – du sollst ganz zu uns gehören, Lisbeth. – Der Pastor hat es gnädig mit uns gemacht, meinst du nicht auch? Es war allerdings keine Kleinigkeit, bis ich ihn dahin gebracht hatte. – Nun wollen wir uns unseren Jungen vom Strande holen, Lisbeth, damit er auch ein Stück Hochzeitskuchen bekommt!«

*

»Du hast dich doch früher mit deinem kleinen Bruder so gut vertragen, Erdmann?«, fragte Mieke verwundert.

Erdmann hieb die Axt in den Hauklotz, wo sie stecken blieb.

»Warum hast du Niklas geschlagen?«

Der Junge gab keine Antwort. Er nahm den Korb mit Kleinholz hoch und trug ihn in die Küche.

Mieke wartete. Erdmann kam nicht zurück. Nach einer Weile ging sie ihm nach. Erdmann hockte am Küchentisch und schnitt mit seinem Taschenmesser eine Kerbe neben der anderen in die Tischkante. Sie wollte ihm eine langen, da sah sie, dass seine Augen voll Tränen standen. Sie machte sich in der Küche zu schaffen. Der Junge war seit einiger Zeit verändert, eigentlich schon vom Frühjahr an. »War Dürten vorhin nicht hier?«, fragte sie.

»Die habe ich weggeschickt«, stieß Erdmann aus. »Die braucht überhaupt nicht mehr zu kommen!«

»Lauf an den Strand«, ermunterte Mieke ihn. »Hans und Wilhelm Niemann sind bestimmt draußen.«

»Die können mir alle gestohlen bleiben!« Erdmann ging hinaus.

Mieke schnitt Bratkartoffeln zum Abendessen und setzte für Tante Amanda Haferflocken auf. Als die Suppe fertig war, brachte sie Tante Amanda den Teller ans Bett, hängte den Kessel übers Feuer und ging hinaus, um nach den Kindern zu sehen.

Erdmann stand allein hinter dem Schuppen und sägte den schönen kleinen Kutter entzwei, den er Dürten zum Geschenk gemacht hatte.

»Erdmann, was soll das?«, rief Mieke erschrocken.

»Der war schon hin!«

»Hat Niklas ihn kaputt gemacht?«

»Natürlich!«

»Hattest du ihn nicht Dürten geschenkt?«

»Die hat ihn Niklas gegeben!«

»Aber nur, um damit mal zu spielen!«

»Nein, sie hat ihn einfach Niklas geschenkt! Dass der ihn gleich kaputt gemacht hat, war mir egal.«

»Und warum hast du Niklas geschlagen?«

»Mädchen kann man nicht schlagen!«

»Dürten hat es gewiss nur gut mit Niklas gemeint, weil sein Segelschiff neulich abgetrieben wurde und er so darüber geweint hat.«

»Sobald der heult, schenkt sie ihm was!«

»Gib das Schiff her, Erdmann, vielleicht kann Vater es im Winter wieder heil machen – segelte das nicht am besten?«

»Darum hatte ich es ja Dürten geschenkt!« Wieder traten Tränen in Erdmanns Augen. »Es war mein allerschönstes! Aber wenn Dürten es dem dämlichen Niklas gibt, braucht sie überhaupt nichts mehr von mir zu haben. Sie kann ja mit Niklas spielen. Ich mag überhaupt nicht mehr mit Mädchen spielen.« Wieder rollten dicke Tränen über seine Wangen.

Am Abend dachte Mieke lange über dieses Erlebnis nach. »Wie wenig weiß man von seinen Kindern«, schrieb sie ihrem Mann. »Ich hatte mich nur darüber gefreut, dass Dürten sich um Niklas kümmert, weil der keine Kameraden in seinem Alter hat. Aber ich habe nicht gemerkt, was dabei in Erdmann vor sich gegangen ist, für den es nichts anderes gab als seine Dürten, seine Braut. Schreib Erdmann bitte einen Brief. Er hat noch niemals einen Brief von seinem Vater bekommen. Vielleicht macht das ihn wieder froh!«

*

Weil Priebeliese nicht dazu zu bringen war, wenigstens bis an die Ecke der Fischerreihe zu gehen, um zu berichten, was dort eigentlich für ein Haus gebaut worden war, – denn einen Schuppen allein baute sich kein Mensch auf der ganzen Welt, – musste Priebe sich schließlich selbst auf den Weg machen, um dieser Sache auf den Grund zu loten, zumal es an der Zeit war, wieder unter Leute zu kommen.

Mit zwei Stöcken war es zu schaffen. Priebe war mit ihrer Hilfe schon einmal zum Dorfweg gelangt; von dort hatte Liese ihn aber nach langem Rufen und Schreien schließlich schimpfend wieder in den Armenkaten zurückgeführt. Dieser tiefe Dünensand überall, der machte schon einem Menschen mit zwei gesunden Beinen Beschwerden. Nun hatte es geregnet, der Weg war fester, und Liese war zum Schulzenhof gegangen, um von der Gemeindekasse die kleine Unterstützung abzuholen, die die Schöffen ihnen bewilligt hatten. Also los: Marsch – Marsch!

Nun, mit Marsch – Marsch war es noch nicht weit her! Oft musste Priebe stehen bleiben, sich verschnaufen und die Schmerzen abebben lassen. Alle Muskeln und Sehnen in den Beinen waren schwach geworden. Dagegen gab es nur eine einzige Medizin: Sie wieder in Tätigkeit zu setzen. Also weiter, Schritt für Schritt weiter!

Der Weberkaten lag hinter ihm und schließlich der Schulkaten auch, – und jetzt versuchte er, ordentlich Fahrt aufzulegen, obwohl er mehrmals nahe daran war, über sein eigenes, kümmerlich gewordenes Gebein zu stolpern, denn er erblickte von fern zwei fremde Kinder, einen Jungen und ein Mädchen, wohl zehn oder elf Jahre alt. Er hörte eine fremde Frauenstimme rufen, und jetzt sah er endlich das Haus – nein, es war tatsächlich nichts als ein Schuppen, wahrhaftig, nur ein Schuppen, der dicht am Dorfweg stand, frisch karboniert, wie man riechen konnte. Über das Dach war Pappe gezogen, rundum und auch in der Mitte mit Steinen beschwert; es sah aus, als wären den Leuten die Nägel ausgegangen.

Priebe musste sich setzen. Er steuerte mit der letzten Willenskraft auf eine Kiste zu, die zwar schon auf dem Grundstück der fremden Leute stehen musste. Doch dagegen konnte wohl keiner etwas zu sagen finden, dass sich ein alter, kranker Mann für einen

Augenblick auf einer fremden Kiste ausruhen wollte. Er steckte seine Stöcke neben sich tief in den Sand und gewann damit eine Art Lehnen für beide Arme. Zudem tat es dem Rücken gut, sich ein wenig zu krümmen.

Die fremde Frau schien auch nichts dagegen zu haben. Priebe war es vielmehr, als hätte sie ihm flüchtig zugenickt, wie er sich stöhnend setzte. Sie arbeitete mit einem Eifer, als wollte sie zeigen, was arbeiten hieß, grub den feuchten Sand mit einem Spaten tief um und zog dabei den Strandhafer mit seinen breitgeästelten Wurzeln heraus.

So ist es richtig, dachte Priebe überlegen. Die scheint vom Mond zu sein, dass sie den Strandhafer herauszieht, damit ihr der Sturm den Sand noch mehr in die Augen und in die Ohren weht! Zu sagen wagte er nichts, zumal die Frau ihm den Rücken zukehrte oder zumeist denjenigen Körperteil, der ihrem Rücken breit und sesshaft folgte.

Jetzt kamen die Kinder näher und betrachteten ihn scheu. Das Mädchen hatte wasserhelle Augen und schön gelocktes Haar. Der Junge war dunkel, in seinem vollen Gesicht blinkten die Augen wie bei Mäusen schwarz und klein und unruhig hin und her.

»Wie heißt du denn?«, fragte Priebe und winkte das Mädchen näher heran.

»Undine«, sagte sie.

Priebe glaubte, sich verhört zu haben; solch einen Namen gab es nicht. Er fragte noch einmal.

»Undine!«, rief sie so laut, als wäre er taub.

Also gab es diesen Namen doch. Priebe zeigt auf den Bruder: »Und der?«

»Der heißt Friedrich Franz, wie unser Großherzog. Und wir sind aus Gresenhorst. Jetzt wohnen wir aber hier!«

Das Mädchen schien ganz zugänglich zu sein. Wenn er nach Hause kam, würde er Liese viel Neues berichten können; dieser dummen Person war nur alles egal, als wenn jeden Tag fremde Leute kämen und sich hier unter ihnen niederließen. Priebe fand, dass man ihn eigentlich vorher hätte fragen müssen. Konnte man einfach aus Gresenhorst kommen und sagen, dass man hier wohne? »Wo wohnt ihr denn?«, fragte er das Mädchen. »Ihr habt doch kein Haus?«

Da lachte es hell auf und schrie: »Mama! Mama!«

Priebe sah ihr fassungslos nach. Nur da oben auf dem Herrenhof sagten sie »Mama«. Das mussten ja ganz komische Leute sein. Was hatte das Mädchen eben zu seiner Mutter gesagt? »Mama, dieser dumme, alte Mann da hat unser Haus noch gar nicht gesehen!«

»Das ist kein Haus«, brummte Priebe gereizt, »das ist ein Stall, höchstens ein Stall, nicht mal mit einem ordentlichen soliden Dach drauf!«

Die Frau hatte sich nicht nach ihm umgeschaut, dagegen dem Mädel laut den Auftrag gegeben, den Strandhafer zusammenzusammeln und zur Dunggrube zu tragen. Dieses Wort reizte Priebe noch mehr. Wo war hier denn eine Grube? Wo war hier denn Dung? Es gab eine Grenze für Aufschneiderei!

Jetzt kam der Mann, tief unter einen schweren Sack gebeugt. Er hatte Priebe wohl nicht auf der Kiste gesehen, jedenfalls war er grußlos vorübergegangen, setzte den Sack neben der Frau ab, überblickte, wie weit sie mit dem Graben und Ausraufen gekommen war, hob den vollen Sack über den schieren Sand und schüttete aus: Es war dunkle, fette Erde, die ein kleines Fleckchen Sand unter sich verschwinden ließ!

Priebe schaute noch einmal genau hin: Ja, er irrte sich nicht. Es war Erde, Ackererde, wie es sie nur hinter der Grenze im Mecklenburgischen gab. Dorther musste sie geholt worden sein, und dorthin wandte sich der Mann gleich wieder, den leeren Sack unter dem Arm.

Er warf eine Haarsträhne aus der Stirn und sang laut vor sich hin, dabei war er bestimmt nicht betrunken; er schwankte jedenfalls nicht, sondern ging mit langem, wiegendem Schritt.

Priebe konnte alle diese Merkwürdigkeiten nicht länger bei sich behalten. Er richtete sich mühselig auf, packte die Stöcke und quälte sich wieder nach Haus. So etwas war noch niemals vorgekommen, dass einer in einem Sack aus dem Mecklenburgischen Erde herübertrug! Vor diesem Ereignis würde selbst Liese die Ohren nicht verschließen können. Und er hatte es mit eigenen Augen gesehen!

*

Heiner Pieplow hockte hinter der Feldsteinmauer, die den Schulzenhof nach Süden abgrenzte, guckte ab und zu vorsichtig darüber hinweg zu dem Pförtchen in der Hecke, das vom Hof in den Garten führte. Von dort kam sie, wenn es ihr gelungen war, kurz vor der Dämmerung noch einmal in den Garten zu entwischen.

Es glückte nicht oft. Die Alte da oben schöpfte wohl Verdacht. Doch wenn Hermine über die kleine Pforte gelugt hatte, ob die Mägde im Kuhstall beim Melken waren, dann wie eine Feder leicht zur Mauer huschte und die Röcke hob, so dass man die kostbaren Spitzen an ihren Hosen und manchmal sogar unter dem feingemusterten Strumpf die Wade sah, langte er schnell hinauf, hielt sie für einen kurzen Augenblick im Arm, um gleich darauf hinter ihr gebückt an der Mauer entlang zu laufen.

Bei der Pappelgruppe vor der Koppel konnte man sich verschnaufen und in Seelenruhe, allen neugierigen Augen entzogen, zusammen ins Wäldchen gehen. Dieses Glück wog viel vergebliches Warten und viele enttäuschende Stunden wieder auf, die nur mit Nachtarbeit über der verhassten sphärischen Geometrie einzuholen waren.

Im Flur des Wohnhauses wurde die Lampe angezündet. Es dunkelte draußen. Jeden Tag fiel die Dämmerung früher ein, jeden Tag musste es für Hermine schwieriger werden, zu entschlüpfen. Ich möchte nur mal wissen, dachte Heiner, ob ihre Mutter nicht längst etwas gemerkt hat. Aber Mädchen sind so verteufelt geschickt im Erfinden von Ausreden und Notlügen, dass einem siedend heiß werden kann.

Der gnädigen Frau da oben, wie neulich, vorzulügen, sie hätte den Eleven von Spitz getroffen, diesen juchtenledernen Affen, und wäre mit ihm ein Weilchen im Garten auf und ab spaziert, dazu gehörte etwas!

Meine Mutter ist nicht so dumm, dachte Heiner stolz, die ließe sich niemals derart an der Nase herumführen, die hört die Flöhe husten! Die sieht es mir jedes Mal an, wenn ich mit Hermine zusammen war. Ihr Reden von Herrschaftstöchtern deutete mit Sicherheit darauf hin. Als wenn Mädchen nicht Mädchen wären. Der Herrgott hat nur einen Adam und eine Eva geschaffen, nicht von jeder Sorte zwei. Daran klammerte sich Heiner, wenn er Angst vor der eigenen Courage bekam.

Jetzt geschah etwas auf dem Hof. Heiner hörte den Förster nach dem Pferdejungen rufen. Ein Weilchen später wagte Heiner den Kopf zu heben, zog ihn aber sofort wieder zurück. Die ganze Familie stand an der Hofeinfahrt. Der juchtenlederne Affe hatte sich auf sein Reitpferd geschwungen und winkte mit der behandschuhten Rechten. »Au revoir, au revoir«, hörte er Hermines Stimme. Was das bedeutete, wusste er nicht: Die fremden Worte missfielen ihm.

Heiner blieb nur aus tiefer Enttäuschung hinter der Mauer sitzen. Hermine konnte nicht mehr kommen, sie war mit den Eltern ins Haus zurückgegangen, und der ganze schöne, warme Herbstabend war hin, vielleicht der letzte in diesem Jahr!

Er wurde am Haar gezogen.

»Pst«, Hermine hielt die Finger vor den Mund.

Er griff zu. Sie lag diesen einen, beseligenden Augenblick in seinen Armen. Wie sie sich hatte fortschleichen können, wagte er erst hinter der Pappelgruppe zu fragen.

»Lass doch, Heiner«, wich sie aus, »Mutter hat Migräne. Sie wäre längst ins Bett gegangen, wenn wir nicht solch einen ›lieben Besuch‹ bekommen hätten.«

Sie gingen ins Wäldchen, in dem die nächtliche Dunkelheit bereits zu Hause war. Hermine hakte Heiner ein. Das hatte sie auch vorher schon getan. Dieses Mal aber war es anders, war auf eine ihm nicht ganz klare Weise neu. So dicht neben ihm, dass er die Wärme ihres Körpers spüren durfte, ging ja nicht solch ein Mädchen, von denen alle Hafenstädte die Fülle hatten, die ausgeführt werden wollten, traktiert, die zuerst tanzen wollten und hinterher ein Erlebnis erwarteten. Neben ihm ging, Seite an Seite, das junge Fräulein von oben, die Herrschaftstochter, wie die Mutter sie nannte. Mutters Stimme hatte dabei immer einen warnenden Unterton. Heiner wich ein klein wenig aus. Hermine war sofort wieder dicht neben ihm. Es war schon zu dunkel, um ihr Gesicht zu erkennen.

Das leise Lachen in ihrer Kehle ließ sich für ihn sehr schwer deuten.

»Heiner, warum hast du mir noch nie einen Kuss gegeben?«

Er erschrak. Daran hätte er nicht einmal zu denken gewagt.

»Du bist schön dumm!«

Er fühlte einen Klaps auf der Wange.

»Dieser Dankwart wollte mich sofort küssen, wie er nur für einen Augenblick mit mir allein im Salon war.«

Heiner durchzuckte es heiß. Er griff nach ihrem Kopf.

Sie entwand sich ihm schnell: »Nein, nun will ich nicht mehr – es ist auch schon furchtbar spät! Ich bin nämlich nicht sicher, ob Papa noch fortgegangen ist. – Sag mal, Heiner, weißt du nicht, wo Papa abends immer steckt? Uns sagt er nur, er wollte an die Luft. Ob er wirklich spazieren geht? Hast du Papa jemals draußen getroffen? War er allein?«

Heiner wich der Antwort aus: »Ich sitze abends immer über den Büchern in unserer Küche, wenn ich nicht auf dich warten darf.«

»Wenn Papa heute zu Hause bleibt und merkt, dass ich fortgegangen bin, und keiner weiß, wohin und mit wem? – Lass meinen Arm, Heiner, du brauchst mich nicht zu führen. Ich kann gut im Dunkeln sehen. – Warum bist du so stumm wie ein Fisch?«

»Hermine –« Er wusste nichts weiter zu sagen.

Sie wartete und stieß ihn von der Seite an.

»Bist du mir böse, Hermine?«

Sie lachte: »Warum soll ich dir böse sein? Ich habe mich den ganzen Nachmittag aber schon mit diesem Dankwart langweilen müssen, und nun langweilst du mich auch! – Du hättest nur sehen sollen, wie er mir die Cour geschnitten hat!« Cour geschnitten hat, dachte Heiner verzweifelt. Wenn man nur wüsste, was das wieder zu bedeuten hat!

»Dann fängt er immer an, französisch zu reden. Französisch kannst du natürlich nicht, Heiner.«

Er schwieg beschämt.

»Aber ich finde es dumm, wenn er französisch parliert«, tröstete sie ihn. – »Warum sagst du gar nichts mehr?«

Er fühlte wieder ihre Nähe. Sollte er es jetzt doch noch tun?

Da war sie schon wieder ausgewichen. »Warte morgen nicht auf mich, Heiner. Ich fahre mit Papa fort. Dankwart will uns einen Adlerhorst zeigen. Die Nacht bleiben wir bei dem Revierförster, wo Dankwart wohnt.«

II. ABSCHNITT *enthält*

in drei Kapiteln den Einzug von Malern und Malschülerinnen in dieses Dorf sowie das unmerkliche Vordringen spekulativer Elemente.

ZUR MALERKOLONIE GEHÖREN:

*Professor Alfred Schulzendorf
seine Malschülerinnen Elsa Weigel
Ellinor Deuß
Lieschen Kniffcke
Mariechen Kniffcke
Adele Malz
Liane Schulze
Veronika v. Momber
Hedwig O'Connel
Hans Winnern
Professor Kleinbach*

1. KAPITEL

An einem Julitag des Jahres 1884 klopfte es kaum vernehmlich an Lovise Pieplows Tür. Sie dachte, es sei jemand aus der Nachbarschaft mit einem Kranz und dass Pieplow vielleicht doch die schwarze Halsbinde über dem weißen Hemd tragen sollte. Ehe sie aufmachte, entschied sie sich wieder dahin, dass das mit der Halsbinde überflüssig, wenn nicht gar übertrieben sei, zumal Heiner sie noch gebrauchen könnte. Denn eines Tages käme Heiner doch an und wollte heiraten. Wenn er allerdings von diesem Herrschaftsfräulein nicht bald ließe, würde ihn ein ordentliches Mädchen nicht mehr haben wollen. Weiter kam sie mit ihren Gedanken nicht, denn statt irgendeiner Nachbarsfrau mit dem aus Tannengrün und ein bisschen Wacholder oder Ilex gebundenen Kranz stand etwas Fremdes vor ihr. Was es war, konnte sie vor Erstaunen nicht gleich ausmachen.

»Wäre hier wohl ein Zimmer zu haben?«, fragte eine bescheidene, weibliche Stimme.

»Ein Zimmer?«

»Ich habe im ganzen Ort gefragt, aber überall«, sie zeigte zur Osterseite, »nehmen sie keinen. Kommen denn gar keine Fremden hierher?«

»Fremde? Wozu denn?«

»Ich möchte gern mieten, – auch vorausbezahlen, für vier Wochen voraus, wenn es gewünscht wird. Ich möchte ein Zimmer für den ganzen Sommer haben – am liebsten bis zum September. – Ich male nämlich Landschaft.«

Man wird zugeben müssen, dass das für Lovise Pieplow ein bisschen viel auf einmal war. Zuerst tat ihr Pieplow den letzten Ärger an. Er war einfach nicht wieder aufgewacht. »Ich Dussel«, schalt sie sich hinterher, »ich Dussel stökerte ihn nicht hoch, weil ich dieses ewige Purren und Aufscheuchen satt hatte.« Über der Arbeit im Garten vergaß sie die Zeit. So kam erst spät am Vormittag heraus, dass er tot war und sogar schon kalt. Er hatte allerdings manchmal über sein Herz geklagt; das hätte jedoch ein

Vorwand sein können, um an Land zu bleiben und nicht einmal mehr das Wasser von Marie Köhn, die am Hause einen Brunnen besaß, heranzuschleppen. Als Hinrichs erschien, um den Totenschein auszuschreiben, stellte er Herzschlag fest. Zu ändern war nun nichts mehr daran, aber zu tun hatte man damit!

Und jetzt stand noch diese fremde Person vor der Tür, hatte ein hölzernes Gesperr unter den Plaidriemen geschnallt, sah überhaupt mit dem großen, bandverzierten Strohhut und dem langen, staubigen Mantel eigenartig aus, und sagte, sie wolle in ihrem Hause mieten und vorausbezahlen! Dass sie malte, fasste Lovise nicht mehr auf. Vorausbezahlen – Geld – jagte es durch ihren Kopf. Was kostete das alles für ein Sündengeld: der Sarg und dazu der Platz auf dem Friedhof, für den die Gemeinde zehn Mark haben wollte! Aber wenn sie dieser – nein, nicht Frau – diesem Fräulein, entschied sie nach einem prüfenden Blick, diesem Fräulein sagte, dass im Hause ein Toter läge – manche Leute sind ja komisch darin, als wenn das etwas anderes wäre als ein Lebender; ist auch nur ein Mensch – außerdem kam Pieplow morgen schon fort. »Vorausbezahlen, Fräulein?«, fragte sie sicherheitshalber zurück.

Elsa Weigel hatte auf ihrem ermüdenden Rundgang durch das Dorf, der sich einem beschwerlichen Marsch über das Fischland in der heißen Mittagssonne angeschlossen hatte, so viele merkwürdige Erfahrungen gemacht, dass ihr das Wundern vergangen war. In den Häusern da drüben, die geräumig aussahen, wo überall irgendeine kleine Stube zu finden sein müsste, in der man unterkommen könnte, war sie misstrauisch abgewiesen worden, als wäre sie eine Landstreicherin. Ja, in dem letzten Haus hatte die Frau – an sich eine stattliche, ältere Erscheinung – sie von oben bis unten angesehen und hochmütig gesagt, was sie sich eigentlich dächte, hier wäre nicht irgendein Logierhaus!

»Sie sollen auch keine Mühe mit mir haben, ich kann mein Bett selbst machen«, wagte sie sich weiter vor.

Lovise Pieplow hatte ihren Entschluss gefasst: »Dann kommen Sie nachher man wieder, Fräulein.«

»Wann?«, fragte das Fräulein dankbar. »Na, in 'ner guten Stunde.« Während sich Elsa Weigel mit ihrem Gepäck bis auf die Düne schleppte und dort in den heißen Sand sank, nach dem langen Umherlaufen zu erschöpft, um die Hochstimmung vor der Unendlichkeit des Meeres, auf die sie sich gefreut hatte, zu genießen, sank auch Lovise Pieplow auf ihrem Küchenstuhl zusammen: »Dürten, was machen wir bloß – wenn sie was merkt, rückt sie gleich wieder aus! – Man merkt es aber, man riecht es nämlich schon«, fuhr sie besorgt fort. »Lauf schnell zu Seeger. Carl soll sofort kommen und den Sarg zumachen. Leopold kann das noch nicht, – ist auch an der Zeit bei dieser Wärme, – wein man nicht wieder, Dürten.« Sie strich ihrer Tochter liebevoll über das schöne, volle Haar. »Vater hat es gut, der hat es jetzt viel besser als im Leben, – nun braucht er nichts mehr zu tun – der hat 's am besten. Und wenn Carl Seeger kommt, fass ich gleich mit an. Du gehst rauf und machst die Kammer ein bisschen zurecht. Wenn Vater erst raus ist, zieht Leopold unten in die Stube – und wenn das Fräulein wiederkommt, gehst du sofort mit ihr rauf und bleibst bei ihr oben, bis ich denn auch kommen kann.«

Lovise war mit ihrem Plan fertig und stand auf: »Lauf los, Dürten, bring Carl gleich mit. – In 'ner guten Stunde, habe ich ihr gesagt – und dann weinst du nicht mehr, sonst fragt sie. Kannst die Blumen von Vossens rausholen und mit nach oben nehmen. Das sieht freundlicher aus. Vater hat ja doch nichts mehr davon, – solch ein schöner Margeritenstrauß – den sollen sie vom Dahm geholt haben. Der verkauft seine Blumen, macht sich Geld daraus. – Stell ihr den teuren Strauß man da oben hin.«

Und wenn wir unten fertig sind, überlegte sich Lovise, nachdem Dürten fortgelaufen war, während sie die Stube, in der Pieplow aufgebahrt lag, sicherheitshalber abschloss, gehe ich sofort rauf und lass sie vorausbezahlen. – Was sie mir wohl geben wird? – Habe ich das Geld erst in der Hand, sage ich es ihr; dann läuft sie nicht mehr weg. Morgen Nachmittag ist sowieso alles vorbei. Sie blieb nachdenklich mit dem Schlüssel in der Schürzentasche stehen. Wenn er erst raus ist, erwog sie, kann ich der lieber unten die Stube geben. Vielleicht will sie die Bodenkammer nicht oder weigert sich, dafür etwas zu bezahlen.

Die Stube muss sofort gelüftet und gescheuert werden. Den Leichenkaffee trinken wir eben zwischendurch in der Küche. Das wird Pieplow egal sein, schloss sie ihre Gedanken ab.

*

Samuel August Voß brauchte seinen täglichen Spaziergang am Strande bis zum Waldrand und zurück nicht mehr allein zu machen, seitdem der alte Harder das Haus des Dampfschiffers Niemann übernommen hatte; Harders Schwiegersohn war mit seiner Familie nach Hamburg übergesiedelt.

So recht nach Vossens Herzen war dieser Harder freilich nicht, doch vor Anker gegangen, musste man sich bescheiden lernen, und diese Lehrzeit nahm kein Ende.

Voß vermied es geflissentlich, über den schaufelnden Radkasten in ein Gespräch zu geraten, den Artur Harder in den letzten Jahren zwischen Rostock und Warnemünde geführt hatte, damit nicht wieder, wie bei ihrem ersten Wege, ein heftiger Streit ausbrach. Es blieben Gemeinsamkeiten genug, bei denen man sich traf und gut verstand. Sei es auch nur die schwarze Emma aus Rostock, die spielend die Scheffelsäcke mit Ballast über das Laufbrett zum Laderaum trug, der einmal ein Matrose den Dutt einfach abgesäbelt hatte, um zu sehen, ob es ihr ebenso wie Simson ginge. Dafür hatte sie ihn über Bord gestoßen. Ihre Kraft war also nicht mit dem Dutt auf Deck gerollt. Oder die beiden Alten erzählten von dem gemütlichen Quartier im »St. Petersburg«, wo alle Schiffer einzukehren pflegten, wenn sie in Rostock waren. Kamen sie auf die große Zeit der Salpeterfahrt, reichte der Stoff für einen Weg bis zum Waldrand nicht aus, so dass sie ihn zweimal machen mussten. Und dann gab es an Ostwindtagen, wie diesem, die vielen Segel vor dem Horizont, die man ausmachen musste. Samuel August Voß stand wie gebannt am Wasser, bis er den Namen der Bark oder des Schoners gefunden zu haben glaubte, stand und vergaß völlig, dass er nicht mehr allein war, seufzte schließlich tief auf und ging lange stumm neben Harder her. Zog aber eine dünne Rauchfahne am Himmel entlang, blieb Harder stehen und starrte wie hypnotisiert hinüber. »Das ist das Dampfboot RIGA«, rief er aus, »ein Prachtkahn, der Stolz der Rostocker Handelsflotte!« Samuel August Voß presste die Lippen zusammen und fand den Faden des unterbrochenen Gesprächs nicht wieder.

So wanderten die beiden alten Fahrensleute in ihrem bordierten, dunklen Rock, die Hose in die gelben Schäfte der rossledernen Stiefel gesteckt, den hohen, hellen Strohhut mit Krempe auf dem Kopf, Tag für Tag in dem geruhsamen Schritt, den sie einstmals an Deck gegangen waren, ihres Weges, auf dem ihnen kein Mensch begegnete, wenn nicht die Fischer gerade Wade zogen, bei denen sie gern ein wenig verweilten.

Da es im wesentlichen nur Frauenart ist, über das Naheliegende seine Gedanken auszutauschen, war zwischen den beiden noch niemals ein Wort über jenes sonderbare weibliche Wesen gefallen, das seit einer Woche da drüben bei Lovise Pieplow wohnte und Bilder malen sollte. Sie waren beide von Jugend an gewohnt, in die Ferne zu schauen, und weil sich nicht mehr gut in die Zukunft schauen ließ, suchten sie immer wieder die Ferne ihrer Vergangenheit auf, in der es für den Rest ihrer Lebenszeit an Sehenswertem nicht fehlen konnte.

»Kiek eins!«

Samuel August Voß blieb stehen.

Auf der Düne erhob sich eine weibliche Gestalt in einem wallenden weiten Kleid, von ihrem großen Hut winkten bunte Bänder. Sie breitete beide Arme aus, als wollte sie etwas Umfangreiches entgegennehmen, und blieb, den Kopf nach hinten geneigt, nahezu unbeweglich stehen.

»Das ist sie!« Samuel August Voß zupfte Harder am Ärmel.

»Was hat die denn?« Beiden Schiffern schien es, als müsste sich diese Erscheinung wie eine Fata Morgana plötzlich verflüchtigen.

»Was hat die denn?«, wiederholte Harder.

Die weibliche Gestalt schritt feierlich über die Düne bis zu den kleinen, im Sande verrieselnden Wellen, stand still, breitete wieder die Arme aus, als wollte sie Himmel und Luft und Wasser mit ihnen umfangen. Sie entdeckte die Männer und wandte sich ihnen mit langsamen Schritten zu. Kurz vor ihnen blieb sie stehen und hielt die Hand wie einen Kieker vor ein Auge. »Welch ein Motiv«, sagte sie entzückt, »im Hintergrund diese himmlische Bläue, der weiße Sand, im Vordergrund die alten Fischer –«

»Fischer müssen Sie sich erst suchen gehen, Fräulein!« Voß drehte sich um, griff Harders Arm und wanderte mit ihm geruhsam seinen Weg zurück.

»Ich glaube, Artur, die hat es im Kopf«, lachte er. »Und hast du gesehen, einen Bart hat sie auch – vielleicht«, sagte er nachdenklich, »ist das gar keine Frau, sondern ein verkleideter Spion – doch so beklötert kann ein Mann wiederum nicht sein.«

*

Schulze Dedow hatte seine ältere Tochter durch das Hausmädchen in sein Amtszimmer bitten lassen.

Hermine klopfte das Herz, als sie eintrat. Hatte der Vater etwa gemerkt, dass sie sich am letzten Abend heimlich mit dem jungen, hübschen Studenten getroffen hatte, der, auf einer Fußwanderung begriffen, vor dem Hof um ein bescheidenes Obdach für eine Nacht gebeten hatte? Natürlich hatte Mama sich geweigert, einen »hergelaufenen Fremden« aufzunehmen, und ihn an den Köhnschen Krug verweisen lassen.

Dedow saß mit übergeschlagenem Bein vom Schreibtisch abgerückt und wies auf den Stuhl, auf dem Keding Platz nehmen durfte, wenn er dem Chef seine Abrechnungen vorlegte. Berichtete Keding nur über Vorkommnisse auf dem Hof oder in der Gemeinde, hatte er das mit zusammengeklappten Hacken, die Mütze in der Hand, zu erledigen. »Mama ist zu Frau Voß gegangen. Keding hat Order, mich nicht zu stören.« Dedow stopfte seine Pfeife und warf einen langen, lauernden Blick zu seiner Tochter hinüber. »Du wirst wissen, Hermine, weshalb wir miteinander unter vier Augen zu sprechen haben. Glaub nicht, dass ich dir gestern Abend nachgegangen bin, habe so was nicht nötig, weiß um dich Bescheid. Und wenn Mama niemals dahintergekommen ist, wie oft du dich mit diesem Heiner Pieplow ins Wäldchen verzogen hast, darf man das ein Glück nennen. Mama braucht auch nicht zu wissen, was ich jetzt mit dir abzumachen habe. Es hat keinen Sinn – aber eins sage ich dir, meine Tochter, jetzt ist Schluss!« Er schaute Hermine mit zusammengekniffenen Augen an und weidete sich an ihrem Bemühen, unwissend und ahnungslos auszusehen. Er bewunderte im stillen, wie gut Mädchen es verstehen, sich zu verbergen und die Maske zu zeigen, die die Gesellschaft zu sehen wünscht. Eine Maske, dachte er, eine undurchdringliche Maske, mehr will die Gesellschaft nicht sehen. Aber wehe, wenn auch nur durch die Augenschlitze einmal zum Vorschein tritt, was sich dahinter an Begierde, an Sinnlichkeit verbirgt, an Sehnsucht und Trieben, die man nicht wahrhaben darf, die man jedenfalls in unseren Kreisen nicht wahrhaben will!

»Wenn ich einen Sohn hätte«, fing Dedow unvermittelt wieder an, »würde ich unumwunden mit ihm reden können. Würde ihm sagen, wie das Leben und die Menschen beschaffen sind, würde ihm an meinen eigenen Irrtümern zeigen, wie man es nicht machen soll. Ihm würde ich sagen: Nimm ein Mädchen aus dem Volk, ein gesundes, ein unverbogenes Mädchen, das nur darauf wartet, genommen zu werden, weil es reif ist. Pfeif auf die Vornehmheit, pfeif auf Adel und Stand. Dabei verkümmerst du oder bist, wie ich, gezwungen, heimliche, krumme Wege zu gehen mit all der Widerwärtigkeit, die damit verbunden ist. Du musst verleugnen, was die Natur von dir verlangt, wozu sie dich geschaffen hat. – Verzeih, Hermine, das hätte ich dir schon gar nicht sagen dürfen, – Mama hat dafür gesorgt, dass ihr von früh an – vor mir – behütet worden seid, durch Bonnen, durch Erzieherinnen. Die waren alle alte Jungfern, die nicht mal wussten, wohin sie sich verirrten, – und schließlich schickte Mama euch noch in dieses weltfremde Töchterstift. – Mit Holdine mag Mama recht gehabt haben. Holdine ist Mamas Kind, sittsam, unwissend, in Wahrheit frigid – du wirst nicht wissen, was frigid ist – das hat dir keiner auseinandergesetzt, und von dir aus wirst du niemals dahinterkommen, weil du es nicht bist. Du bist anders als Holdine, ich bin manchmal sogar ein bisschen stolz auf dich, denn du bist mein Kind; dafür kenne ich dich auch, brauchst dich nicht vor mir zu verstecken. Holdine wird niemals heiraten, dass weiß ich von vornherein, aber du bist nicht zur alten Jungfer geboren.« – Er machte eine Pause.

Hermine versuchte noch immer, unbeteiligt auszusehen, obwohl ihr das Herz bis zum Halse schlug.

Da richtete sich Dedow hoch und sagte hart: »Jetzt ist Schluss mit allem, Hermine! Ich will nicht länger mit ansehen, dass sich meine Tochter hinter Zäunen und Hecken verbirgt und nicht ans Leben herankommen kann! Da ist dieser Dankwart von Spitz – sage nicht, dass du ihn nicht haben willst, dass du ihn nicht magst, ihn lächerlich in seinem Dünkel und seiner Vornehmheit findest. Du hast keine große Wahl! Im Grunde bist du in ihn genauso verliebt wie in jeden anderen wohlgebildeten jungen Mann! Er ist geziert, das gebe ich ohne weiteres zu, aber er will dich, er balzt um dich, verzeih dieses offene Wort – du hältst ihn nicht länger hin! Er ist nur zwei Jahre älter als du, und eine kleine Zeit später könntest du in seinen Augen schon ein altes Mädchen sein. Was soll er übrigens anderes machen, als fein und geziert zu tun, solange er um dich wirbt, sich im Hause einer geborenen von Ditten bewegt und mit der älteren Tochter aus diesem Hause tanzen und flirten darf? Er ist nicht gerade mit Gaben des Geistes ausgestattet, aber das sind diese jungen Leute fast nie. Und glaub mir, es geht auch ohne solche Gaben seinen rechten Gang, den die Natur verlangt. Du nimmst ihn, und wenn du einen guten Rat von mir befolgen willst, setzt du ihm fünf, sechs Jungen in die Welt und ihr werdet beide befriedigt sein. Dass er vorwärtskommt und Karriere macht, ist meine Sorge. – Wenn du ihn nicht sehen kannst, mach die Augen zu; ich glaube, ihr Frauen gewöhnt euch daran. Mama hat sich ja auch an mich gewöhnt, wenigstens für eine kleine Zeit. Und so was haben vor dir schon ungezählte Frauen unseres Standes getan und erlebt. Es geht!« Er machte eine kleine Pause. Dann richtete er sich im Schreibtischstuhl hoch und sagte in sachlichem Ton: »Du nimmst also deine Sache in die Hand; es wird nicht gefackelt. Ich bestelle ihn her, und dann sagst du ja. Ich will keine Tochter haben, die zuletzt so was wie eine alte Jungfer wird und es gar nicht nötig hat!«

Als Hermine das Amtszimmer des Vaters wieder verließ, wusste sie: Seine Worte waren ein Befehl.

*

Elsa Weigel warf einen besorgten Blick zum grauen Himmel empor. Ein Südwest hatte die warmen Sommertage abgelöst. Sie war auf dem Dünengelände gewesen, aber die Stimmung, die sie dort erwartet hatte, war trotz der rollenden, schaumgekrönten Wogen und der schreienden Möwen ausgeblieben. Vielleicht war der scharfe Sand schuld daran, der ihr in die Augen geweht wurde, der Wind hatte sich in ihrem großen Hut verfangen, der Knoten im Nacken hatte sich gelöst. Sie suchte Schutz im Dorf, nahm nur die Kohlestifte, eine kleine Leinwand sowie die Feldstaffelei und machte sich zu jenem Motiv auf, das ihr schon in den ersten Tagen begegnet war, dieser romantischen Hütte mit den eiförmigen Fenstern, die von wenigen kümmerlichen Holunderschösslingen umgeben gleich hinter den Dünen stand.

Die Hütte war rostbraun angestrichen, die Tür mit dem Messingknauf saftig-grün. In der Vormittagssonne würden die hellen Dünen dahinter und ein blauer Himmel mit Sommerwölkchen den rechten Hintergrund abgeben. Das Motiv war malerisch, zumal auf dem Dach der Hütte die Galionspuppe eines Seglers angebracht war.

Elsa Weigel schob ihre Staffelei näher an die Hütte heran. Das Regenschutzbrett vor der Tür deckte sonst den üppigen Busen dieser Galionsfigur nicht zu. Sie würde sich schämen, wenn sie diesen Busen malen sollte. Die Figur stellte nämlich eine völlig unbekleidete Jungfrau dar, glücklicherweise nur eine halbe, der Leib lief in eine Spitze von Ranken und Schnörkeln aus.

Während die Malschülerin des bekannten Dresdner Professors Alfred Schulzendorf mit ihrem Kohlestift unsicher die ersten Umrisse auf der vom Winde lästig bewegten Leinwand zeichnete, dachte sie schon über den Namen nach, den dieses Bild bekommen sollte. Sie erschrak, als ihr etwas in den Sinn kam, das sie einmal in einem Roman gelesen hatte. »Liebeslaube« hatte die Verfasserin eine kleine Hütte am Strande, in der ein Fischerpaar wohnte, genannt.

Warum sollte in dieser romantischen Behausung am tosenden Meer, vom Sturm umbraust, nicht auch ein junges Fischerpaar leben? Elsa Weigel fasste den kühnen Gedanken, vor die Hütte einen Fischer im Südwester zu stellen, daneben seine blonde Frau. Es war allerdings schwer, im Dorf Modelle zu finden. Nicht einmal Frau Pieplow hatte sich von ihr malen lassen. Nur ein Junge aus der Fischerreihe mit einer zerschlissenen Hose hatte sich eine Weile vor ihr aufgebaut, nachdem sie ihm 15 Pfennige dafür geboten hatte.

Ein Tropfen fiel auf ihre Hand. Wenige Augenblicke später war die ganze Welt in Regen eingehüllt. Elsa Weigel schlug erschrocken den Kasten mit den Kohlestiften zu und zog die Staffelei aus dem Sand: Da stand plötzlich ein Mann in der Tür der Hütte, das Hemd unter der schlackernden Weste war nicht mal zugeknöpft, so dass man zwischen dunklen Haaren auf seiner Brust eine grässliche Tätowierung in Rot und Blau schimmern sah. Er winkte ihr mit seiner großen Pranke: »Kommen Sie man reinspaziert, Fröllein, – hick – keine Bange nich – Fietje tut Sie nichts – hick – wollte Ihnen schon von wegen der Kälte zu 'nem Grog reinholen!«

Elsa Weigel sah sich erschrocken um.

»Ha'm Se Angst, hick?« Er hatte bereits die Staffelei gepackt, »man jetzt keine Fisimatenten nich –«, er ergriff ihren Arm.

Elsa Weigel wollte um Hilfe rufen, da lachte der Kerl: »Hick – hick – drin is es warm – un –«, er sah sie aus verschwommenen, rotunterlaufenen Augen freundlich an, »un wenn Se sich fürchten, – Sie sind nich mit mir allein, – Thringret – Thrin – !«

Es erschien eine verhutzelte Frau, an der alles grau war, das Haar, die Haut, die Schürze, das Kleid. Sie nahm die noch widerstrebende Malschülerin in Empfang. Die Tür wurde hinter ihr zugezogen. Elsa Weigel schaute sich mit angstvoll pochendem Herzen verstohlen um.

»Na, denn prost man – hick – Thrin, schenk dat Fröllein in, davor, dass sie uns malen tut.« Er griff nach der Leinwand. »Kommt die da oben auch mit drauf? Das is 'n Prachtweib! Prost!« Er hob seinen dampfenden Becher zur Decke. »Un immer da oben so allein – auch im Regen – hick – aber sie hat ja keinen Unter –«

Die Frau stieß ihn heftig an: »Tu dem Fräulein Zucker rein!«

Fietje nahm seinen eigenen Löffel, leckte ihn rundum ab, rührte im neuen Glas und schob es Elsa hin: »Na, prösterchen, wird Sie gut tun, Fröllein – hick!«

Elsa Weigel wusste kaum, wie ihr geschah; sie trank wie unter einem Zwang einen zaghaften Schluck, der ihr sofort wie Feuer durch die Adern rann. Sie nippte wieder, nahm noch einen Schluck, diesmal einen großen, schaute sich verwundert um, den warmen Trank in den kalten Händen.

»So ist 's richtig, Fröllein«, sagte Fietje anerkennend, »das is unsere Milch – die hält in solchem Sauwetter Leib und Seele zusammen, prösting!« Er trank ihr zu, er schüttete noch einen tüchtigen Schuss schieren Rum in ihr Glas. »So is 'r richtig, so muss er sinn«, sagte er befriedigt. »Kosten Sie man; nich so zipp, Fröllein, vom zippen Trinken wird man unnötig duhn. Richtig den Hals voll, gleich bis an 'n Rand, – so, ja – hick – so – un gleich hinterher noch einen – Thrin, stoß doch auch mal mit das Fröllein an! Na, keine Bange nich, prost, prösting!«

Die Kehle brannte, Tränen traten ihr in die Augen. Sie nahm alles nur wie durch einen Schleier wahr.

Fietje lehnte sich weit über den Tisch: »Da gewöhnt man sich 'an, Fröllein«, sagte er freundlich. »Ich bring Ihnen dann auch nach Haus. – Sagen Se mal, Fröllein, wenn Se da so draußen stehen und pinseln, was kriegen Se denn die Stunde davor?«

Elsa Weigel kämpfte mit ihrer Zunge, die wie ein Klumpen hinter den Zähnen lag. Über ein Kopfschütteln kam ihre Antwort nicht hinaus.

»Machen Se das etwa für nischt, Fröllein?«

Sie konnte nur nicken.

Da stand die graue Frau auf: »Lass ihr sein, Fietje, wir bringen ihr jetzt nach Hause.«

An alles Weitere erinnerte sich Elsa Weigel nicht mehr. Als sie erwachte, lag vor ihrem Bett auf der Erde die Leinwand mit verwischten Kohlestrichen, Haarnadeln waren auf der Bettdecke verstreut, und sie hatte das Korsett noch an. Mutter Pieplow stand mit dem Morgenkaffee vor ihr und schaute vorwurfsvoll auf sie herab: »So fängt das an«, sagte sie streng. »Aber dass Sie dahin gehen würden, hätte ich nie gedacht. Ich hab geglaubt, Sie sind 'ne feine Dame, auch wenn Sie malen tun. Schlimm genug, dass mein seliger Pieplow sich immer hat dahin verführen lassen. So fing 's bei ihm auch damals an.«

Und als Elsa Weigel nun noch hören musste, dass der Mann mit der grässlich tätowierten Brust und die graue, schmutzige Frau nicht einmal miteinander verheiratet waren, wurde sie sich des tiefen Abgrunds ganz bewusst, in den sie gesunken war. Was würde ihr verehrter Lehrer, der Professor, sagen, wenn er kam, – an ihre Mutter in Dresden wagte sie überhaupt nicht zu denken. Und das Motiv gab sie selbstverständlich auf!

*

Als Marie Köhn erfuhr, dass es sich um einen Professor aus Dresden handelte, den Fräulein Weigel bei ihr unterbringen wollte, lehnte sie erschrocken ab. Solch einen feinen Herrn könnte sie unmöglich die kleine Bodenkammer mit der wurmstichigen Holzbettstelle und dem Strohsack darin anbieten. Sie wäre in ihren jungen Jahren auch in der Welt herumgekommen, sei sogar in Hamburg gewesen, als ihr Mann dort mit seinem Schiff lag, und wüsste, wie es feine Leute gewöhnt seien. »Für einen Herrn Professor kann ich auch nicht kochen«, fügte sie hinzu.

»Kochen sollen Sie auch nicht für ihn, Frau Köhn.«

»Isst der nichts?« Marie Köhn blieb vor Erstaunen der Mund offen stehen.

»Das schon«, lächelte Elsa Weigel. »Er bereitet sich nur sein Essen selbst.«

»Ich dachte, es wäre ein Professor, oder habe ich mich verhört?« Elsa Weigel nickte: »Doch ein Maler-Professor.«

»Der malt auch?«

»Er ist Maler und hat den Titel Professor, Frau Köhn.«

Das ging über Marie Köhns Verstand. »Nein, nein«, sagte sie verstört und wischte nervös den Ladentisch mit ihrer Schürze ab. »So was will ich lieber nicht im Hause haben! Gehen Sie bitte woanders hin.«

Elsa Weigel stand ratlos auf dem Dorfweg. Frau Pieplow hatte sich zwar sofort bereit erklärt, als sie fragte, wo wohl im Dorf ein kleines Zimmer auf einige Wochen für ihren Lehrer zu finden sei, dem Herrn ihre eigene Schlafstube einzuräumen und mit Dürten oben im Heu zu liegen. Bleibt der Herr vier Wochen, hatte sie überlegt, sind es wieder zwanzig Mark. Elsa Weigel fand es jedoch nicht passend, mit dem Professor, zumal er unverheiratet war, unter dem gleichen Dach zu wohnen, noch dazu Wand an Wand. Und hellhörig war das Haus auch.

Marie Köhn kam hinter ihr hergelaufen: »Waren Sie schon bei der Frau Konow da drüben? Die hat die schöne Süderstube, in der niemand wohnt. Wenn Sie die fragen, die tut 's. Die sagt niemals nein, wenn man um etwas bitten kommt.«

In jenem Hause in der Schifferreihe, auf das Marie Köhn mit dem Finger zeigte, hatte Elsa Weigel bei ihrer eigenen Zimmersuche nur einen Jungen angetroffen. Seine Mutter sei fortgegangen. Als sie jetzt der freundlichen, stillen Frau, die in einer blitzsauberen Stube saß, ihre Bitte vortrug, bedachte die sich kaum:

»Ich will meinen Mann noch fragen, aber wenn wir Ihnen damit behilflich sein können –«

»Und was kostet das Zimmer?«

»Kosten?«

»Zu teuer darf es nämlich nicht sein«, sagte Elsa Weigel besorgt.

»Das kostet doch nichts, Fräulein! Ich will Ihnen helfen, damit der Herr unterkommen kann. Wir haben kein Hotel. Der Herr wäre natürlich, wenn er bei uns vorliebnehmen will, unser Gast. Ich kann es gleich mit meinem Mann besprechen.«

Ihr Junge lief aufgeregt mit hinaus: »Vadding«, rief er in den Hof, wo Elias Konow in der Sonne saß, »Vadding, das fremde Fräulein ist vorn, und wir sollen –«

Lisbeth nahm ihm das Wort ab und legte die Sache dar.

»Wenn du dir die Arbeit machen willst, Lisbeth?«

»Wir können den Herrn nicht auf der Straße stehen lassen, meine ich.«

»Nein, das können wir nicht«, gab er zu.

»Vadding sagt ›ja‹!« Elias war schon wieder in die Stube gelaufen. Ein fremder Herr aus der Stadt und ein Professor dazu! Ob der auch so »komisch« wie dieses Fräulein war?

Elsa Weigel hatte noch eine Frage, die sich bescheiden stellte: »Der Herr Professor kocht selbst für sich – wenn er dazu die Küche ein bisschen benutzen dürfte?«

Da lachte Lisbeth Konow: »Das wird sich finden, liebes Fräulein. Ich denke, wenn man einen Gast bei sich im Hause aufnimmt, wird auch am Tisch noch ein Platz für ihn sein.«

*

Unter einem Professor hatte man sich einen würdigen alten Herrn mit weißem Vollbart vorgestellt, der eine goldene Brille und einen langschößigen Rock trug, vielleicht sogar einen Zylinder, jedenfalls nicht solch einen beweglichen jüngeren Mann mit Spitzbart am Kinn und einem sauber in der Mitte gescheitelten, hochgezwirbelten Bart auf der Oberlippe, ein grünes Hütchen mit Feder auf dem Kopf, als wäre er ein Förster, grauleinene Hosen zu einer dunklen Joppe, kein Plastron vor der Brust, sondern einen schwarzen Sammetschal, dessen Enden über den Joppenkragen hingen. Er trug einen flachen, klappernden Holzkasten an Riemen auf den Rücken geschnallt, unter dem Arm ein zusammengelegtes Stühlchen mit drei dünnen Beinen, und kam ihm jemand entgegen, riss er den Hut mit der Feder vorn Kopf und ließ ihn durch die Luft wirbeln. Er sprach alle jungen Mädchen an, rief ihnen etwas zu, was sie meist nicht verstanden, und lachte, wenn sie erschrocken weiterliefen.

»So was hat natürlich die Lisbeth Konow ins Haus genommen«, sagte Frau Sophie Voß. »Es hängt ihr eben immer noch etwas von ihrer niederen Herkunft an.«

Frau Dedow nickte zerstreut und kam auf den Zweck ihres Besuches, der Kränzchenschwester die Verlobung ihrer Tochter Hermine mit Herrn von Spitz mitzuteilen. »Wir sind leider gezwungen, von einer Verlobungsfeier abzusehen«, gestand sie. »Ich muss Ihnen etwas anvertrauen, liebe Frau Voß: Vorgestern war Herr von Spitz gekommen und hielt bei uns um Hermines Hand an. Darauf ließen wir die beiden jungen Leute für kurze Zeit allein. Ehe ich wieder in den Salon gekommen war, trat mir Hermine schon entgegen und sagte schnippisch: ›Ich habe mich also verlobt!‹ Also verlobt, sagte sie. Ich rief meinen Mann, der in seinem Zimmer geblieben war, und gratulierte beiden. Ich gab der jungen Braut einen Kuss, da kam mein Mann, Hermine wandte sich brüsk ab und verweigerte ihm sogar die Hand!«

»Und Herr von Spitz?«, fragte Sophie erregt.

»Sein Benehmen war untadelhaft, das muss ich sagen. Ich hätte von ihm auch nichts anderes erwartet.«

»Darf ich fragen, liebe Frau Dedow, wie sind die Brautleute miteinander?«

»Dankwart, wie es sich gehört, rücksichtsvoll, vielleicht fast zu rücksichtsvoll. Aus Taktgefühl gibt er sich den Anschein, als bemerke er Hermines ungehöriges und herzloses Benehmen nicht. Er führt gewandt bei Tisch die Konversation und lässt keine peinliche Stille entstehen. Morgen muss er zu seinem Dienst zurück. Ich hege die Hoffnung, dass Hermine sich allmählich besinnt. Sie werden aber verstehen, dass wir auf jegliche Verlobungsfestlichkeit selbst im kleinsten Kreise verzichten müssen. Ich wünsche nicht, dass meine Tochter sich vor aller Welt eine Blöße gibt.«

Sophie Voß drückte Frau Dedow teilnahmsvoll die Hand. Sie kam nicht mehr dazu, einige tröstliche Worte zu sagen, denn lautes Lachen schallte vom Dorfweg herüber. Samuel August Voß schwenkte mit diesem fremden Mann, der sich Professor nannte, in den Vorgarten ein. Die Damen sahen sich fragend an.

»Verzeih, Sophie, unseren kleinen Überfall!« Samuel Augusts Stimme klang frisch und angeregt. »Ach, du hast Besuch, Sophie – darf ich bekannt machen?«

Nach der Vorstellung erklärte er, er hätte den Professor am Strande getroffen, sie seien zusammen zurückgegangen, und nun wollte er ihm gern das Bild seiner Fregatte zeigen. »Die Damen gestatten?«

Voß legte im Eifer ein Knie auf das Sofa, über dem das große Ölbild seines letzten Schiffes hing. Der Professor Schulzendorf zog sogar beide Beine auf das Sofa hinauf, so dass man die Schuhsohlen sah, die noch dazu schadhaft waren, die Hacken schief.

Er fegte kurzerhand das Schutzdeckchen fort, das am Knopf seines Ärmels hängengeblieben war.

Der Hausherr erklärte sein Schiff, benannte jedes Segel, kam vom Hundertsten ins Tausendste und erzählte schließlich von seiner längsten Reise mit der Fregatte nach der Westküste Südamerikas, auf der er drei Monate allein um die Bezwingung des gefürchteten Kap Horn ringen musste.

Voß vergaß, dass er den Damen den Rücken zukehrte, merkte nicht einmal, dass Sophie, von diesem Zwischenfall peinlich berührt, ihren Besuch aus dem Zimmer und zur Haustür geleitete. Dort sagte sie unter Kopfschütteln: »Mir kommt es manchmal so vor, als gerate unsere Welt mehr und mehr aus den Fugen. Nicht einmal heile Sohlen hat dieser Mensch unter seinen Schuhen, und so etwas will ein Professor sein!« Als Sophie zurückkam, saßen die beiden Herrn wie alte Freunde nebeneinander auf dem Sofa.

»Bleib doch ein bisschen bei uns«, bat Samuel August. »Denk mal, Professor Schulzendorf gefällt es hier besser als in der Lüneburger Heide. Solche Sonnenuntergänge und solche Stimmungen wie bei uns hätte er nirgends erlebt. Ich habe gerade vom Winter erzählt.«

»Da bekommt man einfach Lust, gnädige Frau«, sagte Schulzendorf, »einmal im Winter hierher zu kommen und Studien zu malen.«

»Er malt jetzt unseren Friedhof, Sophie, den kahlen Friedhof, an den wir uns so schwer gewöhnen konnten.«

»Gerade dieses Verlassene, diese Einsamkeit – und dazu der Blick über die Dünen auf das Meer«, fiel Schulzendorf ein, »das ist ein wundervolles Motiv! Darf ich die Studie gleich herüberholen?«

Er sprang auf. Die Stubentür flog hinter ihm zu, die Haustür blieb offen.

»Was meinst du, Sophie« sagte Voß, »könntest du uns nicht ein bisschen Abendbrot machen? Nur ein paar Bratkartoffeln und vielleicht für jeden ein Ei. Ich möchte den Professor Schulzendorf gern bitten, heute Abend in aller Bescheidenheit bei uns zu Gast zu sein.«

Sophie tat ihrem Mann diesen Gefallen.

*

Jacob Joachim Eduard Dahm hatte es nicht mehr nötig, seinen Namen zu nennen, der so wohltönend klang, wenn er ihn leicht skandierend aussprach, als er bescheiden vom Hof aus in Mieke Permiens Küche trat. Er hatte sich auf vielerlei Weise allmählich im ganzen Dorf persönlich bekannt gemacht und bemüht, überall hilfreich aufzutreten.

Wie er sich bald nach seiner Niederlassung durch das Hausmädchen bei Frau Elisabeth Dedow melden ließ, um sich für gärtnerische Zieranlagen zu empfehlen, hatte er Marie Köhn eine ihm verwandtschaftlich verpflichtete, vorzügliche Bezugsquelle für Holzteer in Aussicht gestellt. Selbst die feine Frau Sophie sah ihn plötzlich mitten in ihrer Wohnstube stehen und konnte die gute Gelegenheit nicht aus der Hand gleiten lassen, dass jemand ihr auf dem nächsten Herbstmarkt einige Einkäufe, wie den unumgänglichen Ersatz für den leckenden Sauerkrauttopf, abnehmen wollte, so dass sie die Ausgabe für das Fährboot sparte. Und die Fischerreihe war geradezu in einen Rausch geraten, weil dieser erfindungsreiche Kopf den Plan einer Räuchervorrichtung im Großen entwarf, die einen Reichtum ohnegleichen erwarten ließ. Allerdings haben die Fischer vergeblich darauf lauern müssen.

»Ich möchte nicht ungelegen kommen, Frau Permien – nein, bitte nicht in die Stube – ich bleibe am liebsten in der Küche – eine Küche ist so heimisch, da ist man wie zu Haus«, lächelte er verbindlich und nahm auf dem Holzschemel Platz, den Mieke ihm unsicher anbot.

»Ja, ich komme in einer sehr delikaten Angelegenheit«, begann er nach einer sorgsam abgewogenen Pause, in der er gewandt zuzugreifen verstand, als ein Taschentuch über das Plättbrett glitt. »Sie kennen doch meine lieben Kinder, meine Undine und meinen Friedrich Franz – wir haben unseren Sohn nach unserem verehrten Großherzog benannt, denn er soll auch etwas Großes werden. Ein Name verpflichtet den Menschen schon von der Taufe an, der setzt ihm sein Ziel.«

»Ich bin ja nur ein kleiner Mann«, fing er in einem vertraulichen Ton wieder an. »Das heißt, ich habe bescheiden beginnen müssen, und da kann man seinen Kindern nicht mehr als einen guten Namen schenken – aber wie die Jahre vergehen – wir haben immer gearbeitet, meine Meta und ich, auch meine Kinder haben von früh an die Arbeit kennengelernt, und wir haben gespart, Pfennig auf Pfennig gelegt. Auf der Sparkasse hat sich ein hübsches Sümmchen aufgesammelt.«

Er machte eine Pause, damit der Eindruck seines Wohlstandes nachhaltig wirken konnte. »Ich habe mit dem Professor aus Dresden gesprochen, Frau Permien. Er leitet eine große Malschule mit lauter Damen aus feinen Häusern. Er hätte mit ihnen die Lüneburger Heide abgemalt, sagte er mir, nun will er im nächsten Sommer hierherkommen, um unsere See abzumalen. Aber der Professor weiß nicht, wo er seine Damen unterbringen kann, und da habe ich mir gesagt – da habe ich ihm gesagt: ›Herr Professor, das lassen Sie meine Sorge sein!‹ Dazu brauche ich natürlich ein Haus, ein großes, ein geräumiges Haus, Frau Permien.«

Mieke hatte das letzte Stück Wäsche geplättet und band die Schürze ab. Sie bat Dahm, ihr in die Stube zu folgen, in der Küche hätte sie nichts mehr zu tun.

»Nur einen Augenblick noch«, sagte Dahm und legte seinen Arm über den Tisch. »Frau Permien, dieses Haus auf der Osterseite, das steht seit vielen Jahren leer, wie man mir sagt. Das Haus wird nicht jünger – liebe Frau Permien, sagen Sie mir gerade heraus, was Sie dafür haben wollen. Ich kaufe das Haus! – Genauso, wie es da steht«, fügte er schnell hinzu, als er Miekes Augen fassungslos auf sich gerichtet sah. »Es ist kein schlechtes Haus – nein, was sage ich da: Es ist ein gutes Haus, ein Schifferhaus. Das will ich mir etwas kosten lassen.«

»Das Haus gehört nicht mir, das Haus gehört meinem Sohn Niklas Jörk!«

»Ich weiß Bescheid, aber das Haus wird nicht bewohnt und frisst unnötig Geld. Warum wird das Haus nicht verkauft?«

»Es gehört meinem Sohn Niklas Jörk; sein Großvater hat es gebaut«, wies Mieke ihn kurz ab.

Es währte nur einen Augenblick, da hatte Dahm seine Gedanken umgeschaltet: »Ich verstehe, dass man auf seine Familie hält«, sagte er vertraulich. »Wir Dahms haben jahrhundertelang auf unserem Familienhof gesessen; das Wohnhaus ließ sich gut mit dem Haus auf dem Schulzenhof vergleichen. Kein Katen mit Rohrdach – nein, nichts für ungut, Frau Permien, – ich mache das Haus Ihres Sohnes nicht schlecht. Ein Rohrdach hält im Winter warm und im Sommer kühl. Dieses Fräulein malt ja auch alle Rohrdächer ab, also muss es etwas Besonderes sein. – Wenn Sie mir das Haus nicht verkaufen, sondern vorerst verpachten wollten, denn meine Ecke, die mir der Schulze damals überlassen hat, – was ist das groß, – glauben Sie, dass ich dort mit meiner Familie bleiben will, wo rundum nur kleine Leute wohnen? Nein, Frau Permien, dorthin gehören wir Dahms nicht!«

Dahm blickte hoch, ob nicht irgendein Anzeichen dafür sprach, dass Mieke Permien nachgeben könnte. Aber sie band wortlos die Küchenschürze wieder um und zog die Kartoffelschwinge zu sich heran.

Da stand Dahm endlich auf und verbeugte sich tief: »Denken Sie daran, Frau Permien, dass ein treusorgender Familienvater zu Ihnen kam – ich will Sie nicht drängen, ich warte, ich habe Zeit. Drängen steht einem Jacob Eduard Dahm nicht an!«

*

Dedow lachte, dass Tränen in seine Augen traten. »Sie sind ja ein Narr, Dahm! Erst laufen Sie mir die Türen ein, und dann haben Sie nichts anderes vorzubringen als völlig verrückte Ideen!«

Jacob Joachim Eduard Dahm sah den Schulzen ungerührt an. Gekränkt fühlen durfte man sich nicht, wenn man etwas erreichen wollte. »Warum soll das nicht gehen?«

»Den Dorfweg planieren – planieren! – Und Bäume pflanzen, Bäume in diesen schieren, weißen Sand? Wozu?«, lachte Dedow wieder schallend. »Damit es schöner aussieht, wenn mehr Fremde kommen, sagen Sie? Und wer soll die Bäume pflanzen, he?«

»Jeder Anlieger zwei vor seinem Grundstück; der Schulze braucht das nur zu befehlen«, sagte Dahm ruhig. »Ich habe bereits Bäume gepflanzt.«

»Habe die Weidenknüppel gesehen.«

»Sie schlagen aus, Herr Schulze. Ich habe ihnen allerdings was unter die Füße gegeben. Die Kuhklacken liegen überall völlig ungenutzt herum. Warum macht sich keiner die Kuhklacken zunutze? Jedem Baum jeden Tag einen Klacks!«

»Können Sie ja machen, wie Sie wollen, Dahm. Aber was Sie da meinen, dass noch mehr Fremde kommen sollen –. Mir reicht 's! Es reicht mir dicke, den anderen im Dorf bestimmt auch, dass schon zwei solcher Verrückten die Gegend unsicher machen. Aber lassen Sie Regenwetter kommen, nicht nur mal einen Tag, nein, eine Woche lang, Südweststurm dazu, alle Kledage wird nass und nicht wieder trocken, die alten Katenstuben, die Bettstellen muffen, dann haben diese Fremden die Nase voll und verschwinden auf Nimmerwiedersehen!«

Der Schulze fuhr in einem Tonfall fort, der Dahm eindeutig zu verstehen gab, dass er die Unterredung für beendet hielt: »Alles Quatsch, Dahm, auch das Planieren. Das schlagen Sie sich aus dem Kopf. Wohin mit dem Sand von den Dünen, he? Bei mir kommen Sie jedenfalls nicht weit damit. Mich lassen Sie gefälligst aus dem Spiel! Im übrigen ist Keding da, falls Sie wieder solche blödsinnigen Vorschläge ausgeheckt haben!« Er stand auf.

Dahm blieb sitzen. »Ich habe nur noch eine Frage, Herr Schulze.«

Dedow hob die Hand, als wollte er ihn am Kragen packen.

Dahm sagte ruhig: »Ich brauche noch ein Grundstück, ich will den Berg vor dem Friedhof kaufen. Ist das Gemeindeland?«

»Sagen Sie, Mann, wollen Sie mich zum Narren halten? Dann fliegen Sie achtkantig raus!«

»Oder gehört er noch zum Schulzenhof?«, fragte Dahm zäh.

»Was wollen Sie damit?«

»Wie ich schon sagte, kaufen, Herr Schulze.«

»Also laufen jetzt schon drei Verrückte hier bei uns rum. So was steckt anscheinend an!«

»Ist das Gemeindeland?«

»Donner und Doria, ja! – Raus mit Ihnen!«

Dahm zog sich mit einer tiefen Verbeugung zurück.

Gemeindeland also, das war immerhin klargestellt. Viel kosten konnte es nicht. Der Berg war übrigens keine Düne, unter dem Sand war fester Grund. Mühsam hinaufzukommen, doch der Professor hatte gesagt, ein wundervoller Blick sei von oben, und der Professor musste es wissen. Das Fräulein hatte sich daraufhin eine Kuhle oben im Sande gemacht, hockte drinnen wie ein Karnickel im Bau, den Zeichenblock auf den Knien, den Hut mit einem Schal fest um die Ohren gebunden. Kein Wunder, dass Lümmels wie Pieplows Leopold leise nach oben krochen und Steinchen in die Kuhle warfen. Sein Friedrich Franz trieb sich nicht herum, der machte sich nützlich, trug dem Professor das Malgepäck nach oder fischte Krabben am Strand.

Dahm wurde in seinen Gedanken gestört. »Ach, Herr Dahm, Verzeihung!« Das Malerfräulein lief hinter ihm her. »Herr Dahm, Sie sollen so findig sein, – ich möchte gern in der Ostsee baden, – wenn nur eine Badeanstalt da wäre –«

Dahm wurde aufmerksam, es fing gleich in seinem Kopf zu arbeiten an. In Warnemünde hatte er eine Badeanstalt gesehen, nein, sogar zwei, es mussten ja immer zwei sein. »Ja, Fräulein, eine Badeanstalt kann ich Ihnen leider nicht bauen, aber ich will versuchen, Ihnen zu helfen. Ich könnte Ihnen wohl eine Badezelle machen.«

»Wird das sehr teuer?«, fragte Elsa Weigel besorgt.

Er zog die Stirn kraus. Sie brauchte nicht zu merken, dass sie ihn auf eine gute Idee gebracht hatte. »Ich muss mir die Sache überlegen.« Er kalkulierte angestrengt. Sollte der Professor im nächsten Sommer mit seiner ganzen Malschule kommen – er lächelte: »Ich kann eine Dame nicht in Verlegenheit sitzenlassen. Ich mache Ihnen eine kleine Badehütte aus Rohr; aus dichtem Rohr, Sie brauchen sie nicht zu kaufen, ich vermiete sie Ihnen für den Sommer, für – sagen wir mal – für nur drei Mark. Wenn Sie dann öfter baden wollen, rentiert sich der Preis!«

*

Es lag etwas in der Luft, und zwar in der Luft am Strande. Daniel Lange sah, als er nach einer ausgedehnten Sitzung aus seinem Häuschen hinter dem Hof kam, Emil Priebe am Stock auf der Düne stehen, die sein Grundstück zur See hin abgrenzte, und machte sich gemächlich auf den Weg zu seiner eigenen Düne, um festzustellen, was es für Priebe dort oben zu sehen gab. Fietje

Hick wurde darauf aufmerksam, dass beide Dünen besetzt waren. Er vermutete, dass irgendetwas Gutes oder Nützliches an den Strand trieb, und trottete ebenfalls in seinen Pantoffeln hinauf, um sich wenigstens einen Anteil an der Beute zu sichern. Dahm sah schließlich die drei Männer wie weit auseinandergezogene Posten gegen die Unendlichkeit des Himmels stehen, erwog einen Augenblick, durch seine eigene Person die Postenkette zu verlängern, ermahnte sich jedoch, sich nicht unter das powere Volk zu mischen. Obwohl er gezwungen war, an der Westerseite zu wohnen, konnte diesem armseligen Pack nicht deutlich genug vor Augen geführt werden, dass er sich nicht mit ihm gemein machte. Er, Jacob Joachim Eduard Dahm, hatte Besseres zu tun, als mit den Händen in den Taschen mitten am Vormittag Maulaffen feilzuhalten.

Dieses Etwas, das in der Luft lag, musste sich auch der Fischerreihe mitgeteilt haben. Dort standen in einer Gruppe die Brüder Möller, Fischer Harms mit seinem Sohn und Carl Seeger zusammen. Ja, der Seeger schämte sich nicht, den alten Kieker seines Vaters soweit auszuziehen, wie er es hergab, und dieses Rohr mal dem Nachbarn zur Linken, mal dem Nachbarn zur Rechten auszuleihen, wobei er unruhig von einem Fuß auf den anderen trat, ob er den Kieker im entscheidenden Augenblick auch zurückerhielt.

Das Fräulein wollte nämlich baden! Sie war mit einer dicken Rolle unter dem Arm in der Rohrhütte verschwunden, die wegen der Brandung dicht unter dem Dünenfuß aufgestellt war, so dass sie mehrere Meter laufen musste, ehe das Wasser sie verhüllen konnte. Woher dieses erregende Ereignis bekannt geworden war, blieb rätselhaft; es war jedenfalls nicht wie andere wichtige Ereignisse im Dorf vorher ausgeklingelt worden.

Die Posten warteten in Geduld, denn es brauchte seine Zeit, bis eine Frau sich von ihren Hüllen der verschiedensten Art befreien konnte. Ein Lüftchen wehte aus Osten. Die See breitete sich blau in die endlose Ferne aus. Man hätte mit kleinen Booten hinausfahren und nach Flundern plumpen müssen, aber wer mochte jetzt an anderes denken als an die Frage: Was behielt das

Fräulein, wenn sie ins Wasser stieg, an? Würde sie im Hemd und mit nackten Beinen gehen?

»Daniel, schämst du dich gar nicht?«, gellte Emma Langes Stimme durch die atemlose Spannung. »So 'n alter Kerl und so lüstern! Runter mit dir von der Düne – an den Webstuhl, du Schwein!«

Zum ersten Male pries Priebe, der zusehen musste, wie der arme Weber von seiner Frau mitgezerrt wurde und sich nicht einmal umzugucken wagte, die Gleichgültigkeit seiner Liese gegenüber allen Freuden der Welt. Er hatte mitten vor Lieses Augen an seinen Stöcken auf die Düne humpeln können, sie hatte nicht einmal den Mund aufgemacht und gefragt, was er dort suchen wollte.

Die Hütte bewegte sich leise! Die Tür ging auf! Das Fräulein trat in einer roten Bluse und langen, bis zu den Knöcheln reichenden roten Hosen, die in einem Volant endeten, heraus. Auf dem Kopf trug sie etwas Gelbliches, Weiches, einem zusammenfallenden Pilzschirm gleich.

Sie blieb auf dem Wege zum Wasser stehen, reckte sich, hob die Arme, senkte sie wieder, während die Brise auszufüllen begann, was Hose und Bluse an Raum zu vergeben hatten. Sie hob sich hoch auf die Zehen und drehte sich mit ausgebreiteten Armen langsam um sich selbst. Ein Quietschen kam aus ihrem Munde, als wäre Schlachtemorgen im Dorf. Sie schlug schreiend beide Hände vor ihre Brust, knickte in die Knie und kroch mehr als sie ging in die Hütte zurück.

Es trat eine Stille ein, die man hören konnte. Die Posten schauten einander grienend über die Dünen hinüber an, verharrten noch ein Weilchen da oben, darauf zog sich der erste, bald der nächste zurück. Nichts geschah mehr, die Hütte bewegte sich nicht einmal wieder. Nur Fietje hielt aus, legte sich flach in den Sand und wartete in Geduld.

Nach einer halben Stunde ging die Hütte auf: Das Fräulein trat in seinem bunten Sommerkleid und dem Bänderhut, die Rolle wieder unter dem Arm, heraus. Fietje beobachtete blinzelnd, wie sie verschämt nach allen Seiten Ausschau hielt, und sah ihr mitleidig nach.

Alles nur Wind, dachte er, was sich in der Bluse und in den roten Hosen gebläht hatte, alles nur Luft! Da hatte man anderes im Arm gehabt, in Schanghai, in Konstantinopel, am Indierstrand. Deswegen brauchte ein Mann, der die Frauen kannte, nicht noch einmal auf der Düne zu stehen!

*

Dreimal in der Woche verließ der Briefträger mit einigen Briefen und Karten sowie dem »Stadt- und Landboten« das Mecklenburgische und überschritt die Grenze, an der seit Jahren auf einem schwarz-weiß geringelten Pfahl ein Adler aufgerichtet war, vor dem der Feldscher Hinrichs stets seine Mütze zog.

An diesem Adler vorüber stampfte der alte Köster in den Dünensand hinein und steuerte sofort der Ecke am Dorfpfad zu, wo Jacob Joachim Eduard Dahm stets bereit stand, als hätte er persönlich ungeheuer wichtige Post zu erwarten. Hatte Köster nichts anderes als das Blättchen auszutragen, nahm Dahm den kleinen Stoß Zeitungen in Empfang und schickte, nachdem er eine Nummer überflogen hatte, seinen Friedrich Franz damit los. Manchmal fiel auf der Osterseite ein Pfennig dabei für ihn ab oder ein Bonbon. Die Briefe und Karten aber nahm Dahm zu sich hinein, um sie, wie er Köster beruhigend sagte, ein bisschen genauer zu sortieren. Nur die Schulzenpost gab Köster nicht aus der Hand; solche Briefe mit Siegel oder Gedrucktem darauf brachte er selbst zum Hof hinauf.

Dieses Mal waren außer dem Blättchen zwei Briefe dabei; beide galten dem gleichen Haus. Dahm nahm sie in Empfang und ließ Köster weitergehen, ehe er die Umschläge genau studierte. Der eine, mit einer ausländischen Marke beklebt, trug eine ungelenke Kinderschrift. Dürten Pieplow stand darauf. Dürten von Pieplows bekam also schon einen Brief und war noch nicht einmal konfirmiert! Dahm ärgerte das; seine Undine hatte noch niemals einen Brief bekommen, obwohl sie ein Jahr älter als diese dumme Dürten war und fast erwachsen wirkte. Er drehte den

Brief um. »Erdmann Permien, Bark HOFFNUNG, Ceuta« stand als Absender darauf.

Was hat dieser grüne Bengel für Briefe an Mädchen zu schreiben, die noch nicht einmal konfirmiert worden sind‹, dachte er wütend. Andere Mädel würden sich so etwas von einem Hosenmatz aus dieser hochnäsigen Schifferfamilie da drüben nicht bieten lassen! Was war der Erdmann denn groß? Das schrieb er natürlich nicht. Schiffsjunge war er, der letzte Mann an Bord. Womöglich bildete sich der noch etwas darauf ein! Sein Friedrich Franz sollte höher hinaus, sollte Kaufmann, vielleicht sogar Unternehmer werden.

Dem zweiten Brief entströmte ein zarter Lavendelduft. Den hatte eine Frau Amtsgerichtsrat Weigel, Dresden, geschrieben.

Bei diesem Titel trübte sich für einen Augenblick etwas in Dahm. Auf dem Amtsgericht war mal – aber vor Jahren schon – eine dumme Geschichte mit ihm, einem Amtsgerichtsrat und einer Kuh gewesen, die er an einen Bauern verkauft hatte, als er Viehhandel betrieb.

»Friedrich Franz«, rief er schnell, »wasch dir die Hände, mach die Nägel sauber, zieh den Scheitel nach, und dann läufst du gleich zu diesem Fräulein bei Pieplows, das ist nämlich die Tochter von einer Frau Amtsgerichtsrat. Dort machst du einen tiefen Diener, bestellst einen Gruß von deinem Papa und übergibst ihr den Brief. Den anderen steck' in die Tasche; den kannst du hinterher bei dieser Pieplow'n auf den Küchentisch legen. Da werden die ihn schon finden!«

So erhielt Elsa Weigel nach kaum einer Viertelstunde ihre Post, während der andere Brief erst am Abend gefunden wurde, als Lovise mit Dürten von ihrer Wiese kam, wo sie die Nachmahd gewendet hatten. Dürten Pieplow las mit pochendem Herzen den ersten Brief, den sie in ihrem Leben erhielt, nicht ahnend, dass es zugleich auch ihr erster Liebesbrief war!

»Liebe Dürten!

Ich greife zur Feder, um dir zu schreiben. Wir sind durch die Biskaya durch. Wir haben viel Wasser übergenommen, aber seekrank bin ich nicht geworden. Nur abends in der Koje wird mir manchmal so, wie noch nie. Ich glaube, das ist Heimweh. Und du musst immer mal an mich denken, aber nicht schlecht. Ich war nur böse wegen dem Niklas, aber nicht auf dich. Dein Erdmann.«

Auch der von dem feinen Lavendelduft umwehte Brief war mit pochendem Herzen gelesen worden. Er lautete:

»Meine liebe Tochter!

Es macht mir rechte Sorge, dass Du zwei Wochen nicht geschrieben hast. Es kann doch nicht wahr sein, was sie auf meinem Damenkaffee erzählt haben, dass der Professor Schulzendorf, der nicht verheiratet ist, auch nach Ahrenshoop gereist ist? Wenn Eure ganze Malschule dort wäre, würde ich nichts dagegen haben. Aber Du mit ihm allein? Das erlaube ich nicht! Dann hast Du sofort nach Hause zu kommen. Hast Du denn, danach habe ich Dich schon im letzten Brief gefragt und keine Antwort bekommen, in diesem elenden Nest wenigstens eine einzige halbwegs gebildete Familie gefunden, an die Du Dich anschließen kannst? Ein junges Mädchen darf nicht allein in der Welt herumlaufen, das gehört sich nicht!

Ich hatte meinen Brief an Dich durch die Krause zur Post mitnehmen lassen, die aber in letzter Zeit sehr nachlässig in ihrer Arbeit geworden ist, so dass der Stundenlohn von 30 Pfennigen eigentlich viel zu hoch ist, weshalb ich ihr neulich was abziehen musste, weil ich sie, als sie den Keller aufräumen sollte, bei der Portierfrau in der Loge klatschen fand.

Hatte gestern die Damen bei mir. Es gab Kirschtorteletts von meinen eingemachten Kirschen und hinterher Weingelee, was leider nicht fest genug geworden war. Die Dobberten hatte mir aber die Atlastaille nicht fertiggemacht, sodass ich mir sofort eine andere Schneiderin suchen werde.

Nun schreibe aber gleich, damit ich meine Damen beruhigen kann. Und wenn der Professor dir wirklich nachgereist ist, kommst Du sofort nach Haus!

Deine treue Mutter.«

Elsa Weigel ließ den Brief sinken. Jetzt sollte sie abreisen, weil sie das Glück hatte, dass der Professor ihr fast täglich eine Korrektur gab, wenn sie zeichnete oder malte? Wie konnte die Mutter das verlangen! Sie hatte den Professor nur draußen gesprochen.

Nie wäre er auf den Gedanken gekommen, etwa bei Frau Pieplow nach ihr zu fragen oder sie gar in ihrem Zimmer aufzusuchen.

Elsa Weigel dachte nach: War jemals zwischen ihnen auch nur ein Wort gefallen, das ihre Mutter nicht hören dürfte? Hatte er sich jemals auch nur einen Blick erlaubt?

Erst jetzt wurde ihr bewusst, dass er noch nie etwas Nettes zu ihr gesagt hatte. Nicht über ihre Studien, an denen viel auszusetzen war, nein, über sie selbst, über ihre Figur oder ihr Haar! Sie blickte in den kleinen, fleckigen Spiegel, dachte beschämt an ihre bald fünfundzwanzig Jahre und errötete vor dem dunklen Schatten auf ihrer Oberlippe, der allen Versuchen, ihn zu beseitigen, hartnäckig widerstand. Gewiss war sie dem Professor nicht jung genug. Er malte nur ganz junge Mädchen und sah sich nach jedem Backfisch um. Vielleicht hatte er aber nur nicht gewagt, ihr ein Kompliment zu machen, weil sie die Tochter einer Frau Amtsgerichtsrätin war und er selbst aus einem subalternen Beamtenhause stammte. Elsa Weigel nahm seufzend den Brief der Mutter noch einmal in die Hand.

Am späten Nachmittag ging sie am Strande entlang. Es sollte ein wehmuterfüllter Abschiedsweg sein, ihr Abschied von der Großartigkeit des Meeres, der Wellen und Winde rauschender Melodie, von den weißen Dünen und dem romantischen, geheimnisvollen Walde dahinter, in den sie sich niemals hineingewagt hatte.

Plötzlich begann ihr Herz wieder laut zu pochen. Ihr wurde bewusst, wie allein und hilflos sie wäre, falls jemand über die Düne stiege, ein Strolch, ein wandernder Handwerksbursche, ein Dieb, der sie überfallen würde, sobald er ihre goldene Uhrkette entdeckt hatte!

Sie machte schnell kehrt. Ihre Augen hefteten sich an die fern am Strande hochgezogenen kleinen Fischerboote. Dort lag das

Dorf mit den niedrigen, hinter die Dünen gekuschelten Katen, dort waren Menschen, dort war sie gerettet!

Am Abend packte sie ihre Sachen ein. Im Gedanken an ihre Heimkehr versuchte sie, jene beschämende Stunde in der Hütte, um die sie fortan einen Bogen geschlagen hatte, aus dem Gedächtnis zu tilgen. Wenn die Mutter ahnte, wie weit sie sich vergessen hatte! Mit einem Mann, einem betrunkenen Matrosen, und einer verkommenen Frau, die beide nicht einmal verheiratet waren und doch zusammen in dieser Behausung wohnten, als kennten sie keine Scham! Mit solchem Volk Grog zu trinken, sich von diesem Matrosen und dem Weibsbild betrunken nach Hause bringen zu lassen! War das nicht eine Warnung gewesen, wie schnell ein Mensch, selbst wenn er zu den Gebildeten, zum höheren Beamtenstande gehörte, abgleiten, sogar verkommen kann?

Am nächsten Morgen reiste sie nach Haus, wie erlöst von den Gefahren, in die sie sich gedankenlos begeben hatte, aufatmend, wie der Reiter über dem Bodensee.

*

Lovise Pieplow hatte einen Groll gegen Frau Lisbeth Konow auf der Schifferreihe im Herzen getragen. Hätte die dem Professor Schulzendorf nicht mit Leichtigkeit bedeuten können, dass sie nicht bis in alle Ewigkeit einen wildfremden Menschen als Gast im Hause behalten und noch dazu füttern dürfte, während ihre eigene Stube plötzlich verlassen dastand und nichts mehr einbrachte?

Natürlich, eine Schifferfrau konnte sich so etwas leisten. Bei der kam es auf ein paar Mark die Woche mehr oder weniger nicht an. – Schifferfrau? Lovises Gedanken machten einen Sprung in die Vergangenheit. Diese Lisbeth Konow ist nur eine Hergelaufene, sagte sie sich, hatte nichts als das Hemd auf dem Leibe und ein uneheliches Kind unter dem Rock, als sie im Dorf erschien.

Sie wusste wohl selbst nicht, wie ihr geschah, als sie dann doch noch die Frau eines Schiffers wurde, auch wenn es nur der alte Konow war.

Lovise krauste die Stirn. Es war alles so schwer zu verstehen. Lisbeth war anders als die feine Frau Sophie. Sie war nicht stolz, – doch das mit dem Schulzendorf, und wo die eigene Stube leer stand – das konnte sie nicht begreifen!

Fünf Mark die Woche wären diesem Professor vielleicht zu viel; er schien im Grunde ein rechter Hungerleider zu sein, obwohl man eigentlich nicht annehmen sollte, dass es unter hohen Herrschaften auch Hungerleider gäbe. Aber drei Mark die Woche müsste er bezahlen, das wären immerhin im Monat zwölf Mark. Hatte dieser Professor nicht selbst soviel Anstandsgefühl, denen da drüben nicht länger auf der Tasche zu liegen?

Lovise Pieplow war mehrmals dicht daran gewesen, ihm das nahezulegen, weil er jetzt öfter des Abends bei ihr in der Küche erschien. Doch ihr missfiel seine unbekümmerte Art, diesen lächerlichen Hut mit der Feder ans Fensterkreuz zu baumeln und sich einfach an ihren Tisch zu setzen. War noch ein Rest Kartoffeln in der Pfanne, die sie zum nächsten Abend aufbraten wollte, fragte er ihren Leopold: »Na, Junge, wie wär's? Essen wir zusammen noch einen Schlag um die Wette?«

Also musste sie ihm einen Teller und eine Gabel holen, denn der Bengel sagte natürlich trotz ihres drohenden Blickes sofort ja, um sich noch eine Portion in den Leib schlagen zu können.

Lustig war der Professor allerdings. Man musste über seine Geschichten ununterbrochen lachen; gut tat es dem Schlingel, ihrem Leopold, aber nicht, zu hören, wie der Professor einfach aus der Schule fortgelaufen war. »Ich war genauso alt wie du, Junge«, betonte er noch, als wenn es nicht Mühe genug kostete, den Bengel wenigstens bis zum nächsten Frühjahr auf der Schule und zu Hause zu halten.

»Wolltest du auch zur See?«, fragte Leopold gespannt.

Schulzendorf lachte, dass der Tisch wackelte: »Nee – Maler wollte ich werden, aber meine Eltern wollten einen Beamten aus mir machen!«

»Sind Sie nicht Professor?«, fragte Lovise unsicher.

»Jawoll ja, das hat meine Alten wieder versöhnt!« Darauf erzählte er, welch ein leichtes Leben er in seiner Jugend geführt hatte.

Kürzlich hatte er ein paar schöne Buntstifte aus der Tasche gezogen und Dürten geschenkt. Sie sollte damit etwas malen, das wollte er sich dann ansehen kommen. Dürten wurde rot über beide Ohren und wagte kaum, die feinen Stifte anzurühren.

Frau Pieplow konnte sich nicht recht erklären, weshalb ihr trotz der Buntstifte immer unruhiger zumute wurde, je öfter der Professor erschien und so lange kleben blieb, bis sie schließlich die Kinder mit aller Gewalt ins Bett beförderte. Die Zeit ging wie im Fluge dahin. Plötzlich war es neun Uhr, einmal sogar schon halb zehn, und man musste mit den Hühnern wieder heraus.

Sie war schließlich froh, dass er nicht zu ihr gezogen war, trotz der entgangenen Taler; denn die Ordnung des Hauses schwand bereits durch seine abendlichen Besuche mehr und mehr dahin. Eines Morgens kam Dürten sogar mit der Bitte an, die Mutter sollte ihr die Zöpfe in einem Kranz um den Kopf stecken. Der Professor hätte gesagt, dazu sei sie alt genug.

»Wann hat er das zu dir gesagt?«, fragte Lovise.

»Gestern Nachmittag«, antwortete Dürten unbefangen, »als ich am Deich Karnickelfutter suchte. Er hat sogar mitgerauft«, erzählte sie stolz. »Den Korb hat er mir auch getragen, aber nur bis ans Dorf. Er will mir heute wieder raufen helfen.«

»Die Zöpfe bleiben hängen«, bestimmte Lovise kurz.

»Du gehst mir auch nicht etwa heimlich an meine Haarnadeln dran. Für die Karnickel soll Leopold raufen gehen. Wir nehmen heute zusammen die Wurzeln im Garten raus, da ist der Drahtwurm drin. Der frisst sie uns ganz auf.« Und wenn dieser Kerl heute Abend erscheint, beschloss sie, schicke ich ihn gleich wieder dorthin, wo er wohnt, dann wird er merken, was ich ihm bedeuten will.

Dazu kam es nicht. Der Professor hatte vielleicht etwas gewittert, weil statt Dürten Leopold mit der Drahtschwinge und einem abgebrochenen Küchenmesser auf dem Deich erschienen war. Er kam erst nach einer Reihe von Tagen, und zwar vormittags während der Schulzeit, um Abschied von Frau Pieplow zu nehmen. Die Tafel Schokolade aus dem Laden der Köhn, die Dürten von ihm haben sollte, wagte Lovise nicht zurückzuweisen, sie verfütterte sie jedoch dem großen Zöllnerhund, der sich gerade gierig vor ihrem Küchenfenster sehen ließ, obwohl das eigentlich eine große Verschwendung und Sünde war. Dass der Professor versprochen hatte, im nächsten Sommer wiederzukommen, war ihr durchaus nicht recht.

*

Als Dahm bei Frau Marie Köhn erschien, um zu fragen, ob er auch für sie auf dem Herbstmarkte einige Einkäufe übernehmen dürfte, wie Frau Schiffer Voß ihn bereits vor langem mit Kommissionen betraut hätte, lehnte Marie Köhn sein Angebot mit der Begründung ab, ihre alten Geschäftsfreunde und Lieferanten rechneten jedes Jahr mit ihrem Besuch.

Dahm nahm den Bescheid höflich entgegen, begann ein unverbindliches Gespräch über das Wetter, fragte nach ihrem Rheuma und spielte nebenbei darauf an, dass ihr bei ihren vorgeschrittenen Lebensjahren der Laden mehr und mehr lästig werden könnte. Immer für seine Kunden bereitzustehen, und wenn man so gewissenhaft sei wie sie, das hätte er schon bei seinem ersten Besuch mit Bewunderung festgestellt, – er zwinkerte ihr vertraulich zu, lehnte sich wie damals bequem im Stuhl zurück und legte einen Arm leicht über die Lehne.

Für wen sie sich eigentlich noch immer quäle, fragte er. Hätte ihr einziger Sohn Peter nicht nach jenem tragischen Schlag mit seiner ersten reizenden Frau ein neues Eheglück gefunden und bei den Schwiegereltern in Rostock sein Domizil aufgeschlagen? Der Schwiegervater sollte zudem nicht unvermögend sein, wenn er recht unterrichtet sei.

Marie Köhn beeilte sich mit der Versicherung, dass bei ihrem Sohn alles zum Besten stehe.

»Und warum quälen Sie sich noch so?«, fragte er wieder.

»Es ist doch mein Laden«, erklärte Marie Köhn unsicher. »Die Gaststube gehört mir doch auch.«

»Die leider so gut wie ausgestorben ist«, sagte Dahm bedauernd.

»Aber sie ist da, Herr Dahm! Ich mache sie jeden Tag rein, und wenn einer kommt, kann er sich setzen, wohin er will. Habe ich kein Bier, schenke ich einen Kümmel aus. Bier habe ich diesen Sommer kaum mehr gehalten.«

Dahm nickte. »Die Gaststube hat Ihnen nur Arbeit gemacht, Frau Köhn, aber nichts eingebracht. Und der Laden? – Wie steht es mit dem, wenn ich fragen darf? – Ich glaube festgestellt zu haben, dass viele Frauen jetzt zum Einkaufen ins Nachbardorf gehen.«

Marie Köhn gab das zu: »Der eine oder andere kommt noch zu mir, wenn er es eilig hat, und Herr Dahm, ich bin doch nicht ganz allein.«

Er sah sie voll Mitgefühl an: »Allein sollen Sie auch nicht sein, liebe Frau Köhn, falls ich den Laden pachte und vielleicht – das muss ich mir allerdings noch reiflich überlegen, – die Gaststube auch.«

»Sie wollen mir den Laden nehmen, Herr Dahm?«

»Liebe Frau, Sie verstehen mich nicht. Nehmen? Oh nein, pachten habe ich gesagt.«

»Und ich soll nicht mehr in meinem Laden stehen?«

»Natürlich können Sie meiner Frau und meiner Undine ein bisschen behilflich sein –«

»Und meine Kunden? – Ich habe den Laden seit dem Tode meines seligen Mannes allein geführt. Es kommt mir kein Fremder hinter den Tisch, Herr Dahm! Da ist mein Platz!«

Dahm verbarg seine Ungeduld: »Begreifen Sie doch, Frau Köhn, Sie haben jeden Monat ein festes, gutes Geld. Kein Risiko ist dabei, keine Arbeit, kein Verlust. Denken Sie nur an den Sack Salz, der von der Feuchtigkeit in Ihrem Laden zerfressen wurde.«

Marie Köhn schüttelte seufzend den Kopf: »Nein, Herr Dahm, ich gehe aus meinem Laden nicht raus.«

Jetzt schien ihm der Augenblick gekommen, andere Saiten aufzuziehen. Er richtete sich im Stuhl hoch, verschmähte die Lehne, schob die Hand in die Hosentasche, klimperte mit Geld und sagte kurz: »Also schön, Frau Köhn, wie Sie wünschen! Wenn Sie nicht wollen, ich zwinge Sie nicht! Aber dann mache ich im Dorf ein eigenes Geschäft auf. Ich bin nicht auf Ihren erbärmlichen Laden angewiesen. Ich war nur gekommen, um Ihnen gefällig zu sein, weil wir alte Bekannte sind. Das machen Sie sich aber bitte klar: Wenn mein Laden erst steht, ein großer, ein schöner, ein moderner Laden, wird Ihrer mit einem Schlage tot sein, mausetot, nicht einen roten Heller mehr wert! Was haben Sie zu verkaufen? Dass ich nicht lache! Sie haben keine Ahnung davon, dass die Menschen heute andere Wünsche haben als in Ihrer Jugendzeit, denn die liegt –«, Dahm vergaß in seinem Eifer, Kavalier zu sein –, »die liegt nämlich eine ganze Reihe von Jährchen zurück. Sie denken nur an Salz und Hanfstrick, an Kornkaffee und billiges Backmehl. Dass Zeiten sich geändert haben, davon wissen Sie nichts! Man muss Ansprüche wecken, bessere Waren zeigen, immer das Neueste! Man muss die Pfennige der Kunden lockerzumachen verstehen. Wenn mein Laden erst eingerichtet ist, Frau Köhn, werden nicht nur Ihre Kunden im Dorf, nein, auch Leute von außerhalb werden zu mir kommen. Und dann erst werden Sie ganz allein sein, Frau Köhn!« Dahm stellte ihr vor Augen, was ein Kaufmann, der mit der Zeit mitzugehen weiß, heute zu führen hätte.

Ihr wurde schwindlig, als er von feinem, hellem Schuhkrem sprach, neben der ordinären schwarzen, stinkigen Wichse, von Toilettenseife mit Veilchen- und Rosenduft, von echtem Tee und Nelkengewürz.

Er musste erklären, was Makkaroni seien und dass der moderne Mensch ohne Makkaroni nicht mehr leben dürfe. In der Vorweihnachtszeit sei ein reichliches Sortiment Christbaumschmuck zu halten, und zum Sommer nähme man für die Fremden Korellasches Brustpulver und Andenkenartikel, außerdem Käse und Parfüm herein. Im nächsten Jahr würden mehr Fremde aus den Städten kommen, viel, viel mehr Fremde! Jedes Jahr mehr! Das könne er ihr heute schon schwören.

Schließlich fing Marie Köhn zu weinen an.

Damit hatte Dahm sein erstes Ziel erreicht. Er stand auf. »Ich gebe Ihnen eine Nacht Bedenkzeit, Frau Köhn. Morgen früh bin ich wieder hier. Dann setzen wir den Pachtpreis fest. Ich muss mir noch genauestens überlegen, welche Pacht ich Ihnen überhaupt bieten kann, denn fehlt nicht auch, wenn ich recht unterrichtet bin, hinter dem Laden ein brauchbarer Lagerraum? Müssen Sie nicht für jeden Dreck erst bis auf den Boden steigen?«

*

So kam also Marie Köhn dazu, zum ersten Male seit rund einem Vierteljahrhundert ihre Geschäftsfreunde in Ribnitz während des Markttages vergeblich auf sich warten zu lassen. Diese sahen sich einem neuen Gesicht gegenüber, das einem jugendlich wirkenden Manne gehörte, der bereits an dem vorausgegangenen Tage des Viehmarktes eine gewisse Rolle gespielt hatte.

Marie Köhn war nicht die einzige aus Ahrenshoop, die unter den Herbstmarktbesuchern fehlte. Auf Hartwig Dades Fährboot, das im übrigen schwarz von Menschen war, vermisste man ebenfalls Frau Schiffer Voß, die den Herbstmarkt bisher stets aufgesucht hatte, um die vielen Kleinigkeiten an Gerät und Geschirr zu ergänzen und Geschenke für Weihnachten einzukaufen. Dass vom Schulzenhof nur der Wirtschafter Keding und eine der Mägde erschienen waren, gehörte zur Regel. Dedows hatten dem Herbstmarkt niemals die Ehre ihrer Anwesenheit geschenkt.

Auch Priebeliese hatte sich aufgemacht, um einen Korb Süßäpfel für Backobst zu erstehen. Priebes Verlangen dagegen nach einem Paar Stiefel hatte sie kurzerhand abgelehnt. Jetzt noch neue Stiefel? Das hieße ja geradezu den letzten Rest seines Lebens zu teuer bezahlen; neue Stiefel zu Ende zu tragen, dazu reichte es bei Priebe bestimmt nicht mehr!

Die Frauen und Kinder waren in der niedrigen Roof des Fährbootes wie Schafe in einem engen Stall zusammengepfercht. Es ging in der ersten halben Stunde ungewohnt ruhig zu, weil die Frauen damit fertig werden mussten, dass Meta Dahm kein warmes Kopftuch trug, sondern einen städtischen Filzhut, mit Veilchen garniert. Dieser Hut war gewissermaßen erst stumm zu verdauen, und das verlangte seine Zeit.

Schließlich packte einer nach dem anderen sein Frühstück aus dem Kober aus, das stellte das seelische Gleichgewicht wieder her. Das Mitgenommene verriet, wer nichts anderes besaß, als was sich weithin sichtbar auf dem Leibe tragen ließ. Jedenfalls blieb es zu bedenken, ob ein handfestes Frühstück und Kopftuch nicht besser zusammenpassten als armselige Schmalzschnitten und ein aufgedonnerter Hut!

Dürtens inneres Gleichgewicht, das eine steife, rosa Schleife auf Undine Dahms Mütze erschüttert hatte, wurde allerdings erst wesentlich später wiederhergestellt, und zwar auf dem Karussell. Lovise hatte ihrem Liebling zwei Groschen spendiert, für die Dürten viermal fahren konnte. Undine Dahm dagegen schaute nur sehnsüchtig zu, wie sich die Pferdchen und Kutschen um den perlenbenähten Sammetvorhang und den bunten Leierkasten drehten.

Aus allen Dörfern weit in der Runde waren die Menschen zusammengeströmt. Jetzt konnte man sehen, wie bevölkert in Wahrheit die ganze Erde war, wie viele unbekannte Menschen es gab! Wat 'n Gedriew! Wat dohn de all? Wovon lääwt dat all? Man kam sich in dieser erdrückenden Fülle, gestoßen, getrieben, wie verloren vor.

Unübersehbar staute sich die Menge vor den Budenreihen, die den weiten, viereckigen Marktplatz bis an die angrenzenden Straßen wie eine neue Stadt mitten in der alten Stadt ausfüllten. An den Rinnsteinen stand Händler bei Händler unter freiem Himmel, ein Tischchen vor sich oder ein Tablett auf dem Bauch. Sie boten Ramschware an, Spitzen und Borten, Knöpfe und Bänder, Messer und Nadeln, Bürsten und Besen, Kugeln aus dickem Glas, in denen es schneite, balzende Hirsche aus Cuivre-poli.

Der Tag war lang und Herbstmarkt nur einmal in jedem Jahr. So nahm man sich Zeit, denn den Sensenbaum konnte man ebenso gut am Nachmittag kaufen. Der Musselin für die Bluse würde gegen Abend zudem nur noch halb so teuer sein. Man musste erst alles, alles sehen! Solch eine schöne Blumenvase aus schillerndem Glas, auf dem Gold in dicken Tropfen aufgelegt war, konnten sich arme Leute freilich nicht leisten, doch man durfte sie kostenlos anschauen, war man endlich bis an den Stand vorgedrungen. Wenn nur der Bengel nicht so ungeduldig am Kleiderrock zerrte, weil er zur Schießbude wollte, von der trotz des scharfen Knatterns der vom Winde geschüttelten Budenplanen ununterbrochen die Schüsse zu hören waren. Für gute Schützen gab es Papierrosetten mit bunten Bändern daran, die man sich an den Rockaufschlag steckte, später vorn auf die Mütze oder den Hut, wenn sich die Lebensfreude an einer Theke weiter gesteigert hatte.

Als in der Mittagsstunde das letzte Brot aufgezehrt war, die Männer seit langem verlorengegangen waren, fanden die Frauen langsam wieder zu sich zurück.

Emma Lange hatte sich in einer Seitengasse an den Rinnstein gesetzt, den guten Kleiderrock sorgsam über dem dicken gehäkelten Unterrock mit dem Pfauenmuster hochgeschlagen, die beiden Beutel mit Flachs an die Schenkel gedrückt, so dass sie wenigstens zu den Seiten warm blieb, denn von unten war es trotz des Unterrocks empfindlich kühl. Sie überzählte ihr Geld.

Der Flachs war in diesem Jahre so teuer wie noch nie. Er war reinwegs sündhaft teuer geworden! Wo sollte das hin? Von Jahr zu Jahr werden wir armen Weber härter in die Zange genommen, seufzte sie in sich hinein. Wer macht das nur? Wo kommt das her? Wie konnte der Flachs immer teurer werden und immer schlechter obendrein? Wenn man genau hinsah, war er nicht einmal fein genug gesponnen. Sie hatte Daniel laut darauf aufmerksam gemacht, aber er kaufte ihn trotzdem, als könnte er nicht mehr recht sehen. Daniel hatte sie einfach zur Seite gepufft und besinnungslos auf den hohen Preis zugeschlagen, hatte nicht einmal gefeilscht. Das kam allein davon, dass er im Fährboot auf

Deck geblieben war. Als er an Land ging, roch er bereits nach Schnaps! Diese Sünde, dachte Emma, als sie in Ruhe am Rinnstein saß, dass man aus Korn und Kartoffeln so etwas machen kann! Wie geht das nur an? Wie konnten Korn und Kartoffeln sich derart verwandeln lassen?

»Mudding – hick – Mudding.« Fietje sank auf das eine Bündel mit dem schlechten und doch so teuren Flachs. »Mudding! –« Er drückte Emma Lange einen Kuss auf. »Nich böse, Mudding – hick –« Er glitt, unsanft zurückgestoßen, auf die runden Pflastersteine und griff nach ihrem Unterrock. »Mudding – der Daniel – hick –«

»Wo steckt Daniel, Fietje?«, fragte sie streng.

»Da – Mudding – da – hick – Mudding, da!« Er wies auf das Ecklokal, aus dessen Tür gerade ein grölender Mann herausstolperte.

Emma Lange zerrte an ihrem Unterrock. Sie konnte nicht hochkommen, Fietje hielt ihn eisern fest.

»Mudding – hick – Daniel hat 'ne Mark von mir – hick – 'ne ganze Mark, meine letzte Mark – die soll ich mir – hick – von Mudding wiederholen!« Er hob beide Hände wie ein betendes Kind. Der Unterrock wurde frei.

Emma Lange packte die Flachsbündel und schoss dem Ecklokal zu. Auch noch pumpen! Eine ganze Mark pumpen und versaufen! So weit hatte Daniel es also gebracht!

Priebeliese schob sich durch die Gasse, die an beiden Seiten von den Buden der Schuster aus Kröpelin und Lassan abgegrenzt wurde. Auch hier war großes Gedränge, doch die Luft stand gleichsam vom schwierigen Erwägen und Rechnen still. Hier wurde gekauft, langsam, bedächtig, mit Seufzen gekauft, das Geld immer wieder nachgezählt, das viele, viele schöne Geld! Hier wurde gehandelt und gefeilscht, doch nicht hitzig wie bei den Rinnsteinhändlern und vor den Buden, wo es Stoffreste gab. Hier wurde gebeten, mitunter von Mutter sogar gebettelt, weil der Junge zu nächsten Ostern nicht in Schlarpen vor den Altar des Herrn treten konnte!

Priebe hatte sich nicht geirrt: Stiefel, für die der Schuster im Nachbardorf zwölf Mark verlangte, waren für acht Mark, sogar schon für sieben Mark zu haben. Man sparte also vier, nein, ganze fünf Mark. Liese blieb nachdenklich stehen, schob sich wieder zu der Bude zurück, wo von der Decke genau die Stiefel gehangen hatten, die Priebe haben wollte. Sie fragte noch einmal. Die Schuhe kosteten wirklich sieben Mark.

Priebeliese rechnete erneut aus, wie groß die Ersparnis wäre. Sie verbannte die alte lederne Geldkatze mit ihrem breiten Bügel tief in die Tasche; ihr war, als strebte sie hartnäckig ans Licht.

Da kam ihr ein wunderlicher Gedanke: Wofür sparte sie eigentlich, sparte und hütete jeden Pfennig, als wollte sie in alle Ewigkeit dieses elende Leben der armen Leute weiterleben? Kam sie nach Hause und hatte die Stiefel, zog sie aus ihrem Beutel und stellte sie vor Priebe hin – nicht etwa auf die Erde, nein, mitten auf den Tisch – nur hinstellen, als wenn es gar nichts wäre? Und er zöge sie an und könnte besser damit gehen?

Nach einer Stunde fand Priebeliese sich wie betäubt auf dem Fährboot wieder, das noch menschenverlassen im Hafen lag. Sie ging in die Roof, schob den Apfelkorb und den Beutel unter ihren Sitz. Sieben Mark, dachte sie dabei, mehr als zwei Taler! Sie fühlte mit den Füßen nach, ob der Beutel auch da war. Sieben ganze Mark! Die Stiefel waren nicht um einen Pfennig billiger zu haben gewesen. – Wie spät mochte es sein? Wann waren sie endlich wieder zu Haus? Und was würde Priebe sagen? Ob er gleich sah, dass der Beutel nicht leer war?

Im Gewühl des Marktes hatte kaum einer Jacob Joachim Eduard Dahm gesehen. Nur der aufreizende Veilchenhut seiner Frau war hier und da aufgetaucht. Zu später Stunde, als sich die Menge der Kaufenden und Schauenden zu lichten begann, in den Seitengassen die Wagen der Landbevölkerung aufgereiht wurden, hatte Dahm noch die Ecke besucht, wo Geschirr feilgeboten wurde, fragte überall nach dem Preise von Tellern und Schüsseln, sogar nach Kaffeetassen und erstand schließlich einen Stoß irdener Satten, in denen Milch aufgesetzt wird. Dahm hatte Wichtigeres zu tun gehabt, als sich neugierig unter das Volk zu mischen. Nur den tanzenden Affen hatte er seinen Kindern gezeigt, weil die Kenntnis wilder Tiere seiner Meinung nach bildend war. Das kostete nichts, wenn man zurücktrat, ehe der Leierkastenmann mit seiner Mütze kam. Dahm vertat kein Geld für Nichtigkeiten. Er hatte als Pächter eines altrenommierten Unternehmens, das unter seinen Händen einem neuen Aufschwung entgegenging, Marie Köhns Firmen besucht und zuerst bei Roeding vorgesprochen, falls man später einiges in Textilien aufnehmen sollte. Er hatte sich in dem großen Eisenwarengeschäft hinter der Kirche dem Inhaber vorgestellt, nicht als Konkurrenz, wie er unterstrich, nein, als Kollege, als Geschäftsfreund gewissermaßen. Die leise Zurückhaltung, die man ihm bezeigte, hatte ihn nicht im Geringsten gestört.

Dahm kam als letzter zum Fährboot zurück. Eine eisige Stimmung empfing ihn, als er überstieg. Die Dunkelheit fiel bereits ein, der Nordwest ließ ein hartes Kreuzen erwarten; Dade hätte gern früher losgeschlagen.

Die Roof war bis unter die niedrige Decke mit lebender und toter Last randvoll gepackt. Als das Boot Spritzwasser überzunehmen begann, wurden die letzten Säcke und Körbe in die Roof geschoben. Die Männer dösten auf Deck im Ölzeug oder in eine alte Persenning gehüllt und versuchten, wenigstens einen Teil des Rausches auszuschlafen, der zum Herbstmarkt gehörte wie das Karussell und der tanzende Affe, das Geschrei der Händler und die Versuchung jeglicher Art, wohin man sah.

Kaum war das Fährboot über die Landzunge hinausgekommen, wo die Binnensee schäumte, setzte das Kreuzen ein, und zwar so hart wie möglich am Wind, um vor der Nacht den Heimathafen zu erreichen.

Der breite Bug bäumte sich gegen die Strömung auf. Bis an die Bullaugen tauchte der Kutter ein. Die Luft in der Roof wurde zum Schneiden dick. Natürlich war es die Frau aus dem Binnenland, Meta Dahm mit dem Veilchenhut, die der Seekrankheit zuerst erlag. Und als man auf Deck diese unverkennbaren Geräusche aus der Roof vernahm, war Jacob Joachim Eduard Dahm sofort Herr der Situation und auch Kavalier. Er zwängte sich mit seinen Milchsatten durch die Tür, verbeugte sich höflich und nahm immer wieder die unfreiwillig gespendeten Opfer an Neptun reihum in Empfang.

*

Wenn Samuel August Voß von der Hohen Düne zurückkam, wo man den besten Blick nach Rosenort hinüber hatte, um die Heimkehr der Segler zu beobachten, stand der Tee in der Röhre bereit. Stets war Rum in der geschliffenen Karaffe. Dass dieser Schluck nicht fehlte, war eine der vielen kleinen, täglichen Sorgen für Frau Sophie, die zusammengelegt so bleischwer werden konnten, dass es Mühe kostete, die aufrechte Haltung zu bewahren.

Diese Sorgen begannen morgens bei der Kuh im Stall, die alt geworden war. Der Milchertrag, den sie lieferte, und das Futter, das sie dafür verlangte, waren nicht mehr in Einklang zu bringen. Ihr letztes Kalb, das als Ersatz großgezogen werden sollte, war eingegangen. Dahm bot sich an, den Tausch des schlachtreifen Tiers gegen eine junge Kuh zu vermitteln, doch die Zuzahlung selbst für eine Starke war zu hoch. Die Nachrichten allerdings, die Schiffer Peter Köhn seinen ehemaligen Schwiegereltern über die Frachten des Sommers gegeben hatte, klangen hoffnungsvoll. Hatten die Segler, an denen Samuel August noch bescheidene Parten besaß, abgerechnet, ließ sich ein günstiger Tausch wohl möglich machen. Sonst würde Schmalhans mehr und mehr Küchenmeister werden.

Samuel August Voß aß ohne Murren und Fragen immer wieder Backobst und Klöße oder Klöße und Backobst, weil sich die Vorräte einer Schlachtung nur begrenzt strecken lassen. Dass er von Woche zu Woche magerer wurde, war nicht zu übersehen. Für Winterholz hatte er vorgesorgt, war aber nicht zur Holzauktion gefahren; er hatte sich bei Dedow ausbedungen, selbst sein Holz einschlagen zu dürfen, weil das billiger wurde. Doch wenn Sophie sehen musste, wie er Treibholz vom Strande unter dem Arm heimbrachte, sogar nach stürmischen Tagen nicht mehr mit Harder spazieren ging, sondern unmittelbar unter dem Dorfe wie die kleinen Leute der Westerseite Treibholz sammelte, tat ihr das Herz weh. »Es macht mir Spaß, Sophie«, entschuldigte er sich gern.

»Wenn gutes Holz angespült wird, muss man sich einfach danach bücken.«

Sie widersprach nicht; um ihm Freude zu machen, pries sie den Haufen Kaffeeholz, der sich in der Waschküche ansammelte. Endlich kam der Tag, an dem die ersten Seeleute heimerwartet wurden. Das ganze Dorf stand unter dem Adler und schaute nach den Wagen aus. Selbst aus den Dörfern hinter dem Darß waren Matrosenfrauen gekommen, um ihre Männer die letzte Wegstrecke zu begleiten. Die Kinder tobten und tollten und konnten kaum erwarten, dass die Heimkehrenden das Hartbrot vom Schiffsproviant unter die Jugend verteilten, das schöner schmeckte als der beste Kuchen, den Mutter zum Empfang des Vaters oder Bruders gebacken hatte.

Dahm war im Sonntagsstaat. Er wanderte, die Hände auf dem Rücken, in tiefen Gedanken abseits von der unruhigen Menge auf und ab. Wen hatte der zu erwarten, fragte sich jeder. Dahm zeigte jedoch eine derart in sich gekehrte Miene, dass keiner ihn anzusprechen wagte.

Zwei Wagen kamen langsam, im Sande mahlend, in Staubwolken eingehüllt, von Süden heran. Auf dem ersten wurde Treckfiedel gespielt, Mützen und Flaschen zum Gruß geschwungen.

Erdmann, Vater und Sohn, sprangen ab und lagen in Miekes Armen, bis Niklas sich ungeduldig eine Begrüßung erzwang. Permiens wanderten schnell ihrem Hause zu. Lovise Pieplow strich ihrem großen Heiner, dem Steuermann, wie einem kleinen Kind über die Wangen und ließ unbekümmert ihre Tränen rollen. Auch die Leute aus der Fischerreihe erhielten ihre Söhne zurück. Die schweren Seekisten und prallen Kojensäcke wurden abgeladen.

Doch ehe sich die Menge in die verschiedenen Richtungen aufgeteilt hatte, trat Dahm, den Hut höflich in der Hand, an die Seeleute heran und lud alle ohne Unterschied zu einem Willkommenstrunk in seine Gaststube ein.

Zuerst ein Stutzen, darauf ein wildes Hallo. Freibier und Freischnaps waren ihnen noch niemals geboten worden!

»Soll es nichts kosten, Krüger?«

»Wie viel schenkst du aus, Krüger?«

»So viel jeder haben will«, antwortete Dahm.

Die Frauen verwahrten sich dagegen, ihre Männer und Söhne gleich an den Krug abgeben zu müssen. Aber es half ihnen nichts. Sogar Lovise konnte es nicht verhindern, dass Heiner sich ihrem festen Griff entwand. Solch eine Heimkehr hatten die Frauen noch nicht erlebt! In den Häusern, die plötzlich verlassen schienen, fielen über diesen Fremden, der sich eingenistet hatte und mit neuen Moden kam, bittere Worte.

Fietje Hick schlich um Dahms Krug herum. Er trat schließlich ein, entschlossen, dieser Konkurrenz nach Kräften Schaden zuzufügen. Wurde allen Seeleuten kostenlos ausgeschenkt, konnte ein vor Anker liegender alter Matrose nicht übergangen werden!

Als Samuel August Voß und seine Frau in den Betten lagen, vernahmen sie durch die Stille der Nacht das Johlen aus dem Krug und das Zetern empörter Frauen, die nicht eingelassen wurden. Samuel tappte in seiner Nachtmütze zur Haustür und lauschte hinaus. Darauf legte er die Läden vor, als tobte ein Unwetter oder ein Schneetreiben ums Haus. »Es ist, als sollte unsere Welt untergehen, Sophie!«

2. KAPITEL

Als Feldscher Hinrichs dem alten Schiffer Elias Konow eine Medizin brachte, erzählte er, die Griepsch hätte ihn zu Thringret geschickt, die krank sein sollte, Fietje hätte ihm aber unter Schimpfworten, er brächte den Tod mit und den Tod ließe er nicht herein, den Zutritt verwehrt. Hinrichs hatte unverrichteter Sache wieder fortgehen müssen.

Auf Elias' Wunsch ging Lisbeth am Nachmittag hinüber.

Aus der Roof war kein Laut zu vernehmen. Die kleinen Gardinenfetzen hinter den Bullaugen waren sorgsam zugezogen. Lisbeth lauschte. Thringret schien allein zu sein. Sie klopfte leise und machte gleich hinterher beherzt die Tür auf. Der vordere kleine Raum mit den Schemeln um den Klapptisch war leer. An der Wand war eine Matratze hochgestellt. Plötzlich dröhnte aus der dahinterliegenden Kammer Fietjes Stimme: »Biste schon wieder da, du Leichenonkel, du Totengräber? Raus mit dir!«

Die Tür wurde aufgestoßen.

»Hick – du – ?« Fietje starrte Lisbeth an.

»Ich wollte nur mal –«

»Hier haste nischt zu wollen – hick –raus!«

Lisbeth wagte sich vor Schreck nicht zu rühren. Sie sah Fietje auf sich zukommen. Gleich würde er sie packen und hinaussetzen.

Da trat ein hilfloser Zug um seinen Mund, in dessen Winkeln der Schaum seiner Wut stand. Er zog hinter sich die Tür wieder auf: »Wenn du mal sehen willst? Sie sagt gar nichts mehr!«

Lisbeth blieb der Atem stehen. In einer dicken Luft von Alkohol und Schweiß lag Thringret mit geschlossenen Augen auf einer niedrigen Pritsche. Eine Schnapsflasche und ein Teller mit erstarrter, dicker Suppe standen neben ihr, von Brotkrümeln umgeben.

Grau hatte Thringret schon immer ausgesehen. Jetzt hob sich ihr Kopf mit dem zerzausten Haar kaum mehr von dem fleckigen, groben Betttuch ab.

»Thringret, du hast Besuch«, versuchte Fietje zu flüstern. Es klang wie heiseres Gurgeln. »Wenn sie nur trinken würde!« Er kauerte neben der Pritsche, zog ein halbvoll geschenktes Glas darunter hervor und hielt es an Thringrets Lippen. Ihr Mund stand offen, aber der Schnaps, den er ihr so behutsam wie es ihm möglich war, einträufeln wollte, rann vorbei.

Lisbeth fasste nach der knochigen Hand, die aus dem Bett heraushing, und suchte den Puls.

Fietje sah sie angstvoll an.

Lisbeth nickte, der Puls ging kaum merkbar, das Herz schlug also noch.

Fietje versuchte wieder, ihr Schnaps einzuflößen. »Nur einen Schluck, Thrining, nur einen einzigen Schluck, und du wirst wieder gesund«, bettelte er.

Sie rührte sich nicht.

Da schüttete der verzweifelte Fietje den Rest aus dem Glase in sich hinein, griff zur Flasche, hob sie an den Mund, trank und trank, setzte nur einmal ab, um Luft zu holen und ein »Hick« von sich zu geben. Er sank zur Erde und stieß dabei den Teller gegen die Wand.

»Wenn du stirbst, Thrining, wenn du stirbst«, schluchzte er auf. Die Flasche glitt aus seiner Hand, die letzten Tropfen sickerten aus ihrem Hals. Er kroch an die Pritsche, er flüsterte ihren Namen, er stieß ihn heiser aus, er schrie, dass es Lisbeth durch und durch ging.

»Mein Fietje!« Thringret hatte die Augen aufgeschlagen.

»Nur ein Schlückchen, Thrining!« Er tastete nach dem Glas, sah die ausgelaufene Flasche, wies zur Ecke, wo ein Kanister mit einem Lappen um den dicken Korken stand. »Aufmachen, hick, mach ihn auf«, bat er Lisbeth, die zitternd an der Tür lehnte.

Sie gehorchte sofort, zog den Korken heraus.

»Schenk ein – hick!« Fietje konnte das Glas kaum halten. Er führte es mühselig an Thringrets Mund. »Siehst du?« Er blickte verklärt zu Lisbeth auf. »Sie hat getrunken, sie hat geschluckt!« Er strich über Thringrets knochige Hand: »Nun wirst du – hick – Thringret – nun wirst du – hick –«, er wollte noch sagen: »wieder gesund«, aber sein Kopf sank auf die Pritsche.

Lisbeth blickte noch einmal zu Thringret hinüber. Hier konnte sie nicht helfen. Sie ging leise hinaus.

*

Dedows feierten die Hochzeit ihrer Tochter Hermine mit Herrn Dankwart von Spitz auf dem Familiengut der von Ditten. Der alte Pastor Krumbow hätte eine zu schlechte Figur gemacht. Außerdem erfüllten die Räume im dörflichen Schulzenhof nicht die Ansprüche, die die Zahl der herrschaftlichen Gäste, ihre Unterbringung und die Feier stellten.

Die Hochzeit fand in der ersten Woche des neuen Jahres statt. Das junge Paar sollte anschließend nach Venedig oder Capri fahren. Kurz nach den Festlichkeiten kehrten Dedows ohne Holdine zurück, die einen Ballwinter auf dem pommerschen Gut der Großeltern erleben sollte.

Man hatte im Dorf also nicht einmal als »Inkieker« an der Hochzeit teilnehmen können. Umso rätselhafter blieb es, dass bereits vor der Heimkehr der Brauteltern allerlei merkwürdige Gerüchte über diese Hochzeit im Umlauf waren. Sie griffen mit der Geschwindigkeit des Seewindes von einem zum anderen über und machten nicht einmal vor dem stillen Wohnzimmer der Vossens halt. Je weniger die Wirklichkeit den Gedanken und Vorstellungen Richtung und Grenze setzte, umso freier schienen sich Einbildungskraft und Phantasie zu entfalten.

Die Gerüchte mochten vom Weber Daniel lange ausgegangen sein, der persönlich Grund genug hatte, sich mit der Hochzeit zu befassen; er fühlte sich in einer beleidigenden Weise übergangen. Hatte er nicht damals für die feine Frau Sophie und ihre so jung gestorbene Alma die Aussteuer gewebt? Würde das Nelkengedeck nicht ein Prachtstück geworden sein, wenn die Sturmflut nicht gekommen wäre, um das Tafeltuch auf dem Webstuhl zu vernichten? Hatte es bei den Bettbezügen und Handtüchern, den Servietten, die er gewebt hatte, an irgendetwas gefehlt? Aber da machten sich jetzt diese großen Webereien breit und überschütteten die Geschäfte mit fertiger Ware, die nur dem Augenschein diente!

Von Daniel, dem Weber, konnte also gut und gern das Gerücht ausgegangen sein, dass die Hochzeit dieser feinen Leute ein schreckliches Ende genommen hätte. Und dieses Gerücht fand rundum aufnahmewillige Ohren, denn die Braut hatte den Spitz nicht haben wollen; sie war von ihrem Vater gezwungen worden, ihn zu nehmen.

Woher Daniel wusste, wie es zugegangen war, blieb dunkel. Jedenfalls erzählte die Griepsch, nachdem sie der Frau des Matrosen Harms von einem Jungen abgeholfen hatte, der wieder so lange auf sich warten ließ, dass sie sich auf mehrere Nächte eingerichtet hatte, die Braut wäre in der Kirche der vornehmen Gutsherrschaft vor all den feinen Hochzeitsgästen, auch vor den Instfamilien auf den Leutebänken der Galerie, ohnmächtig hingefallen, als der Probst jene Frage an sie richtete, auf die sie mit einem Ja zu antworten hatte. Das Ja hätte sie nicht mehr aussprechen können.

Dieses Ja wanderte nun von Haus zu Haus. Lovise Pieplow spann das Ereignis weiter aus. Da man die Braut nicht ohnmächtig liegenlassen konnte, wäre sie in die Sakristei getragen worden, und die Hochzeitsgesellschaft musste warten, bis sie wieder zu sich gekommen wäre. Wie bedeppert der Bräutigam dagesessen hätte, die Büxen gestrichen voll! Lovise Pieplow konnte sich nicht genug an dieser Schilderung tun. Das käme vom Hochmut und Adelsstolz! Nicht einmal gegrüßt hatte dieser von Spitz ihren Heiner! Und als die Braut wieder bei Besinnung war, so wusste Lovise weiter zu berichten, hätte man sie auf den geschmückten Sessel zurückgeführt und die Feier wäre schnellstens beendet worden.

»Ich kann mir nicht denken, Samuel August«, meinte Frau Sophie, »dass eine kirchliche Trauung als vollzogen gelten kann, wenn die Braut das Ja vor dem Altar nicht ausgesprochen hat.«

»Sie wird es wohl nachgeholt haben«, sagte Samuel verstohlen schmunzelnd.

»Marie Köhn hat erzählt, bei Meta Dahm im Laden sei behauptet worden, man hätte die Braut zwar wieder auf den Sessel gesetzt, es wäre aber nur noch gesungen worden ›So nimm denn meine Hände‹. Darauf hätten die Brautjungfern mit zufassen müssen. Die Braut wäre förmlich aus der Kirche hinausgeschleift worden.«

»Und damit war 's aus?« lächelte Samuel August.

»Das kann ich mir nicht gut denken«, antwortete Sophie, brach das unerfreuliche Thema ab und kam lieber auf Marie Köhn zu sprechen. Es sei ein Glück, dass Peter bald erwartet wurde. Dieser Dahm maße sich Rechte an, die ihm kaum zustehen dürften. Und wie würde im Laden bei Meta geklatscht! Man müsste sich oft schämen, weil man gezwungen sei, um das Nötigste einzukaufen, diesen Klatsch mitanzuhören. An der ganzen Geschichte mit der Hochzeit wäre gewiss nicht ein einziges Wort wahr!

Selbst der Armenkaten beschäftigte sich auf seine Weise mit der vom Geheimnis umwobenen Hochzeitsfeier.

Priebe verbrachte seine Tage auf dem Rand der Bettstatt, die neuen Schuhe neben sich. Den hohen Schnee hätte er seinem kostbaren Schatz niemals zugemutet. Er behielt ihn immer unter Augen, wischte den Staub vom Oberleder, rieb mit einem Lappen nach, richtete die Spitzen nebeneinander aus und wartete sehnsüchtig auf die bessere Jahreszeit. Priebe war also noch für geraume Zeit von der Welt abgeschnitten. Seine Liese trug ihm aber eines Tages das Gerücht von der Hochzeit zu. Sie tat es nicht, um zu klatschen. Sie stellte keinen Zusammenhang zwischen dem Hochmut der Osterseite, die den armen Leuten den Zugang zu einem Stückchen fruchtbaren Landes verweigert hatte, und der gerechten Strafe des Himmels dar, die endlich denen auf dem Hof zuteil geworden sei. Priebeliese hatte mit dem Himmel ebenso wie mit der Erde abgeschlossen. Beide hatten nach ihrer Meinung in gleicher Weise versagt.

»Es kommt nicht mit Donnern und Blitzen, Priebe«, sagte sie und sah wie eine alttestamentliche Prophetin aus. »Es kommt bi lütten, das glaube mir! Es fängt in der Stille an, aber es fängt von allen Seiten an. – Hast du schon mal gehört, dass eine Braut vor dem Altar den Verstand verloren hat? Denn das hat sie, darauf kannst du dich verlassen! Und sie wird ihn nicht wiederbekommen, das sage ich dir! Das ist richtig so, Priebe! Denn was hat der Menschenverstand dieser feinen Leute erreicht? – Einen Dreck, weiter nichts! Willst du es niemals begreifen?«

*

Wenige Tage später traf Schiffer Peter Köhn ein. Frühe Dunkelheit lag über dem Land. Die Katen waren im Schnee versunken. Peter musste bis über die Knie waten, ehe er den Dorfpfad erreichte, den Schlittenspuren wegsamer gemacht hatten.

Sein Herz pochte. Nicht wegen des vielstündigen, anstrengenden Weges. Jedes Mal, wenn er seine Mutter besuchte, hatte er dieses gleiche Herzklopfen gespürt. Jedes Mal war ihm, als käme er zu Alma zurück, als müsste sie an der Tür ihres Elternhauses stehen und ihn erwarten.

Es war nun zehn Jahre her, dass er die Nachricht von ihrem ihm völlig unerwarteten Tode erhielt und wegen des Sauwetters nicht kommen konnte, um sie noch einmal zu sehen. So trug er sie in sich, wie sie am Leben war, in ihrer stillen, zarten Schönheit, die die Krankheit wohl lange schon gezeichnet hatte. Um seiner neuen Frau und ihrer drei Kinder willen, die sie ihm schenkte, hatte er seinen Hausstand in Rostock gegründet. Er wollte Agathe gerecht sein können, die ihm in allem zu ersetzen versuchte, was ihm mit Alma genommen worden war.

Peter Köhn fand seine Mutter erschreckend gealtert. Er hatte sich erleichtert gefühlt, als sie im Herbst schrieb, sie hätte den Laden und auch den Krug an einen neu hinzugezogenen Mann verpachtet. Die Pachtsumme schien ihm diesen beiden mehr und mehr zurückgegangenen Unternehmen angemessen zu sein. Er war aber nachdenklich geworden, als seine Mutter in ihrem Weihnachtsbrief mitteilte, sie hätte nicht umhinkommen können, dem Pächter ihre größere Stube und auch die Bodenkammer einzuräumen. Er wäre mit seiner Familie schon eingezogen, weil sein eigenes Haus, nur ein Schuppen oder kaum mehr als ein Stall, in diesem harten Winter nicht zu bewohnen sei.

Das war im Grunde alles, was er erfahren hatte. Aus diesem Brief sprach aber eine Hilflosigkeit, die ihm keine Ruhe mehr ließ.

Die Mutter gestand ihm auf seine erste Frage: »Am liebsten wäre es mir, Peter, ich könnte zu euch nach Rostock ziehen. Ich halte es hier nicht mehr aus!«

Gleich darauf wurde an die Tür geklopft. Köhn schaute sich unwillig um. Der Pächter Dahm trat dienernd mit seiner Frau und den heranwachsenden Kindern ein. Die vier Menschen füllten die kleine Stube fast aus.

»Ich möchte mich Ihnen vorstellen dürfen, Herr Kapitän«, Dahm dienerte noch einmal tief. »Ich freue mich, endlich Ihre Bekanntschaft zu machen. Meine liebe Frau – mein Sohn Friedrich Franz – er heißt nach unserer verehrten Hoheit – Friedrich Franz verwaltet mein Lager, macht alle Botengänge und trägt die Waren zu den Kunden aus, – abends weihe ich ihn in die Buchführung ein – meine Tochter Undine, – sie lernt bei mir im Geschäft. – Wir sind strebsame Leute, Herr Kapitän, und wir würden uns glücklich preisen, wenn Herr Kapitän uns die Ehre erweisen würde, sich in unseren Geschäftsräumen umzusehen. Alles ist renoviert oder wird renoviert. Das Weihnachtsgeschäft war zufriedenstellend, eigentlich sogar gut. Ich bin immer ehrlich, Herr Kapitän, und wenn sich der nächste Sommer ebenso anlässt, wäre ich unter Umständen bereit, freiwillig – aus eigenen Stücken – die Pacht zu erhöhen!«

Diese lange Rede gab Peter Köhn Gelegenheit, sich die Familie ein bisschen genauer anzusehen. Er hätte sie bitten müssen, wenigstens für einen Augenblick Platz zu nehmen, ließ sie aber stehen.

Als Dahm zu Ende gekommen war, sagte Köhn kühl: »Ich danke Ihnen, Herr Dahm, ich bin aber noch keine halbe Stunde bei meiner Mutter im Haus, und Sie werden verstehen –«

»Ganz gewiss, Herr Kapitän! Ich hielt es nur für meine Pflicht – ich wollte nicht versäumen –«

Peter Köhn nickte ungeduldig. Der Familie Dahm blieb nur ein Rückzug unter erneuten Verbeugungen.

Der Pachtvertrag, den Peter sich von seiner vor Erregung bebenden Mutter vorlegen ließ, war raffiniert aufgesetzt. Der Zusatzvertrag, der der Familie Dahm zwei Wohnräume im Hause überließ, war von der Mutter unterschrieben worden.

»Sie quälten mich täglich«, erklärte Marie. »Der Junge und das Mädel kamen morgens mit völlig erstarrten Gliedmaßen hier an. Und wenn du an ihre Hütte vor der Fischerreihe denkst – das Dach guckt kaum mehr aus dem Schnee heraus, die Wände sind aus einfachen Brettern gezimmert. – Ich kann auch nicht sagen, dass Dahms unfreundlich wären. Natürlich wollen sie mich nicht mehr im Laden sehen, sie mögen es nicht, dass meine alten Kunden nach mir fragen; sie lügen gern, ich sei nicht zu Haus. Im Krug geht es manchmal bis weit über Mitternacht. Meine Küche benutzen sie ebenfalls. Ich konnte sie doch nicht verhungern lassen! – Nein, Peter, das ist nicht mehr mein Haus, und ich glaube, sie nehmen mir auch noch das Letzte. Darum gehe ich lieber vorher hinaus, und wenn mir das Herz darüber zerbrechen sollte!«

Peter Köhn sah sich einige Tage die Sachlage an. Er konnte nicht umhin, einen Blick in den Laden und in den Krug zu tun, in dem sein Vater so gern gestanden hatte. Aber er lehnte Meta Dahms Einladung, in ihrem Zimmer in aller Bescheidenheit eine Tasse Kaffee zu trinken und Bitte, keinen Anstoß an den beiden Betten zu nehmen, kurz ab. Ehe er wieder nach Rostock fuhr, hatte er seinen Entschluss gefasst.

»Wir geben unsere Wohnung in der Stadt auf, Mutter, und ziehen zu dir. Ich baue zum Frühjahr deinen Boden aus, da richten wir uns vorläufig in drei kleinen Stuben ein. Agathe wird einverstanden sein, wenn ich ihr alles erkläre. Gib mir die Verträge mit, ich lege sie einem Advokaten vor. Glaubst du nicht, dass ich mit dieser hergelaufenen Gesellschaft, die sich bei dir wie Maden im Speck eingefressen hat, fertig werden kann?«

*

Der Briefträger händigte Dahm den kleinen Stoß des »Stadt- und Landboten« aus. Andere Post für das Dorf sei nicht gekommen. Dahm zog sich mit den Zeitungen in den Krug zurück, um eine Nummer zu überfliegen, ehe Friedrich Franz sie zum Austragen bekam. Auf diese Weise sparte er die Kosten für ein eigenes Blatt. Zwischen den Zeitungen fiel eine Postkarte heraus. Sie war an das Schulzenamt gerichtet. Dahm rief Meta aus dem Laden und las vor:

Ich beabsichtige, zum Sommer zusammen mit meinem Kollegen Winnern und einem Teil meiner Malschule – es sind acht Damen – zum Landschaftsmalen zu kommen. Wäre es möglich, Quartiere für die Damen im Dorf zu finden? Wir würden mit allem zufrieden sein. Ich bitte höflich bald um Bescheid.

Hochachtungsvoll Alfred Schulzendorf, Professor.

»Das musst du gleich hinausbringen, Jacob!«

»Damit der da oben zurückschreibt, er könnte die vielen Menschen nicht unterbringen, Meta? –« Er warf seine Tolle zurück und trommelte auf den Tisch.

»Das nehmen wir selbst in die Hand!«

»Und die Karte an das Schulzenamt?«

»Die beantworte ich!«

Meta Dahm überlegte: War das erlaubt?

»Ich kenne den Professor gut. Wir haben miteinander gesprochen. Ich schreibe, als hätte ich vom Schulzen den Auftrag bekommen, – und den Professor, das schwöre ich dir, den kriegt die Konow nicht wieder, den nehmen wir ins Haus!«

Meta schwieg beklommen. Wie dachte ihr Mann sich das?

»Wir ziehen zum Sommer wieder in unsere alte Holzbude und vermieten dieses Zimmer. Übrigens hat die Köhn noch eine Stube, die muss sie uns ebenfalls geben. Sie kann sich mit der Kammer begnügen. Wir nehmen also beide Herren auf! Und jetzt gehe ich rum, um für die acht Damen Quartiere zu finden.«

Dahm wanderte aufgeregt hin und her. »Es fängt an, Meta, es geht los! Komisch, als ich vor Jahren zum ersten Male herkam, hatte ich gleich das Gefühl, dass hier etwas zu machen wäre. – Zehn Personen, Meta, begreifst du denn nicht, was das heißt? Hast du gar keine Phantasie? Zehn Personen – alle wollen essen, alle müssen kaufen! – Ich werde Brot vom Bäcker übernehmen, auch wenn kein Pfennig daran zu verdienen wäre. Holt einer Brot, bleibt immer anderes hängen.« Er rieb sich die Hände. »Und wenn diese Damen alle pinseln wollen, haben sie nicht viel Zeit, dann kannst du kochen, Meta! – Na, Meta, Mittagstisch für zehn Personen hier in unserem Krug! Du, ich muss los, Meta, bleib im Laden. Glaub mir, jetzt endlich kommt unsere Zeit!«

Er schaute in der Tür noch einmal zurück, um den anerkennenden Blick seiner Frau entgegenzunehmen. Wie viel größer würde ihre Hochachtung noch werden, wüsste sie, was er an weiteren Möglichkeiten vor sich sah! Aber besser, den Frauen nicht gleich alles zu sagen, Frauen sind ängstlich und dumm genau. Der Schulze könnte übrigens nur dankbar sein, dass jemand ihm die Lauferei abnahm, auch die Antwort an den Dresdener Professor. Aber für umsonst konnte so etwas nicht sein! Wer den Leuten im Dorf Gäste vermittelt, hat selbstverständlich Anspruch auf Provision! So gehört es sich in der Geschäftswelt! Es werden nur Groschen sein können, überlegte Dahm, aber Kleinvieh macht bekanntlich auch Mist. Zehn Personen – zwei Herren, acht Damen, – Damen – nur eine Badehütte – also mehr Hütten machen! Baden ist gesund! Jede Hütte drei Mark, macht immerhin vierundzwanzig Mark. Friedrich Franz kann auf die Düne gehen und die schmutzigen Kerle verjagen, damit die feinen Damen auch ins Wasser zu steigen wagen. Vielleicht badeten die Herren auch? – Damenbad – Herrenbad.

Dahm wurde so schwindlig von all diesen Zukunftsbildern, dass er sich setzen und sammeln musste. Er schlich hinter die Theke und wischte sich den Schweiß von der Stirn. Es war eine Fügung des Himmels, dass ihm die Postkarte in die Hand gefallen war, jawohl, eine Fügung, keine Unterschlagung, kein kleiner Betrug. Wer verstände es wohl, solch eine Sache richtig anzupacken? Nur Jacob Joachim Eduard Dahm! Das ist der Mann, der die Zeit begreift!

Dahm atmete tief aus. Dieses dumme, eingebildete Pack im Dorf! Diese Schiffer da drüben, vor allem der Voß und seine Sophie! Hungerleider, aßen mittags Grütze und abends billigen Sirup aufs Brot, hielten trotzdem noch immer die Nase hoch!

Diese Lisbeth mit ihrem uralten Mann und dem Bengel, dem Elias, der den Bonbon hochmütig zurückschob, den Meta ihm zugeben wollte! Diese Harders, diese Permiens – die in den besten Häusern saßen, Stuben nach vorn mit Schrank und Kommode, weiße Gardinen, Spitzendeckchen auf dem Tisch, – nur solche Stuben passen für feine Leute aus der großen Stadt! Zur Fischerreihe gehe ich nicht erst, entschied Dahm. Diese alten Katen stinken nach Kuhstall und Netzwerk und Ziegenschiet, sind verräuchert von den schwarzen Küchen! – Damit gibt sich ein Jacob Joachim Eduard Dahm nicht ab! Und die Pieplow, fiel ihm ein, dieses Weibsstück, bei der hatte das Fräulein, dessen Mutter eine Frau Amtsgerichtsrätin war, im letzten Sommer logiert: Sämtliche Möbel waren vom Wurm durchfressen, die Haustür verrottet, ging nicht mehr zu! Was wusste die Pieplow davon, wie es vornehme Leute, auch wenn sie pinseln, haben müssen, wie die es gewohnt sind? Dahm zog seinen besten Anzug an, einen Sommeranzug zwar, der rechte Ärmel bereits geflickt. Er musste den Ellenbogen geschickt nach innen drehen, dann sah man den Flicken nicht. Er bürstete das Haar vor dem Spiegel und legte die Locke zurecht, warf trotz der Aprilfrische seinen schäbigen Lodenmantel nur über die Schultern, das wirkte flotter, sah jugendlicher aus.

Dahm schritt wie ein Sieger aus dem Haus, traf aber schon an der ersten Stelle auf eine kühle Ablehnung seines großzügigen Angebots.

»Unser Süderzimmer, Herr Dahm?« Sophie Voß sah ihn von oben bis unten an. »Das war die Wohnung unserer Tochter; im Übrigen bewohnen wir unser Haus allein!« In ähnlichem Sinne erging es Dahm auf der Osterseite Haus bei Haus.

Als er zurückkam, den abgeschabten Lodenmantel bis zum Halse zugeknöpft, hatte er nur eine einzige Genugtuung vorzuweisen: der Schifferfrau Lisbeth Konow ins Gesicht gesagt zu haben, der Herr Professor käme nicht wieder zu ihr ins Haus. In diesem Sommer wohne er bei ihm persönlich und bei seiner Frau!

Meta empfing ihn aber mit einer Mitteilung, die aufreizend war: Lovise Pieplow hatte im Laden erzählt, das Fräulein vom letzten Jahr hätte ihr geschrieben, ihre liebe Mutter sei gestorben, sie käme wieder, brächte aber eine Freundin mit. Ob sie ein zweites Bett in das Zimmer stellen könnte; sie wollte gern bei ihr wohnen, doch nicht allein. Das hätte sie ihrer seligen Mutter vor ihrem Tode versprechen müssen!

*

Der Griepsch blieb der Löffel in der dicken Kartoffelsuppe stecken: »Un denn willste zum Nähren immer zu mir gelaufen kommen, Minna? So haste dir das gedacht?«

Sie trat an den Küchentisch: »Erst haben wir Mühe genug gehabt, das Wurm am Leben zu halten, und nu soll es ausgesetzt werden, Minna, wegen solch einer fremden Dame? Und du willst im Ziegenstall schlafen gehen? Bist du denn ganz vom Kopp ab?« Die Griepsch musste zum Herd zurück, die Suppe war am Überkochen.

»Sonst kann ich die Stube nicht vermieten«, sagte Minna Harms kleinlaut. »Kriegst du denn auch 'ne Dame?«

»Der Kerl hat mir keine Ruhe gelassen, weil er sie nicht alle unterbringen konnte.«

»Der Lütte schreit aber nachts nicht viel.«

»Schreien? Säuglinge müssen schreien, sonst werden sie nicht groß! Und diese Fräuleins können nicht erwarten, dass wir ihretwillen den Gören einen Proppen in den Hals stecken, bloß, weil sie hier malen kommen. Wenn es meiner bei mir nicht passt, kann sie gern wieder gehen! Aber in den Ziegenstall, Minna, um so einer willen – «

»Wenn Opa und Oma nicht mehr wären – tu mir den Gefallen, nimm den Lütten!«

»Quack! – Ich werde mich doch nicht versündigen, Minna! Wenn dir von dem Gelaufe zu mir die Milch ausgeht, was dann? Das Wurm kriegt schon jetzt nicht genug. Ich kann ihm nichts geben, und dass es verhungern tut, sehe ich nicht mit an!« Nach einer Weile fragte die Griepsch: »Hat er denn deine kleine Stube überhaupt haben wollen? War er da, hat er sie angesehen?«

Minna nickte: »Wir hatten alles abgemacht, da hörte er Opa grölen – ich habe ihm aber gleich geschworen, dass Opa sonst immer ganz still ist.«

»Sieh so«, die Griepsch sah Minna streng an, »lügen kannst du also auch, wo er grölt wie ein besoffenes Schwein!«

»Die Damen sollen ja immer draußen malen, da hören sie nichts. Wenn Opa nachts nicht ruhig ist, muss er eben in den Ziegenstall und ich lege mich zu Oma ins Kastenbett.«

Die Griepsch wollte losfahren, Minna sagte schnell: »Die Seeger kriegt jede Woche vier Mark!«

Die Griepsch stemmte empört die Arme in die Hüften: »Vier Mark für diese elende Bude und hat nich mal Gardinen? Mir hat der Dahm drei achtzig gesagt, und bei mir sind Gardinen vor!«

»Davon muss sie dem Dahm aber fünfzig Pfennige geben, sonst hätte sie keine Dame gekriegt.«

»Fünfzig Pfennige hat dieser Gauner mir auch abverlangt! Erst tat er schön, bloß dass ich ihm meine Stube gab, und als ich ihm die fünfzig Pfennige nich geben wollte, wollte er mich verklagen gehen, ich hätte ihm die Provision zugesagt – Provision! – Ich weiß nich mal, was das eigentlich ist.«

»Ihr bekommt wenigstens jede Woche Geld«, sagte Minna kleinlaut. »Hannes hat mir noch gar nichts geschickt. Ob ihm der Schiffer wieder den Treckschein gestoppt hat, weil er blau gemacht hat? Was kann ich denn dafür? Aber danach fragt der Schiffer nicht. Was Hannes im Herbst mitbrachte, war bei Neujahr aufgebraucht. Ist ja auch rein nichts, was der Schiffer rausrückt. 45 Mark Heuer, die Hälfte für uns. Wenn Hannes auf Langfahrt wäre, aber nur in der Ostsee herum, alle paar Tage schon wieder im Hafen, da läuft das Geld weg! Soll es denn immer so weitergehen?«, fragte sie verzagt. »Bleibt Hannes vor dem Mast, kann es nicht anders werden. Wenn er auf Schule gehen könnte; ein Steuermann verdient doch ein bisschen mehr. Aber wer soll die Schule bezahlen, wovon sollten wir leben, wenn Hannes keine Heuer mehr bekommt? Etwas hat Hannes im Winter mit Fischen im Eis verdient, sonst hätten wir verhungern müssen. Aber der alte Voß fischt jetzt auch im Eis, früher haben wir ihm manchmal Fische verkauft. – Ich kann nicht mal mehr unser Brot bezahlen. – Noch schreibt der Bäcker an«, gestand sie nach einer Pause.

»Opa will immer essen, kriegt er nichts, schreit er so laut, dass die Nachbarschaft zusammenläuft. – Unsere Kartoffeln gehen auch zu Ende.«

Die Griepsch nickte teilnahmsvoll. Das ewige Elend bei den Harms in der Fischerreihe war ihr bekannt. Nicht einmal ein bisschen Stoff zum Wickeln des Babys war dagewesen; sie musste zu Lisbeth Konow gehen, die half aus. Und die beiden Alten in ihrem Kastenbett in der Kammer waren seit Wochen nicht mehr gewaschen worden. Sie hatte ihre eigene Seife zurückgelassen. Die alten Leute konnten ebenso an Schmutz zugrunde gehen wie das erste Kind, das Minna bekam.

Diese Kerle, dachte sie, erst saufen, dann Kinder machen und gleich wieder saufen gehen, das verstehen sie. Damit ist die Angelegenheit abgetan. Hannes Harms war an sich nicht schlecht, nur das Geld konnte er nicht halten. Wenn eine Frau gar kein Geld in die Hand bekommt, kann sie auch nicht sauber sein. Sauberkeit kostet Geld, aber Geld allein schafft keine Sauberkeit.

Die Griepsch wusste in solchen Dingen Bescheid. Sie kannte den Harmsschen Katen genau, kannte jedes Haus im Dorf, wusste, was in jeder Kommode lag, ob der Topf in der Küche schmutzig war, der Strohsack unter dem Betttuch frisch gefüllt oder Jahre alt. Es hatte fast in jeder Familie Tage gegeben, in denen sie das Regiment übernahm, wie ein Lotse, der auf die Brücke steigt und Kommandogewalt bekommt, um ein neues Leben vor allen Gefahren zu bewahren und sicher in den Hafen der Welt hineinzusteuern, der für die armen Leute allerdings alles andere als ein sicherer Hafen war.

Der Harmssche Katen in der Fischerreihe war mit dem Seegerschen Katen zusammengebaut. Jeder hatte eine Stube und dahinter die Kammer. Die Küche war bei beiden im Flur. Aber die Harmssche Seite hing an der Seegerschen wie flügellahm dran. Sie würde ohne diesen Halt schon zusammengefallen sein. Hinter dem Katen war kein Garten, nur Dünensand, in dem nicht einmal eine Kartoffel wachsen mochte. Wiese für eine Kuh fehlte auch. Nur eine Ziege konnte sich armselig an den Feldrainen ernähren. Und dazu diese beiden Alten im Haus!

»Ich könnte ihn an die Flasche gewöhnen«, fing Minna Harms wieder an.

Die Griepsch warf ihr einen empörten Blick zu: »Du lässt all das dumme Zeug, hältst dich ruhig, damit dir die Milch nicht wegbleibt! Du ziehst auch nicht in den Ziegenstall – hat man so was schon von einer stillenden Mutter gehört? – Nimm dir das Brot aus dem Kasten mit –«, sie griff zur Kelle und langte einen tiefen Teller vom Bord. »Iss Suppe, ist Speck dran, das kannst du gebrauchen, und ich komm bald und bring dir ein bisschen Schmalz – eure Kartoffeln gehen zu Ende, wie?«

»Ich war bei Keding, er wollte mir gerade ein paar geben, da kam der Schulze und jagte mich vom Hof.«

Die Griepsch nickte.

»Zu Möllers hat Dedow einen ganzen Sack Kartoffeln geschickt, dabei hatte die Möller doch noch welche im Keller. Aber da weiß man das ja, – wenn mein Lütter nicht von Hannes war –«

»Schweig still«, herrschte die Griepsch sie an und fuhr dann freundlicher fort: »Lass man, das ist immer nur in der ersten Zeit, später ist er es nicht mehr gewesen, und wegen Kartoffeln findet sich wohl ein Rat. Nur versprichst du mir, dass du all den Quack mit einem fremden Fräulein lässt! Glaubst du wirklich, solch eine liefe nicht schon in der ersten Nacht schreiend davon, wenn der Alte seine schmutzigen Lieder grölt? Mich trieb er damit nicht aus dem Haus, als der Lütte kam. Aber ich kann ein gut Teil vertragen!«

*

An zwei Stellen im Dorf wurde gebaut. Die Anfuhren von Holz, Rohr und Steinen erinnerten an jene Frühlingswochen, in denen das Dorf ans Werk ging, die Schäden der Sturmflut auszutilgen.

Handwerker waren allerdings nur an einer Stelle eingesetzt. Sie arbeiteten im Auftrage des Schiffers Peter Köhn, und der schien nicht sparen zu müssen. Die Nordwand seines elterlichen Hauses wurde neu aufgezogen. Zwei Dachdecker kamen von außerhalb, um im Rohrdach nach Westen und Osten stattliche Fledermausfenster einzusetzen. Das Haus war kaum wiederzuerkennen.

Dahm wurde vom Eintreffen der ersten Handwerker überrascht. Dem Brief des Rechtsanwaltes, den er erhalten hatte, war nur für Laden und Krug ein neuer Pachtvertrag beigefügt, da der alte gegen die guten Sitten verstoßen hätte. Dahm versagte sich auf Grund einiger Erfahrungen aus früheren Jahren, eine Rückfrage nach dem Zusatzvertrag zu machen, den er Marie Köhn erpresst hatte.

Um ihn herum begann das Mauern und Hämmern. Über seinem Kopf tobte sich ein wahrer Hexensabbat aus. Eines Tages kam ein Malermeister mit dem Auftrag, die Stuben der Frau Köhn hinter dem Krug neu zu streichen. Dahm und Frau packten in Hui und Hast ihre Siebensachen und kehrten zu ihrem alten Wohnplatz zurück. Doch wenn das Dorf denken wollte, Jacob Joachim Eduard Dahm sei aus dem Hause der Frau Köhn hinausgesetzt worden, wurde es eines Besseren belehrt. Er kehrte auf sein eigenes Grundstück zurück, um auch seinerseits dort zu bauen. Und er brauchte keine Handwerker dazu. Er war nicht abhängig davon, dass andere Leute ihm etwas machen mussten. Er entwickelte Fähigkeiten, die alle in Erstaunen versetzten.

Hatte Schiffer Köhn Steine anfahren lassen, konnte Dahm das auch. Und was Peter Köhn offensichtlich nicht verstand, nämlich das Mauern, auch das verstand Dahm. Arbeitskräfte? Die brauchte ein Dahm sich nicht erst umständlich von auswärts heranzuholen, die stellte er selbst. Er hatte seine Frau, seinen großen Jungen und seine Tochter zur Hand. Sie standen vom Morgengrauen der hellen Apriltage an auf dem Bau, während Köhns teuer bezahlte Handwerker noch faul in den Betten lagen. Dahms mischten Mörtel in einer Kiste, hatten sich Wasserwaage und Maurerkelle beschafft; die Arbeit, die unter ihren Händen entstand, war nicht schlecht gemacht! Selbst den Laden vernachlässigten sie nicht, und Friedrich Franz trug nach wie vor den »Stadt- und Landboten« aus. Wann sie schliefen, blieb rätselhaft. Die ganze Nacht wurde Marie Köhn vom Rumoren in Krug und Laden gestört; Meta Dahm wischte nachts auf, wusch das Geschirr, schälte Kartoffeln und setzte das Essen für Köhns Handwerker an. Zur Mittagspause stand pünktlich ihre Mahlzeit auf dem Tisch.

Dahms waren auch nicht so dumm, nur Wände einzureißen und neu aufzuziehen. Sie bauten ein zweites Haus an das alte an, diesmal sogar aus Stein. Und am selben Tage, an dem über Marie Köhns Dach die Richtkrone schwebte, hing sie auch über Dahms Neubau. Keiner konnte verkennen, dass Dahms Krone größer und prunkvoller mit Anemonen ausgeschmückt war!

*

Seit rundum für die Malerdamen Zimmer gemietet worden waren, war es mit dem Frieden im Weberkaten endgültig aus. Emma Lange hatte Dahm auf der Schifferreihe gehen sehen, den Mantel lose über die Schulter geworfen, als wollte er sich in der scharfen Frühjahrsluft eine Lungenentzündung holen. Später kreuzte er den Dorfweg, war aber an ihrem Haus vorübergegangen und in die Fischerreihe eingebogen, von der er erst nach geraumer Zeit zurückkehrte. Eigentlich ein ansehnlicher Mann und immer guter Dinge, hatte Emma gedacht. Für jeden fand er ein munteres Wort. Nicht solch ein Sauertopf wie ihr Daniel, der schon aus Faulheit den Mund hielt. Wie fleißig und unternehmend war Dahm! Vor seinem Grundstück hatte er eine Hecke aus Stranddorn gepflanzt. Jeden Abend konnte man sehen, wie er die Hecke goss. Und was gab es in seinem Laden nicht alles zu kaufen! Davon hatte man früher nicht einmal zu träumen gewagt. Einsteckkämme mit blitzenden Steinchen für junge Mädchen. Seine Undine ging sogar selbst mit solch einem glitzernden Ding im Haar. Bei Marie Köhn hatte man nur die braunen, irdenen Kaffeekannen fürs Feld und höchstens noch Kannen aus Blech für das Haus bekommen. Kürzlich sah sie bei Dahm ein ganzes Kaffeeservice stehen, aus Porzellan, mit blauen Blümchen bemalt. Das könnte man zu der feinsten Hochzeit verschenken. Gestickte Strumpfbänder mit einer bunten Rosette hatte Dahm gezeigt, unter dem Knie zu tragen. Diese Strumpfbänder kamen Emma allerdings unanständig vor!

Die Mädchen würden durch die Rosette verlockt, ihre Beine sehen zu lassen. Ein neues Haus hatte der Dahm gebaut! Fing er jetzt nicht auch an, wenigstens vor seiner eigenen Ecke den Weg zu verbreitern? Schaufelte mit seinen Kindern den Sand zur Seite, schaffte Steine vom Strand und Lehm vom Ufer heran. Wenn jeder das täte, würde es anders im Dorf aussehen, dann könnten sogar die Wagen hineinfahren, die jetzt wegen des tiefen Sandes vor dem Dorf halten mussten. Doch solch ein Faulpelz wie dieser Daniel wäre niemals dahin zu bringen, irgendwo Hand anzulegen!

Als Emma erfahren hatte, weshalb Dahm in alle anderen Häuser gelaufen war, kam ihr die Wut hoch. »Hör auf mit dem dummen Geklapper«, herrschte sie Daniel an. »Was webst du noch groß, – kauft dir ja doch keiner mehr ab!«

Daniel ließ sich nicht stören.

»Du vertrödelst deine ganze Zeit, und uns bringst du an den Bettelstab! Andere haben eine Stube, die sie vermieten können, und bekommen bares Geld dafür, ohne arbeiten zu müssen. Das Geld fliegt ihnen mit der Stube einfach zu! Und wir?«

Daniel klapperte geruhsam weiter. »Wenn wir den Schietwebstuhl nicht mehr zu stehen hätten, könnten wir genauso gut wie die Seeger und die Pieplow unsere Stube vermieten. Die Pieplow bekommt sogar zwei Damen, die verdient doppelt, braucht nichts zu tun, nur die Hand aufzumachen.«

»Halt endlich das Maul!«, rief Daniel gegen das Klappern an.

»Nein, hör du mit dem mallen Weben auf. Die Handtücher liegen noch in der Kommode herum. Da hast du den ganzen Winter drüber gesessen, – und was hast du verdient?«

»Soviel ich weiß, Emma, haben wir bisher zu leben gehabt.«

»Aber wie? – Immer in der gleichen Armseligkeit, niemals Geld, um sich mal was zu kaufen! Da steht man im Laden und sieht all die schönen Sachen und muss mit seinem Topf voll grüner Seife wieder hinaus, zu mehr reicht es nicht! Soll das bis ans Ende so weitergehen? Andere Leute kommen voran! Die bringen es zu was! Guck dir diese Dahms mal an – an denen solltest du dir ein Beispiel nehmen! Die Meta hat einen Mann, der die Augen aufhält, nicht solch einen Kojensack wie du! Meta hat einen Mann, der etwas vor sich bringt!«

»Ich habe die Meta noch nicht in Seide gehen sehen.«

»Sie wird aber eines Tages in Seide gehen!«

»Darauf kann ich gern warten.«

»Ja, warten, das kannst du, Daniel! Da sprichst du ein wahres Wort. Warten kannst du, bis wir in der Armenkasse gelandet sind, während alle anderen vorwärtskommen. Was glaubst du wohl? Der Dahm schießt der Seeger sogar das Geld vor, damit sie sich noch ein zweites Bett kaufen kann, ein zweites Bett zum Vermieten. Dahm sagt, im nächsten Jahr werden noch mehr Fremde kommen, noch mal so viele, hat er zur Seeger gesagt.«

»Was sollen die hier wollen –« Das wusste Emma allerdings auch nicht genau. Doch nachgeben durfte sie deshalb nicht.

»Wie viele Jahre hockst du von früh bis spät an diesem Webstuhl? Hast du mehr Kunden, was? Früher sind welche von auswärts hier gewesen und haben bestellt, – aber wie lange ist das her? Was hast du in deinem ganzen Leben geschafft, he? Wie weit hast du es in der Welt gebracht? Zu nichts anderem, Daniel, als zu einem Wasserkopf!«

»Der Wasserkopf war aber nicht in meinem Bauch gewachsen, sondern in deinem!« Emma blieb die Stimme fort. Etwas so Gemeines hatte Daniel noch nie gesagt.

»Jetzt gibst du Ruhe, verstanden? Und der Webstuhl kommt nicht hinaus!« Daniel wandte sich ab.

Emma ging. Zerhackstücken müsste man ihn, dachte sie, zerhackstücken, dann ist es aus mit dem Weben, und ich habe Platz. Sich von Dahm Geld vorschießen lassen, ein Bett anschaffen oder am besten gleich zwei, – und wie die Pieplow, nur immer die Hand aufhalten!

*

Auch Mieke Permien und ihr Sohn Niklas wurden Zeugen des Einzuges der Fremden ins Dorf. Sie hatten die Glucke mit ihren zehn gelben und braunen Küken hinausgelassen und freuten sich an dem Eifer, mit dem die kleinen Geschöpfe durch das Beet mit den Studentenblumen huschten. Darüber war ihnen entgangen, dass Dahm schon eine geraume Zeit im guten Anzug vor seiner Ecke auf und ab ging. Sie hatten auch Undine und Friedrich Franz nicht bemerkt, die ebenfalls ihren Sonntagsstaat trugen und jeder eine Karre neben sich stehen hatten. Sie wurden erst durch einen lauten Jauchzer aufgeschreckt. Gleich darauf hörten sie Frauenstimmen, Quietschen und Gelächter. Sie traten an die Pforte und sahen, wie die Malschule einzog.

Der Himmel hatte es gut gemeint. Nach Regentagen mit Südwind war die Sonne herausgekommen und schien auf ein buntes Bild: ein Rudel weiblicher Gestalten mit wunderlichen Gepäckstücken, voran der Professor vom letzten Sommer mit einem jüngeren Herrn, der auch solch ein grünes Hütchen trug. Auf beide redete Dahm eifrig ein.

Niklas zupfte seine Mutter an der Schürze. Sah sie diese komische Frau nicht, die einen wehenden Schleier um ihren Hut trug, dazu einen langen Mantel mit weiten Ärmeln, die tief herunterhingen, als wären es große Taschen?

Gleich hinterher kam eine schlanke Dame, die sah genauso wie die Königin aus, die Niklas einmal auf einem Bilde gesehen hatte! Sie hatte braunes, lockiges Haar, das auf der einen Schulter lag. Das Kleid war am Hals ausgeschnitten und bis zur Erde lang. Sie schaute über den Gartenzaun und lächelte Niklas an.

Niklas zupfte die Mutter wieder aufgeregt: hatte sie nicht gesehen, dass soeben eine Königin vorüberging? Niklas blickte ihr benommen nach.

Eine kleine Dicke blieb vor der Pforte stehen. Die hatte einen Kapotthut auf, wie Mutter, wenn sie nach Rostock reiste. Aber auf dem Rücken trug sie ein Ränzel, als wäre sie ein Schulkind. Neben ihr stand das Fräulein, dass im vergangenen Jahr bei Pieplows gewohnt hatte, ganz in Schwarz gekleidet.

»Herr Winnern«, rief die kleine Dicke laut, »Herr Winnern, sehen Sie doch dieses entzückende Häuschen, dieses Idyll!« Mutter trat einen Schritt zurück, als hätte sie Angst vor dem ausgestreckten Zeigefinger.

»Was ist Idyll?«, flüsterte Niklas erstaunt.

Mutter machte ihm ein Zeichen, zu schweigen, und kniete sich zu den Küken, als wären diese merkwürdigen, fremden Menschen gar nicht da.

Noch eine Dame kam hinterher. Sie hatte den größten Hut auf, dazu eine helle Jacke mit weit gefälteltem Schoß. Sie trug nichts am Arm, blickte auf den sandigen Dorfweg und blieb hinter den anderen zurück.

Dahm ging mit den beiden Herren voran. Vor seinem Hause wartete Meta, ebenfalls in ihrem Staat, eine weiße, spitzenumrandete Schürze umgebunden, und alle Damen folgten hinterher.

Nun standen sie drüben zusammen. Es gab aufgeregtes Gerede, von dem Niklas kein Wort verstehen konnte. Er wäre gern hinübergesprungen, denn die anderen Kinder waren längst drüben und stierten die Fremden mit offenem Munde und aufgerissenen Augen an; einige drängten sich sogar dazwischen.

Aber Mieke hielt ihn zurück.

»Was wollen die hier?«, fragte Niklas.

»Ich glaube, sie wollen malen.«

»Alle die fremden Damen? Wozu denn?«

»Sie wollen wohl lernen zu malen«, meinte sie.

»Der Herr Professor ist ihr Lehrer.«

»Wo kommen sie her?«

Das wusste Mieke nicht. »Sieh mal, jetzt nimmt der Dahm sie mit in seinen Krug!« Der Zug hatte sich erneut in Bewegung gesetzt, die drei Männer wieder voran. Den Schluss machten Undine und Friedrich Franz. Ihre Karren waren hoch mit Gepäck beladen, aber ein ganzer Berg von Plaidrollen und langen Gestellen und Koffern und Kisten war noch zurückgeblieben, wo der Wagen gehalten hatte.

Niklas fand für den Rest des Tages genug zu sehen, obwohl er auf dem Grundstück bleiben musste; Mutter war unerbittlich, wenn sie etwas verboten hatte. Immerhin beobachtete er von weitem, dass Lovise Pieplow in den Krug lief und nach längerer Zeit mit dem schwarzen Fräulein vom letzten Jahr und der kleinen Dicken wieder herauskam. Ein Fräulein brachte Dahm zur Griepsch. Undine fuhr das Gepäck hinterher. Später erschienen der Professor und der andere Herr. Sie gingen lachend über den Dorfweg und verschwanden in Konows Haus. Die Seeger aus der Fischerreihe kam angelaufen: »Sind sie schon da, Niklas? Wo sind sie denn?!«

Niklas zeigte zum Krug.

Die Seeger lief aufgeregt weiter.

Dahm leitete gerade zwei Damen, die völlig gleich gekleidet waren, zu seinem kleinen Hause an der Ecke. Er war wie ein Lasttier mit Gepäck beladen, hatte auf der einen Schulter ein Ränzel, auf der anderen balancierte er eine mächtige Plaidrolle, unter dem Arm klemmte ein zusammengebundenes Gestell. Beide Damen hoben ihre langen Röcke hoch und quiekten bei jedem Schritt, als würden sie gepiekt. Vor dem Armenkaten blieben sie stehen. »Lieschen, wie romantisch«, hörte Niklas die eine rufen. Dahm stand geduldig daneben und wechselte seine Lasten aus. Was hatten die Damen nur so lange an diesem Armenkaten zu sehen?

Niklas wartete weiter, weil seine Königin noch immer nicht aus dem Krug herausgekommen war. Sollte sie dort wohnen? Dort konnte sie aber nicht wohnen, weil Schiffer Köhn mit seiner Familie jüngst in das obere Stockwerk eingezogen war. Sollte die Königin keine Stube bekommen? Dann müsste Mutter ihr eine geben! Er wurde zum Abendbrot gerufen. Seufzend trennte er sich von der Gartenpforte. Mieke lachte: »Du brauchst dir keine Sorgen zu machen, Junge. Dahm soll für alle Damen Stuben gemietet haben. Ich glaube übrigens, Niklas, Königinnen sehen anders aus als dieses junge Malerfräulein. Ich habe allerdings auch noch keine Königin gesehen.«

Diese Worte trösteten den Jungen ein wenig darüber, dass er draußen nicht länger stehen durfte. Es konnte also doch eine Königin sein, die mitten in dem Rudel aufgeregter Damen ruhig dahingeschritten war und kein Ränzel auf dem Rück getragen hatte, dagegen eine helle Ledertasche, die an einem ebenfalls hellen Lederriemen über der Schulter hing. Sie hatte einen Hut aus perlgrauen Federn auf, unter dem Locken hervorquollen, braune, glänzende Locken. So schönes Haar hatte Niklas noch nicht gesehen!

*

Mitten in der Nacht wurde die Griepsch geweckt. Nun, das war an sich nichts Ungewöhnliches. Wenn irgendwo im Dorf etwas fällig war, bummerte es dröhnend an die Haustür, und sofort hinterher wurde auch schon an ihre Fensterscheibe getrommelt.

Mitunter war aber auch etwas anderes vor dem Haus, das Grund hatte, keinen Lärm zu schlagen. Dieses Klopfen kam jedoch nicht von draußen, sondern von ihrer Kammertür.

»Ja«, rief sie noch halb im Schlaf.

»Ach, bitte entschuldigen Sie, Frau Griepsch«, sagte es bescheiden, »es sind Flöhe im Bett.«

»Flöhe? – Na und?«

Das war das neue Fräulein!

»Im Bett sind Flöhe, Frau Griepsch!«, sagte es eindringlicher.

Die Griepsch war drauf und dran, sich einfach auf die andere Seite zu legen.

»Was soll ich denn machen?«, kam es von draußen.

»Schlafen, Fräulein, – dazu ist die Nacht da!«, sagte die Griepsch kurz. Sie lauschte, ob dieses Fräulein nicht endlich in seine Stube zurückging. Solch eine Idee, dachte sie, wegen Flöhen mitten in der Nacht zu klopfen! In alten Bettstellen sind immer Flöhe und in Strohsäcken überhaupt.

»Frau Griepsch – Frau Griepsch, kommen Sie doch bitte«, flehte die Stimme hinter der Tür.

»Soll ich mir etwa Ihre Flöhe ansehen? Wenn sie beißen, muss man sie fangen!«

»Ich habe schon eine ganze Zeit auf dem Stuhl gesessen – ich wollte Sie nicht stören, – aber schließlich – seien Sie mir bitte nicht böse.«

»Böse? Was soll ich böse sein?« Die Griepsch zündete ihre Kerze auf dem Schemel an. »Sagen Sie mal, haben Sie noch nie 'nen Floh gehabt?« Sie war aufgestanden und öffnete die Tür.

»Huch«, sagte das Fräulein, »ich habe nur meine Matinee übergeworfen. Verzeihen Sie, ich hätte mich eigentlich erst anziehen müssen!«

Die Griepsch heftete sich nicht an dieses komische Wort Matinee. Vor der Tür stand das ältliche Fräulein, das Dahm ihr gestern abgeliefert hatte. Schulze hieß sie, das ließ sich leicht merken. Aber einen Vornamen hatte sie, den kein Mensch behalten konnte. Sie trug etwas Langes mit Spitzen um den Hals, ihr Haar war in lauter spindeldünne Zöpfchen geflochten. Sie sah aus, als wäre sie dicht am Weinen. »Sind Sie denn sehr gebissen?«, fragte die Griepsch gutmütig.

Liane Schulze nickte.

»Na, das hilft nichts, legen Sie sich man wieder hin. Da gewöhnt man sich dran.«

»Gewöhnen?« Die Stimme des Fräuleins überschlug sich. »Haben Sie auch Flöhe im Bett?«

»Hat jeder.«

»Nein, nein –«, das Fräulein hob abwehrend die Hände hoch. »Dann bleibe ich die Nacht auf dem Stuhl.«

»Machen Sie doch keine Zicken, Fräulein.« Die Griepsch fasste resolut an den weiten rosa Ärmel und zog Liane Schulze in ihre eigene Kammer zum Lehnstuhl vor dem Fenster. Sie selber setzte sich auf den Rand der alten Bettstelle, schnäuzte die Kerze mit der Hand, wischte die Finger am Strohsack ab und fragte: »Sie waren wohl noch nie auf dem Lande, wie?«

Liane Schulze schüttelte den Kopf.

»Na, in der Stadt werden sie wohl auch Flöhe haben«, meinte die Griepsch.

»Bei uns zu Hause nicht – wir sind so sauber!«

»Erlauben Sie mal, Fräulein!«

»Nein, nein, so habe ich das nicht gemeint, liebe Frau Griepsch!«

»Frau Griepsch!«, lachte die Griepsch versöhnlich. »Sagen immer Frau Griepsch, – ich heiße Ohlerich, Ohlerich.«

»Ich dachte Griepsch? Herr Dahm sagte doch –«

»Das sagen alle, Fräulein, – so heißt es bei uns, bin die Hebamme.«

»Die Heb –«, Liane Schulze blieb das Wort im Munde stecken.

»Na ja, – die Hebamme heißt bei uns immer Griepsch.«

Liane Schulze blickte ratlos vor sich hin.

»Aber vorläufig ist nichts, Sie brauchen keine Angst zu haben, nachts gestört zu werden. Erst im September, dann sind Sie längst nicht mehr hier. Nun legen Sie sich ruhig wieder hin.« Liane Schulze überhörte das freundliche Zureden ihrer Wirtin: »Das darf meine Mutter aber nicht wissen, das darf keiner erfahren, dass ich bei einer Hebamme auf dem Lande wohne.«

»Na, was denn nun wieder?«, lachte die Griepsch. »Eine Hebamme muss sein. Meinen Sie, Sie wären ohne Hebamme auf die Welt gekommen?«

»Ich?« Daran hatte Liane Schulze noch nie gedacht.

»Fragen Sie Ihre Mutter mal danach.«

Liane Schulze schüttelte den Kopf.

»Was ist denn dabei?«

»Ach – ach – da war eine Kusine von mir, – eigentlich darf ich das gar nicht erzählen, was sollen Sie von unserer Familie denken! Wir sprechen auch zu Hause nie mehr davon«, stotterte Liane Schulze.

»Mir können Sie alles erzählen.«

»Diese Kusine sollte ein Kind bekommen –«

»Na und?«

»Aber sie war nicht verheiratet, – da hat ihre Mutter sie aufs Land zu einer alten Hebamme geschickt, damit es in Dresden keiner erfuhr, – sie ist dann auch daran gestorben – zum Glück!«

»Zum Glück«, wiederholte die Griepsch nachdenklich und schielte zu Liane Schulze hinüber. Zum Glück, zum Glück, sagte es in ihr. Darauf zog sie die dicken Beine mit den blauen Frostbeulen an den Knöcheln unter die Decke und sagte so kurz und bestimmt, wie sie es durch ihr Amt gewohnt war: »Jetzt gehen Sie rüber, Fräulein, ins Bett oder auf den Stuhl, das machen Sie, wie Sie wollen. Ich puste aus!«

*

Sophie goss den letzten Rum aus dem Fässchen in die geschliffene Karaffe. Es war im Grunde zu wenig, um es auf den Tisch zu stellen; Samuel August hatte aber um Rum im Tee »für seine Freunde« gebeten.

Jetzt waren es schon zwei, die bei ihm in der Wohnstube saßen. Professor Schulzendorf brachte den fremden Maler bei seinem Antrittsbesuch einfach mit. Beide hatten sich sofort bei Lisbeth Konow eingestellt, als wären sie dort zu Haus. Lisbeth hatte auch den anderen Maler aufgenommen.

»Für meine Freunde«, hatte Samuel August gebeten und aus der Ofenröhre das Kistchen mit den guten Geburtstagszigarren geholt, das Peter Köhn ihm geschickt hatte. Sie saßen drinnen zu dreien um den Tisch, rauchten, erzählten und warteten auf Tee und Rum.

Es blieb Sophie nichts andres übrig, als den Rum mit einem tüchtigen Schuss Wasser zu verlängern, damit die Karaffe wenigstens zu einem Drittel gefüllt wurde. Sonst würde keiner wagen, ein paar Tropfen zu nehmen, jedenfalls Samuel August nicht. Während Sophie das Gefäß vorsichtig in warmes Wasser stellte, weil angewärmter Alkohol kräftiger schmeckt, dachte sie über diese merkwürdigen neuen Freunde ihres Mannes nach. So etwas wäre früher nicht ins Haus gekommen! Nur Schiffer und Steuerleute waren ihre Gäste gewesen. Doch wer aus ihrem alten Kreise lebte noch?

Schiffer Erdmann Permiens Vater war seit über zwanzig Jahren tot. Dessen Schwester Amanda ruhte nun auch oben am Dünenhang aus. Bernhard Konow war vor einigen Jahren gestorben, sein Bruder Elias lag seit letztem Winter fest im Bett. Und Tönnies Köhn starb kurz vor Almas Hochzeit.

Dass Dampfschiffer Niemann, der sowieso beträchtlich jünger als Samuel August war, nach Hamburg übergesiedelt war, ließ sich dagegen kein Verlust nennen; denn die Reibungsflächen zwischen beiden waren immer härter geworden. Es wäre vor kurzem sogar fast zu einem endgültigen Bruch gekommen. Dampfschiffer Niemann hatte die Taktlosigkeit besessen, dem alten Herrn einfach mit der Post ein dünnes Buch, ein gedrucktes Heft, ins Haus zu schicken. Neugierig hatte Samuel August Voß die ersten Seiten aufgeblättert, wurde blutrot vor Zorn und warf die Schrift mit einem Fluch in die Ofenglut, als klebte die Pest daran.

»Was machst du denn da, Samuel August?«, hatte Sophie erschrocken gefragt.

»Dieser Hans Wilhelm ist ein – ein –«, er suchte nach dem Wort, »ist ein Marxist geworden, Sophie!«

Frau Sophie hatte gelegentlich im »Stadt- und Landboten« etwas von diesen merkwürdigen Leuten gelesen, ohne sich weiter Gedanken darüber zu machen. So etwas hatte nur mit den Proletariern zu tun. Die Regierung würde schon dafür sorgen, dass die Leute wieder zur Vernunft kamen. Wie ging es aber an, dass sich ein Mann aus dem Schifferstande, der bei ihnen im Hause aus und ein gegangen war, zu diesen Proletariern halten konnte? War das nicht wie das Ende von allem, worauf die Ordnung der Welt beruhte?

Auch am Umgang mit Harder hatte Samuel August leider wenig Freude. Seit sogar eine Stettiner Werft den Bau eines großen Dampfschiffes plante, ging Harder über Samuels Anschauung immer unbekümmerter hinweg und quälte ihn geradezu.

Nun war auch der Reeder Babentien heimgegangen, doch der hatte seit seinem Konkurs völlig zurückgezogen in einer kleinen Wohnung am Rostocker Hafen gelebt und diese Stadt niemals mehr verlassen.

Alles war also Vergangenheit!

Schulze Dedow? Manchmal ging Samuel August Voß freilich noch zum Kartenspielen auf den Hof, doch er verstand sich mit Dedow nicht mehr so gut, als hätte im Laufe der Zeit der Altersunterschied zwischen ihnen zugenommen. Samuel war ein alter Mann geworden, der Förster wirkte noch immer jung. Sophie konnte es nachempfinden, dass es ihren Mann nicht mehr zu Dedow zog. Und Dedows öfter herunterzubitten, damit sie abends nicht immer allein saßen, verbot sich mehr und mehr, wie Sophie es nach Möglichkeit vermied, zu viel Gastfreundschaft auf dem Hof anzunehmen, weil sie sie nicht mehr im alten Stil erwidern konnte.

Arme Leute werden allmählich einsame Leute! Sophie erschrak über den Weg, den ihre Gedanken genommen hatten.

»Mein Professor bedeutet kein Amt mit Gehalt. Das ist nur ein Titel«, erklärte Alfred Schulzendorf gerade, als Sophie mit der angewärmten Rumkaraffe in die Stube trat. »Dieser Titel bringt mir keinen roten Heller ein, Herr Voß, sonst würde ich mich bestimmt nicht mit meiner Malschule herumquälen.«

»Bringt die Schule nichts ein, Herr Professor?« Schulzendorf zuckte mit den Achseln: »Die was können, wie die Deuß, haben nichts, denen kann man nichts abnehmen. Und die nichts können, bezahlen, aber man muss sie schließlich wegschicken, weil man als Künstler Verantwortung trägt.«

»Und wovon leben Sie, wenn ich diese Frage stellen darf?«

»Gewiss, warum nicht? Dann müssten Sie sich aber in erster Linie an meinen Freund Winnern wenden«, lachte Schulzendorf.

»Wovon der lebt, ist selbst mir manchmal rätselhaft.«

»Sie verkaufen doch Ihre Bilder, Herr Professor?«, fragte Sophie.

»Aber ja, und wie gern, Frau Voß – wenn jemand sie haben will! Aber wie selten will einer etwas kaufen! Wer kommt überhaupt auf solch einen Gedanken?« Nach einer Pause fügte er hinzu: »Haben Sie schon mal ein Bild gekauft?«

»Wir haben doch Bilder«, sagte Frau Sophie erstaunt und überblickte ihre Wände, an denen außer dem Schiffsbild über dem Sofa ein paar gerahmte Fotografien hingen, zwischen den Fenstern der ebenfalls breit eingerahmte Brautkranz, den Alma getragen hatte, darunter das Barometer und neben der Tür eine Landschaft aus Perlmutter und bunten Hölzern zusammengesetzt, die Samuel August aus Ostasien mitgebracht hatte.

»Dieses Gemälde habe ich mir bestellt!« Voß wies stolz auf das Ölbild seiner Fregatte. »Und das war nicht billig, können Sie mir glauben. Wenn Sie nun so etwas malen würden?«

Schulzendorf lächelte freundlich: »Winnern und ich malen solche Bilder nicht, wir sind Künstler. Aber von Kunst wollen die meisten Menschen nichts wissen, sie verstehen nichts davon, am wenigsten die, die genug Geld hätten, um sich Kunst zu kaufen.«

»Wenn man seine Bilder nicht verkaufen kann, würde ich wohl keine malen«, stellte Samuel August nachdenklich fest.

»Das sagen wir uns auch mitunter, Winnern und ich. Sie haben an sich recht, aber was nützt es, wenn man das erkennt? Fragen Sie Winnern, ob er aufhören würde, Landschaften zu malen, obwohl er dabei jahraus, jahrein am Hungertuche nagt.«

Winnern sah Voß offen an: »Sie würden auch Seemann geblieben sein, und hätten Sie verhungern müssen, Herr Kapitän, oder irre ich mich?« Voß schlug auf den Tisch: »Nein, Sie irren sich nicht, lieber Freund! Ich habe alles für die Seefahrt hingegeben, für die Segelschifffahrt, meine ich natürlich! Ich habe lieber gedarbt, als auf solch ein Dampfboot zu gehen! Mit der alten, der echten christlichen Seefahrt, wie ich sie verstehe, haben die Dampfboote nichts zu tun!«

Er griff in der Erregung zur Karaffe und goss seine halb geleerte Teetasse bis an den Rand mit Rum voll, überschlug beschämt den bescheidenen Rest und teilte ihn unter seinen Gästen auf. »Das kommt davon«, entschuldigte er sich, »wenn einem das Herz aufgeht; dann vergisst man alles andere. – Das war nun mein letzter Rum, ich darf es vor Ihnen wohl offen sagen. Wenn Sie auch keine Seeleute sind, sondern Bilder malen: ich glaube, dass wir uns gut verstehen.«

Als die beiden Maler schließlich gegangen waren, dachte Frau Sophie noch lange über die Worte ihres Mannes nach. Ihrer Meinung nach war es nicht schicklich, dass man ohne Scheu – ja, fast ohne Scham, von seinen Geldnöten sprach. Dieser Herr Winnern wusste oft nicht, wie er die Miete seines Ateliers bezahlen sollte, und musste den Hauswirt um Stundung bitten. Nicht einmal ein warmes Mittagessen konnte er sich täglich leisten. Und beide Herren kochten selbst, ohne Küche, ohne Herd, auf einem Petroleumkocher, den sie in ihrem Arbeitsraum zu stehen hatten. Dort schienen sie sogar auch zu schlafen. Sie hatten also nicht einmal eine richtige Wohnung. Und wie mochte es bei ihnen aussehen?

Frau Sophie war sich unklar darüber, ob man sich solcher Bekanntschaft eigentlich nicht schämen müsste. Sie behielt die Frage für sich, um ihrem Mann nicht die Freude zu nehmen, die der Besuch der Maler ihm bereitet hatte. Sein Leben war im Grunde sehr freudlos geworden.

*

»Deck für die beiden von der Pieplow mit auf, Undine, eines Tages werden sie doch reumütig zu uns kommen, wenn sie genug von der Powertet bei ihr haben. Außerdem sieht es besser aus, wenn mehr Tische bereitstehen. Messer rechts, Gabeln links, wie es sich bei feinen Leuten gehört.« Meta Dahm verschwand in der Küche.

Undine, ein weißes Tändelschürzchen vorgebunden, machte die Tische zum Mittagessen fertig. Sie zählte an den Fingern ab: unsere beiden Damen, das Fräulein von der Griepsch, die beiden von der Seeger, darunter die adlige Dame, Veronika von Momber, die verlangt hatte, an einem Tisch für sich allein zu sitzen, und immer erst kam, wenn die anderen fast fertig waren, so dass man für sie etwas aufheben musste, – dieser Dame stellte Undine einen Strauß Kressen hin. Sie deckte auch den Tisch für die beiden Fräuleins bei der Pieplow, die noch keinmal zum Mittagessen gekommen waren, obwohl es unbegreiflich war, dass sie noch immer bei der Schlampe vorliebnahmen. Sogar in der Küche am rohen Tisch sollten sie essen, wenn schlechtes Wetter war. Sonst aßen sie an einem gänzlich unbedeckten Holztisch mitten vorm Haus, fast wie auf der Straße!

»Kleine Teller auch, Undine«, rief Meta Dahm in die Gaststube. »Es soll heute Kompott hinterher geben, hat Papa gewünscht, Backobst, kostet nichts extra, wenn sie fragen sollten. Vergiss das nicht, Undine. Möchte mal wissen, ob die bei der Pieplow je Kompott zu sehen bekommen.«

Undine breitete auch auf dem Tisch am Fenster das Tuch aus, an dem erst am Abend die große Dame saß, die kaum ein Wort sprach, nur höflich beim Kommen und Gehen nickte. Sie male tagsüber im Walde, hatte sie gesagt. Sie rechnete jedes Mal ab, obwohl Papa weniger nahm, wenn für eine ganze Woche voraus bezahlt wurde. Gab es Fisch, legte sie das Messer beiseite und verlangte noch eine Gabel, als wenn man Fisch nicht mit einem Messer essen könnte. Sie versorgte sich niemals zweimal, ließ immer etwas zurück, während die beiden Kniffckes den letzten Krümel Kartoffeln aus der Schüssel kratzten. O'Connel hieß sie, Hedwig O'Connel. Den Namen hatte Papa zusammenbuchstabiert, als ein leerer Briefumschlag auf ihrem Tisch liegengeblieben war. Eine ausländische Marke war darauf; vor dem Namen hatte nicht Fräulein gestanden, sondern Made–mo–i–selle. Sie ärgerte sich darüber, dass Niklas Jörk immer hinter dieser vornehmen Dame mit dem Malgepäck herlaufen durfte. Friedrich Franz hatte sich ihr sofort dazu angeboten und nicht einmal etwas von Trinkgeld gesagt. Ihm hatte sie freundlich gedankt, sie brauchte keine Hilfe. Aber der Niklas stolzierte während seiner Ferien täglich mit ihrem Malkasten durch das Dorf.

Undine musste sich sputen. Die Kniffckes erschienen stets, ehe es zwölf Uhr war, beide in den gleichen hellbraunen, mit roter Borte benähten Leinenkleidern. Beim Malen trugen sie graue Schürzen mit Volant auf den Schultern. Diese Kniffckes wollten alles für umsonst haben. Sie nahmen zu ihrem Morgenkaffee, den sie sich selbst hielten, einfach Zucker aus Mamas Büchse, bis Mama die Büchse wegstellte. Da tranken sie plötzlich ihren Kaffee bitter, anstatt sich Zucker im Laden zu kaufen.

Jemand trat in die Gaststube. Doch nicht Lieschen und Mariechen Kniffcke. In der Tür stand Fietje Hick, das Haar bis auf den Hemdkragen hängend, ein Ärmel halb ausgerissen, Holzpantoffeln an seinen nackten, ungewaschenen Füßen. Fietje schaute sich neugierig im Krug um. Undine lief erschrocken in die Küche zur Mutter. Inzwischen hatte Fietje sich schon an einen der gedeckten Tische gesetzt, Teller und Bestecke einfach beiseite geschoben. Er blinzelte die Wirtin freundlich an: »'nen Doppelten.«

»Hier darfst du nicht sitzen«, sagte Meta entschlossen. »Du siehst doch, dass der Tisch gedeckt ist.«

»Ist wohl die neueste Mode im Krug? Sitzt ja noch keiner dran.«

Im Laden waren Kunden. Meta konnte also ihren Mann nicht rufen. Die Kartoffeln mussten abgegossen werden, sonst verkochten sie und fielen zusammen. Meta stellte Fietje schnell das Gewünschte hin. »Leg die Gedecke erst mal auf einen anderen Tisch. Er geht hoffentlich bald wieder. Er scheint wenigstens nüchtern zu sein«, flüsterte Meta Undine zu.

Fietje verfolgte wortlos, mit einer Gabel in seinen Zähnen stochernd, wie Undine die Teller fortnahm. Das Tischtuch wagte sie nicht anzurühren, weil er beide Ellenbogen breit darauf gestützt hatte. Mehr Tischtücher besaßen sie nicht, also deckte Undine für die zwei Kniffckes und die Schulze auf dem Ecktisch des vornehmen Abendgastes auf.

Dahm blickte in den Krug. »Noch 'nen Doppelten, Krüger«, rief Fietje. »Auch 'n großes Helles!« Dahm brachte beides sofort. Ärgerlich, dachte er, dass der gerade zur Mittagszeit kommen muss. – Der Kerl stank obendrein, und wer weiß, ob er bezahlen konnte!

Fietje zwinkerte Dahm vertraulich zu, als hätte er seine Gedanken gelesen, fummelte in der Hosentasche und ließ ein klebriges Markstück auf die Tischdecke fallen. Darauf kippte er das Glas. »Noch 'nen Doppelten drauf, Krüger. Jetzt komm ich wieder zu dir! Immer allein zu Haus, – da schmeckt es nicht mehr.« Er klopfte Dahm freundschaftlich auf den Arm.

Lieschen und Mariechen Kniffcke mussten sich erst einen Ruck geben, ehe sie an ihrem Tisch Platz zu nehmen wagten. Sie sahen sich wortlos an, schielten ängstlich zu dem Kerl hinüber, der sie unbefangen von oben bis unten musterte. Was wollte der von ihnen? »Frau Dahm«, riefen sie wie aus einem Munde.

Meta hatte die Küchenschürze schon fortgeworfen, um selbst das Essen hereinzutragen. Sie kam sofort mit dem Tablett und nickte Fräulein Liane Schulze aufmunternd zu, die angesichts des furchtbaren Mannes erst den Abstand von der Schwelle bis zu den Kniffckes abschätzte.

»Noch einen – hick – noch 'nen Doppelten!« Fietje stieß mit dem leeren Glas auf den Tisch, weil Meta ihre Gäste bediente.

»Er tut Ihnen nichts«, raunte Meta Dahm den Malerinnen zu. »Ich bleibe in der Gaststube.«

»Ach bitte«, sagten Lieschen und Mariechen.

Liane Schulze hatte sich gefasst. »Eigentlich ein interessantes Profil«, flüsterte sie. Die Kniffckes drehten sich lieber nicht um.

»Hick«, sagte der unheimliche Kerl hinter ihnen. Sein Stuhl scharrte.

»Kommt er etwa her?« Lieschen und Mariechen waren auf dem Sprung.

Liane Schulze schüttelte beruhigend den Kopf, aber auch sie schlang in Hast das Essen hinunter. »Frau Dahm!«

Meta lief von der Theke herbei. »Um Gottes willen. Bleiben Sie bitte bei uns, Frau Dahm!«, flehten sie.

Meta machte sich an ihrem Tisch zu schaffen. Ihre Hand zitterte, als sie Kniffckes noch einmal die Schüssel mit Hammelkohl reichte, deren Rest Lieschen zwischen sich und der Schwester eilig verteilte. Mit dem letzten Bissen im Munde standen alle drei auf.

»Es gibt heute aber noch Kompott«, sagte Meta Dahm. »Ich hole es schnell. Es kostet nichts extra!« Die drei Damen waren bereits auf der Flucht.

»Hick«, sagte Fietje hinter ihnen her, lehnte sich an die Fensterscheibe und trommelte laut dagegen. »Hick«, grinste er vergnügt, weil er durch sein Klopfen den dreien Beine gemacht hatte! Wahrhaftig, Beine! So hoch rafften sie in ihrer Angst die Röcke.

*

Die Schatten der Nachmittagssonne hinter den wogenden Fahnen des Strandhafers und den zitternden Zwergweiden wiesen den gleichen Weg wie der Wind von der See. Ein Flimmern lag über dem mageren Bewuchs der Dünen. Schloss man die Augen zu schmalen Schlitzen, blieb nur etwas Silbriges über dem hartweißen Sand und darüber der blaue Himmel des Julitages. Im Süden zogen Sommerwolken dahin, grauweiße, kugelige Gewölbe, auf einen fedrig zerfließenden Sockel gestellt. Nach Osten dehnte sich ein Kartoffelfeld aus, dunkles Grün auf mattem Gelb, da der Boden des Schulzenhofes lehmhaltig war und einer anderen Herkunft zugeordnet als die unmittelbar angrenzende Dünenwelt am Meer.

Ellinor Deuß saß mit schlechtem Gewissen an dieser Stelle, weil der Professor seine Schülerinnen gebeten hatte, damit die tägliche Korrektur vereinfacht wurde, sich auf der mecklenburgischen Seite am Hohen Ufer einzufinden, um gemeinsam das reifende Korn vor dem sommerlichen Meer zu malen; eine Studie in goldgelb und blau hatte er diese Aufgabe genannt. Dort saßen die anderen wie die Hühnchen, die ältliche Schulze, die beiden Kniffckes, Elsa Weigel und ihre Freundin Adele Malz sowie Veronika von Momber, jede auf einen eigenen Ausschnitt ihres Motivs bedacht, und jede zugleich von derselben Vorstellung dieses Motivs getrieben, das der Professor mit weit ausholender Handbewegung erläutert hatte. Sie pinselten oder zeichneten, schauten flüchtig auf, pinselten wieder und harrten im Grunde nur auf den

Augenblick, in dem der verehrte Lehrer kam, um ihnen freundlich lächelnd Palette und Pinsel aus der Hand zu nehmen und ihrer Studie mit einem überraschenden Farbenton einen Effekt zu geben, wie es allein der Meister verstand.

Nur Hedwig O'Connel war vom ersten Tage an unter Verzicht auf jegliche Korrektur ihre eigenen Wege gegangen, tief in den Wald.

Sie nahm auch in Dresden nur an den Aktstunden teil und arbeitete in ihrem eigenen Atelier, wenn sie nicht in Paris war – in Paris, diese Glückliche, dachte Ellinor Deuß. Aber Hedwig O'Connel bezahlte den ganzen Unterricht und kaufte sich damit zugleich vom Unterricht los.

Ellinor Deuß war Freischülerin. Ihr Vater hatte die bescheidene Stellung eines Bibliothekssekretärs und besaß keine Mittel, um sich Extravaganzen seiner Tochter leisten zu können, die plötzlich besessen wurde von dem Gedanken, Malerin zu werden, und allen Bedenken ihrer Eltern hartnäckig widerstanden hatte. Für diese Studienreise nach Ahrenshoop hatte die Mutter ihr Sparbuch geopfert.

Ja, für Ellinor Deuß war dieses silbrige Grau auf dem blendenweißen Grund des Dünenfriedhofs und darüber des Himmels ungreifbares, geradezu stoffloses Blau wohl in einer Studie einzufangen. Der Ausschnitt des Motivs zeigte nichts von der See, aber man müsste ihre Nähe spüren können, denn nur das Meer bedingte diese eigene Luft, diesen Silberduft. Sie schaute und schaute und wagte kaum, einen Farbenton aufzutragen.

»Ja, so sitzen wir armen Würstchen vor all der Herrlichkeit und wissen nicht aus noch ein.«

Winnern trat an die junge Malerin heran. »Ja, so sitzen wir hier«, wiederholte er, »und erkennen, wie töricht es ist, diese große, wundersame Welt auf solch ein Taschentuch wie die gespannte Leinwand zu bannen. Wissen Sie, Ellinor, ich war im Frühjahr in München. Da wohnt nämlich ein Baron, ein buckliger Baron, der hat ein Bild von mir gesehen und mich auf seine Kosten nach München kommen lassen. Er sammelt Bilder, sammelt nicht mal schlechte. Zweiter Klasse, Mädchen, sollte ich fahren, – von der Differenz zwischen zweiter und vierter bin ich hierhergereist. In München habe ich den Thoma und Hans von Marées gesehen, – kennen Sie Hans von Marées? Ich habe mir vor seinem Bild gesagt: Wirf den Pinsel an die Wand! Aber das tut man nicht, wenn man den Pinsel erst einmal angefasst hat. Man kommt von dem Pinsel nicht wieder los. Ich denke seitdem nur, auch wenn ich es Schulzendorf nicht gut sagen kann, da stehen wir alle und malen, der eine die Berge, der andere das Meer; die Sonne scheint über die grünen Matten mit ihren bunten Blumen, ein Mädchen sitzt darin und ist blond, – so sieht es bei uns aus. Aber wenn ein Thoma das malt, Ellinor, dann sind es nämlich nicht nur Matten und Mädchen, dann ist es die Welt! Diese Matten und diese Mädchen sind für den Thoma nichts als Zeichen, so wie die Buchstaben auch nichts anderes als Zeichen sind, etwa für ein Hölderlinsches Gedicht. – Aber der Hans von Marées, – das kann ich einfach nicht in Worte fassen, was da vor sich geht! Der baut die Welt noch einmal ganz von vorne auf, nur aus eigener Kraft. Die dummen Leute, die das nicht fühlen, sagen, dass es ihm an der nötigen Perspektive fehlte, oder dass er sich verzeichnet hätte, verzeichnet, – so etwas darf der Schulzendorf von seinen Damen sagen, aber bei einem Marées gibt es das nicht; denn seine Zeichen, Ellinor, – aber das wissen Sie auch: Wenn ein Buchstabe einmal nicht ganz sauber ausgedruckt ist, hat das etwas mit dem Gedicht von Hölderlin zu tun?« Er blinzelte über den Dünenfriedhof hinweg und stand auf. »So etwas könnte man wohl verkaufen«, sagte er bitter. »Machen Sie daraus ein Bild, aber nicht zu groß. Das Format muss gängig sein, wie mein Freund Alfred lehrt. Und dann nennen Sie es ›Einsame Seemannsgräber‹. Solch ein Kitschtitel zieht und gefällt.« Er blieb hinter ihr stehen.

Sie wartete darauf, dass er weitersprechen würde, und ließ die Hand mit der Palette sinken. Zurückzutreten wagte sie nicht, weil sie seine Nähe fühlte. Ich sollte es aufgeben, dachte sie. Vielleicht hat Vater recht. Malen ist eine brotlose Kunst. Vater weiß aber nicht, wie schön Malen ist, auch wenn man sich maßlos quälen muss und oft verzweifelt ist. Wäre ich ein großes Talent wie Winnern, ich kann aber nichts, – ich sollte es aufgeben. – Sie wandte sich scheu um, ob sie in seinen Augen eine Bestätigung fände, und erschrak über seinen Blick. Noch nie hatte ein Mensch sie so angesehen!

»Ich wollte eigentlich etwas anderes sagen, Ellinor, als ich Sie hier sah, – aber ich darf nicht. Ich lebe nur von dem Gnadengeld, das mir der Baron in München zugesteckt hat. Aber wenn ich mich durchgesetzt habe, wenn ich endlich anerkannt werde, darf ich dann wiederkommen?«

Ellinor Deuß kehrte wie im Traum in ihre kleine Stube zurück, das Malgepäck unter dem Arm. Ihre rechte Hand war noch gefüllt von dem Druck seiner Hand. Sie fühlte ihn wie etwas Festes, Kostbares, das nicht verlorengehen darf. Alles war anders geworden! Alles war wie neu, und doch war im Grunde nichts geschehen. Sie hatte sich nach junger Mädchen Art manchmal ausgemalt, wie es sein würde, wenn sie liebte, geliebt würde und sich verlobte. Vorstellungen aus Romanen hatten vor ihren Augen gestanden, von Küssen und einem überströmenden Glück, und dass sie dann mit ihm vor die Eltern trat. Einmal war es fast dahin gekommen. Ein junger Anwärter für den mittleren Eisenbahndienst hatte sich um sie beworben. Warum sie ihn ausschlug, hatte sie sich selbst nicht recht erklären können. Ihre Eltern waren tief enttäuscht. Der Vater hatte sie ernst gewarnt, sich diese gute Chance, einen strebsamen Mann, der bald Beamter werden würde, zu heiraten, aus der Hand gehen zu lassen. »Schlage dein Glück nicht aus«, hatte er gebeten. »Du würdest es noch einmal bereuen. Wer nimmt ein Mädchen, das kein Vermögen erwarten darf und nur eine bescheidene Aussteuer mit in die Ehe bringt? Was soll später aus dir werden? Denk an uns, die dich versorgt wissen wollen. Mutter braucht sich keine Sorgen zu machen. Sie bekommt, wenn ich nicht mehr bin, bis zu ihrem Tode eine kleine, aber auskömmliche Witwenpension. Und was will man mehr vom Leben?«

*

»Kann ich das Malen auch lernen, wenn ich mir sehr viel Mühe gebe?«

»Willst du nicht im Frühjahr zur See, Junge?«

»Das wollte ich früher; jetzt will ich aber Maler werden.« Hedwig O'Connel ließ die Palette sinken und trat von ihrer Staffelei zurück. Niklas folgte jedem Schritt, wedelte unermüdlich mit seinem Farnkrautfächer und schlug sich mit der anderen Hand klatschend auf die Stirn, die von Mückenstichen geschwollen war.

Es dauerte ein Weilchen, ehe Hedwig O'Connel antwortete. Sie sah mit zurückgelegtem Kopf zum Erlenbruch hinüber, stand unbeweglich da, schaute, schaute – man konnte glauben, sie hätte kein Wort gehört. Nach langer Zeit kam die Antwort, als hätte sie erst darüber nachdenken müssen. »Nein, lernen kann man das nicht, Niklas, man muss es können, aber das Können allein nützt auch wieder nichts, man muss lernen, viel, viel lernen, – Tag und Nacht!«

»Wenn ich das nun auch tue?«

»Du hast mich nicht ganz verstanden, Niklas«, lächelte sie und war gleich darauf wieder fort, trat an das Bild heran, betrachtete es lange, zog den Pinsel aber nicht unter dem Daumen, der aus dem Loch der Palette guckte, heraus. Sie glitt mit den Fingern über eine Stelle des Bildes, als malte sie mit Luft in der Luft, trat zurück, schaute wieder zu dem Erlenbruch hinüber. Jetzt hatte sie bestimmt vergessen, dass er da war und die Mücken verscheuchte. »Nun hören wir für heute auf«, sagte sie, noch immer die Augen auf den mattgrauen Stämmen, die in dem dämmernden, müden Licht des Sumpfgeländes standen.

Dieses »wir« ging Niklas jedes Mal wie Feuer durch und durch. Wir, wir – er war mit dabei, sie bezog ihn zu sich ein. »Nun hören wir für heute auf. Morgen gehen wir zeitiger los.« So sagte sie. Sie sagte nicht »ich«, sie sagte immer »wir«. Er bückte sich mit tiefrotem Gesicht, um die Farbentuben vom Deckel zurück in das Fach des Malkastens zu legen, wickelte die gebrauchten Pinsel in den Leinenlappen und nahm die Palette in Empfang. Darauf sagte er, als wenn es etwas Kostbares sei, was seine Lippen formen durften: »Und morgen malen wir wieder hier?«

Sie nickte, stand noch vor ihrem Bild, schaute es an, während die Hände die Schrauben der Staffelei lösten: »Ja, morgen wieder.«

Auf dem Waldweg mussten sie hintereinander gehen. Später, sobald sie die Kuhweide erreicht hatten, wanderten sie nebeneinander weiter. Das erste Wegstück liebte Niklas aber noch mehr, obwohl er ihr Gesicht nicht sah. Neben ihr gehend konnte man mitunter zu ihr hinschauen, erschrak aber jedes Mal, wenn sich die Augen begegneten, als wäre man über etwas Verbotenem ertappt. Lief Niklas mit dem klappernden Malkasten auf der Schulter hinter ihr, gehörte sie ihm ganz, und es war nichts Verbotenes dabei. Er musste ja darauf achten, dass sich ihr Rock nicht in einer Brombeerranke verfing. Und wie schön sie schritt! Auch das konnte man hinter ihr am besten sehen. Nur eine Königin konnte so schreiten! Zog sie das Spitzentaschentuch aus der Jackentasche, um sich der Mücken zu erwehren, wehte ein wunderbarer Duft zu ihm herüber.

Hedwig O'Connel wandte sich um: »Du möchtest also Maler werden, Niklas?«

»Ja, das will ich!«

»Warum?«

»Wenn ich zur See ging, müsste ich im nächsten Frühjahr fort!«

»Du bist doch ein geborener Seemann, Junge!«

»Ich will Maler werden«, stieß er aus. Als nicht gleich eine Zustimmung kam, fuhr er drängend fort: »Dann kann ich immer mit Ihnen in den Wald gehen und die Mücken verscheuchen und den Malkasten und die Staffelei tragen!«

Hedwig O'Connel lachte leise. Als sie am Waldrand auf Niklas wartete, weil sie Seite an Seite gehen konnten, sagte sie: »Was bist du noch für ein gutes Kind, Niklas!«

»Ich bin vierzehn!« sagte er kurz. »Ich bin in der großen Sturmflut geboren, in der Nacht zum 13. November. Mutter lag allein auf dem Boden, unter uns war alles Wasser, die Wände vom

Haus waren rundum ausgewaschen. – Ich bin kein Kind mehr!« Er musste ihr erzählen, was er von jener Schreckensnacht wusste. Vom Vater, der mit seiner VENUS untergegangen war – diese Roof, in der der alte Matrose hauste, sei das Einzige, was von seines Vaters schönem Schiff übriggeblieben war. Und von seinem neuen Vater wusste er zu berichten, wie er vergeblich versucht hatte, zu seiner armen, verlassenen Mutter hinaufzugelangen. »Ich bin ganz allein in die Welt gekommen!«, schloss er.

»Dann wirst du einmal ein großer Mann«, lächelte sie und nahm seinen Arm.

Das war mehr, als Niklas bewältigen konnte. Er dachte mit heißem Herzen: Ich gehe mit meiner Königin Arm in Arm! Kein anderer außer mir darf mit der Königin Arm in Arm gehen! Er wiegte sich auf den Sohlen seiner Sandalen, um dem Rhythmus ihrer Schritte zu folgen. Er spürte die Nähe, die Wärme, er sah in ihre braunen Augen und lächelte zurück. Sie konnte gern sagen, dass man zum Maler geboren sein müsste, um ein Maler werden zu können, genauso, wie nur der ein rechter Seemann werden könnte, der dazu geboren sei, wie er. Er hörte nur auf den Klang ihrer Stimme, nicht auf den Sinn ihrer Worte!

Kurz vor dem Dorf stieg Herr Winnern mit Fräulein Deuß über die Düne. Auch sie gingen untergehakt, ließen sich aber sofort los, während seine Königin weiter mit ihm Arm in Arm schritt. Er brachte sie bis zur Fischerreihe, bis an Seegers Tür. Ihre kühle Hand umschloss seine heiße Hand: »Dann wollen wir also morgen früh wieder zusammen malen gehen, Niklas!«

*

Lovise Pieplow konnte keinen Schlaf finden. Sie wälzte sich unruhig auf ihrem raschelnden Strohsack hin und her und lauschte verärgert auf Dürtens ruhige Atemzüge. Schließlich stand sie ächzend auf und öffnete das kleine Fenster. Es war zum Ersticken heiß in der engen Kammer. Von draußen wehte der Nord ein wenig Kühle herein. Sie versuchte es mit der anderen Seite, lag mit zurückgeschlagenem Betttuch in ihrer langen Nachtjacke da. Das Brennen am ganzen Körper war nicht mehr auszuhalten! Sie scheuerte die Fußsohlen am Bettrand. Das half für ein Weilchen. Aber das half nur zum Teil; im Kopf brannte es ebenfalls, und dagegen gab es kein Scheuern. Es sauste in den Ohren. Der Schweiß stand auf der Stirn.

Wenn diese Fräuleins nebenan wenigstens endlich Ruhe geben wollten! Die zankten sich schon wieder! Wären sie bloß erst fort, wären überhaupt alle erst wieder abgereist! Vornehmlich dieser Schulzendorf da drüben! Der hatte ihrer Dürten den Kopf völlig verdreht. Das Mädel war nicht mehr zu halten, huschte abends durch den Kuhstall, um mit diesem Kerl an den Strand zu laufen. Ein Sack voll Flöhe wäre leichter zu hüten als solch ein dummes, junges Ding.

Dürten hatte nur noch diesen Schulzendorf im Kopf, hatte dem Erdmann noch immer nicht geschrieben. Wenn dieser Fremde noch ein ordentlicher Mann wäre! Aber solch ein Hungerleider, der bei der Lisbeth Konow nur nassauerte! Alt war er obendrein, gut über dreißig, wenn nicht schon fünfunddreißig Jahre alt. Und das Mädel war glücklich fünfzehn! Professor nannte er sich! Das imponierte natürlich dem albernen Ding. Jetzt hatte er sie auch noch gemalt. Heimlich hatte er das getan. Aber ein schönes Bild war es geworden. Da sah man erst, wie hübsch die Göre war!

Lovise hob den Kopf. Das eine Fräulein von nebenan, die Weigel, rief laut: »Ich weiß genau, was du damit bezweckst! Ich bin doch nicht blind! Ich weiß auch genau, dass du jeden Abend zu Holdine läufst!«

»Geht dich gar nichts an!«, rief die andere.

»Und das Grundstück hast du nur wegen dieser Holdine gekauft!«

Es war einen Augenblick still.

Darauf rief die Malz mit schriller Stimme: »Warum soll ich mir kein Haus bauen lassen? Du brauchst es nicht zu bezahlen! Du bist nur eifersüchtig, weiter nichts!«

Lovise Pieplow war drauf und dran, an die Wand zu klopfen. War das Menschenschick, sich die Nacht mit Gezänk um die Ohren zu schlagen, so dass andere Leute nicht schlafen konnten? Sie saß aufrecht im Bett, versuchte, sich zu sammeln und schlüssig darüber zu werden, ob sie nicht doch eine große Dummheit begangen hätte.

Sie ließ die Ereignisse des letzten Abends noch einmal an sich vorüberziehen: Die Weigel war in der Küche erschienen, um zu fragen, ob die anderen Maldamen während ihrer letzten Woche nicht bei ihr essen könnten. Sie wollten wegen des grässlichen, betrunkenen Matrosen nicht einen Tag länger bei Dahm bleiben.

Im ersten Augenblick war es Lovise wie ein großer, unerwarteter Glücksfall vorgekommen, ein Triumph über diese hergelaufenen Leute, die sich besser als alle anderen dünkten. Als wären sie Gott weiß was!

»Auch Fräulein Kniffckes wollen kommen, die bei dem Dahm wohnen?«, hatte sie ungläubig zurückgefragt. Das würde für Meta Dahm der schwerste Schlag sein.

»Ja, die beiden Kniffckes und Fräulein Schulze, auch Fräulein von Momber«, hatte die Weigel erklärt. Bezahlen wollten sie dasselbe wie bei Dahm und mit allem zufrieden sein. Wenn sie nur etwas zu essen bekämen! Sonst würden sie lieber verhungern, als bei Dahm bleiben!

Lovise war wie betäubt gewesen. Sie hatte zusammengerechnet, wie viel Geld das einbringen würde. Ihre eigenen Damen hatten bisher achtzig Pfennige für das Mittagessen bezahlt, während Dahm eine Mark nahm. Wenn die Neuen weiter eine Mark bezahlten, – konnte sie ihnen dasselbe Mittagessen wie ihren alten Gästen vorsetzen? Bei diesem Gedanken wurde ihr siedend heiß; das ging unmöglich an, das war nicht in der Ordnung. Wenn sie den neuen Damen wegen der Mark eine Suppe vorweg geben würde? Lovise fuhr im Bett hoch: Suppe, eine Suppe vorweg! Sie sank auf den Strohsack zurück. Zur Suppe musste man tiefe Teller haben! Sie hatte nicht einmal genug flache Teller auf dem Bord, aß selbst aus dem alten Blechnapf, der im

Hof mit Fischgräten für die Katze gestanden hatte. Und Löffel und Gabeln für alle?

Schon wegen der Gabeln und Löffel könnten nicht alle Damen gleichzeitig bei ihr essen, das wurde Lovise klar. Am schlimmsten war es mit den Tellern. Sie rief ein paarmal leise: »Dürten! Dürten!«

Das Mädel rührte sich nicht.

Lovise seufzte: wer noch solch einen gesunden Schlaf haben konnte! Sie erhob sich leise, denn die Damen nebenan schienen endlich Ruhe gegeben zu haben, und rüttelte ihre Tochter wach: »Geh morgen früh gleich mal rum zur Griepsch und frag, ob sie uns ein paar Teller borgen könnte. Auch wenn sie angeschlagen sind – unsere sind auch nicht mehr alle heil –. Und wenn die Griepsch keine Teller hat, tiefe oder flache, das ist mir egal, gehst du vielleicht – gehst du vielleicht –«

»Ich frag Frau Konow«, sagte Dürten schnell und war hellwach.

»Die hat bestimmt und gibt uns auch.«

Konows hätten wohl Teller übrig, stimmte Lovise zu, gewiss auch Gabeln und Löffel. Ihre drei Messer genügten; wenn nicht jede Dame ein eigenes Messer bekam, das ging an. Sie aßen ja nicht mit dem Messer, nahmen es nur zum Schneiden. Da fiel ihr etwas ein: »Nein, Dürten, zur Konow läufst du nicht! Was soll Erdmann von dir denken, wenn er das hört! Ich geh selbst zur Konow, die gibt, was wir brauchen! Und dann machen wir morgen Milchkartoffeln für alle, da ist Suppe so gut wie schon mit drin! Ich habe nämlich gesagt, von mir aus könnten alle Damen kommen!«

*

Der Abreisetag der Malschülerinnen war da! Nur sieben Damen stiegen wieder auf den Wagen. Adele Malz blieb zurück, erschien zum Abschied ebenso wenig wie die Familie Dahm, von der nur Friedrich Franz, der nach dem Großherzog benannt war, in Holzpantoffeln hinter der Karre schlurfte, auf die das Gepäck der beiden Kniffckes aufgeladen war. Die kleinen Leute der Fischerreihe und Westerseite allerdings brachten ihre Damen persönlich fort und wünschten »Auf gesundes Wiedersehen!«

Frau Pieplow war aber nur zur Stelle, um ein Auge auf ihre Dürten zu halten, die sich nicht schämte, wegen der Abreise dieses Schulzendorf verheult auszusehen! Sonst wäre sie zu Hause geblieben, denn es hatte letzten Abend noch Ärger mit ihren Damen gegeben. Das Fräulein Weigel hatte so herzzerbrechend geweint, dass sie schließlich dazwischengekommen war und der Malz Vorwürfe gemacht hatte. Darauf hatte die Malz, die bei ihr wohnen bleiben wollte, bis der Rohbau ihres neuen Hauses fertiggestellt war, erklärt, sie zöge sofort aus. Ehe die Weigel am Morgen aufgebrochen war, hatte Fräulein Malz sich schon eine Karre beschafft und ohne Abschied zu nehmen mit ihrem Gepäck das Haus verlassen. Die Miete bis zum Ende des Monats hatte sie auf dem Küchentisch zurückgelassen. Als nach der Abfahrt des Wagens die Frauen ihre Erfahrungen mit den Gästen auszutauschen begannen, erfuhr Lovise, Fräulein Malz wäre bei der Seeger eingezogen. Dann kann sie auch bei der Seeger fressen, dachte sie erbost, bei mir gibt es nichts mehr! Es herrschte eine fast fühlbare Stille im Dorf. Alle Stuben wurden umgeräumt, der fremde Duft von Farben, Terpentin und Damenkleidern verflüchtigte sich vor der größeren Durchschlagskraft derber Wollsocken und schweißgetränkter Haut. Der Dorfweg bot nichts Bemerkenswertes mehr. Es saß auch niemand mehr im Windschutz der letzten Haferhocken und malte. Dahm hatte seine Badehütten vom Strande geholt, es war also alles wieder wie einst, doch es schien etwas zu fehlen.

Vossens empfanden die Stille besonders stark. Sie hatten doch den ungezwungenen Umgang mit den Gästen des Konowschen Hauses nahezu vergessen können, wie einsam es allmählich um sie geworden war. Die Freimütigkeit, mit der die Maler von ihren wirtschaftlichen Nöten gesprochen hatten, ihre Gelassenheit gegenüber dem Kampf um das tägliche Brot hatten die eigenen

Sorgen leichter erscheinen lassen. Auch Elias Konow ging es in bescheidenem Maße gleich. Er hatte jeden Tag auf den Augenblick warten dürfen, zu dem der Professor Schulzendorf oder der junge Maler Winnern, den er noch mehr in sein Herz geschlossen hatte, die Tür aufmachte und bei ihm einguckte, um wie zur Familie gehörend zu fragen: »Nun, Opa, wie steht es denn mit uns heute?« An Regentagen hatten sie oft an seinem Bett Skat gespielt.

Und Niklas? Der Junge begriff nicht, was mit ihm war. Er schaute dem Wagen nach, bis die letzte Staubwolke verweht war. Ihm war, als wäre sein Herz fortgefahren. Er lief zum Strande, streifte über die Dünen, fand sich im Wäldchen, und als die Mutter ihn abends fragte, wo er so lange geblieben sei, wusste er keine rechte Antwort zu geben.

Für Dahm lagen die Dinge wesentlich anders. Er musste sich eingestehen, dass dieser Sommer in jeder Beziehung eine völlige Pleite gewesen war. An jenem Glückstage im Frühling, als ihm die Postkarte an den Schulzen in die Hand gefallen war, hatte er sich als kommenden Mann dieses Dorfes betrachtet, hatte im Stillen von seinem Monopol geträumt: Alle Zimmer in allen Häusern wurden allein durch ihn vermietet, und zwar gegen angemessene Provision. Er, Jacob Joachim Eduard Dahm, bestimmte, wer Gäste bekam und was sie zu bezahlen hatten. Alle Fremden aßen ausschließlich bei ihm, kauften in seinem Laden! Badehütten zu vermieten war sein Privileg! An jedem Taler, der von den Gästen im Dorfe ausgegeben wurde, war ihm ein Anteil gewiss! So hatte die Zukunft vor ihm gelegen. – Es war anders gekommen. Eine Konkurrenz für seinen Mittagstisch war plötzlich aufgetreten und schöpfte vor seinen eigenen Augen die Sahne ab. Konkurrenz noch dazu von der poveren Westerseite. Und was war an Provision bei der ganzen Zimmervermietung herausgesprungen? Was hatten die Badehütten gebracht? Was der Mittagstisch? Er hatte sich rundweg verkalkuliert, hatte eine Pfennigwirtschaft betrieben wie die kleinen Leute, und durfte sich nicht wundern, wenn auch nur Pfennige kleben geblieben waren! Dabei schien das Dorf eine Zukunft zu haben. Dieses äußerste Ende der Welt mit seinen kahlen Dünen, dem Seewind, der einem um die Nase pfiff, dem Heulen des Sturms und der Brandung an dem schutzlosen Strand, mit der Spärlichkeit der Büsche und Bäume, der Armseligkeit der Katen, Kartoffeläcker und mageren Ziegenweiden – diese ganze, gottverlassene Einsamkeit schien Maler anzuziehen. Professor Schulzendorf hatte diese Gegend über alles in der Welt gepriesen. Hatte er nicht sogar einmal gesagt, für Maler, für Künstler sei es hier wie im Paradies?

Dahm beschloss, der Hüter dieses Paradieses zu werden, doch beileibe nicht abwehrend, wie der Engel mit dem Schwert. Er wollte an der Paradiespforte sitzen und für den Eintritt kassieren!

Als im Spätherbst die Seeleute heimwärts fuhren, wurde ihnen eine Überraschung zuteil. Es war nicht der Neubau, das Holzhaus der dicken Malerin Malz mit dem mächtigen Fenster nach Norden, denn das lag am Fuße der Dünen hinter dem Katen der Griepsch. Sie sichteten eine Fahne, die hoch auf dem Berge, der das Dorf gleichsam nach Norden begrenzte, an einem Mast im Winde flatterte. Sie war auf diesen kahlen Berg aufgepflanzt, als hätte jemand Land entdeckt und in Besitz genommen. Bald darauf gab es ein neues Erstaunen: Der Wagen rollte hinein ins Dorf, hielt nicht mehr vor dem tiefen Dünensand! Ein beträchtliches Stück des alten Weges war planiert, magere Bäumchen standen zu seinen Seiten!

Es dauerte allerdings noch Jahre, ehe sich erwies, wozu die Fahne auf dem Berge geweht hatte und der neue Dorfweg angelegt worden war.

3. KAPITEL

Jeden Vormittag, sobald es hell geworden war, schaute Lisbeth Konow vom Fenster aus über den Dorfweg hinüber, ob aus dem Ofenrohr der Roof Rauch aufstieg. Das kleine Haus wurde mehr und mehr im Schnee begraben. Man dürfte den Mann dort nicht länger wohnen lassen, dachte sie oft, aber sie wagte nicht, Winnern zu sich ins Haus zu bitten. Wäre ihr Sohn Elias über Winter nicht nach Wustrow gezogen, um sich auf sein Kapitänsexamen vorzubereiten, hätte sie sich keinen Augenblick besonnen. Aber sie bewohnte jetzt das große Haus allein.

Es hatte bei Vossens bereits Anstoß erregt, dass sie manchmal hinüberging, um nach dem Maler zu sehen, und ihm Essen brachte, weil er kaum etwas anderes hatte als Kartoffeln, Grütze und Brot. Frau Sophie Voß hatte deutlich auf das Ungehörige solcher Besuche angespielt.

Winnern malte in der vorderen Koje, wo der eiserne Ofen stand, malte nach einer Studie vom Sommer das Bild einer Düne hinter dem Dorf. Es war nicht viel mehr darauf zu sehen als diese Düne mit ihrer Krönung von knorrigem Weißdorn und dem hell leuchtenden Sand zwischen grauen Strandhaferhalmen. Darüber lag ein schwerer Himmel mit Wolken vor verschleiertem Blau. Mehr zeigte das Bild also nicht, aber Lisbeth spürte die See in der Nähe, glaubte ihr Rauschen zu hören, empfand tief die Schönheit dieser windzerzausten öden Welt.

Winnern stand während der kurzen Stunden des Tageslichts in einer alten, lammfellgefütterten Jacke, Wollsocken über die Hosen gezogen, Frostbeulen an den Händen, vor seiner Staffelei und hörte kaum mit Malen auf, wenn sie erschien.

»Schon wieder? Sie sind viel zu gut zu mir, Frau Konow«, konnte er sagen. Er bot ihr wegen der Kälte im Raum keinen Schemel zum Sitzen an. Sein Atem stand wie Rauchwölkchen in der Luft. Er trat den kleinen Schritt zurück, den die Koje zuließ, damit sie das Bild anschauen konnte. Lisbeth blieb immer nur kurze Zeit, stellte den warm umhüllten Topf mit einer kräftigen Suppe ab und freute sich, wenn es gelang, unbemerkt zwischen Pinsel und Tube Päckchen Tabak zu verstecken. Er sollte nicht wieder rot werden und verlegen lügen, er hätte sich, wie sie wüsste, das Rauchen abgewöhnt.

Professor Schulzendorf war im Herbst mit seiner jungen Frau nach Dresden zurückgekehrt. Sein Sommerhaus, das er sich aus dem billig erstandenen ehemaligen Armenkaten hatte bauen lassen, stand im Winter verlassen mit rundum geschlossenen Laden da.

Auch das neue Haus am Rand der Feldmark des Schulzenhofes, ungefähr dort, wo sich Emil Priebe einstmals hingeträumt hatte, war dicht gemacht worden. Dort hatte sich ein Berliner Porträtmaler mit seiner großen Familie niedergelassen, selbstverständlich auch nur für die gute Jahreszeit. Nur Fräulein Malz, aus dem alten Schülerkreis Schulzendorfs, hielt den Winter über in Ahrenshoop aus, seit sie Holdine Dedow dahin gebracht hatte, ihr Elternhaus zu verlassen und zu ihr zu ziehen. Aber Winnern hielt sich von den beiden Damen zurück.

Wenn das Herz allein entscheiden dürfte, dachte Lisbeth Konow oft, müsste Winnern nicht jahraus, jahrein in dieser elenden Behausung bleiben, jedenfalls nicht in den Wintermonaten. Ihr eigenes warmes Haus mit dem unbewohnten Flügel nach Westen kam ihr wie ein stummer Vorwurf vor. Auch ihr Schuppen war reich mit Brennholz gefüllt, während der Schnee Winnerns bescheidenen Vorrat an Strandholz immer wieder zudeckte.

Als ihr Sohn am letzten Sonntag mit seiner Braut im Schlitten zu Besuch gekommen war, hatte Lisbeth eingehend über die Not dort drüben gesprochen und darauf gewartet, ob nicht einer von beiden sagen würde, sie müsste selbstverständlich den armen Maler während der kalten Monate herüberholen. Elias mochte daran gedacht haben, doch seine Braut nicht. Dorothea ließ vielmehr einige Worte fallen, die wie ein Vorwurf klangen. Warum blieb dieser Herr im Winter hier?, fragte sie. Es sei seine eigene Schuld, wenn er frieren müsste. Nur ein Städter könnte auf die hirnverbrannte Idee verfallen, diese elende Hütte von dem verkommenen, schlagflüssigen Matrosen zu kaufen und sich im Winter dort herumzudrücken. Wenn Winnern mit seinen Bildern kein Geld verdiente, warum ergriffe er nicht irgendeinen vernünftigen Beruf? Alle anderen Menschen arbeiten auch, sagte Dorothea. »Er hat einfach kein Taktgefühl, denn in Wahrheit fällt er deiner Mutter nur zur Last, Elias. Das müsste man ihm eigentlich mal deutlich zu verstehen geben.« Elias hatte schweigend vor sich hin geblickt. Er hatte nicht widersprochen. Lisbeth Konow fühlte, dass sie ihm zuliebe Rücksicht auf die Schifferfamilie seiner Braut nehmen musste. Sie bemühte sich, Dorothea ihre Herzlosigkeit nicht nachzutragen. Was wusste sie, wie weh Hunger und Kälte tun? Dorothea hatte keine Armut und kein Unterdrücktsein kennengelernt!

*

Nachdem die Heidereiter vergeblich mit ihren Hunden den verschneiten Wald abgesucht hatten, wurde die ganze männliche Bevölkerung des Dorfes aufgefordert, sich an der Suche nach ihrem vermissten Schulzen zu beteiligen. Keding leitete die Aktion.

Er überblickte, was sich in Seestiefeln, bis über die Ohren vermummt, vom ersten Hause in der Schifferreihe bis zum letzten Fischerkaten eingefunden hatte, nickte anerkennend, weil nicht einer fehlte, dem man die Beteiligung zumuten konnte, dagegen manch einer darunter war, der besser hinter seinem warmen Ofen geblieben wäre, und teilte seine Mannschaft ein. Nicht nach Rang oder Stand ordnete er die Gruppen von je zwei Mann, sondern nach dem Alter und der Leistungsfähigkeit, so dass beispielsweise der alte Schiffer Samuel August Voß mit Seeger von der Fischerreihe zusammengetan wurde, der Maler Winnern mit dem Jungmann Carl Pieplow, Matrose Möller sich an Erdmann Permien zu halten hatte, und weil sich als einzige Frau Lovise Pieplow eingefunden hatte und nicht zurückweisen ließ, wurde sie dem Weber Lange zugeteilt, dessen durch die ewig sitzende Lebensweise schwächlich gewordenes Gebein nur für eine Streife am Rande des Forstes verwendbar war. Da niemand wusste, welchen Weg Förster Dedow eingeschlagen hatte, als er seinen Hof verließ, schien das ganze Unternehmen recht hoffnungslos. Die Möglichkeiten, wie er ums Leben gekommen sein konnte, waren unbegrenzt: Er konnte sich verletzt haben, konnte hilflos liegen geblieben und wie ein Tier qualvoll im Walde verendet und zugeschneit worden sein. Er konnte einen Zusammenstoß mit Wilddieben gehabt haben, wobei er erschossen wurde. Oder er war, wie es immer einmal vorkam, durch einen Zufallsschuss aus der eigenen Büchse umgekommen. Alle Vermutungen waren erschöpfend durchgesprochen worden, nur einen Verdacht behielt jeder für sich: Dedow war das Opfer seiner Jagd auf Frauen geworden. Die Drohung betrogener Seeleute, deren Frauen in seine Hände geraten waren, sich blutig an ihm zu rächen, konnte endlich wahr gemacht worden sein!

Mit solchen Gedanken ging der Matrose Möller verbissen neben dem jungen Erdmann Permien einher. Finden müssten wir ihn, wünschte er aus vollem Herzen, aber nicht erschossen, das wäre ein zu anständiger Tod für dieses Schwein, nein, erwürgt, mit den Händen langsam erwürgt!

Wir waren immer zu feige, dachte Möller, an ihn heranzugehen, weil er da oben auf dem großen Hof saß und unser Schulze war. Die hinter dem Darß aber, die hatten ihn schon einmal angefallen, – die werden ihm endlich den Garaus gemacht haben, damit sie im Frühjahr ohne Angst wieder auf See gehen können und ihre Frauen Ruhe vor ihm haben.

Hinter Dürten war er nie her gewesen. Merkwürdig eigentlich, grübelte Möller, denn es gab kaum ein hübscheres Mädchen im Ort als Erdmanns Dürten. Junge Mädchen hatten Dedow allerdings selten gelockt. Er war fast nur hinter jung verheirateten Seemannsfrauen her gewesen, die allein zu Hause saßen.

Möller blickte Erdmann mit stillem Neid von der Seite an. Wenn Erdmann zum Frühjahr seine Dürten heiratete und Dürten endlich auch eine junge Frau geworden war, würde ihm kein Dedow mehr ein Kuckucksei ins Nest legen können! Keding hatte einen Treffpunkt ausgemacht, an dem sich die Gruppen vor Anbruch der Dunkelheit wieder sammeln sollten. Eine von ihnen, die aus Niklas Jörk und einem Fischerjungen bestand, traf verspätet ein. Beide meinten, eine Fährte in einer dichten Tannenschonung gefunden zu haben. Einige Bäume seien abgebrochen und niedergetrampelt worden, Blutstropfen hätten sie allerdings nicht gefunden, es sei zu viel Neuschnee in der Nacht gefallen.

Keding und ein Heidereiter machten nach Niklas' Beschreibung die Stelle aus, um dort am nächsten Tag weiterzufahnden.

*

Lovise hätte sich prügeln können, weil sie zugegeben hatte, dass Dürten zu Fräulein Malz und ihrer Freundin Holdine Dedow in Stellung ging. Sie hatte allerdings vorausgesetzt, dass es nur für den Winter sei, solange sie mit der Arbeit allein fertig werden konnte. Und monatlich zwanzig Mark Lohn – es wäre in ihren Augen eine Sünde gewesen, sich dieses viele Geld aus den Fingern laufen zu lassen.

Dürten war zum Frühjahr aber nicht wieder nach Hause gekommen. Ihre Damen hätten sich zu sehr an sie gewöhnt und könnten sie nicht mehr entbehren. So quälte sich Lovise allein durch den nächsten Sommer. Als es Herbst wurde, hätte sie Dürtens Hilfe aber so nötig wie das liebe Brot gehabt: Ihr Theodor war von der See heimgekehrt, doch nicht auf seinen eigenen Beinen. Sie hatten ihn im Krankenkorb ins Haus getragen, nachdem er monatelang in Stettin gelegen hatte. Sein Rückgrat war bei einem Sturz aus der Takelage verletzt worden. Er konnte Arme und Kopf bewegen, doch von den Hüften an war er wie tot.

»Denkst du, ich gäbe deinetwegen meine gute Stellung auf?«, hatte Dürten auf ihre dringende Bitte zur Antwort gegeben. »Außerdem will Fräulein Malz mir monatlich fünf Mark zu meinem Lohn zulegen, wenn ich bleibe, und zur großen Wäsche soll ich eine Hilfe bekommen.«

Lovise suchte nach einem Trost: Wenn Dürten erst mit Erdmann verheiratet ist, wird sie wieder vernünftig werden und einsehen, dass sie mich nicht ganz im Stich lassen kann. Dann muss endlich Schluss mit den Damen sein, von denen sie nichts gelernt hat, als vornehm zu tun und sich vor schwerer Arbeit zu drücken. Wäre Erdmann nur energischer, seufzte sie. Warum lässt er sich weiter hinhalten, weil Dürten für ihre Aussteuer sparen will? Hat er keine Augen im Kopf? Sieht er nicht, dass Dürten ihr Geld nur mit Putz und Tand vertut?

Es ging auf die Weihnachtszeit zu. Erdmann war auf Urlaub gekommen, ließ sich aber nicht sehen. Auch Dürten blieb aus. Die letzten Tage vor dem Fest schlichen für Lovise mit Unruhe und vergeblichem Warten dahin.

Sie kam in den Laden und entdeckte Dürten zwischen vielen Kunden, die gerade vor Schreck und Entzücken aufschrien, weil Dahm dicht vor ihren Augen ein Stäbchen mit lauter blitzenden Strahlen zischend abbrennen ließ. Lovise zupfte Dürten von hinten am Ärmel. »Kommst du am Heiligen Abend ein bisschen zu uns?«, raunte sie ihr zu. »Am ersten Festtag bist du doch bei Permiens.«

Dürten schob sich näher an den Ladentisch heran und antwortete unwillig: »Mal sehen. Drängel dich nicht so vor, wir stehen schon länger hier!«

Diese Wunderstäbchen gingen reißend ab, auch Dürten kaufte einen ganzen Karton davon und erzählte Undine Dahm so laut, dass jeder mithören musste, was es an guten Dingen bei ihnen zu Hause zum Fest geben würde. »Wenn ich abgedeckt habe«, schloss sie, »setzen wir uns unter den Weihnachtsbaum, Fräulein Malz, Fräulein Dedow und ich, und spielen Grammophon. Ich lege die Platten auf, und meine Damen tanzen zusammen. Wir wollen wieder Schwedenpunsch trinken, wie auf Fräulein Malz' Geburtstag. Davon wird man ganz schnell duhn. Auf dem Geburtstag haben wir schließlich so gelacht, dass wir bald unter den Tisch gefallen wären!«

Lovise wurde rot. Ging so etwas an? Frauen, die Schwedenpunsch tranken, bis sie duhn waren und fast unter den Tisch fielen? Sie schlich beschämt aus dem Laden hinaus und blieb auf der verschneiten Dorfstraße stehen.

Als Dürten endlich mit ihren Einkäufen fertig geworden war und aus der Tür trat, packte Lovise energisch zu: »Du kommst erst mal mit nach Haus, Dürten!«

»Meine Damen warten schon, ich habe keine Zeit!«

»Deine Damen – deine Damen«, Lovise nahm Dürten kurzerhand mit.

»Ich hätte dich niemals dort hingehen lassen sollen«, sagte sie laut. »Was hast du da gelernt? Nur, wie man sich an seiner eigenen Mutter versündigt – das hast du von der Dedow gelernt. Schämt die sich nicht, von der Mutter fortzulaufen, wo die so viel Kummer mit der anderen Tochter hat? Und wo sie den Vater im Wald umgebracht haben, geht die nicht mal zu ihrer Mutter zurück?«

Dürten versuchte vergeblich, sich frei zu machen. Lovise ließ ihren Arm nicht los und schimpfte laut weiter: »Was tun deine beiden Damen den ganzen Tag? Liegen bis Mittag in den Betten herum und machen die Betten nachher nicht mal selber! Sollten sich in die Erde schämen!«

Lovise stieß die verrottete Haustür hinter sich zu, zog Dürten in die Stube und atmete tief auf. Diesmal entkam Dürten ihr nicht! »Was ist mit Erdmann?«, fragte sie scharf.

Dürten schaute zu Boden und zog den hochgerutschten Rock wieder über die Knie.

»Seid ihr euch endlich einig, wann Hochzeit ist?«

»Erdmann will mich nicht mehr, damit du es weißt!«

Lovise musste sich am Tisch festhalten.

»Frag mir nicht die Seele aus dem Leib!«, stieß Dürten aus. »Erdmann hat mich fortgeschickt – wegen dem Schulzendorf!«

»Hast du mit dem – Dürten, jetzt sagst du die Wahrheit, hast du etwa was mit dem gehabt?«

Dürten zog die Mundwinkel herunter: »Was heißt: gehabt?«

»Du und dieser alte Kerl – dieser hergelaufene, verheiratete Kerl? – Wann war das, Dürten?«

»Reg dich nicht auf! Im letzten Sommer und im Sommer davor, abends in den Dünen, wenn du es ganz genau wissen willst! Er hatte mir ewig in den Ohren gelegen, er ließ mir keine Ruhe!«

Lovise trat einen Schritt auf Dürten zu: »Hast du es Erdmann gesagt?«

»Ich?«, Dürten lachte auf. »Geklatscht haben sie über mich, zugesteckt haben sie es ihm!«

»Nun ist alles aus«, sagte Lovise vor sich hin.

Dürten stand auf: »Ich muss gehen. Gib jetzt Ruhe.«

Lovise schaute Dürten nach. Sie hörte ihre Schritte im Flur, hörte die Haustür, hörte, wie der Schnee unter Dürtens Schuhen knirschte, leiser, ferner, dann war auch das vorbei.

*

An Samuel August Vossens 70. Geburtstage waren die Kränzchenschwestern zum Kaffee eingeladen worden. Das Geburtstagskind saß freundlich und geduldig in dem Kreise der Damen und ließ die Unterhaltung an sich vorüberrauschen. Es war allerdings kein festliches Thema, zu dem das Gespräch immer wieder hinführte, denn Frau Dedow hatte sich entschuldigen lassen, der schlechte Zustand ihrer Tochter Hermine erlaube es leider nicht, dass sie sich auch nur für eine kurze Stunde aus dem Haus entfernen könnte.

Sophie erzählte, dass sie Hermine von Spitz vor einigen Tagen bei ihrer Mutter gesehen hätte. »Man merkte ihr eigentlich kaum etwas an. Sie saß still an unserem Tisch und stickte. Plötzlich stand sie aber auf, ließ die Handarbeit einfach fallen, ging im Zimmer hin und her und summte vor sich hin, als wäre sie allein. Frau Dedow tat zuerst, als bemerkte sie nichts. Sie erzählte weiter von ihrer Tätigkeit – es ist wirklich imponierend, wie sie sich mit ihrer neuen Position als Herrin auf dem Hof abfindet«, betonte Frau Voß.

»Sie leitet die Wirtschaft selbst. Keding muss jeden Abend antreten, um Bericht zu erstatten. Morgens geht sie in aller Frühe hinaus und inspiziert die Ställe, sieht nach der Leuteküche, gibt persönlich alles dafür heraus. Im Dorf munkelt man zwar, das Gesinde würde nicht mehr satt, es sollen für die Leuteküche erfrorene Kartoffeln verbraucht werden. Solange Keding die Schlüssel zu Kammer und Keller verwaltete, hörte man solche Klagen nicht. Er hat gut für die Leute gesorgt. – Ach, ich bin ganz abgekommen, ich wollte von meinem Besuch da oben erzählen –

als Frau Dedow spürte, dass ich durch Hermines Summen beunruhigt wurde, erhob sie sich sofort, nahm ihre Tochter sanft am Arm und führte sie in das Nebenzimmer. Sie kam zurück, als wäre nichts geschehen. Ich habe dieses unheimliche Summen aber noch immer im Ohr.«

Nach diesem bedrückenden Nachmittag freute sich Samuel August Voß besonders auf seinen Herrenbesuch am Abend. Die Gäste waren zu einem Glas Burgunder eingeladen worden. Bei dem stillen, frostklaren Tag war auch Elias Konow mit seinem zukünftigen Schwiegervater, dem Kapitän Magnus Bruhn, aus Wustrow zu erwarten. Es würde also endlich einmal wieder ein echter Schifferabend werden, wie in den alten Zeiten. Und der gute Peter Köhn hatte dafür gesorgt, dass es an Wein nicht fehlen konnte.

»Lass bitte das weiße Tischtuch fort, Sophie«, bat Voß. »Stelle nur Untersätze für die Gläser hin. Gekleckert wird leicht, wenn wir erst ein bisschen in Fahrt gekommen sind und Rotweinflecke auf einem weißen Tafeltuch stören die Stimmung.«

Drei Generationen waren um den Tisch versammelt. Zu Voß gehörten Harder und ein wenig noch Vater Erdmann Permien, der nach Dedows Tode das Schulzenamt der Gemeinde übernommen hatte. Diese drei Fahrensleute waren vor Anker gegangen.

Kapitän Bruhn vertrat die nächste Generation, dann folgte die jüngste mit Peter Köhn, Erdmann Permien und Elias IV., wie man ihn manchmal noch nannte.

Es war allen selbstverständlich, jenes Thema zu vermeiden, das dem Geburtstagskind seinen Ehrentag trüben könnte: den eindeutigen Sieg der Dampfkraft auf See. Peter Köhn bangte lange vor dem Augenblick, an dem er Voß seinen Entschluss gestehen musste, die Bark zu verkaufen und sich bei einer Dampfschifffahrtgesellschaft um die Stellung eines Kapitäns zu bewerben.

Er schob sein Geständnis über den Geburtstag hinaus. Glücklicherweise brachte Erdmann Permien eine Neuigkeit mit, die für den ganzen Abend anregte und erheiterte: Dahm hatte für seinen Berg am Nordende des Dorfes ein Bauprojekt eingereicht. »Ein riesiges Haus, Samuel«, berichtete der Schulze, »nein, besser gesagt, ein rechteckiger Steinkasten, zwei Stockwerke hoch, Veranda davor, das Dach mit Pappe gedeckt!«

»Oben auf der Höhe?«, lachte Voß ungläubig.

»Der Kerl ist mall«, fügte Harder hinzu.

»Lasst man, das holt der Sturm bei der ersten Gelegenheit«, meinte Samuel. »Lasst ihn nur bauen!«

»Außerdem sackt ihm das Haus bald ab«, bemerkte Köhn.

»Das wohl nicht«, erwiderte Erdmann Permien, »der Berg hat festen Grund; nur die Flugsandschicht müsste abgetragen werden.«

»Es ist also wirklich sein Ernst?«

»Gewiss, ich habe den Entwurf ja gesehen, Peter. Irgendein Rostocker Baumeister hat ihn gemacht.«

»Und wer gibt das Geld?«

Das konnte der Schulze dem Hausherrn nicht verraten.

»Ein Luftschloss also, da braucht man nicht bescheiden zu sein.«

Samuel August füllte die Gläser.

»Und was will der Kerl damit, Erdmann?«

»Ein Logierhaus bauen, ein Hotel!«

So herzlich hatte Voß lange nicht gelacht. Er verschluckte sich, als Erdmann trocken hinzusetzte: »Achtzehn Zimmer, großer Speisesaal –«

»Sag bloß noch, Badezimmer auch, wie an der Alster.«

»Nein, das ist, glaube ich, nicht vorgesehen, sie sollen ja in der See baden.«

»Wer soll in der See baden?«

»Seine Gäste, Samuel«, antwortete Erdmann gelassen.

Niklas fragte mit seiner hellen Stimme: »Sollen die Malerinnen da oben wohnen?«

»Dieses ganze fremde Volk«, warf der junge Erdmann ein, »wäre es nur geblieben, wohin es gehört.«

Es wurde für einen Augenblick still in der Runde. Jeder fühlte die Herzensnot, die der Professor Schulzendorf dem armen Erdmann zugefügt hatte.

Vater Permien warf einen guten Blick auf seinen Sohn, zog die Augen zurück und sagte möglichst unbefangen: »Ich finde die Unruhe, die die Fremden ins Dorf bringen, auch nicht schön, das muss ich zugeben. Wir wollen aber nicht vergessen, dass es Gäste sind, die zu uns kommen. Schließlich hat ihre Anwesenheit auch manches Gute für das Dorf, wenigstens für die Fischerreihe und die Westerseite. Diese kleinen Leute können ein bisschen Bargeld dringend gebrauchen.« Er sah nachdenklich vor sich hin. »Ich mag es mir einbilden«, begann er zögernd, »mir kommt es aber, wenn ich diese Gäste sehe, die jeden Sommer in der Welt herumreisen, immer mehr so vor, als nähme der Wohlstand der einen auf Kosten der Armut der anderen zu.« Er hing diesem Gedanken ein Weilchen nach, darauf richtete er sich auf: »Ich habe Dahm übrigens gefragt, wie er sich das mit dem Baumaterial dächte, ein paar Steine gehörten zu seinem bescheidenen Projekt wohl dazu? Sein Gesicht hättet ihr sehen sollen, ganz von oben herab. – Das sei natürlich alles wohlüberlegt und durchkalkuliert, belehrte er mich. Wenn der Kreis zum Frühjahr nicht endlich eine feste Straße durch das Dorf anlegen würde – Dahm behauptete sogar, er sei deswegen persönlich bei unserem Landrat gewesen – wie der wohl geschmunzelt hat, als er den Kerl sah –, dann kämen, sagte Dahm, einfach Schienen für Loren bis an den Berg heran.«

»Und wer bezahlt das?«, fragte Samuel August Voß.

Der Schulze zuckte mit den Achseln: »Im Grunde besitzt der Dahm so gut wie nichts, hat aber immer neue Rosinen im Kopf, ehe die alten verdaut sind. Mit der Grundsteuer ist er im Rückstand; ich glaube, die Pieplow hat ihm mit ihrem billigen Mittagstisch ganz erheblich Konkurrenz gemacht. Aber wisst ihr, was er sich noch ausgedacht hat? Er wollte den Garten und die Wiese hinter Niklas' Haus pachten. Haltet euch fest! Für eine Gärtnerei! – Wie steht es überhaupt mit eurer Pacht, Peter? Hat er immer pünktlich bezahlt?«

»Na, das lässt sich gerade so an. Wir haben die Pacht übrigens herabgesetzt. Agathe und meine Mutter hielten das ewige Gejaule dieser Meta, dass der Laden zu wenig Umsatz hätte, einfach nicht mehr aus. Wenn er da oben ein Logierhaus baut, werden wir ihn vielleicht auf anständige Weise unten aus dem Dorf los.«

»Wenn – wenn«, lachte Harder.

»Ich fürchte, den werden wir niemals wieder los! Der hat sich bei uns schon viel zu tief eingefressen. Der geht über Leichen, tritt alles nieder, was ihm im Wege steht, steckt uns womöglich noch allesamt in die Tasche, klein oder groß. Dem seine Taschen sind wie ein Sack ohne Boden, geht allerhand hinein.«

»Ach, Schiet, Erdmann, lass ihn bauen, dabei bricht er sich endlich den Hals. Eine gute Landmarke für unsere Schifffahrt wird sein gewaltiger Kasten auf jeden Fall. Dagegen haben wir alle nichts. Und auf diese Landmarke stoßen wir an«, bestimmte Voß. Die Gläser wurden noch einmal gefüllt. Das Hoch auf die zukünftige Landmarke und ein letztes Hoch auf das Geburtstagskind schlossen den anregenden Abend ab.

*

Daniel Lange wickelte die Kette vom Kettenbaum, wischte mit einem Lappen den Schlichttopf sauber aus, ölte das Spulrad ein, schob es in die Ecke und packte die Spulen in ihren Kasten.

Emma schaute seinem Tun stumm verwundert zu. Wie ein Unterirdischer sieht er aus, dachte sie, und es gruselte ihr, wie er da schweigend mit seinem krummen Buckel, der sich mehr und mehr seinem Nacken zu nähern versuchte und dem zottigen Haar, das er sich nicht mehr unter dem aufgestülpten Steintopf abschneiden ließ, herumkroch und werkte. Seine Augäpfel waren in letzter Zeit verwaschen geworden. Ein Wunder, wie man mit solchen Augen noch etwas sehen konnte. Seine Hände, die beim Essen zitterten, dass die Suppe vom Löffel troff, und keinen Knopf an der Hose mehr schließen konnten, waren nur sicher, sobald sie mit dem Webstuhl in Berührung kamen.

Schließlich blickte er sich nach ihr um: »Also, Emma, damit du weißt, was du zu tun hast: Das Haus wird nicht an Fremde verkauft! Verstehst du mich?«

Emma nickte, um ihn zu beruhigen. »Wenn das Malerfräulein in diesem Sommer noch mal angelaufen kommt und kaufen will, schickst du es wieder fort. Das Haus kriegt der Carl Pieplow, sobald er geheiratet hat – aber für umsonst, hörst du? Die jungen Leute füttern dich dafür zu Tode, das kann ihnen teuer genug zu stehen kommen, denn alte Weiber haben ein zähes Leben. Und wenn du nicht tust, wie ich will, Emma, erscheine ich dir, – das schwöre ich!«

Sie versprach hoch und heilig, seinen Willen zu erfüllen, obwohl es ihr vorkam, als redete er irre.

»Nächste Woche, Emma, richte dich darauf ein«, fuhr er fort. »Dann ist es soweit.« Er arbeitete weiter, montierte den Webstuhl ab, als wollte er für lange Zeit verreisen.

»Carl und Friedchen ziehen in diese Stube. Frag beizeiten den Roeding, ob jemand meinen Webstuhl haben will, denn der muss hier weg! Aber wenn du willst –«, er grinste blinzelnd zu ihr hin, »kannst du dir endlich deinen Wunsch erfüllen und ihn zerhackstücken. Mir ist das gleich. Du bleibst in unserer Kammer wohnen. Das eine sage ich dir aber, dass du den Jungen das Leben nicht zur Hölle machst! Ich kenne euch, zwei Weiber in einer Küche – das lass ich aber die Sorge der Pieplows sein. Ich kann ihnen nicht helfen. – Das Geld liegt –«, er hielt inne. Wo das Geld lag, wollte er lieber erst sagen, wenn die Ausgaben auf der Schwelle standen und das Geld keinen anderen Weg mehr gehen konnte.

Als der Montag kam, blieb Daniel im Bett, obwohl er nicht krank zu sein schien. Emma hatte seine Stirn angefühlt, wobei er ein Gesicht machte, als wollte er zuschnappen. Er trank einen Becher Kornkaffee und aß ein Stück Sirupbrot. Sie heizte die Webstube, weil die Rückwand des Ofens die Kammer mit erwärmte.

Der tauende Schnee tropfte rundum vom Dach, Schneewasser sickerte unter der Haustür durch in den Flur. Man hatte es eigentlich unter dem Federbett am besten, dachte sie. Sie versorgte wie alle Morgen die Ziege, die Hühner und stellte trockene Bohnen zu einer Suppe auf. Im Laufe des Vormittags schaute sie in die Kammer hinein, ob er noch immer nicht aufstehen wollte. Sie erschrak: Daniel lag mit gefalteten Händen und bewegte murmelnd seine Lippen. Er wandte den Kopf nicht zu ihr hin, als könnte er weder sehen noch hören. Emma blieb der Atem stehen. Betete Daniel? Das hatte er noch niemals getan! Es geht zu Ende mit ihm, durchfuhr es sie. »Soll ich den Pastor holen, Daniel?«, flüsterte sie bewegt.

Er ließ sich nicht stören.

Sie trat näher. »Daniel! – Willst du den Pastor haben?«, rief sie laut.

Da sah er sie mit seinen milchigen Augen an, verwundert über ihr Gehabe. »Was regst du dich auf? Der neue Preister ist mir schon mehr als genug ins Haus gelaufen gekommen, als hätte der gar nichts anderes zu tun – .« Er richtete sich hoch, um zu sehen, ob noch Kaffee im Becher war.

Emma lief erleichtert in die Küche und holte die irdene Kanne aus der Röhre. Es war also noch nicht so schlimm mit ihm. Er trank, – sie musste ihm helfen, den Becher an seine Lippen zu halten. Er legte sich zurück, grinste wieder blinzelnd: »Vor dem alten Krumbow war man sicher, der kam immer erst, wenn man nicht mehr anhören musste, was er da oben seiberte, – den jungen Preister lässt du mir nicht holen, – aber zum Doktor schickst du bald. Nicht wegen dem Pillenkram, den er mitbringt, der kostet unnötig Geld. Reden will ich mit ihm!«

»Reden?«

»Ja, reden«, sagte er kurz, »aber allein, verstehst du? Morgen soll er kommen!«

Emma Lange schickte dem Doktor durch den Postboten Bescheid. Daniel war also doch krank. Schlimm konnte es aber nicht sein. Der Studierte kriegte ihn wohl wieder hin. Der hatte sogar den Fietje nach seinem Schlaganfall so weit hingekriegt, dass er sich bei der Griepsch noch sein Gnadenbrot verdienen konnte. Mit dem Laufen war es allerdings nicht mehr viel bei Fietje. Weil er jedoch nur nach Schnaps laufen würde, war das insoweit eigentlich nur gut!

*

Mieke Permien sah die Ausrüstung ihres Sohnes Niklas sorgfältig durch, fand hier und da noch eine Kleinigkeit zu richten und strich liebevoll über die neuen Wollstrümpfe, die sie im Winter gestrickt hatte, ehe auch sie in den Koffer kamen.

Wie viele Male in ihrem Leben hatte sie diese letzten Vorbereitungen zur Ausfahrt getroffen! Zuerst für Claaß, den die See ihr so früh nahm, darauf für Erdmann, ihren zweiten Mann. Eines Frühjahrs kam dessen Sohn Erdmann dazu. Und seit acht Jahren fuhr auch Niklas zur See, jetzt als Steuermann auf der Bark HOFFNUNG, die sein Stiefbruder als Nachfolger des Vaters führte. Eine Reihe von Jahren würde das Schiff noch in Fahrt bleiben können, dann hieß es für die jungen Leute, sich umzustellen. Doch für sie war es kein schwerer Entschluss, zur Dampfschifffahrt überzugehen. Sie wuchsen von selbst in die neue Zeit hinein.

»Geh zu Vater, Niklas«, rief sie in den Hof. »Vater fragte nach dir!« Erdmann hatte die Gemeindeakten fortgelegt. Auf seinem Tisch standen zwei kleine Gläser, das Kistchen mit den guten Zigarren und der teure französische Cognac, mit dem er sparsam umging.

»Wir wollen noch ein paar Worte zusammen sprechen, Niklas, solange Mutter mit deinen Sachen zu tun hat«, sagte er.

»Wegen des Hauses, Vater?«

»Darüber sind wir uns einig, mein Junge. Es tut ihm bestimmt nicht gut, dass es unbewohnt ist. Ein leeres Haus nimmt auf eine merkwürdige Weise Schaden, selbst wenn alle nötigen Reparaturen laufend ausgeführt werden. Trotzdem meine auch ich, dass du es weder verkaufst noch an irgendwelche Fremden vermietest, wie sehr die auch danach laufen.« Er fuhr nach einer Pause lächelnd fort: »Ein bisschen hat es allerdings auch mit deinem Hause zu tun, Niklas. Sag mir bitte, Junge, denkst du noch immer nicht daran, dich zu verheiraten?«

Niklas schwieg.

»Ich hatte gehofft, dass du dich im Winter verloben würdest.«
»Nein, Vater.«

»Wir haben fast alle in deinem Alter geheiratet, als Steuerleute oder junge Schiffer, und glaube mir, das war gut.«

»Du musst mich recht verstehen, Niklas«, setzte er nach einer Weile fort, »Mutter und ich wünschen es um deinetwillen.«

»Vater, ich glaube, ich heirate nie!«

Erdmann Permien blickte erstaunt auf.

»Ich kann nicht, Vater!«

»Warum nicht, Junge?«

»Es quält mich selbst, aber ich kann mir nicht vorstellen, dass ich – dass ich jemanden anderen heiraten könnte.« Niklas stand auf und trat ans Fenster, um den Vater nicht ansehen zu müssen. »Ich kann sie nicht vergessen, auch wenn ich sie niemals mehr im Leben sehen sollte. Denke nicht, Vater, dass ich damals noch ein Kind war! Wenn man liebt, ist man kein Kind mehr. – Ich werde nie eine andere Frau lieben können, Vater!« Er wandte sich um und blickte Erdmann an. »Ich sage mir manchmal, dass es sinnlos ist, ich weiß nicht einmal, ob sie noch an mich denkt. Ich habe lange keinen Gruß mehr bekommen, – der letzte war aus Frankreich, – das ist zwei Jahre her. Ich las nur einmal in einer Zeitschrift etwas über sie. Sie war abgebildet, aber sie ist viel, viel schöner, darum habe ich das Blatt verbrannt.«

»Hast du sie überhaupt jemals wiedergesehen?«

»Nein, Vater.«

Erdmann schaute nachdenklich vor sich hin.

»Im letzten Sommer, als wir in St. Nazaire lagen, fuhr ich nach Paris, weil sie mir von dort geschrieben hatte. Ich blieb drei Tage und suchte sie überall. Ich habe mich durchgefragt, wo die Maler wohnen, wo man sie treffen könnte. Ich habe auch Maler gesprochen. Alle kannten sie, ich glaube, sie ist in der ganzen Welt berühmt. Doch wo sie sich aufhielt, wusste keiner. Vielleicht in Südfrankreich, meinten sie. Aber wie hätte ich sie in Südfrankreich finden können? Ich musste zurück, weil wir auslaufen sollten.«

»Ja, Niklas«, auch Erdmann stand auf und wanderte langsam in der Stube auf und ab.

Er blieb schließlich stehen und legte die Hand auf Niklas Schulter. Als er das scheue Neigen seines Kopfes fühlte, zog er die Hand leise zurück.

»Nun wollen wir zu Mutter gehen und sehen, ob wir ihr nicht ein bisschen helfen können.«

*

Daniel Lange wehrte ab, als Dr. Zeplien sein Hemd aufknöpfen wollte: »Nein, Herr Doktor, die Arbeit können Sie sich sparen. Das Herz klopft doch nur noch ein paar Tage, ich denke, drei. So was weiß der, in dem es drin sitzt, besser als die, die von draußen horchen müssen. Aber setzen Sie sich man, ich habe Sie herbestellt, ich möchte was von Ihnen wissen. – Sie haben viele Tote gesehen, – zuerst liegen sie noch 'ne Weile und werden angeguckt. Die Frauen graulen sich meist davor, aber sie könne es doch nicht lassen. Sie wollen wissen, wie der aussieht, wenn er kein Gesicht mehr machen kann. Und es freut sie dann auch, dass der tot geblieben ist, während sie noch leben, ihn ungestört anstieren dürfen und endlich tun können, was ihnen passt. Dann kommt der Deckel drüber, – na ja, das wissen Sie ebenso gut wie ich – aber was ich nicht weiß: Wie ist es möglich, dass so einer, der mal tot war und in den Sarg und dann unter die Erde kam, wiederkommen kann? Denn dass die das können, weiß ich genau – Sie brauchen den Kopf nicht zu schütteln – na, vielleicht wissen Sie das also noch nicht, sind ja auch noch jung. Dann hören Sie es jetzt von mir: Die Toten kommen wieder! Wenn es sein muss, tun sie das! Aber wie sie das machen, das wollte ich von Ihnen wissen. Sie sind doch studiert!«

Dr. Johannes Zeplien sah sich den Alten an. Er mochte insoweit recht haben, als sich in seinem zerknitterten Gesicht, das Haar und Bart fast völlig überwucherten, der Tod schon ankündete. Nicht mit Zeichen einer zerstörenden Krankheit oder von Schmerzen. Hier war es anders. Das Unsichtbare, das im Menschen verborgen lebt, begann zutage zu treten. Vielleicht die geheimnisvolle, umstrittene Seele dachte er, die auf dem Wege war, den Leib zu verlassen und sich an der Scheide zwischen dem engen Käfig ihrer bisherigen Behausung und der grenzenlosen Weite der Unendlichkeit befand und dort im Übergang sichtbar wurde, weil sie nicht mehr allein dem Leib und ebenso noch nicht allein der Unendlichkeit zugehörig war. Sie befand sich in einem Zustand der Wandlung. So etwa vollzog sich das Zeichen des Todes auf dem Antlitz dieses alten Mannes. Doch Wiederkehr nach dem Tode, auf der Welt der noch Lebenden zu erscheinen, das gestand er selbst dem vom Tode Gezeichneten nicht zu. Das widersprach jeder Vernunft.

»Dann will ich Ihnen mal was sagen, Herr Doktor: Mein Vater ist nämlich wiedererschienen, weil er mein Vater nicht war und meine Mutter ihn angegeben hatte, als ich geboren wurde. Denn sie dachte, er merkt ja nichts mehr davon, er ist tot, er kann sich nicht mehr wehren. Da kam er des Nachts und stand in ihrer Kammer. Er sagte nichts, sprechen konnte er wohl nicht mehr, aber er stand so lange vor meiner Mutter, bis sie schrie und um Verzeihung bat und ihm gestand, wer mein Vater war, was sie ihm immer hartnäckig verschwiegen hatte. Und damit er in der nächsten Nacht nicht wieder in die Kammer kam, ist meine Mutter beim Morgengrauen zum Pastor gelaufen; da haben sie seinen Namen wieder ausgestrichen, obwohl in dem Buch eigentlich nichts ausgestrichen werden darf!«

»Ja, so etwas träumt man wohl mal«, räumte der Doktor gutmütig ein, weil es ihm sinnlos schien, sich mit diesem alten, herzkranken Mann in lange Auseinandersetzungen einzulassen.

Dr. Zeplien hatte in den Jahren seiner Landpraxis so viel Aberglauben auf den Dörfern erlebt, dass ihm das Wundern vergangen war. Alte Leute, wie diesen Weber, dessen Spökenkiekerei weitum bekannt war, musste man gewähren lassen. Gegen dessen Glauben an übernatürliche Gaben käme er mit sachlichen Einwänden nicht mehr an. Ihm ging es darum, die jüngere Generation zu überzeugen. Hier jedoch galt es nur noch, den Kranken zu beruhigen; das fiel schwer genug, denn der Alte stieß ihn schroff zurück, richtete sich mit aller Kraft hoch und herrschte ihn aufgeregt an: »Das war kein Traum! Das war wahr! Meine Mutter hat es mir auf ihrem Totenbett gestanden! Glauben Sie etwa, dass meine Mutter mich belogen hätte?« – Er atmete schwer und sank auf sein Kissen zurück. »Nun will ich wissen«, sagte er langsam, »wie man wiederkommen kann. Denn eigentlich ist man weg, es ist bald nichts mehr von einem da, jedenfalls nichts, was sich noch mit Anstand sehen lassen könnte. Mein Vater sah aber noch ganz in Ordnung aus. Er hatte auch das Hemd an, das meine Mutter ihm angezogen hatte, es war ein neues Hemd. – Darüber habe ich auch so oft nachdenken müssen, dass das Hemd sogar noch immer sauber war.«

»Wollen Sie denn durchaus wiederkommen?«, fragte Dr. Zeplien, um von der Antwort abzulenken, die der Weber von ihm erhoffte.

»Gern nicht«, antwortete Daniel leise, »aber wenn es denn sein muss, muss es sein!«

»Sie sind doch alte Leute«, beruhigte der Doktor ihn im Gedanken an den Grund, der des Webers Vater zurückgerufen haben sollte.

»So was Ähnliches ist es auch nicht bei uns«, sagte Daniel.

»Wir hatten nur einen Wasserkopf; da wäre es mir sogar lieber gewesen, wenn den ein anderer gemacht hätte als ich. Aber die Emma hat meinen Willen nur getan, wenn ich sie dazu zwang. Ich musste ihr immer auf den Hacken sein. Sie sagte ›Ja, ja‹, drehte sich um und tat das Gegenteil. Wenn ich nun tot bin und nicht mehr aufpassen kann – ich sehe es jetzt schon vor mir: Sie lässt doch diese Fremden zu uns ins Haus. Sie lässt den Carl Pieplow nicht herein, obwohl der Pieplow mein Haus haben soll. Sie kennen die Pieplows ja auch, und wenn der Carl heiraten will, hat er kein Haus, findet er auch kein Haus. Alle lassen die Fremden bei sich herein. Die Feinen da drüben zwar noch nicht, aber die Feinen kommen auch noch dran, ob sie es wollen oder nicht. Es ist nämlich das Geld, Herr Doktor, von dem alles Böse kommt. Alles Böse auf der Welt kommt von dem

Geld, und ich habe manchmal gedacht, kein Apfel, sondern Geld hätte am Baum der Erkenntnis im Paradies hängen sollen, das wäre deutlicher gewesen, dann hätten die Menschen die Wahrheit erkannt. Und diese Fremden, Herr Doktor, kaufen uns alles auf. Die nehmen uns unsere Häuser ab – zuerst setzen sie sich in unsere Stuben, liegen in unseren Betten, und plötzlich haben sie das ganze Haus. Die Mädchen im Dorf, Herr Doktor, denken schon nichts anderes, als fein zu sein und wie die Fremden zu tun. – Und ganz zuletzt sind wir alle fort. Aber dann, Herr Doktor, – dann kommt es! Dann kommt die Flut, eine andere Flut als das Wasser, das damals kam. Dann kommt eine blutrote Flut, – kommt Blut, Herr Doktor, nichts als Blut! Wasser läuft wieder ab, aber Blut, das verfault. Diese Flut kommt nicht in Stunden, wie das Wasser vom Meer und von der Binnensee – sie braucht Jahre, Jahrzehnte, kommt nicht brausend und rauschend, sie kommt heimlich, verstohlen an. Damals, Herr Doktor, haben wir auf dem Boden gehockt, dort hat uns das Wasser nicht erreicht. Aber dann hilft kein Boden mehr, dann ist die blutige Flut überall, sogar der Himmel ist von Feuer erfüllt, – diese Flut ist der Krieg!« Daniel rang nach Luft, das Herz pochte so hart, dass es ihm den Atem nahm.

Der Doktor fühlte erschrocken nach seinem Puls.

»Nein, nein«, flüsterte Daniel und versuchte zu lächeln. »Heute noch nicht.« Er wartete ein Weilchen, bis das Herz sich beruhigt hatte. »Ich muss also selbst zusehen, wie ich wiederkommen kann, denn ich weiß, Herr Doktor, die Emma lügt!«

*

Das Luftschloss, das an Samuel August Vossens 70. Geburtstage mit Burgunder begossen worden war, stand als ein weithin leuchtender Kasten auf der Höhe, mit weißer Ölfarbe angestrichen. Die in zwei Stockwerken übereinander geordneten Fenster hatten so große Schreiben, als forderten sie den Sturm heraus, sie einzudrücken.

Der Landrat hatte den festen, fahrbaren Weg durch das Dorf nicht anlegen lassen. Spuren der Gleise waren noch zu erkennen, auf denen die Loren mit dem Baumaterial geschoben worden waren, und der Landweg im Mecklenburgischen war tief aufgewühlt, weil eine ununterbrochene Kette von Bauernfuhrwerken Zement und Kalk, Holz und Steine heranzuschaffen hatte. Die vielen Arbeiter waren aus dem Dorf verschwunden, hatten auch ihre Wohnbaracke wieder mitgenommen. Sie hatten Tag für Tag mittags und abends den Krug gefüllt und jede Sonnabendnacht das Dorf durch ihr Johlen und Grölen wachgehalten.

Jacob Joachim Eduard Dahm lud persönlich zum Einweihungsball seines neuen Hauses ein. Er ließ sich bei Frau Dedow melden, nahm die Schifferreihe Haus bei Haus unter die Füße, machte dem Bürgermeister seine Reverenz und ließ sich schließlich sogar dazu herab, bei seiner erfolgreichen Konkurrenz zur Mittagszeit zu erscheinen, um die an der langen Tafel sitzenden Malschülerinnen zum Einweihungsball einzuladen. Dabei warf er einen mitleidsvollen Blick auf die primitive Bretterbude, die als Speiseraum an das Pieplowsche Haus angesetzt worden war, und verglich sie im Stillen mit dem großen Saal, den er jetzt den Künstlern zu bieten hatte. Darauf ging Dahm in die Roof, nahm höflich dienernd die Absage Winnerns in Empfang und machte selbstverständlich den beiden Damen hinter der Griepsch sowie dem Berliner Maler-Professor seinen Besuch. Dort allerdings brachte ihn eine Halle mit getäfeltem Holz, bunten Fensterscheiben und einem breiten Kamin in Verwirrung.

Solch eine Halle, durchfuhr es ihn, während er seine Einladung vor dem Professor nur stockend herausbrachte, hätte er auch haben müssen! Plötzlich kam ihm sein kahler Saal mit den weißen Wänden armselig vor. Aber wer konnte vorher wissen, dass es getäfelte Wände, bunte Fenster und einen Kamin gab? Dass reiche Leute so wohnten?

Das ganze Dorf nahm an den Vorbereitungen zum Einweihungsball teil. Keinem konnte all das Erstaunliche, das sich dort oben ereignete, entgehen. Die vierköpfige Familie Dahm stieg schon in der Frühe auf Leitern und hängte an allen Fenstern Girlanden auf. Bierfässer wurden herangeschafft. Der Bäckerjunge zog einen Kastenwagen hinter sich her und erzählte den neugierigen Kindern, bis an den Rand sei sein Kasten mit Pfannkuchen und Schmalzlerchen gefüllt. Seit der Mittagsstunde knatterte eine neue Flagge an dem weiß gestrichenen Mast. Dass die Landratte Dahm vergaß, dieses Tuch bei Sonnenuntergang einzuholen, und damit wieder bewies, wie wenig sie in einem Seemannsdorf zu suchen hatte, stellte sich zur gegebenen Stunde heraus. Als ein Bauernwagen mit der Stadtkapelle erschien, liefen nicht nur die Kinder, sondern auch die Fischerfrauen hinterher, um wenigstens zu sehen, wie die Pauke samt Becken den Berg hinaufgebracht wurde. Dahm hatte zwar hölzerne Stufen am Hang legen lassen, doch eine einzige Westwindnacht hatte jegliche Spur von ihnen im Flugsand begraben.

In der Dämmerstunde kamen Landauer, auf denen wohlhäbige, fein gekleidete Herren und Damen saßen. Der dicke Viehhändler und der Bäckermeister aus Ribnitz waren dem Dorf bekannt. Später erfuhr man, dass die anderen Gäste Rostocker Herrschaften gewesen waren, ein Brauer und der reiche Schiffshändler aus dem Hafenviertel.

Erdmann Permien, der sich als Schulze die Unhöflichkeit nicht erlauben wollte, fernzubleiben, stellte im Stillen fest, dass dieses die Leute waren, mit deren Kapital das Luftschloss gebaut sein musste. Außer Erdmann war die Schifferreihe auf dem Einweihungsfest nicht vertreten. Alle hatten die Einladung kühl abgelehnt. Kinder und Fischerfrauen, wie die Seeger, die Harms, auch die Pieplow, fanden sich auf dem Berge ein und standen bis Mitternacht vor den Fenstern des Saals, deren Gardinen nicht zugezogen waren, als wenn Hochzeit wäre.

Draußen konnte zwar niemand verstehen, was Dahm sagte, als er in einem dunklen Rock, eine Blume im Knopfloch, vor der Kapelle auf dem Podium stand. Nur das Klatschen hörte man und den Tusch der Blechinstrumente, unter dem die Fensterscheiben bebten. Darauf führte Dahm mit seiner Tochter Undine eine Polonäse an. Wie ein junger Gott mit Lockenkopf hat er getanzt, wusste die Seeger am nächsten Tage rundum zu erzählen. Die beleibten Herren aus der Stadt drehten sich nur ein paarmal schwitzend im Walzertakt mit ihren dicken Damen. Darauf blieben sie an ihren Tischen sitzen, auf denen sich die Flaschen allmählich zu Batterien ansammelten. Schulzendorf tanzte seine ganze Malschule durch. Allein die Malz schickte ihn fort und tanzte ausschließlich mit dem Fräulein Holdine zusammen. Der Berliner Maler aus dem großen, kostbaren Haus hinter dem Hof und seine Frau, die in violetter Seide erschienen war, tanzten nicht, sie gingen bald wieder nach Haus.

Es war eine helle Sommernacht. In den Pausen zwischen den Tänzen traten die Frauen von den Fenstern zurück vor das hohe Haus, wo ein leiser Wind sie umwehte und die Erregung kühlte. Die meisten waren zum ersten Male in ihrem Leben auf diesem Berg. Sie schauten erstaunt auf ihr Dorf hinab, als trauten sie ihren eigenen Augen nicht; denn sie erkannten, wie klein und geduckt und armselig es von hier oben anzusehen war. Vor ihnen dehnte sich das Meer unter dem fahlen Sommernachthimmel friedlich aus, als wäre es nicht das gleiche, feindlich drohende Meer, das so oft hinter den Dünen des Dorfes brauste und rauschte.

Im Saal setzte die Kapelle wieder ein. Solch eine wiegende, schmeichelnde Musik hatte man noch nie gehört. Diese Musik war wie das eigene Blut, wenn es Macht über einen gewann und die Besinnung schwand. Das Blut tanzte den Walzer mit, vom Kopf bis in die Zehen. Alles versank vor den hohen, hellen Fenstern, der Alltag, die Kinder, die Männer auf See, Kuh und Ziege und Hühner im Stall, die Not, noch ein Waschgeschirr für die Gäste kaufen zu müssen, der Ärger mit Opa in seinem ewig durchnässten Bett. Alles war vergessen vor dieser neuen, lockenden, bunten Welt, der die Frauen mit pochendem Herzen zuschauen durften.

In der Schifferreihe wanderte am nächsten Tage ein gelassenes Lächeln von Haus zu Haus. Dahm hatte in seiner Begrüßungsrede auf dem Einweihungsball den Namen des Luftschlosses bekanntgegeben. Es hieß: »Palast-Hotel Monopol.«

*

»Ich glaube, Ellinor, die Damen wollen baden.« Winnern reichte ihr den Arm. Sie stiegen aus ihrer Burg und verließen den Bereich der Dahmschen Badehütten, die wie eine kleine Laubenkolonie am Strande standen. Als sie sich so weit entfernt hatten, dass die Badenden sich nicht mehr beobachtet fühlen konnten, setzten sie sich am Dünenfuß wieder nieder. Das Meer war blickstill, kein Lüftchen zu spüren. Die Sonne brannte von einem wolkenlosen Himmel herab. Sie saßen eine Weile schweigend nebeneinander. Winnern hielt den Kopf gesenkt, seine Hände spielten nervös in dem trockenen, warmen Sand.

»Ellinor, du darfst nicht mehr auf mich warten.«

»Ich warte, Hans!«

»Es könnte bis an unser Lebensende dauern!«

»Dann muss es sein!«

»Gestern habe ich Nachricht bekommen, dass mein großes Seebild von der Jury abgelehnt worden ist.«

Sie fuhr zusammen. Ihre Hand suchte seinen Arm. Er hatte fest darauf gerechnet, mit diesem Bilde in die Dresdner Kunstausstellung zu kommen.

»Vielleicht habe ich kein Talent«, sagte er verzagt.

»Doch, Hans!«

»Das sagst du«, lächelte er traurig.

»Professor Kleinbach hat es auch gesagt. Du hast es mir selber erzählt.«

Er schwieg.

»Du darfst den Mut nicht verlieren! Auf der letzten Ausstellung in Dresden war kein Bild, das mir so gut gefallen hat, wie deine Arbeiten.«

Er lächelte wieder.

»Es ist einfach nicht zu verstehen«, sagte sie erregt »man könnte fast auf den Gedanken kommen, dass eine Absicht dahintersteckt. – Vielleicht ganz einfach Neid«, fügte sie unsicher hinzu.

»Ich habe die Ausstellung ja nicht sehen können, Ellinor, nur wegen des Reisegeldes, – dieses elende Geld, dieses verteufelte Geld«, er senkte den Kopf.

»Es kann nur Neid sein, Hans.«

»Weißt du, dass Alfred der gleichen Meinung ist?« Winnern schaute hoch. »Alfred behauptet steif und fest, in der Jury säße eine Clique, die alles fernhält, was neu ist, was einen eigenen Ton hat, was – nicht zu ihrer ›Schule‹ gehört! Er sagt, diese alten Knaben im Künstlerhaus gönnten mir den Erfolg nicht, den meine Bilder haben würden. – Schulzendorf ist ein anständiger Kerl, der würde mir nie im Wege stehen. Schade, dass er diese Fabrikantentochter geheiratet hat. Ich glaube nicht, dass er sie liebt, aber sie hat Geld, ansehnlich ist sie allerdings auch. – Ich hätte die ganze Malerei vor langem an den Nagel hängen sollen, Ellinor. Du hättest nicht so schwere Jahre durchmachen müssen – fünf verlorene Jahre, – ich habe es nicht einen Schritt weitergebracht! Ich hätte lieber gleich zur Bank gehen sollen, wie Mutter mir geraten hatte. Wenn ich Bankbeamter geworden wäre«, sagte er, »ein Bankbeamter mit festem Gehalt, das alle drei Jahre steigt, und Anspruch auf Pension, dann würde dein Vater nichts gegen mich haben.«

Sie schwieg.

»Ich weiß, wie schwer du es zu Hause hast!«

»Es geht viel besser, Hans, seit ich Zeichenlehrerin geworden bin. Wenn es auch nur eine Privatschule ist, in Vaters Augen ist es ein sicheres Brot. Ich habe mich auch in eine Altersversicherung einkaufen müssen. Wir hätten also auf unsere alten Tage sogar ein bisschen zu leben«, lächelte sie.

Nun lächelte er auch.

»Wenn unsere Direktorin nur nicht so wunderlich wäre – an ihrer Höheren Töchterschule werden nämlich Lehrerinnen, die sich verheiraten wollen, sofort entlassen, als wenn das ein Makel wäre. An einer anderen Schule komme ich nie an, weil ich kein staatliches Examen habe.«

Er sah still vor sich hin. »Vielleicht habe ich dich auch um deinen guten Ruf gebracht, Ellinor.«

Sie erschrak. Genau dasselbe hatte der Vater gesagt, als sie darum ringen musste, ihre Ferien wieder als Malschülerin von Schulzendorf in Ahrenshoop verbringen zu dürfen. Sie hatte Winnern von diesen häuslichen Kämpfen kein Wort gesagt.

»Ja, Ellinor, es muss sein!« Winnern stand auf. »Ich habe zu darben und auch zu hungern gelernt. Aber man bindet kein Mädchen an sich, wenn man keinen Hausstand gründen kann!«

Der erste Streit brach zwischen ihnen aus. Sie standen sich gegenüber, sahen sich Auge in Auge an, keiner gab nach.

Wie schön ist sie noch immer, dachte er, aber sie altert, – vom Warten auf mich. Ich habe nur das Beste gewollt, und was ist daraus für sie geworden? Er wandte sich ab, er wanderte den Strand hinauf, ohne sich umzuschauen.

Sie blieb zurück und blickte ihm lange nach.

*

Lovise Pieplow stand morgens um drei Uhr auf, schälte zwei Eimer voll Kartoffeln und setzte das Fleisch an. Wegen ihres kleinen Herdes und der unzureichenden Kochtöpfe musste sie in Etappen kochen. Was fertig war, wurde in einen Steintopf getan, mit einer Schürze zugedeckt und in ihr Bett geschoben.

Um zwölf Uhr kamen die ersten Gäste zu Tisch, die nächste Partie eine Stunde später. Jetzt hatte Professor Kleinbach sechs Malschüler und zwei Malschülerinnen bei ihr angemeldet. Die könnte sie erst um zwei Uhr nehmen, hatte Lovise verwirrt gesagt. Mehr als ein Dutzend Menschen hätten keinen Platz in dem offenen Anbau. Käme der Wind aus Südwest und brächte Regen mit, müsste ein Teil der Damen ihren Regenschirm aufspannen.

Professor Kleinbach hatte nichts gegen die späte Tischzeit, seine Schüler arbeiteten wenig in der Landschaft, sie malten meist Porträt. Was das bedeutete, lernte Lovise Pieplow praktisch kennen, als sich die neuen Mittagsgäste gleich auf sie stürzten und sie malen wollten. Sie sagte zwar ja, doch als sie nach dem Essen eine Stunde tatenlos am Küchenfenster gesessen hatte und die jungen

Leute noch immer nicht fertig waren, stand sie resolut auf: jetzt sei Schluss. Von ihr aus könnten sie gern in ihrer Küche sitzenbleiben und weiterpinseln. Sie müsste in den Garten gehen.

Kaum war es Tag geworden, wurde der arme Junge in der Kellerkammer wach und rief nach ihr. Sie nahm sich für ihn eine kleine Weile Zeit, mit dem Kaffeetopf auf den Knien an seinem Bett zu sitzen. In einer Weise hatte sie, wie vor vielen, vielen Jahren, wieder einen Säugling im Haus, den man trockenlegen musste, weil er sich selbst nicht zu helfen verstand. Aber ihr Junge war zugleich ein erwachsener Mensch, der reden konnte und fragen wollte und etwas zu hören verlangte; man konnte ihn nicht einfach wie einen Säugling stehenlassen, bis die nächste Mahlzeit fällig war. Und er fragte, sobald sich ihm eine Gelegenheit bot: »Mutter, muss ich denn immer hier liegenbleiben?«

»Mutter, können meine Beine sich nie wieder bewegen?«

»Mutter, hilf mir doch mal, ob es heute nicht doch geht!«

Kehrte sie schließlich wieder in die Küche zurück, folgten ihr die großen, angstvollen Augen ihres Jungen durch die Tür und hingen an ihren eigenen Augen, als hätten sie sich von dem armen Kerl losgelöst, um dicht bei ihr zu bleiben. Ganz selten kam Dürten am Vormittag oder Nachmittag für einen kleinen Augenblick in Haus geflitzt, plapperte aufgeregt, was sie alles noch zu tun hätte, und lief gleich wieder davon.

Nur für zwei Menschen hat sie zu sorgen, dachte Lovise Pieplow, nur für zwei Damen, und immer in Fahrt! Sie rechnete mit Hilfe der Finger ihre Gäste zusammen: Von heute Mittag an würde eine Malschülerin noch ihre Mutter mitbringen, also – dreizehn und zwölf und acht – an die eine Schmalseite des Tisches müssten die Küchenhocker gesetzt werden. Sie warf einen besorgten Blick auf die Töpfe mit der dicken Erbsensuppe und goss entschlossen einen tüchtigen Schuss Wasser dazu, sonst langte es nicht.

Käme Carls kleine Braut nicht jeden Tag getreulich zu ihr, um das Essen für die Gäste vorzubringen, das Geschirr abzutragen, zu spülen, beim Auspalen der Saubohnen zu helfen und sie am Butterfass abzulösen, hätte Lovise den ganzen Sommer kaum eine

Stunde Schlaf finden können. So kamen immer noch vier bis fünf Stunden Ruhe heraus.

Genauso wie dieses Friedchen war auch Dürten einmal gewesen, immer froh, überall anzupacken bereit; schon als sie noch zur Schule ging, brauchte man ihr kaum etwas zu sagen. Sie sah selbst, dass der Wassereimer leer war, dachte von allein daran, der Kuh ein paar Wrucken zu geben, lief wie ein Wiesel durch Haus und Hof. Bis der Schulzendorf kam! Eine Wut stieg in Lovise hoch, sobald sie ihn sah. Dabei riss er sein grünes Hütchen mit der Feder genauso schnell vom Kopf wie früher. Immer warf er ein Scherzwort zu den speisenden Damen herüber, und die winkten erfreut zurück, lachten und spielten sich auf.

Wie gut wäre alles mit Erdmann geworden! Dürten war von Natur nicht schlecht, aber wie hatte sie sich gewandelt! Sie spazierte an ihrem freien Abend mit irgendwelchen fremden Herren durchs Dorf, geputzt wie ein Badegast. Und war am Sonntag auf dem Hotelberg Tanzvergnügen, ging sie einfach hinauf und tanzte mit, während die anderen Mädchen aus dem Dorf vor den Fenstern stehenblieben, wie es sich schickte.

Friedchen trug stets ihre dunkle, praktische Warpschürze und lief am liebsten barfuß. Als Schüler von Professor Kleinbach sie malen wollten, sprang sie lachend davon. Wenn Dürten für ihre Damen einkaufen ging, band sie die Hausschürze vorher ab und zog ihre besten Schuhe an. Neuerdings trug sie sogar mitten am Alltag ein schwarzes Sammetband um den Hals, wie eine feine Dame.

»Mutter! Mutter!«

Lovise schrak hoch. Sie hatte vergessen, dem Jungen sein Brot zu bringen. Weil sie erst Mittag zusammen essen konnten, nachdem alle Gäste abgespeist worden waren, bekam er zwischendurch eine Scheibe Brot. Er mochte schon lange darauf gewartet haben! Er rief sonst fast nie, wenn sie beim Kochen war.

Diesmal ging es Theodor aber nicht um sein Frühstücksbrot. Als Lovise damit erschien, gebückten Hauptes, da die Kellerkammer zu niedrig war, um aufrecht darin stehen zu können, fragte er:

»Warum kommt der Doktor nie mehr zu mir, Mutter? Du musst ihm sagen, wenn du ihn siehst, dass ich meine Beine noch immer nicht bewegen kann!«

*

Über dem Kamin hing in breitem, goldenem Rahmen das Bild Kaiser Wilhelms in der weißen Ulanenuniform. Durch geschickte Haltung war die Missbildung des linken Armes kaum zu sehen. Majestät hatten Professor Kleinbach eine halbe Stunde für eine Skizze zur Verfügung gestanden. Auf die Minute war der Hofmarschall erschienen und hatte dem Professor einen Wink gegeben, dass die Sitzung beendet sei.

Kleinbach hatte dieses Porträt, nachdem seine Ausführung die Billigung und sogar Anerkennung seines höchsten Herrn, wie er sich ausdrückte, gefunden hatte, für sich kopiert. Es brachte ihm den Titel eines Hofmalers ein. Das bedeutete eine entsprechende Erhöhung der Preise, die er von nun an für Aufträge fordern durfte. Das bedeutete ferner, dass dem Beispiel des Kaisers nicht nur die meist weniger zahlkräftige Hofgesellschaft folgen würde, sondern auch die Kreise der Finanz und Schwerindustrie. Kleinbach hatte also für sich und seine Familie ausgesorgt. Grund genug, in seinem Sommerhaus eine kleine Vorfeier zu begehen, der im Herbst die eigentliche Feier in der Berliner repräsentablen Wohnung nachfolgen sollte.

Außer Kleinbachs Kollegen war der Schulze des Dorfes eingeladen worden. Die Gäste betrachteten eingehend das Bild, ehe sie sich in die gemütliche Ecke setzen durften, wo verheißungsvoll mehrere Sorten Gläser bereitgestellt waren.

Erdmann Permien sagte höfliche, anerkennende Worte, wunderte sich im Stillen über die unwahrscheinlich blitzenden Augen der Majestät, blickte über den von vielen Bildern bekannten hochgewichsten Schnurrbart hinweg und blieb an den Orden hängen, die sich von dem weißen Uniformtuch deutlich abhoben. Er fragte sich, wie diesem Mann wohl zumute sein müsste, der so viel Gebimmel und Gebammel mit sich herumzutragen hatte. Ihm waren schon die goldenen Kolbenringe, die Ärmelstreifen der Marineoffiziere, zu bunt und zu viel. Schulzendorf dagegen erging sich in ausführlichen Hinweisen auf die gute Komposition und die glückliche Abstimmung der Farbwerte des Hintergrundes.

»Davon kann auch ein Landschafter etwas lernen, Winnern«, meinte er. Winnern stand noch immer nachdenklich vor dem Bild, als in der Ecke, in die eine gut gepolsterte Bank eingebaut war, die Plätze aufgeteilt wurden. Ja, wenn man so malt, wie es den hohen Herrschaften gefällt, nicht, wie sie in Wirklichkeit aussehen, sondern wie sie gern aussehen möchten, wenn man ihnen und der Welt jenes Wunschbild zeigt, das sie in sich tragen – das ist auch eine Kunst, gestand er sich ein, hat aber mit Kunst wiederum nichts zu tun.

Winnern ließ von dem Fensterplatz aus, der für ihn übriggeblieben war, den Blick durch die Kaminhalle schweifen: alte französische Stiche, Schränke aus der Barockzeit, ein orientalischer Teppich, als Portiere vor einer Tür aufgehängt, mehrarmige Messingleuchter, mit gelben Kerzen besteckt. Winnern schaute diese Kostbarkeiten mit einem unbeteiligten Blick an, ohne ihre Schönheit zu verkennen. Das war es nicht, was ihn beschäftigte und bewegte. Es war auch nicht das Anerkennungsschreiben mit dem persönlichen Namenszug Seiner Majestät, das der Hausherr jetzt herumgehen ließ. Winnern hatte beim Eintritt in die Halle die vier Söhne des Professors gesehen; wie die Orgelpfeifen hatten sie zur Begrüßung dagestanden. Dieses Bild konnte er nicht vergessen.

Ellinor und er hatten sich viele Kinder gewünscht, und alle sollten Maler werden, denn Maler zu sein, deuchte beiden das Verlockendste auf der Welt! Ihre Kinder sollten schon von klein auf eigene Plätze in ihrem großen Atelier bekommen und das Handwerkliche in der Kunst spielend beherrschen lernen. Diese Zukunftsbilder waren ausgelöscht.

Die Frau des Hauses kam wieder herein. Sie hatte ihren Jungen noch gute Nacht gewünscht.

»Du stößt ja nicht auf unseren Hofmaler an, Hans?«, lachte Schulzendorf. Winnern griff schnell zu seinem Glas. Er hatte in der Frau seines Hausherren Ellinor vor sich gesehen und darüber seine Umgebung vergessen.

»Es war eine wahrhaft erhebende Stunde«, erzählte Kleinbach, »als ich vor Majestät stehen durfte, um eine kleine Farbskizze anzulegen. Ihre Majestät kamen auch für einige Minuten herein – leutselig und interessiert – ich fühlte mich nicht einen Augenblick befangen. Ich sollte mich nicht stören lassen, sagten Ihre Majestät, schauten mir über die Schulter und stellten einige Fragen über Porträtkunst, die mich beeindruckten, von so viel Kunstverständnis zeugten sie. Unter solch einer Schirmherrschaft fühlt sich die Kunst gefördert und geborgen.«

»Ja, deine Kunst«, sagte Schulzendorf freundlich, »aber frag mal den Winnern, wie viel der bisher von der Förderung hoher Herrschaften zu spüren bekommen hat? – Ich will nichts gegen deine Porträts sagen, Kleinbach, sie sind anständige, saubere Arbeiten, für mein Gefühl ein bisschen zu glatt, zu gefällig gemalt, – darum hast du den großen Zuspruch. Man kann nicht verlangen, dass Majestäten viel von Kunst verstehen. Allerdings wäre es in meinen Augen königlicher, wenn sie sich nicht den Anschein gäben, als verständen sie etwas von Kunst, wie unser Zweiter. Aber alle diese Geldsäcke, die Bankiers und Generaldirektoren, könnten die nicht ein paar Pfennige lockermachen, damit solch ein armer Deubel wie unser Winnern ein bisschen Wind unter die Segel bekäme? Wir sind heute aber nicht zum Schimpfen zusammengekommen. Prost, Hofmaler, Majestätenmaler! Pass mal auf, eines Tages geruhen die Kaiserin auch, sich unter deinen Pinsel zu beugen – na, du weißt ja, wie du das zu machen hast; das schöne schwache Geschlecht ist im Grunde deine Force! Prost!« Er stieß mit Kleinbach an.

Schließlich geschah etwas, das Erdmann Permien, der bisher stumm dabeisitzen musste, weil er den Gesprächen über Kunst nicht zu folgen vermochte, aus seiner Isolierung löste. Professor Kleinbach brachte eine Flasche Sekt, ließ den Pfropfen knallen, schenkte reihum ein. Dann hielt er mit dem Glas in der Hand eine schwungvolle Rede auf den Schulzen und sein Dorf. Er pries die unerschöpflichen Schönheiten dieser herrlichen, unverbildeten Natur des Meeres, der Binnensee, der Wälder, Wiesen und Dünen. Er sprach von der Romantik der bescheiden geduckten Katen, über die die Stürme dahinbrausten, er dankte im Namen aller Künstler für die freundliche Aufnahme, die sie gefunden hatten. Sie stießen auf das Dorf und seine Bewohner an und kehrten, nachdem die Dame des Hauses sie unbemerkt verlassen hatte, zu den stärkeren Sachen zurück.

Es war eine Einmaligkeit, mit der Erdmann Permien auf längere Zeit nicht fertig werden konnte, dass er sich am nächsten Morgen auf der einen Seite des Ecksofas liegend wiederfand, mit einem Bärenfell zugedeckt, während Schulzendorf unter einer bunten Wolldecke im rechten Winkel zu ihm lag und, ohne von seinem Gewissen gestört zu werden, bis in den späten Morgen den ruhigen Schlaf des Gerechten schlief.

*

Dahm ließ sich durch das strahlende Einweihungsfest seines Palast-Hotels Monopol und die Zufriedenheit seiner Geldleute nicht darüber hinwegtäuschen, dass seinem neuen Unternehmen etwas fehlen musste.

Die wenigen Gäste, die bisher bei ihm speisten, gingen sofort wieder weg, nachdem sie den letzten Bissen hinuntergeschluckt hatten, als lockte sie nichts zum Verweilen. Abends kam hin und wieder jemand, trank sein Bier, sah aus den Fenstern, bezahlte und setzte sich dann irgendwo draußen an den Berg. Mittags erschienen nur einige Maler und Malschülerinnen im Hotel, die sich bei ihm mit der unbefangen abgegebenen Begründung anmeldeten, Frau Pieplow könnte sie leider nicht mehr nehmen.

Gewiss, der Schiffshändler aus Rostock hatte mit seiner ganzen Familie auf mehrere Wochen bei ihm gewohnt und gegessen. Auch der Viehhändler erschien bei guten Wetter mal über Sonntag. Sie verschlangen alles, was die Küche nur hergeben konnte, sie tranken teuren Wein und Likör und legten sich keineswegs einen Zaum an; denn sie setzten nur Zinsen ihrer Hypotheken bei ihm und ließen kein bares Geld zurück. An schönen Sommertagen kamen kleine Gesellschaften aus der Umgegend, die eine Landpartie machten und aus Neugier den Berg zu ihm hinaufstiegen. Diese sparsamen Seemannsfrauen brachten ihren Kaffeekuchen selbst mit und verlangten sogar kostenlos einen Teller dazu. An den wenigen Malern war ebenfalls nicht viel zu verdienen. Es müsste die Masse machen. Fünfundzwanzig bis dreißig Gäste, wie die Pieplow sie hatte, brachten etwas ein und sicherten für die Sommerzeit eine feste Tageskasse. Warum diese Leute nicht zu ihm übergegangen waren, konnte sich Dahm nicht erklären. Verglich man seine Veranda und seinen Saal mit dem offenen Holzschuppen da unten, wo sie wie die Heringe in der Tonne saßen, war es tatsächlich rätselhaft. Warum kam auch der Professor Kleinbach niemals zu ihm? Der könnte es sich leisten, zu Tisch eine Flasche guten Wein zu trinken oder sich mit Freunden einen vergnügten Abend zu machen! Lockte den nicht der herrliche Seeblick, den man von der Veranda aus kostenlos hatte?

Eines Abends, nachdem Meta sich schlafen gelegt hatte, blieb Dahm am Fenster sitzen, schaute hinaus und grübelte. Vielleicht war es Professor Kleinbach bei ihm nicht vornehm genug? Doch woher das Geld nehmen, um teure Möbel und Teppiche zu kaufen?

Er nahm die Lampe und wanderte durch seinen kahlen Saal. Sollte er Professor Kleinbach bitten, ihm Bilder zu malen? Welch eine bequeme Art, Geld zu verdienen seufzte er. Man setzt sich auf ein Stühlchen und pinselt los! Manche verdienten jedoch gar kein Geld damit, wie der Winnern, den man immer irgendwo draußen sitzen sah! Dieser verhungerte Bursche, der kann mir Bilder malen, dachte Dahm. Der bekommt Essen dafür. Aber das sage ich ihm erst im Frühjahr. Wenn der einen neuen Hungerwinter hinter sich hat, frisst er mir aus der Hand! Dahm kehrte mit der Lampe in die Veranda zurück und wischte sich die Stirn trocken. Ihm war plötzlich siedend heiß geworden, weil er an die vielen

Hypotheken denken musste, die auf dem Hotel standen und jährlich schamlos hoch verzinst werden mussten. Ein Glück, dass er der Versuchung widerstanden hatte, während des Sommers einen Ober einzustellen. Undine hatte die Bedienung im Saal und in der Veranda mühelos allein machen können. Es war auch ein Glück, dass er sich vorerst den Plan aus dem Kopf geschlagen hatte, Friedrich Franz als Juniorchef ins Hotel hinaufzunehmen. Dann hätte für Laden und Gaststube im Dorf ein Angestellter bezahlt werden müssen. Früher war ihm der Reingewinn da unten lächerlich klein vorgekommen, nur ein Kleckerkram, kaum der Mühe wert. Jetzt musste jeder Pfennig aus Laden und Krug in das Hotel gesteckt werden. Es fehlte noch immer an Wäsche für alle Betten, selbst die Möbel waren noch nicht abbezahlt!

Der Mond war hochgestiegen, warf fahles Licht durch die hohen Fenster und grinste förmlich von seiner Höhe in die menschenleere Veranda herein. Dahm wechselte nervös den Platz, kehrte dem Mond den Rücken zu. An solch einem schönen Abend müssten seine Räume voll besetzt mit Gästen sein, die sich eine Bowle ansetzen ließen oder Sekt trinken wollten. Auch draußen könnten Tische und Stühle stehen, bunte Schirme darüber, Lampions an Schnüren aufgehängt, Windlichter aufgestellt. Dahm sah das bewegte Bild vor sich, sah sich selbst, wie er grüßend und dienernd von Tisch zu Tisch schritt, die Weinkarte aufschlug, die Gäste beriet, Bestellungen notierte, – Sektkübel, Bowlenterrinen, kleine Leckerbissen auf silbernen Platten, – dazu Musik, keine laute Tanzmusik, nein, gedämpfte Stimmungsmusik, die zu einer Mondscheinnacht passt.

Die Herrschaften in den großen Städten müssten bloß wissen, dass dieses Palast-Hotel Monopol hoch über dem Meere für sie bereitstand: Sonnenuntergänge, Mondscheinzauber, gepflegte Weine, eine Küche, die höchste Ansprüche befriedigen kann, Zimmer mit Seeblick, geschützte Veranda, ein von Künstlerhand ausgeschmückter Saal für Festlichkeiten jeder Art, ein Sammelpunkt aller Künstler von Namen und Rang. – Dahm zog einen Stoß Bierfilze heran und entwarf auf ihnen einen Prospekt. Das war das Gebot der Stunde! Das hatte er versäumt! Gut angelegte Werbungskosten verwandeln sich immer in schimmerndes Gold!

*

In einer Abendstunde des ausklingenden Sommers trat Peter Köhn unerwartet bei Samuel August Voß ein: »Vater, ich bin für einen Tag herübergekommen, um mit dir zu sprechen.«

Jedes Mal, wenn Peter Köhn Vater sagte, flutete eine Welle von Wärme durch das Herz des alten Schiffers. Er erhob sich schnell, ging seinem Besuch entgegen und geleitete ihn zum Sofaplatz. Er sah sich suchend nach dem Tabakkasten um, der schon lange nicht mehr zum täglichen Gebrauch griffbereit auf der Konsole stand. Der Gedanke schoss ihm durch den Kopf, ob sich nicht im Keller oder in der Kellerkammer noch etwas Gutes finden ließe, ein Restchen Cognac, eine Flasche Wein. – »Ich will Sophie mal fragen«, sagte er unsicher in der leisen Hoffnung, sie könnte für einen lieben, unerwarteten Besuch irgendwo etwas aufgehoben haben, wie sie ihn ab und an auf eine ihm unerklärliche Weise mit einer kleinen Aufmunterung zu überraschen verstand.

»Nein, lass, Vater«, bat Peter. »Mutter geht gewiss schon ins Bett. Ich bin absichtlich so spät gekommen, weil ich gern allein mit dir sprechen will.« Er nahm ein dickes Lederetui aus der Tasche, zog es auf und bot dem alten Herrn eine Zigarre an.

»Wie steht es mit der Gesundheit, Vater?«

Samuel August Voß hatte nicht mehr zu klagen, als seine Jahre bedingten. »Es fehlt ein bisschen an der Luft, und es fehlt manchmal auch ein bisschen an der Lust«, lächelte er. »aber unser neuer Medikus, den Sophie hereinbat, als er sowieso im Dorf war, hat mich rundherum abgeklopft und meinte, condemniert brauchte dieses alte Schiff nicht zu werden. Auf kleine, bescheidene Fahrten könnte es noch eine gute Weile gehen. Nun, vielleicht hat er damit recht.«

Köhn drehte seine Zigarre in der Hand und sog den Duft ein. »Und wie geht es Mutter?«

Es dauerte ein Weilchen, bis die Antwort kam: »Zu Mutter hat er nicht viel gesagt. Die müsste Hilfe im Hause haben, meinte er nur. Mutter und ich haben uns heimlich zugeblinzelt; solch ein junger Dachs braucht ja nicht gleich zu wissen, dass Mutter längst eine Hilfe im Haushalt hat. Back auf, back ab, heißt es nämlich bei mir seit geraumer Zeit. Gut, dass mein Vater damals so vernünftig war und seinen Bengel nicht als Kajütswächter an Bord nahm, wie andere Schiffersöhne. Er ließ mich als Koksmaat fahren, und weil er dem Koch viele Wachen gab, habe ich tüchtig Kochen gelernt, mit dem Tampen natürlich. Aber man muss wohl erst alt geworden sein, um seinen Eltern gerecht zu werden, verdammt alt sogar. Was wir beide zu essen haben, koche ich, und rechte Schiffskost ist immer gute Kost. Waschen haben wir auch an Bord gelernt.« Er lehnte sich schmunzelnd zurück und genoss es, unbefangen erzählen zu können, was in aller Stille im Hause geschah.

»Ja, Vater«, Peter Köhn richtete sich hoch, »ich wollte es nicht hinter deinem Rücken tun, – jetzt muss es sein: Die ISADORA wird verkauft. Wir haben ein Angebot aus Schweden, das zur Hälfte die Parten deckt, du erhältst also auch deine acht Vierundsechzigstel zu fünfzig Prozent zurück. Ich denke, das wird euch ganz gelegen kommen.«

Samuel August Voß nickte kaum merklich. »Aber warten dürfen wir nicht viel länger, Vater, es sind genug Angebote da, auch von Schiffen, die jünger und besser als unsere ISADORA sind.«

»Und was willst du bauen?«, fragte Voß unsicher. »Hast du genug auf die hohe Kante legen können?«

»Agathe und ich haben selbstverständlich für die Zukunft gespart. Du weißt, wie haushälterisch Agathe ist.«

Voß nickte.

»Aber ich baue nicht wieder, Vater! Würdest du es wirklich für richtig halten, wenn wir unsere Ersparnisse in einen neuen Segler steckten, der vielleicht niemals mehr die Zinsen des Kapitals verdienen kann?« Samuel August Voß schwieg.

»Ich bekomme ein Schiff, Vater.«

»Geschenkt?«, fragte der Alte scharf.

»Nein, geschenkt nicht«, antwortete Köhn bescheiden. Er legte seine Hand beschwichtigend auf Vossens Arm: »Ich hätte mich längst entschließen müssen. Vor zwei, drei Jahren wären noch 60 Prozent unseres Geldes herauszuholen gewesen.«

»Tu, was du für richtig hältst, Peter«, sagte der Alte kurz. Er zwang sich zur Ruhe. »Lass dich nicht zurückhalten, – aber das Geld, das auf meinen Anteil kommen könnte, will ich nicht sehen! Der Fregattenschiffer Samuel August Voß verkauft sich nicht an die Dampfschifffahrt!«

*

Erdmann Permien ließ alle Schreiberei liegen und zog schnell seine warme Joppe über.

Als er Lisbeth Konow hinausgeleitete, fühlte er, wie sie zitterte. Sie kämpften zusammen gegen den Nordwind und den wirbelnden Dünensand an. Es war Mittagszeit. Jeder im Dorf hielt sich im Haus. »Hat er dir nie eine Andeutung gemacht, Lisbeth?«

Sie schüttelte den Kopf.

»Wann hast du ihn denn zuletzt gesprochen?«

»Gestern, Erdmann. Ich brachte ihm Essen und fragte, ob er sich am Nachmittag nicht ein wenig bei mir in der Stube aufwärmen wollte. Es war zu kalt bei ihm, er tat mir so leid. Er kam aber nicht.«

Lisbeth schluchzte.

Erdmann nahm den Schlüssel zur Roof entgegen und trat vor ihr ein. In der ersten Koje war alles aufgeräumt und zusammen gestellt, als wäre der Bewohner auf eine Reise gegangen. Bilder in Keilrahmen, Pappen, die Staffelei, eine Rolle Leinwand waren an die Wand gelehnt. Daneben ein kleiner, mit einem Riemen umschnürter Koffer. Der Fußboden war gefegt, der Klapptisch leer, die Tür zum zweiten Raum angelehnt. Erdmann stand vor der Bettstatt, auf der Winnern angekleidet lag. Sein Antlitz war entspannt, Stille und Frieden hatten alle Spuren der Not getilgt.

Der Schulze schaute sich um, ob Winnern etwas hinterlassen hatte, einen Brief oder eine Anweisung, was nach seinem Tode geschehen sollte. Auf dem Tisch lag nichts. Hinter dem Vorhang hingen nur ein paar Kleidungsstücke, der Waschständer war in die Ecke geschoben, der Ofen kalt. Aschenreste ließen darauf schließen, dass Briefe und Papiere verbrannt worden waren.

»Weißt du, ob seine Eltern noch leben? Hat er Geschwister gehabt?«

Lisbeth verneinte. Erst jetzt wurde ihr bewusst, dass Winnern niemals von seiner Familie und seinem Zuhause gesprochen hatte. Der Einzige, der etwas über ihn wissen konnte, Professor Schulzendorf, war vor Monaten abgereist.

»Ich hätte ihn nicht in dieser armseligen Behausung allein lassen dürfen«, sagte Lisbeth traurig. »Ich bin schuld. Ich hätte ihn zu mir nehmen müssen, ich wollte es schon im ersten Winter tun, als es kalt wurde, aber ich wagte es nicht. Du weißt ja, Erdmann, wie die Menschen sind, dass sie immer gleich schlecht von einem denken. – Du musst Rücksicht auf das nehmen, was über dich geredet werden kann, bat mich Elias. Nun ist alles zu spät.«

Erdmann begleitete Lisbeth in ihr Haus, saß noch ein Weilchen bei ihr und versuchte, sie zu trösten. »Es liegt nicht an dir, Lisbeth«, sagte er. »Du hast ihm nicht helfen können, weil es dir die Welt verbot, diese Welt, die wir uns selbst zurechtgezimmert haben. Ihre ungeschriebenen Gesetze haben es dir unmöglich gemacht. Unser Stand lässt es einfach nicht zu, dass du dich als alleinstehende Frau um einen fremden Menschen kümmerst, einem fremden Mann zu helfen versuchst. Das schickt sich nicht!«, betonte Erdmann bitter. »Aber dass in unserer unmittelbaren Nähe ein Mensch durch Not und Entbehrung zu diesem Schritt getrieben wird, das schickt sich! Eine Gesellschaft, die solche Moral vorschreibt, taugt nichts, Lisbeth, die ist verfault. Dorothea hat für deinen ›guten Ruf‹ gefürchtet, ich weiß es genau. Dein guter Ruf wäre in Gefahr geraten, war schon in Gefahr, nur weil du manchmal zu Winnern hinüber gegangen bist. So sehen es diese selbstzufriedenen Menschen an, die nicht über die Geborgenheit ihrer eigenen gesicherten Existenz hinaussehen wollen.« Er atmete tief auf. »Aber ich, Lisbeth, ich war solchem Gerede nicht ausgesetzt! Ich hätte es tun müssen, hätte mich um ihn kümmern müssen, ihn nicht in seiner Not allein lassen dürfen!« Er stand auf und gab ihr traurig die Hand. »Ich habe versagt, du nicht. Und ich glaubte, wie ein Vater für meine Gemeinde zu sorgen!«

*

Als der Bootsmann Carl Pieplow heimgekehrt war, machte er sich gleich mit seiner Braut zu Emma Lange auf. Sie traten an der Hoftür aus ihren Pantoffeln und gingen auf Wollsocken in die Küche, wie man auf dem Lande immer darum besorgt ist, dem Nachbarn keinen Schmutz in den Flur oder gar in seine Stube zu tragen.

Emma Lange wandte sich unwirsch um, als würde sie bei einer wichtigen Verrichtung gestört. Ihre augenblickliche Verrichtung bestand aber nur darin, auf einem Holzbrett einen Salzknochen von seinen letzten Fleischfetzen zu befreien und diese mit einem dicken Stück Schwarzbrot gemächlich in den Mund zu schieben.

Sie bat die beiden nicht, Platz zu nehmen. Friedchen warf Carl einen aufmunternden Blick zu. Da besann sich Carl darauf, dass er auf dem Wege war, einen Hausstand zu gründen und die Verantwortung für einen anderen Menschen zu übernehmen.

»Wir kommen von wegen dem Hause, wir sind soweit«, sagte er.

Emma wusste seit langem, dass dieser Augenblick unentrinnbar war, und hatte sich gewappnet. »Was für ein Haus, wenn ich fragen darf?«

»Daniel hat es zu mir gesagt, er hat es auch zu Friedchen gesagt, wir kommen dann hier rein. Wir bestellen jetzt unser Aufgebot.«

»Gesagt – Daniel hat gesagt!« Emma schob das Brett mit dem abgenagten Knochen zurück, wischte sich den Mund mit der Schürze ab, stand auf, warf den Brotkanten polternd in den Blechkasten, den Knochen unter den Tisch für den Hund und steckte das Brett hinter den Bindfaden, der die Topfdeckel hielt; sie hantierte, als wären die beiden nicht da.

Friedchen stieß Carl an. »Wenn er tot ist und wenn wir heiraten, sollen wir das Haus haben!« brachte Carl eingeschüchtert heraus.

Emma Lange drehte sich um: »Hat er das aufgeschrieben?«

Carl schüttelte den Kopf.

»Da könnte ja jeder gelaufen kommen und sagen, dass er mein Haus haben will!«, triumphierte sie. »Und ich schnür gleich mein Bündel und steh auf der Straße! So was hat die Welt noch nicht gehört! Es wird ja immer schöner!«

»Du sollst wohnen bleiben, hat Daniel gesagt, nur dass wir vorerst die Stube kriegen und Friedchen die Wirtschaft übernimmt.«

»Papperlapapp!« Sie pflanzte sich vor den beiden jungen Leuten auf. »Habt euch das fein ausgedacht, guck mal an! Ich auf dem Altenteil und ihr vorn in der Stube! Das könnte euch so passen! Das müsst ihr mir erst mal beweisen, könnt ihr aber nicht!« Sie holte tief Luft. »Reinsetzen wollt ihr euch bei mir? Gleich in mein warmes Nest, wo ich mein ganzes Leben lang geschuftet habe und meinen Kram zusammengehalten? – Ja, wenn es nach Daniel ging. Aber nach dem geht 's nicht mehr! Nach dem ist es viel zu lange gegangen! Jetzt geht es nach mir! Hier kommen ganz andere Leute rein, wenn ihr es wissen wollt!« Sie musterte die beiden von oben bis unten, um ihnen ihre ganze Armseligkeit fühlbar zu machen. »Ein Vetter von dem reichen Professor Kleinbach kommt hier rein«, triumphierte sie, »ein Direktor, ein Herr Fabrikdirektor, wenn ihr es genau wissen wollt. Der mietet mein Haus, der lässt alles herrichten, so wie er es haben will. Der Maurer kommt und setzt mir auch solch einen Herd, wie deine Mutter ihn hat, aber Kacheln dahinter an die Wand, und der Herr Direktor bezahlt den Herd! Meine Stube wird gemacht, nicht gestrichen wie bei den kleinen Leuten, nein, meine Stube wird tapeziert wie bei feinen Leuten! Die Kammer dahinter auch, da kommt das Mädchen der Herrschaften hinein. Und mir baut der Herr Direktor extra oben eine Stube aus. Ein Zaun kommt ums Grundstück, wie ihn der Kleinbach auch hat! Alles piekfein – und ich sitze wie eine Prinzessin drin! Na, so was habt ihr euch wohl nicht mal im Traum gedacht?«

Carl rieb seine schweißigen Hände an der Joppe ab. Was sollte werden? Zu Haus bei Mutter war kein Platz. Bei Friedchens Eltern in der Fischerreihe war auch kein Platz. Da saß in der einen Stube der verheiratete Bruder mit Frau und zwei Kindern, die andere Stube wurde vermietet, und die schwachsinnige Tante hockte in der Kammer.

»Was steht ihr denn hier herum?«, rief Emma aus, »ich habe euch nicht gerufen!« Sie wollte kurzerhand die Hoftür aufstoßen, da zupfte Friedchen Carl am Ärmel, damit er sich entschloss, das Haus zu verlassen.

Emmas Triumph über den toten Daniel war so groß, dass sie die Nacht lebend überstand, obwohl sie glaubte, ihr Herz spränge durch die Kehle hinaus. Sie hatte im tiefsten Schlaf gelegen und geträumt, dass eine Stimme sie riefe. Etwas Weißes tauchte in ihrer dunklen Kammer auf und blieb unbeweglich vor ihrem Bett stehen. Es sah wie ihr Daniel aus, so wie er auf dem Totenbette gelegen hatte. Emma wollte um Hilfe schreien, aber das Herz saß wie ein dicker Pfropfen im Halse und ließ keinen Ton heraus. Sie konnte nicht einmal abwehrend die Arme ausstrecken, alle Glieder waren steif. Sie starrte das Weiße in Todesangst an.

Es hatte Augen, grausig milchige Augen. Plötzlich teilte es sich. Es wurde dunkler, es wurden zwei Gestalten, die hilflose, ratlose Gesichter trugen.

Es dauerte lange, ehe das Alpdrücken nachließ und Emmas Herz sich aus dem Halse zurück in die Brust zog. Endlich entspannten sich ihre steifen Arme, sie kam zu sich. Das fehlte noch, dass dieses armselige Pack ihr mitten in der Nacht noch einmal auf die Pelle rückte! Sie schrie aus voller Kraft: »Raus mit euch, Bettelvolk! Ihr habt es ja nicht schwarz auf weiß!« Sie drohte mit geballten Fäusten in die Dunkelheit und drehte sich in Schweiß gebadet auf die andere Seite um.

III. ABSCHNITT *enthält*

in drei Kapiteln die Eroberung des Dorfes durch das von der Malerkolonie angelockte, kapitalkräftige Bürgertum sowie die Vollendung seiner Entwicklung zu einem Badeort der besitzenden Klasse.

NEUE SOMMERGÄSTE UND VILLENBESITZER

Direktor Helmers
Fabrikant Zickel
Fabrikant Scholz
Kommerzienrat Bierstein
Syndikus Seebohm
Stadtrat Kerner und Frau
Professor Christians
Der Minister

1. KAPITEL

Südwind ist Tauwind. Nach stillen, frostklaren Weihnachtstagen war das Barometer gefallen, der Schnee löste sich in Regen auf, und die Luft wurde diesig, schwer und feucht.

Erdmann Permien behielt sich die Nachtwache zur Jahreswende vor. Er wollte allein dem neuen Jahrhundert entgegengehen, vor dem ihm bangte, obwohl er sich sagte, in der Geschichte sei kein Beweis dafür zu finden, dass eine Jahrhundertwende für die Geschicke der Menschen und Völker etwas Entscheidendes zu bedeuten hätte.

In allen Städten und größeren Ortschaften bereitete man dem neuen Säkulum einen festlichen Empfang. Mit Jubel, Fanfaren und unbegrenztem Vertrauen wurde es begrüßt. Was die letzten Jahrzehnte an Machtentfaltung erst angedeutet hatten, würde die Zukunft vollenden, nämlich »das Reich der Reichen«, wie es Georg Herwegh einmal genannt hatte.

Der Schulze schritt in dem schwankenden Lichtschein seiner Laterne, die Hellebarde als Gehstock benutzend, gemächlich die Fischerreihe hinauf. Er kam sich wie losgelöst und zwischen den Zeiten wandernd vor. Schon, als er die Haustür hinter sich geschlossen hatte und in die tiefe Dunkelheit trat, war ihm, als verließe er die ihm vertraute Welt und ginge einem völlig Neuen, noch Unerkennbaren entgegen.

Hinter dem letzten Fischerkaten fiel das Ufer schroff zum Strande ab. Leise rauschte die See. In der Ferne blinkten die Lichter der dänischen Küste. Im Norden flog ein wedelnder Lichtstein im Kreise herum, wie ein Nebelstreif. Als Erdmann ein Weilchen dort gestanden hatte, nahmen seine Augen eine kurze Kette von Lichtern wahr, die langsam dahinglitten: Es war ein Dampfer auf dem Wege zum Osten. Erdmann wartete, bis die fernen Lichter verloschen waren, kehrte um und wanderte den vom Tauwetter aufgeweichten Weg zurück, an den schlafenden Katen entlang.

Mein Dorf, meine Gemeinde, ging es ihm durch den Sinn. Er hatte niemals so deutlich wie in dieser dunklen Nacht gesehen, wie offen die Lebensbücher der Menschen vor ihm lagen, seit er vor zehn Jahren das Schulzenamt übernommen hatte, wie viele Schicksale Haus bei Haus an ihm vorübergezogen waren. Keine hundert Seelen zählte das Dorf, und doch war alles inbegriffen, was als Menschenlos denkbar ist. Und wie viel hatten diese zehn Jahre für die kleine Gemeinde bedeutet!

Er schaute zu den Fischerkaten zurück, deren Umrisse gegen den hellen Grund der Dünen sichtbar waren. Dort wohnten die Harms, die Möllers, die Seegers; er sah sie vor sich, Kopf bei Kopf, Gestalt auf Gestalt. Er blickte in ihre Stuben hinein, ihre Kammern und Küchen. Manche Stuben war neu gedielt, manch ein Dach frisch gedeckt; wo die Frau hauszuhalten verstand, hatte man nicht mehr die alte Not, die Landessteuern so lange zu stunden, bis das Amt die Geduld verlor und zur Zwangseintreibung schritt, wie bei den Harms. Bei denen hatte das Geld der Fremden nicht gut getan. Nach Opa Harms' plötzlichem Tode ging sogar das Gerücht um, Minna hätte den Alten im Ziegenstall verkommen lassen. Jedenfalls hatte er nicht die geringste Pflege gehabt, und Minna verhehlte nicht, wie froh sie war, endlich in Ruhe vermieten zu können.

Erdmann dachte an die Verlockungen, die durch die Fremden ins Dorf gekommen waren. Es fing mit den ersten Malern und Malschülerinnen an, deren Ansprüche noch bescheiden gewesen waren. Seit den letzten Jahren zog aber dieser Dahm mit seinem großen Hotel Monopol andere Gäste ins Dorf, reiche Leute, die kaum etwas anderes auf der Welt zu bestellen schienen, als dem Herrgott die Zeit zu stehlen und Geld auszugeben. Durch sie wurde dem Leben in Ahrenshoop gleichsam ein neuer Maßstab gesetzt.

Soweit sich Erdmann Permien zurückerinnern konnte, war das Gesicht seiner Heimat fast unverändert geblieben. Erst in letzter Zeit hatte es neue, für ihn befremdende Züge bekommen. Nachdenklich ging er an dem Haus vorüber, das einmal der niedrige Armenkaten gewesen war. Jetzt verriet es nichts mehr von seinem Ursprung. Professor Schulzendorf hatte den mehr und mehr verfallenden Katen für billigen Preis erworben, nachdem auch Priebeliese gestorben war, und ihn in ein Sommerhaus verwandelt. Das Dach wurde gehoben, der Boden zum Atelier ausgebaut, die Fenster wurden vergrößert, eine neue, farbenfroh gestrichene Haustür eingesetzt. Zuletzt kam ein runder Pavillon dicht an die Straßenfront, in dem die Maler gern an warmen Abenden in einer sanges- und trinkfrohen Runde saßen. Dieses Haus stand über Winter mit vorgelegten Laden verlassen da. Auch der ehemalige Weberkaten mit seinen unten geschlossenen Laden war nicht wiederzuerkennen. Den Lehm der alten Wände hatten dunkelrot gebrannte Ziegel ersetzt, nach Süden war ein Flügel angebaut worden, vor dem eine Veranda stand. Sandsteinplatten ebneten den Zuweg zum Haus. Der alte Krug hatte sich gleichfalls herausgemacht, seitdem ihn ein neuer Pächter, Jochim Schröder, früher Segelschiffskapitän aus Barth, übernommen hatte. Nur die Katen der Pieplow und der Griepsch waren unverändert geblieben.

Helles Licht strahlte aus dem Haus der Malerin Adele Malz. Unter dem erleuchteten Atelier war am Küchenfenster Dürtens Kopf mit der modernen, hohen Frisur zu sehen. Erdmann wandte sich ab und schritt schnell der Oberseite zu, wo er einen kleinen Lichtschimmer ausgemacht hatte, der aus dem Wohnzimmer des Fregattenschiffers Samuel August Voß kam und nur von einer Küchenlampe mit dem sparsamen flachen Docht herrühren konnte. Dort saß also Voß am Tisch allein und blieb wohl auf, bis dieses Jahr abgelaufen war, das ihm mit seiner Sophie das Letzte genommen hatte, das ihn noch ans Leben band. Erdmann wäre gern für ein Weilchen zu ihm hineingegangen. Da es vom Schulzen aber den Nachtwächtern verboten war, irgendwo einzukehren, durfte sich das der Schulze als Nachtwächter auch nicht erlauben.

Das nächste Blatt aus dem Lebensbuch seiner Gemeinde, ein vielbeschriebenes Blatt, schlug sich vor ihm auf. Er trat an das Gatter des ehemaligen Schulzengehöftes und warf einen Blick in die dunkle Hofstatt hinein. Er schloss dabei gleichsam die Augen seiner Seele zu, um nicht zu sehen, was dieses Haus in sich barg: die wortkarge, unnahbare Frau mit der geisteskranken Tochter, die man mitunter hinter einem vergitterten Fenster stehen sah. Auf dieser einst so blühenden Stelle wollte nichts mehr gedeihen, als wirkte sich das Grauen vor der Kranken auf das Gesinde, selbst bis auf das Vieh in den Ställen aus.

Erdmann wanderte aufmerksam um das verschlossene Haus des Professors Kleinbach herum, weil im Herbst dort eingebrochen worden war. Sämtliche Wäsche war gestohlen worden. Der Diebstahl wurde bisher nicht aufgeklärt; der Wachtmeister versteifte sich darauf, dass der Täter in der Gemeinde selbst zu suchen sei. Dieser Verdacht lag wie ein Schatten über dem ganzen Dorf.

Zum Palast-Hotel Monopol hinaufzugehen, schenkte sich Erdmann. Er sah einen Lichtschimmer, Dahms waren also noch wach. Diese fremde, kalte Welt, in der nur Raffgier und Selbstgefälligkeit regierten, widerte Erdmann an. Wie verstand es der Kerl, seinen Vorteil wahrzunehmen! Er schlug sogar aus der Notlage der jungen Pieplows Kapital! Er hatte ihnen sein elendes kleines Haus unten im Dorf eingeräumt, dafür musste die junge Frau auf dem Hotel ohne Lohn als Küchen- und Stubenmädchen dienen. Würde sie schwanger, hatte Dahm ihr angedroht, sie sofort auf die Straße zu setzen!

Gab es wirklich im ganzen Lande kein Gesetz, fragte sich Erdmann, das solche Unmenschlichkeit bestrafte? Durfte man sich unter dem schäbigen Mantel der Mildtätigkeit die Not einer schutzlosen Frau zunutze machen? Müsste man solch einen Kerl nicht am Kragen packen, ihm nach allen Regeln der Kunst das Fell versohlen und ihn dann auf die Straße setzen? Aber dagegen, ausgerechnet dagegen, wurde solch ein Lump durch Gesetze geschützt. Dem einsamen Wanderer fiel das Schicksal Winnerns ein. Der war durch das ungeschriebene Gesetz in den Tod getrieben worden, während den anderen das geschriebene Gesetz vor dem Zugriff der Gerechtigkeit bewahrte!

Erdmann blieb auf der dunklen Dorfstraße stehen. Ein Bild war vor seine Augen getreten. Er sah Gequälte, Verlassene, Unterdrückte, sah einen Zug gepeinigter, schwangerer Frauen, hungernder Mütter, verbitterte Matrosen an sich vorüberziehen. Sie wurden zu einem unabsehbar großen Heer, das zum Sturm auf eine verknöcherte, brüchig gewordene Welt antrat. Ein Frostschauer überlief ihn, er schlug den Kragen hoch und besann sich, warum er hier draußen stand. Er hob den Kopf und lauschte: Die Glocken von Wustrow läuteten das alte Jahrhundert aus und ein neues Jahrhundert ein.

*

Die beiden Sofaecken am Stammtisch gehörten Samuel August Voß und Erdmann Permien. Kamen Peter Köhn und Harder dazu, setzten sie sich an die Schmalseiten des Tisches. Der Krüger Jochim Schröder nahm gern gegenüber dem Sofa Platz, immer ein bisschen auf dem Sprung, um das Feuer unter dem Kessel nicht zu vergessen, damit der nächste Grog ohne Verzögerung auf den Tisch kommen konnte.

»Du bist schon viele Jahre allein, Jochim«, sagte Voß. »Gibt es sich auf die Länge der Zeit? Aber um die Länge der Zeit brauchte ich mich eigentlich nicht mehr groß zu kümmern.«

»Doch, es gibt sich, Samuel, nur zuerst denkt man immer: Das musst du ihr erzählen oder du musst sie wohl fragen – jedes Mal bekommt man einen Schreck, weil man vergessen konnte, dass sie tot ist.«

»Weißt du, Jochim, ich glaube, mich hat Sophie mitgenommen. Ich bin nämlich im Grunde gar nicht mehr da.«

Sie schwiegen lange.

»Ich hätte nochmals heiraten können, Samuel«, begann der Krüger, »aber meine Wirtschaftlerin war zu ordentlich, nichts als scheuern, auf Socken in die Stube gehen, wegen der weißen Gardinen nur in der Küche rauchen! Ich musste glatt aus Barth fort, sonst wäre ich mit ihr hängengeblieben. Hier habe ich meine Ruhe.«

Samuel August Voß sah Krüger nachdenklich an.

»Wenn du aber nicht allein sein magst, Samuel, nimm eine ältere Person ins Haus, die dir die Wirtschaft führt.«

Voß schüttelte den Kopf: »Wird zu teuer; irgendwas muss sie ja bekommen. Und weißt du, – ich möchte nichts Fremdes. Wenn ich jetzt in der Küche stehe und den Topf aufsetze, weiß ich, diesen Topf hat außer Sophie und mir niemand mehr in der Hand gehabt, auch an der Waschbütte hat seit vielen Jahren kein anderer außer uns beiden gestanden. Kommt was Fremdes darüber, ist auch das Letzte fort.«

»Davon musst du dich frei machen, Samuel, sonst fängst du an zu spinnen.«

Jochim Schröder ging mit den wiegenden Bewegungen seiner kurzen Beine in die Küche, um den nächsten Grog fertigzumachen. Als er zurückkam, saß der Schulze in der anderen Sofaecke.

»Es geht schon wieder los«, erzählte Permien, »dabei haben wir erst Anfang März. Der Dahm muss die ganze Welt mit seinem dicknäsigen Badeprospekt verrückt gemacht haben. Ich habe bereits mehrere Briefe und Karten mit Anfragen herumliegen. Da hat gestern noch ein Senator aus Hamburg geschrieben, fünf Kinder, seine Frau bringt ihr eigenes Mädchen mit, wollen selbst wirtschaften, also kann ich sie nicht auf den Hotelberg abschieben. Acht Personen, vier Zimmer und eine Mädchenkammer, mein Gott, so was haben wir gar nicht! Ein Stadtrat aus Havelberg hat auch geschrieben, das scheinen ältere Leute zu sein. Wie kommen nur solche Menschen darauf, hierher zu wollen? Dieser Stadtrat verlangt ein großes, gutes Zimmer, seine Frau braucht viel Luft, schreibt er. Luft ist überall, finde ich, sie kann ja hinausgehen. Privat will er wohnen, Hotel sei seiner Frau zu unruhig und laut. Ob es einen schmackhaften Mittagstisch bei uns gäbe, fragt er an. Und einen Strandkorb verlangt er auch, seine Frau könnte nicht im Sand sitzen, sie wäre ein bisschen korpulent und käme nicht wieder hoch, – na, und all so 'n Qualm noch!«

»Musst du etwa jedem wiederschreiben?«, fragte Samuel.

»Da könnte ich mir die Arme aus dem Leibe reißen«, lachte Erdmann, »lass sie kommen und sich selbst was suchen.« Er trank.

»Ob wir keine Mücken hätten, hat der Stadtrat auch gefragt, wegen seiner Frau. Mücken!«

Ein Gelächter brach in der kleinen Runde aus.

»Von mir aus sollen sie bleiben, wo sie sind«, sagte Erdmann nach einer Weile. »Aber wenn ich nicht antworte, schreiben sie wieder, ich kenne das, sie geben einfach nicht nach! Sag mal, Samuel, du hast Platz, nimm bitte den Senator aus Hamburg, der bringt sein Mädchen mit, damit hast du nichts weiter zu tun.«

»Zu uns? In unsere Stuben?«

Samuel August Voß erschrak. Er hatte vergessen, dass es für ihn kein »uns« mehr gab. »Nein – nein, so was will ich nicht, Erdmann!«

»Tu 's doch«, redete Permien ihm zu. »Dann habe ich wenigstens diese Leute untergebracht. Wo sind denn sonst vier Zimmer und eine Kammer zu haben? Elias' Frau erwartet das zweite Kind. Bei Lisbeth ist überhaupt alles anders geworden, seit Dorothea die Wirtschaft übernommen hat und sie so gut wie auf dem Altenteil sitzt. Und bei Niklas –«, er machte eine Pause, als müsste er erst bedenken, ob er weitersprechen sollte. Er blickte von Samuel August Voß zu Jochim, ehe er sagte: »Zu Niklas kommt nämlich jemand ins Haus, für den ganzen Sommer, bereits ab Mai. Mieke soll alles fertigmachen, – du erinnerst dich wohl nicht mehr an sie, Samuel, sie war vor vielen Jahren schon mal hier, – eine Dame, eine Malerin. – Niklas hat aus Paris geschrieben. Er hat sie dort wiedergesehen und ihr sein Haus für den Sommer angeboten. Sie heißt Hedwig O'Connel.«

Samuel August Voß erinnerte sich dunkel daran, diesen merkwürdigen Namen früher einmal gehört zu haben.

Erdmann bestellte noch eine Runde Grog. Als er mit Samuel allein war, sagte er verhalten: »Was soll daraus werden? Sie ist viel älter als er – sie ist berühmt – ihre Bilder hängen in vielen Galerien, – Samuel, was soll das nur?« Er blickte Voß fragend an. »Niklas schrieb überglücklich, Mutter möchte neue Gardinen kaufen, der Maler sollte die Stuben streichen, alles, was nötig sei, sollte angeschafft werden. Hätte er Zeit, würde er sich selbst darum kümmern, aber er bekommt ein neues Schiff. Die Linie muss sich mächtig aufgemacht haben.«

Jochim kam mit den Gläsern zurück: »Sagtest du neulich nicht, Samuel, deine Südseite hätte längst gedeckt werden müssen?«

»Es regnet schon lange durch«, gab Voß zu. »Ich habe aber kein Geld.«

»Na also«, Jochim stellte die Gläser hin.

»Die Schlete unter dem Rohr faulen weg. Ich muss immerzu auf dem Boden feudeln, es drippt nicht nur vom First, es drippt bald überall. Gut, dass Sophie das nicht mehr erlebt. Für mich«, er seufzte, »muss es so hingehen, aber wenn es nachts regnet, kann ich nicht schlafen, muss immer an mein Dach denken. Der Fleck an der Stubendecke trocknet überhaupt nicht mehr auf.«

»Und dann greifst du nicht zu, wenn du das Geld für dein Dach verdienen kannst? Ich verstehe dich nicht«, sagte der Wirt.

»Fremde Leute in meinem Haus?«

»Nur für ein paar Wochen, Samuel«, sagte Erdmann tröstend.

»Du glaubst nicht, wie schnell die Zeit vorübergeht. Und mit dem Umräumen hilft dir Lisbeth, Mieke natürlich auch.«

Voß seufzte noch einmal tief: »So wird aus dem Fregattenschiffer Samuel August Voß ein Logierwirt – ja, ja – hätte ich nie gedacht! – Gut, Erdmann, lass sie kommen! Dann bin ich wenigstens die drückende Sorge um mein Dach los und habe im nächsten Winter wieder meinen ruhigen Schlaf. Daraufhin kannst du mir ein Päckchen Tabak bringen, Jochim, aber nicht von dem teuren. Ein Glück, dass ich meine Pfeife in der Tasche habe, der wird es gut tun, mal wieder angewärmt zu werden.«

*

An einem Sonntagnachmittag stieg ein Rudel Frauen zum Hotelberg hinauf. Sie hatten sich so fein gemacht, als wären sie oben zum Kaffee eingeladen. Dahm hatte das ganze Dorf heraufgebeten, alle, die bisher schon vermietet hatten, sowie die, die in Zukunft vermieten wollten. Seine Undine, ebenfalls wie Dürten Pieplow mit einem schwarzen Sammetband um den Hals geputzt, war mit einer Liste von Haus zu Haus gegangen. Auf der Osterseite hatte sie nur Striche einzeichnen können.

Auch Samuel August Voß wies sie kurz ab; was ging es diesen Dahm an, dass der Hamburger Senator zu ihm ins Haus kommen sollte? Die kleinen Leute dagegen hatten ihr Erscheinen zugesagt, schon weil sie nicht verstehen konnten, was das Ganze sollte, und neugierig waren.

Sie wurden von Dahm an der Verandatür begrüßt und in den noch winterlich klammen Saal geführt, in dem vor einer Tafel mit blinkenden Glocke darauf mehrere Reihen Stühle standen. Sie sahen sich scheu um und wagten nur zu flüstern. Ihnen wurde feierlich zumute, als säßen sie in der Kirche.

Dahm nahm zwischen seinem Sohn und seiner Tochter Platz, schaute ernst und gesammelt vor sich hin, bis kein Laut mehr zu vernehmen war, stand auf, klingelte mit der Glocke und verkündete, er hätte sich entschlossen, zum Besten des Dorfes und der Einwohnerschaft einen Bade- und Fremdenverein ins Leben zu rufen. Die Satzungen seien formuliert. Er nahm ein Blatt Papier zur Hand und las daraus allerlei vor. Als er fertig war, sagte er, wer etwas dagegen einzuwenden hätte, müsste die rechte Hand hochheben.

»Sollen wir etwa schwören?«, fragte die Griepsch aufgeregt. Schwören, das hatte etwas mit Gericht und mit dem Kreuz zu tun, davon wollte keiner wissen.

Dahm verneigte sich lächelnd und sagte zu seinem eifrig schreibenden Sohn: »Also, die Satzungen sind einstimmig angenommen.«

Darauf schritt er zur Vorstandswahl. Keiner begriff, was er da vom Vorsitzenden, vom Schriftführer, vom Kassenwart sagte. Er fragte, ob Vorschläge für die Besetzung dieser Posten gemacht würden; da jeder den anderen ahnungslos ansah, forderte er die Frauen auf, die Schwurhand zu erheben, falls sie nicht einverstanden seien, ihn als Vorsitzenden, seine Tochter als Kassenwart und seinen Sohn als Schriftführer zu wählen. Da wieder keiner schwören wollte, war auch dieser Punkt im Umsehen abgetan.

Als aber die Frage des Mitgliedsbeitrages kam, merkte selbst die alte Frau Seeger mit ihren nahezu siebzig Jahren, dass es um Geld ging. Alle horchten auf. »Ich schlage als Mitgliedsbeitrag monatlich drei Mark vor«, sagte Dahm.

»Bekommen wir das Geld jeden Monat ausbezahlt?«, rief Lovise Pieplow.

»Jeder, wenn er Fremde nimmt?«, wollte Minna Harms wissen. Dahm lächelte nachsichtig.

»Wenn ich vier Gäste habe, die Seeger aber nur zwei, bekommt die Seeger dann auch drei Mark?«, schrie die Harms.

Der Saal verwandelte sich in einen Hühnerstall bei Gewitter, als die Frauen schließlich begriffen, dass sie die drei Mark im Monat nicht bekommen sollten, vielmehr zu bezahlen hätten.

»So was mache ich nicht mit!« Die Griepsch raffte ihre Röcke zusammen und steuerte der Saaltür zu. Lovise Pieplow gleich hinterher. Die Frauen aus der Fischerreihe warfen einen unsicheren Blick auf Dahm, stießen sich aufmunternd an; eine nach der anderen stand auf.

»Meine Damen«, rief Dahm laut, »der Verein will dafür tätig sein, dass jeder von Ihnen an den Gästen mehr verdient.«

»So! – Und wer bekommt meine drei Mark?« Lovise Pieplow ging entschlossen auf den weiß gedeckten Tisch zu: »Ich will dir mal was sagen, Dahm: So dumm, wie du denkst, ist die Pieplow'n nicht. Einmal hast du uns schon betrogen mit dem, was du Provision nennst. War das etwa deine Stube, die du bei mir vermietet hattest? Es war meine! Ich war es, die sie alle Tage reingemacht hat. Was hast du für Arbeit dabei gehabt? Nischt – nischt, – nur die Provision hattest du einzutreiben, kamst oft schon, ehe die Gäste bezahlt hatten! Und was du jetzt tust, ist nichts anderes als ein gemeiner Racheakt, und zwar gegen meine Person, weil nämlich die malenden Damen noch immer bei mir zum Essen kommen und andere Gäste auch! Wenn ich auch kein Palast-Hotel Monopol habe und keinen Speisesaal nich, sondern nur den Schuppen, wo es eng ist und auch durchregnet, – die Leute haben eben Hunger, und bei mir wer'n se satt.

Fünf mal reine Teller und nischt drauf, wie bei dir, das mögen sie nich, die wollen was auf die Knochen haben, weil sie sich alles abbaden tun, un wenn 's bloß 'ne Erbsensuppe is, – die wissen genau, wozu sie von all deine Feinheit da oben zu mir runtergelaufen kommen, nachdem dass du sie eingefangen hast mit diesem Dingsda, wo all das steht, was es nich gibt, denn wo ist der Sonnenuntergang, wenn es in Strippen regnet, und was geht dich überhaupt der Sonnenuntergang an, der gehört dir nich alleine, den haben wir alle! Dazu brauchen sie dich und dein Monopol-Hotel nich! Und was hast du da von Mondscheinzauber aufgeschrieben, – du weißt ja selbst nicht, was das heißen soll. Das ist Betrug, und alles nur, weil du mir meine Gäste nicht gönnst, und davor soll ich dir noch 'nen Taler im Monat bezahlen? So dumm ist die Pieplow'n nich!«

Um nicht plötzlich allein mit seinem Sohn und seiner Tochter zurückzubleiben, zählte Dahm eilig auf, was er bereits für das Dorf getan hatte: »Ich habe aus meiner Tasche den Prospekt drucken lassen. Wer Mitglied in unserem Verein ist, kriegt von mir 20 Stück, kriegt sie geschenkt! Ich habe zu meinen eigenen zwölf Strandkörben noch ein Dutzend bestellt, die sich eure Gäste bei mir mieten können, denn Strandkörbe habt ihr armseliges Pack ja nicht mal! Ich habe Stufen zu meinem Palast-Hotel Monopol machen lassen, damit eure Gäste bei mir Kaffee trinken können! Ich lege zum Sommer einen Holzsteg über die Düne, darüber dürfen eure Gäste auch kostenlos latschen. Eigentlich müsstet ihr mir etwas dafür bezahlen, so viel werdet ihr wohl begreifen! Ich werde zum Sommer eine Bude aufstellen lassen, wo meine Undine Andenken an die Ostsee, Eimer und Schaufeln für die Kinder und Fähnchen für die Burgen verkaufen wird! Ich – ich – ich«, so ging es Schlag auf Schlag weiter.

Die Frauen hörten sich alles an, jede dachte aber nur an ihre drei Mark, monatlich drei ganze Mark!

»Ich komme euch sogar entgegen«, schloss Dahm, »nicht drei Mark monatlich, sondern monatlich nur eine Mark hat jeder zu zahlen!«

Weil keiner dagegen die Hand erhob, gab er Friedrich Franz zu Protokoll, dass ein Monatsbeitrag von einer Mark von allen anwesenden Mitgliedern einstimmig angenommen sei, und schloss klingelnd die Gründungssitzung des Bade- und Fremdenvereins.

*

Erdmann Permien drehte verwundert eine Visitenkarte in der Hand:

Rudolf Schmolle
Makler
Stettin

Er ging hinaus und führte einen kleinen, wie einen Ball runden Mann in sein Zimmer, dem der Schweiß auf der Stirn stand, der sich, ehe er Platz nahm, mit dem Taschentuch unter den Stehkragen fuhr, als müsste er zwischen Hals und Kragen auffeudeln.

Der Schulze wartete, bis die Trockenlegung vollzogen war. Fliederduft wehte durch das offene Fenster zu ihm herein. Er hörte Vogelzwitschern aus dem Gebüsch. Das waren die Tage, an denen es ihm qualvoll war, eingespannt im Zimmer zu hocken, ein Schreiber geworden zu sein, anstatt in den Atlantik hinauszurauschen und von Delfinen umspielt hoch am Himmel Ausschau zu halten, bis er die Wolkenspitze ausgemacht hatte, die der Pico de Teide war. Und selbst unter Dampf, so deuchte es ihn, würde er lieber fahren, als zu Hause zu sitzen. Denn der Himmel war immer weit, das Meer frei und wechselvoll; im Grunde war es nicht wichtig, woher man die Kraft zum Fahren nahm.

Endlich sagte der Fremde: »Ich will Baugrundstücke haben, zwei oder drei, unter Umständen auch mehr.«

»Baugrundstücke haben wir im Dorf nicht mehr, es ist alles bebaut – höchstens –«, Permien zog die alte Flurkarte aus dem Fach – »höchstens hier, zwischen der Schule und den Fischerkaten, da liegen noch rund 200 Quadratmeter Gemeindeland.« Er zeigte mit seinem Bleistiftende auf die Karte und sah einen Zeigefinger, der einem Kochwürstchen glich, seinem Stift folgend. »Sie müssten aber von einem der Anlieger einen Streifen Land für einen Zufahrtsweg zu erwerben versuchen, sonst hat es keinen Wert. Ich glaube nicht, dass das klappen würde, die Grundstücke sind an sich schon recht schmal.«

Er wollte die Flurkarte wieder zusammenrollen, da hatte der Dicke bereits beide Hände breit daraufgelegt, die Sonne blitzte in dem Brillantring auf jedem seiner kleinen Finger auf.

»Wollten Sie sich anbauen?«, fragte Permien zurückhaltend.

Schmolle studierte nickend weiter auf der Karte.

»Sprachen Sie nicht von zwei oder drei Grundstücken?«

»Ja, ja«, antwortete Schmolle gestört. »Wir haben nur das eine, und wie ich schon sagte –«

»Hier! Hier will ich was haben!« Schmolle schob Permien die Karte hin und wies mit allen Fingern auf die nur von wenigen Linien des Strandes und Weges unterbrochene weiße Fläche hinter dem Hotelberg.

»Da sind ja nur Dünen«, lächelte Erdmann.

»Weiß ich – habe ich gesehen – da komme ich eben her – da will ich kaufen!«

Erdmann lachte. »Wollen Sie auch ein Hotel bauen, wie der Dahm da oben«, fragte er wie zum Spaß.

Schmolle schüttelte den Kopf: »Was kostet dort der Boden?«

»Kann ich nicht sagen.« Erdmann rückte ein bisschen zurück. Der Mensch schien geisteskrank zu sein. Er blickte auf den kugelrunden Kopf, auf dem wieder Schweißperlen standen. Er hatte sich Geisteskranke immer hager und abgezehrt vorgestellt, es mochte aber auch fette darunter geben.

»Was heißt das: Kann ich nicht sagen?«, fuhr Schmolle auf.

»Weil die Dünen nicht der Gemeinde, sondern dem alten Hof gehören. Dahin wurden früher die großen Schafherden getrieben.«

»Sind die Schafherden nicht mehr da?«

»Die wenigen Schafe, die noch gehalten werden, kann man kaum mehr eine Herde nennen.«

»Na also.« Der Mann stand auf und begann noch einmal unbefangen die umständliche Zeremonie des Trockenlegens. Darauf steckte er seine Visitenkarte wieder ein, verbeugte sich: »Empfehle mich«, und ließ den erleichterten Schulzen allein.

Erdmann wartete, ehe auch er das Haus verließ, um dem Kerl nicht über den Weg zu laufen. Er konnte die Luft im Zimmer nicht mehr ertragen, die er mit diesem dicken, im Grunde unhöflichen Manne teilen musste. Etwas Widerliches, Verschlagenes war von ihm ausgegangen. Wie konnte ein Mensch auf den ersten Blick so abstoßend wirken? Bildete der sich ein, dass sich mit kahlen Dünen, die keinen anderen Nutzen hatten, als das bescheidenste Haustier der Erde, das Schaf, zu ernähren, Geschäfte machen ließen? So wie es auf dem Hof stand, erklärte sich Frau Dedow vielleicht zu einem Verkauf der Dünen bereit, für die sie keine Verwendung mehr hatte. Damit würde dieser Kerl mit einem Schlag Eigentümer von Grund und Boden im Dorf, in meinem Dorf, dachte Erdmann Permien traurig.

Er ging hinüber zum Strand, um das Meer wenigstens zu sehen, wie es in der warmen Sonne dieses windstillen Tages glitzernd und blinkend vor ihm lag, mit dem lockenden Rieseln der kleinen Wellen auf dem Sand. Die wenigen Fischerboote waren draußen, um sich einen kleinen Anteil vom Frühjahrshering einzufangen.

Erdmann hörte das Plätschern der Riemen, das Bumsen der Dollen und dachte mit Ingrimm an die Arbeit, die Tag für Tag auf seinem Schreibtisch wuchs und immer mehr Zeit verschlang. Wie viel Schreiberei gab es mit all den fremden Menschen, vor allem mit den neuen Hausbesitzern, die immerfort Wünsche hatten. Sie ließen ihn selbst im Winter nicht in Ruhe, bürdeten ihm auf, sich um ihre Häuser zu kümmern, ihre Handwerker zu beaufsichtigen. Und waren sie hier, fanden ihre Ansprüche kein Ende. Im letzten Sommer hatten sie sogar bemängelt, und zwar ging das von dem Direktor Helmers aus, dass im Dorf nur Schwarzbrot zu haben sei; sie wären daran gewöhnt, morgens frische Brötchen zu bekommen; ihren Kindern bekäme das schwarze Brot nicht!

Hatte jemals einer im Dorf daran gedacht, Weizenbrot zu essen? Waren nicht alle mit Schwarzbrot groß geworden?

Jetzt war wieder ein Brief von diesem Helmers gekommen. Eine Sendung mit Konserven und eine mit Wein seien unterwegs, der Schulze möchte die Kisten in Verwahrung nehmen. Er hätte auch Brunnen bestellt, denn das Wasser könnte man nicht trinken, das Wasser sei zu schlecht! Wenn diesen Leuten das Wasser im Dorf nicht gut genug war, warum kamen sie überhaupt her? Sie legten ihm dieses torfhaltige Wasser persönlich zur Last! Nein, lieber Fischer am Strande als Schulze am Schreibtisch, dachte Permien. Doch wer von den Fischern könnte an seiner Stelle Schulze für seine Gemeinde sein?

*

Eines Tages erschien der Wachtmeister wieder im Dorf, den blanken Säbel als Sinnbild seiner Macht über Leben und Tod um den Leib geschnallt. Emma Lange sah ihn von ihrem Dachfenster aus zum Schulzen hineingehen und wartete gespannt, wann er wieder herauskommen würde, allein oder vom Schulzen begleitet. Solch ein Ereignis bedeutete eine der wenigen Freuden im öden Einerlei ihrer einsamen Tage.

Hatte die Harms etwa Ernst gemacht und den alten Seeger angezeigt, weil der beim Umgraben wieder einen Spatenstich breit auf Minnas Grundstück hinübergekommen war? Jedes Jahr nur einen Spaten breit, – auf die Länge der Zeit machte das etwas aus. Emma Lange konnte sich noch erinnern, wie Opa und Oma Harms den kleinen Sauerkirschbaum gepflanzt hatten, der ewig kümmerte und nie eine Kirsche trug. Der stand jetzt ein gutes Stück im Seegerschen Kartoffelland und hing Jahr für Jahr übervoll.

Wenn ich die Harms wäre, würde ich mir den Wachtmeister lieber nicht ins Haus locken, dachte Emma. Denn wenn der zu fragen anfängt, wie das eigentlich mit Opas Tode zusammengehangen hat – solche Leute kamen an den Strang!

Dass sie von ihrer Bodenstube aus einen weiten Blick über die Dorfstraße hatte, war der einzige Trost in Emma Langes Leben geblieben. Von oben konnte sie alles verfolgen. So sah sie jetzt den Professor Kleinbach, der vor einigen Tagen mit seiner Familie und einem Hauslehrer gekommen war, auf das Schulzenhaus zugehen. Nachdem sie sich die Zeit mit Ärger über die junge Frau Dorothea Konow vertrieben hatte, die schon wieder einen neuen Mantel trug, sah sie den Wachtmeister mit strammen Schritten, vom Klirren des Säbels begleitet, nach Norden gehen. Also hatte die Harms ihn nicht rufen lassen, sonst ginge er jetzt zur Fischerreihe.

Emma Lange wagte ihren Fensterplatz nicht zu verlassen, obwohl das Feuer in der Waschküche ausgehen konnte, wo sie so lange kochen durfte, bis Direktor Helmers' kamen. Dann musste sie sich mit einem Petroleumkocher auf der Abseite begnügen, über dessen Gestank sich die Frau Direktor auch noch täglich beklagte.

Die Anwesenheit des Wachtmeisters im Dorf war auch anderen nicht entgangen. Die ganze Fischerreihe bis auf die Harms kam zusammen, auch Kleinbachs große Jungen trieben sich auf der Dorfstraße herum.

Emma machte einen langen Hals: die Kinder sprangen johlend davon, die Frauen liefen hinter ihnen her, als wäre Feuer am Norderende des Dorfes ausgebrochen. Emma konnte in dem Gewimmel zuerst nicht erkennen, wer es eigentlich war, mit dem der Wachtmeister ankam. Es konnte doch nicht der Herr Dahm vom Hotelberg sein? Es war der Dahm! Der Wachtmeister hielt ihn fest am Arm, als er mit ihm durch die Gartenpforte des Schulzen ging; alle anderen blieben zurück und redeten und plapperten so wild durcheinander, dass kein Wort zu verstehen war.

»Was ist los?«, schrie Emma aus Leibeskraft hinunter.

»Der hat die Wäsche von Kleinbachs gestohlen! Kleinbachs Jungen haben sie bei ihm auf der Leine entdeckt!«

*

Die Griepsch fand in ihrem Flur einen zierlichen Herrn mit ergrautem Vollbart, den steifen runden Hut artig in der Hand, auf der Brust ein an schwarzer Schnur hängendes Pincenez und über dem Arm ein kariertes Plaid.

»Verzeihung«, sagte er höflich, »bin ich hier richtig bei Frau Ohlerich? Stadtrat Kerner aus Havelberg«, stellte er sich vor.

Die Griepsch zog schnell hinter sich die Kammertür zu, weil ihr Bett noch nicht gemacht war. Es hatte bis zum Morgen gedauert, ehe der Junge bei Frau Dorothea Konow kam, und sie war zu verschlafen, sich ihrer grauen Nachtjacke über dem roten Unterrock bewusst zu sein. »Bitte, das ist die Stube.« Sie suchte eilig mit den knotigen Zehen den einen Schlarpen wieder zu fassen, aus dem sie gerutscht war.

»Milchen, es ist richtig hier«, rief der Herr hinaus.

Auf seinen Ruf hin erschien eine ältere Dame mit einem breiten, von der Mittagswärme hochgeröteten Gesicht, dessen Doppelkinn die Brosche am Kragen fast verdeckte. Sie trug einen Kapotthut mit Sammetaurikeln und einem mit schwarzen Pailletten über und über benähten Mantel aus grauem Lüster. Sie ächzte unter ihrem Gewicht und warf einen misstrauischen Blick in die Stube mit den hochbepackten Holzbettstellen, vor denen je ein Stuhl stand, der die Rolle eines Nachttisches zu spielen hatte. Trotz ihrer Fülle strebte sie geschwind auf ihren Stoffschuhen zum Fenster und stieß es auf. »Es ist zum Ersticken hier«, schimpfte sie.

»Da haben wir es, Albert! Ich habe dir vorher gesagt, was uns blühen wird! Nicht einmal ein Kleiderschrank! Nur Haken! Und kein bequemer Stuhl! Da sitzen wir nun in diesem gottverlassenen elenden Nest! Mücken sind auch im Zimmer!« Sie sah die Griepsch vorwurfsvoll an. »Eine schöne Bescherung, Albert, nach der heißen, weiten Reise!«

Der Stadtrat stand noch bescheiden an der Tür: »Milchen, beruhige dich, es sieht doch alles sauber aus.«

»Wie ich es hier aushalten soll, danach fragst du nicht! – Frau Ohlerich, schlagen Sie die Betten auf, damit ich sehen kann, was drunter ist.«

Die Prüfung der Betten schien leidlich auszufallen. Jedenfalls verhieß das dick gestopfte Unterbett ein weiches Lager.

»Falls einen die Mücken schlafen lassen«, schränkte die Stadträtin ihr Urteil ein. Sie setzte sich breitbeinig auf einen der beiden Stühle und knüpfte die Schleife ihres Kapotthutes auf: »Kann man bei Ihnen wenigstens Frühstück bekommen?«

Die Griepsch nickte. Ihre Gäste hätten sich morgens Kornkaffee aufbrühen lassen, aber Brot und Marmelade selbst gehalten.

»Wir bekommen morgens jeder zwei Eier«, sagte die Stadträtin herablassend, »pflaumenweich gekocht. Sechs frische Brötchen, darunter zwei Hörnchen, reichlich Butter, Sahne zum Kaffee, dicke Sahne, keine blaue Plörre. – Das Frühstück bringen Sie, wenn ich klingle. Und nach dem Mittagsschlaf, Frau Ohlerich, brühen Sie mir ein Kännchen extrastarken Kaffee auf, – na, lass in Gottes Namen unseren Koffer bringen, Albert, – was wollen wir weiter machen? Ich werde sehen, ob im Dorf ein besseres Zimmer aufzutreiben ist.«

Der Stadtrat verschwand sofort.

»Was haben Sie überhaupt bisher für Gäste gehabt?«

»Malerfräuleins.«

»Aha, kein Wunder.«

Die Griepsch schwieg.

Die Stadträtin wedelte sich mit ihren Handschuhen Luft zu. »Sagen Sie mal, woher kommt Ihr Wasser?«

»Ich habe meinen eigenen Brunnen«, sagte die Griepsch stolz.

»Einen Brunnen?«

»Ziehbrunnen –«

»Und das Wasser nehmen Sie zum Trinken? Ist es untersucht? Ist es sauber?«

»Manchmal wehen ein paar Blätter in den Brunnen. Kommt 'ne Raupe oder Spinne mit hoch, kann man sie ja rausfischen«, sagte die Griepsch beruhigend.

Die Antwort der Frau Stadträtin auf solche skandalösen Zustände wurde dem Stadtrat zuteil, der gerade mit der Bitte hereinkam, ob Frau Ohlerich wohl so liebenswürdig sein wollte, mit anzufassen.

Ein Junge stände draußen mit dem Gepäck.

Sie fasste mit an und schleppte den riesigen mit Holzleisten umspannten Koffer herein. Dann machte sie, dass sie in die Küche kam. Lass die Dicke selbst sehen, wie sie sich die Brötchen und die Hörnchen beschafft, dachte sie und setzte seelenruhig ihre Kartoffeln auf.

*

Karl-Heinz Kleinbach stand gebückt, eine Hand auf dem Rücken, in der Kellerkammer: »Heute bringe ich dir was von Vater mit, Theodor! Rat' mal!« Theodor richtete den Kopf hoch und sah gespannt auf seinen Freund. »Setz dich bloß, Karl-Heinz, dein krummer Rücken sieht grässlich aus.«

»Erst raten!«

Theodor überlegte, ob er wagen dürfte, seinen größten Wunsch auszusprechen, ohne unbescheiden zu erscheinen.

»Na, was möchtest du am liebsten haben?«

»Tabak«, antwortete Theodor entschlossen.

»Geraten!« Ein Paket Tabak rollte auf sein Bett, gleich hinterher noch ein zweites. Karl-Heinz holte Theodors Pfeife, Aschenbecher und Zündhölzer von der Fensterbank, setzte sich und sah zu, wie Theodor mit vor Freude zitternden Fingern ein Paket öffnete, genießerisch die Nase hineinsteckte und sich dann seine Pfeife stopfte.

Mitunter, wenn Karl-Heinz an Regentagen kam, spielten sie Sechsundsechzig, aber am liebsten sprachen sie zusammen von allen Dingen zwischen Himmel und Erde, über die sie sich Gedanken machten. Was dem einen das Gymnasium an Anregung gab, holte der andere aus den stillen Stunden der Tage und Jahre, in denen seine Gedanken ungestört die verschlungensten Pfade suchten. Das glich den Altersunterschied aus, der zwischen dem ehemaligen Jungmann Theodor Pieplow und dem Unterprimaner Karl-Heinz Kleinbach bestand.

Nachdem sein Freund ein paar Züge aus der Pfeife getan hatte, fragte Karl-Heinz: »Denkst du manchmal darüber nach, Theodor, ob es Gott wirklich gibt? Ich hatte mir, seit ich mit der Konfirmation durch war, keine Kopfschmerzen mehr darüber gemacht, aber wenn ich dich hier so liegen sehe, wird man einfach wieder darauf gestoßen. Es kann keinen Gott geben, jedenfalls nicht den ›lieben Gott‹, von dem sie uns immer erzählt haben!«

»Ich glaube es auch nicht, oder er kümmert sich nicht um die armen Leute. Mutter darf das aber nicht hören, Karl-Heinz. Sie sagt immer, das sei eben eine Prüfung, die mir von Gott geschickt worden ist, die müsste man geduldig ertragen. Ich darf Mutter nicht mal fragen, weshalb ich geprüft werde und andere nicht, gleich fährt sie mir über den Mund. Vernünftig reden kann man mit Mutter darüber nicht.«

»Ich glaube, Theodor, den ›lieben Gott‹ hat man sich in uralten Zeiten einfach ausgedacht, damit die Menschen Angst kriegen und nicht so viel Böses tun; denn im Grunde sind die Menschen schlecht!«

»Meinst du, Karl-Heinz?« Theodor schaute nachdenklich vor sich hin. Gewiss, es gab schlechte Menschen, wie diesen Dahm, der Kleinbachs Wäsche gestohlen hatte. Aber Mutter war gut, Carl und Friedchen auch, Friedchen fast so gut wie Mutter. Und wie oft kam Frau Lisbeth Konow und brachte ihm Kuchen. Dürten war allerdings nicht so gut, das stimmte, sonst hätte sie längst ihre Stellung bei den Damen aufgegeben, um Mutter zu helfen. Eigentlich war Dürten wohl nicht schlecht, nur dumm, maßlos dumm. Sie wollte fein sein, und sobald Leute Geld hatten, ging sie für sie durchs Feuer, wie für dieses Fräulein Malz. Jetzt wohnte als Gast ein reicher Mann im Hotel, der eine Fabrik besaß, mit dem sollte Dürten immer abends tanzen, wenn sie Ausgang hatte. Ballschuhe hatte er ihr sogar geschenkt.

Nach einer Weile sagte er: »In der ersten Zeit habe ich jeden Abend gebetet, damit Gott mich wieder gesund macht. Ich versprach ihm, niemals etwas Böses zu tun, immer in die Kirche zu gehen und Mutter meine ganze Heuer zu schicken. Wenn es Gott wirklich gäbe, Karl-Heinz, müsste es für ihn eine Kleinigkeit sein, mich gesund zu machen. Er brauchte nur meinen Rücken anzurühren. Weil alles beim Alten blieb, habe ich das Beten gelassen, hat ja doch keinen Sinn.«

Karl-Heinz nickte: »Ich habe jetzt ein Buch gelesen von einem Mann, der David Friedrich Strauß heißt. Unsere Lehrer haben es uns verboten, aber das Buch geht doch durch die ganze Klasse. Strauß hat nämlich bewiesen, dass Christus nur ein Mensch war.«

»Kann ich das auch mal lesen?«

»Ich hatte es nur geliehen«, wich Karl-Heinz aus, denn in diesem Buch stand so vieles, was der arme Theodor, der nur in der Dorfschule gewesen war, niemals verstehen konnte.

»Ich denke immer, Karl-Heinz, irgendein Mensch muss aufgeschrieben haben, wie das mit dem lieben Gott und der Prüfung ist, warum ich hier liege und zu nichts nütze bin, während Mutter sich zu Ende quälen muss. Es gibt so viele Bücher; Dürten sagt, bei Fräulein Malz stände eine ganze Wand voll! Das müssen gewiss mehr als hundert Bücher sein. Gibt es denn keins, aus dem man die Wahrheit erfährt? Mutter sagt immer, das stände alles in der Bibel, die sollte ich lesen. Aber damit komme ich nie zurecht.«

»Das ist auch nur was für alte Frauen«, stimmte Karl-Heinz zu.

»Hast du nicht solch ein Buch?«, drängte Theodor.

Karl-Heinz dachte an die vielen Bücher seiner Eltern in der Berliner Wohnung und an sein eigenes Bücherbrett, auf dem die Reclambände mit den griechischen Dramen aufgereiht waren, die er als Klatsche gebrauchte, daneben Schopenhauer, den er begeistert las; von Kant hatte er sich etwas gekauft, und jetzt hatte er angefangen, Nietzsche zu lesen.

Jeder sagte etwas anderes, und jeder sagte es so, dass man ihm glauben musste. Das Buch, das Theodor suchte, war aber nicht dabei. »Nein Theodor«, sagte er schließlich, »solch ein Buch gibt es nicht.«

Der Kranke gab sich nicht zufrieden: »Du kennst es nur noch nicht. Frag deinen Vater oder deine Lehrer, die müssen es kennen! Ich meine eins, in dem drinsteht, warum manche Menschen gar nichts zu arbeiten brauchen, weil sie Geld haben, wie dieses Fräulein Malz, und warum die, die kein Geld haben, alle Arbeit für die Reichen tun müssen, warum Mutter sich so schinden muss und ich krank hier liege. Das muss doch in einem Buch erklärt sein, Karl-Heinz!«

*

Am tiefsten wurde Emma Lange durch das neue Dienstmädchen gekränkt, das Helmers' mitgebracht hatten, ein schnippisches junges Ding, noch keine zwanzig Jahre alt, das über dem schwarzen Kleid eine weiße, gestärkte Latzschürze und auf dem Kopf eine getollte weiße Rüsche trug, wenn sie das Essen im Speisezimmer servierte. Direktor Helmers' waren sogar zu faul, die Schüsseln selbst weiterzureichen. Mathilde musste damit von einem zum anderen gehen, sie hinausbringen, warm stellen und wieder hereintragen, sobald geklingelt wurde.

Was nahm sich diese freche Person heraus? Sie verbot ihr, während sie kochte, durch die Küche zu gehen. Ihr ewiges Gelatsche in Pantoffeln, sagte Mathilde, mache sie nervös. Was sie immer durchzulaufen hätte? Sie könnte sich oben halten, wo sie hingehörte! Unten hätte sie nichts zu suchen! Jedes Mal brächte sie Dreck an den Füßen mit. Ihren Wassereimer und ihren Pisspott sollte sie gefälligst gleich morgens heruntertragen; Wassertropfen auf den Fliesen in der Küche verbäte sie sich aber ein für alle Mal! Sie würde es der Gnädigen sagen!

Emma Lange klopfte das Herz. Vor einigen Tagen hatte Frau Direktor sie angefahren, weil sie nach dem Mittagessen die Treppe hinuntergegangen war, um draußen ein bisschen Luft zu schöpfen. In ihrer Bodenstube war es vor drückender Hitze nicht auszuhalten gewesen. Durch das Knarren der Stufen war der Direktor in seinem Mittagsschlaf gestört worden. Solange er schliefe, befahl die Frau, hätte im ganzen Hause absolute Ruhe zu herrschen.

Was durfte sie überhaupt noch tun? Im Garten durfte sie nicht sitzen, wo die schönen weiß lackierten Stühle hinter der Rollwand standen; nur im Hof auf der alten Küchenbank. Wollte sie sich draußen ein bisschen erfrischen, musste sie bis zum Dorfbrunnen gehen, den der Schulze bauen ließ, einem zugedeckten Brunnen mit Pumpe, auf dessen Zementdeckel es sich gut sitzen ließ. Sie wurde aber nie ein Gefühl der Beschämung los, dass sie auf die Straße gehen musste, als besäße sie kein Haus und keinen Garten.

Mathilde steckte den Kopf in die Tür. »Sie sollen runterkommen, der gnädige Herr will Sie sprechen! Aber sofort und gefälligst anklopfen! Zu den Herrschaften läuft man nicht einfach hinein wie zu Vieh im Stall!«

Direktor Helmers ruhte auf der Veranda im Liegestuhl und legte langsam die Zeitung weg. Emma Lange blieb auf der Schwelle stehen. Auf den spiegelblanken Fußboden oder gar auf die neue graue Matte zu treten, wagte sie nicht. Sie warf einen besorgten Blick auf ihre roten Plüschpantoffeln, ob kein Stäubchen daran haftete.

»Wir müssen zu einer anderen Ordnung kommen, Frau Lange, so geht das nicht weiter. Meine Frau ist zu sehr mit den Nerven herunter, um sich durch den täglichen Ärger im Hause noch vollends marode machen zu lassen. Wir haben uns die Sache sehr anders gedacht, als wir den Vertrag mit Ihnen schlossen und das Haus instand setzen ließen. Wir haben auch geglaubt, Sie würden sich ein bisschen dankbar für alles zeigen. Sie vergessen wohl, wie heruntergekommen Ihr Haus war, der alte Lehmkamin am Umfallen, das Dach undicht, und wie sah der Vorgarten aus, die reine Unkrautwüste! Über die große, geräumige Stube, die wir Ihnen ausgebaut haben, können Sie sich doch weiß Gott nicht beklagen! Ich möchte wirklich mal wissen, woran es Ihnen fehlt! Aber wenn meine Frau nur Ihr mauliges Gesicht sieht, ist ihr für den ganzen Tag die Laune verdorben. Das habe ich jetzt satt!«

Emma Lange trat von einem Fuß auf den anderen und sah hilflos auf den blanken Fußboden. Dazu muss ich etwas sagen, dachte sie verzweifelt, aber was soll ich nur sagen? Sie stotterte verlegen: »Die Mathilde –«

»Bitte, kein Dienstbotenklatsch!«, fiel ihr der Direktor ins Wort. »Mit solchem Gewäsch wünsche ich verschont zu bleiben. Ich habe mir in den letzten Tagen die Sache reiflich überlegt. Wenn es Ihnen mit uns nicht passt, Frau Lange, bin ich bereit, diesem unerfreulichen Zustand hier im Haus ein Ende zu machen. Wir bezahlen Ihnen die Miete weiter, wie es vertraglich abgemacht ist, und Sie gehen in ein Altersheim.«

»Ich soll – wohin soll ich gehen?«

»In ein Altersheim«, wiederholte der Direktor ungeduldig.

»Raus aus meinem Hause?«

»Haben Sie mich noch nicht verstanden?«

»Ich soll aus meinem Hause raus?«, schrie sie entsetzt.

»Regen Sie sich nicht so auf, beherrschen Sie sich! Sie vergessen mal wieder, dass meine Frau nervös ist. Was wollen Sie denn eigentlich noch hier?«, fragte er freundlicher. »Im Heim haben Sie ein behagliches Unterkommen, Sie brauchen nicht mehr selbst zu kochen – der Gestank Ihres Petroleumkochers ist uns auch nachgerade mehr als über – und wenn wir Ihre Bodenstube dazu übernehmen, bin ich bereit, die Miete entsprechend heraufzusetzen.«

Emma Lange brauch in Tränen aus.

»Bitte, keine Heulerei, als würfe Sie jemand aus dem Hause hinaus. Davon ist keine Rede! Wir werfen niemanden aus seinem Hause hinaus! Überlegen Sie sich meinen Vorschlag, ich komme darauf zurück. Aber eines sage ich Ihnen, mit dem ewigen Gezänk ist Schluss! Richten Sie sich danach! Sonst ziehe ich andere Saiten auf!«

*

Manche Tage kamen Erdmann und Mieke wie verhext vor. Die Tür zum Amtszimmer stand kaum still. Solange die Sonne schien, ließ es sich halten; sie konnten in Ruhe, zu beiden Seiten des Schreibtisches sitzend, wenigstens einen Teil der eingegangenen Post handschriftlich beantworten. Regnete es jedoch oder machte ein starker Südwest den Aufenthalt am Strande ungemütlich, verfielen die Gäste auf den Gedanken, sich beim Schulzen zu beklagen oder allerlei Wünsche vorzubringen.

Erdmann Permien blickte auf die Dorfstraße. Böen wirbelten Dünensand und Staub auf, der von den Gästen mit der Frage, warum es keinen Sprengwagen im Ort gäbe, ebenso beanstandet wurde wie die unvermeidliche Tatsache, dass Kühe nun einmal nicht straßenrein sind.

Soeben war Schmolle fortgegangen und hatte das gleiche unbehagliche Gefühl wie bei seinem ersten Besuch zurückgelassen. Dass Frau Dedow ihm die ganze Dünenkette bis zur Kuhweide verkauft hatte, war dem Schulzen bekannt. Jetzt hatte Schmolle ihm die Mitteilung gemacht, das Gelände wäre in Baugrundstücke aufgemessen worden, jedes mit einer Düne darauf. Dieses Mal ließ er seine Visitenkarte auf dem Tisch zurück, damit seine Adresse für Baulustige zur Hand sei.

»Ich hoffe, Mieke, dass sich dieser Spekulant gründlich verrechnet und auf seinen nackten Dünen hängenbleibt. Keding hat ihm einen gehörigen Preis abgenommen. Doch wie siegessicher ging dieser Kerl hinaus! – Mieke, da kommen die Stadtrats aus Havelberg schon wieder!«

Erdmann legte den Federhalter hin und machte sich auf alles gefasst. Mieke drückte sich. Sie hatte schon einmal die sinnlosen Klagen und Vorwürfe der Stadträtin anhören müssen. Erdmann beobachtete gottergeben, wie das Ehepaar dem Hause zuschritt, sie mit dem breitbeinigen Gang der Fettsüchtigen voran, er hinterher, hager, im hellen Sommerjackett und mit einem hohen Strohhut auf, über dem Arm das karierte Plaid und den Feldstuhl, so wie man die beiden Tag für Tag über die Dorfstraße wandeln sah.

Die Stadträtin setzte sich dem Schulzen gegenüber, öffnete nach Luft schnappend die Schleife unter dem vollen Kinn, hakte den Staubmantel auf, unter dem eine violette Sammettaille mit goldenen Spitzen zum Vorschein kam. Der Stadtrat nahm bescheiden an der Wand Platz, behielt das Plaid und das Stühlchen auf dem Arm.

»Ich möchte mal wissen, wozu wir Kurtaxe bezahlen müssen, Herr Schulze, wenn uns nicht einmal ein anständiger Mittagstisch geboten wird!«

Die Stadträtin holte Luft. – »Erst lockt man uns mit einem Prospekt her, in dem etwas von gepflegter, guter Küche steht.« Sie musste wieder nach Luft ringen. »Dieser Prospekt ist nicht von uns versandt worden, sondern von dem Hotel da oben, Frau Kerner«, sagte der Schulze freundlich.

»Frau Stadtrat Kerner«, verbesserte sie ihn gekränkt.

Erdmann nahm die Zurechtsetzung hin.

»Bei dieser Pieplow, – so etwas ist mir noch nie zugemutet worden! Jeden Tag dieselbe graue, plörrige Soße, mal über eine hauchdünne Scheibe Schwein, mal über eine hauchdünne Scheibe Kalb gegossen, niemals frisches Gemüse, immer Leipziger Allerlei.« Sie holte Luft.

Erdmann Permien benutzte die Pause: »Gemüse wächst auf unserem schlechten Boden kaum. Wo soll die Frau Gemüse hernehmen?«

»Und diese offene Speisehalle, in der es zieht, als wenn man auf einem Bahnhof säße, hinein regnet es auch, Herr Schulze! Wenn sich die anderen Gäste das gefallen lassen, – die sind es vielleicht von zu Hause nicht besser gewöhnt, – ich lasse mir so was nicht länger bieten! Ich habe gestern der Pieplow tüchtig meine Meinung gesagt!«

»Es gibt ja den guten Ausweg, Frau Stadtrat, das Mittagessen auf dem Hotelberg einzunehmen.«

Die Stadträtin lief an wie ein zorngeschwollener Puterkamm; darauf wagte der Stadtrat begütigend aus seiner Ecke einzuwerfen: »Wir haben das versucht, Herr Permien, aber meine Frau kommt den Berg nicht hinauf, er ist zu steil und zu hoch.«

»Ich verstehe nicht, wie Sie sich überhaupt herausnehmen können«, sagte sie, »sich als Badeort auszugeben und den Gästen nicht einmal eine zugängliche Speisestätte zu bieten, wo es ein Essen gibt, wie es gebildete Leute gewöhnt sind. Wir sind nicht hierhergekommen, um uns durch Kletterpartien einen Herzschlag zuzuziehen!«

»Wenn ich noch einmal das Wort nehmen darf«, sagte Permien ruhig, »der Wahrheit entsprechend haben nicht wir uns als einen

Badeort ausgegeben, die Gäste, die zu uns kommen, haben uns zu einem Badeort gemacht.«

»Für unser gutes Geld wird nicht das Geringste geboten. Nicht mal Kuchen gibt es wochentags, und die Berliner, die dieser Bäcker am Sonntag verkauft, sind zäh wie Leder – ich kann sie nicht beißen, mir bleiben die Zähne hängen – nicht eine einzige Bank steht im Dorf!«

»Für ein paar Bänke auf der Dorfstraße würde ich allerdings der Gemeindeverwaltung auch außerordentlich dankbar sein«, sagte der Stadtrat bescheiden. »Jetzt muss ich den Feldstuhl mitnehmen, damit meine Frau sich setzen kann, wenn sie sich die Leute, die vorübergehen, in Ruhe ansehen will. Ich wäre den ›Stuhlgang‹ gern los«, lächelte er.

Der Schulze hatte mehrmals gesehen, wie der Stadtrat mitten im Dorf diensteifrig seiner Frau den Feldstuhl unterschob, damit sie den Anblick einer neu eingetroffenen Familie geruhsam sitzend in sich aufnehmen konnte, und vermochte ein Schmunzeln nicht zu unterdrücken.

»Sie lachen?«, fuhr die Stadträtin hoch und japste nach Luft, »Sie – Sie – Dorfschulze! Ich werde mich –«

Die Tür wurde aufgestoßen. Ein junger Seemann im blauen Anzug, die weiße Mütze in der Hand, stürzte herein.

Erdmann sprang auf: »Wo kommst du plötzlich her, Niklas?«

»Ich habe mich für die nächste Fahrt ablösen lassen, Vater!«

»Hat Mutter dich schon gesehen? – Mieke! – Mieke!« Erdmann Permien lief in den Flur.

»Komm, Albert, hier scheinen wir überflüssig zu sein!« Die Stadträtin erhob sich. »Was soll man anderes von diesem ungebildeten Flegel verlangen!« Sie ging, von ihrem Mann, dem Plaid und dem Stühlchen gehorsam gefolgt, mit hoheitsvoller Miene hinaus.

*

Niklas hatte von seines Vaters Haus, das ihm seit seiner Geburt gehörte, auf eine sehr eigene Weise ein Bild. Er war als kleiner Junge oft an der Hand der Mutter dort gewesen. Drinnen herrschte eine beklemmende Welt, in der es einige Betten und Stühle und einen Glasschrank mit allerlei geheimnisvollen Dingen gab, aber keine Menschen, keine Schritte, keine Stimmen. Die Mutter ging, nachdem sie die Fenster im ganzen Haus geöffnet hatte, in den Garten, jätete, hackte, pflanzte, je nach der Jahreszeit, und erzählte dabei von dem Vater, der ein anderer als der eigentliche Vater war, ebenfalls Schiffer auf einem Segelschiff, und jedes Mal, wenn sie ins Haus zurückkamen und die Mutter alle Fenster schloss, führte sie ihn zu dem Bild, das in der toten Stube auf einem Tischchen ohne Decke stand. »Sieh mal, Niklas, das ist unser Vater«, sagte sie und stellte Blumen aus dem Garten davor. Später machte Mutter den Glasschrank für ihn auf. Weil er größer und achtsamer geworden war, durfte er die weißen und rosa Korallen in die Hand nehmen, während Mutter von der großen Sturmflut erzählte, wie hinterher der gute Schiffer Elias Konow Tag für Tag gesucht und gegraben hätte, um all diese schönen Geschenke des Vaters wieder aus den angeschwemmten Dünen und dem ausgewaschenen Lehm herauszufinden. Er durfte durch den offenen Hals in die Flasche sehen, in die Vater ein Schiff hineingebaut hatte, ein Vollschiff mit einem Hintergrund von Häuschen und Palmen. Und ehe er zur See ging, nahm Mutter zwischen den bunten Tassen, die im obersten Fach des Schrankes standen und ihre Hochzeitstassen gewesen waren, einen goldig schimmernden Becher heraus, auf dem eine Brigg gemalt war. »Diesen Becher brachte Vater aus England für dich mit, Niklas, ehe du geboren warst.«

Seines Vaters Steingutbecher mit der Brigg darauf hatte Niklas bis auf den heutigen Tag als sein Besitztum, kostbarer als alle anderen Schätze der Welt, bewahrt. Er hatte nicht gewagt, ihn mit an Bord zu nehmen. Der Becher hatte seinen Platz auf dem Wandbrett in seiner kleinen elterlichen Stube. Jedes Mal, ob er als Moses oder Jungmann, Leichtmatrose oder Vollmatrose und schließlich als Steuermann auf Urlaub kam, war er ihm der Inbegriff des Zuhauseseins.

Als Niklas seine überraschte Mutter begrüßt hatte, nahm er den Becher und ging wie mit Flügeln davon, um seine Königin zu sehen. Jetzt sollte er wieder in seines Vaters Hause stehen!

*

Die Sonne hatte das gewölbte Wolkengebirge mit seinem leuchtenden Rand, das einem Schirm gleich vor ihrem Aufstieg lag, überwunden. Die ersten Vögel des neuen Tages zogen über die noch schlafende Binnensee dahin. Die Spitzen der Hecke begannen zu leuchten, es flimmerte das von Tau wie von Schweiß bedeckte Gras, da wachte Niklas auf. Ein leiser Duft von Farbe und Terpentin erfüllte auch diesen Raum. Er wandte sich um: Seine Königin stand in der Tür und schaute ihn lächelnd an. Niklas lag, wie von Glück eingehüllt. Als er aufgestanden war, fand er sich im Hause allein. Er rief nicht, er suchte auch nicht. Er fühlte, warum sie fortgegangen war. Er verließ das Grundstück durch den Hof, wo der Garten begann, der in die Wiesen überging, welche der neue Deich schützte. Er schaute sich nicht um, ob er sie irgendwo sehen könnte. Er schlug einen weiten Bogen über die Wiesen und den Deich, ehe er zu seinen Eltern ging. Dass ein Mensch so viel Herrlichkeit verschenken konnte, an ihn, an ihn! Das vermochte sein Herz nicht zu fassen!

*

Friedchen Pieplow ging langsam die Fischreihe hinauf. Sie schluchzte in sich hinein. Nachdem sie Carl geschrieben hatte, dass es nun doch mit ihr so weit gekommen sei, hatte er geraten, bei Seegers zu fragen, ob die sie nicht in ihrem Hause aufnehmen könnten. Sie wollten die beiden Alten dafür bis an ihr Lebensende so getreulich pflegen, als wären sie ihre eigenen Eltern.

Wie konnte der arme Carl, der seit Jahren im Sommer nicht mehr zu Hause gewesen war, wissen, dass Seegers trotz ihres hohen Alters noch immer vermieteten? Ihr ganzes Haus wurde von

Gästen bewohnt, die Alten schliefen auf dem Boden im Heu. Bei Seegers war also nicht die geringste Aussicht auf einen bescheidenen Unterschlupf. Carl sollte niemals erfahren, wie hässlich Undine Dahm sich gezeigt hatte. Alles Schnüren und die große Schürze mit den tiefen Falten hatten es zuletzt nicht mehr vor ihren prüfenden Augen verbergen können. Wie hämisch hatte sie sie gemustert! Wie spitz ausgefragt! Dabei hatte Friedchen ihre Arbeit als Kellnerin nicht einen Augenblick versäumt. Unzählige Male war sie vom Saal und von der Veranda, wo die vornehmsten Gäste speisten, zur Küche im Erdgeschoß gelaufen, treppauf, treppab, mit gefüllten Suppentellern, mit leeren Tellern, mit den schweren Schüsseln voll Kartoffeln, Gemüse und Fleisch, mit Glastellern für den Pudding. Der eine Gast wünschte eine Scheibe Brot zur Bouillon, der andere wollte ein Glas Bier haben; kam sie mit dem Bier von der Theke zurück, hinter der Friedrich Franz im Frack anstelle seines Vaters stand, von dem es hieß, er sei zu einer Kur verreist, – brachte sie also dem Herrn das Glas Bier, war seiner Frau inzwischen eingefallen, dass auch sie ein Glas Bier trinken wollte, so dass es wieder zur Theke laufen hieß, während am Nebentisch noch einmal Kartoffeln verlangt wurden und andere Gäste bereits ungeduldig auf die Speise warteten.

In der Küche schalt Frau Dahm, wo sie so lange bliebe, die Nachzügler müssten endlich ihre Suppe bekommen. Unermüdlich hatte sie alle Wünsche und Ansprüche erfüllt. Keiner konnte ihr eine Nachlässigkeit vorwerfen. Warum durfte sie nicht wenigstens so lange noch weiterarbeiten und in dem kleinen Hause wohnen bleiben, bis sie eine andere Unterkunft im Dorf gefunden hatte? Konnte es die Gäste stören, dass ihnen eine schwangere Frau das Essen brachte?

Friedchen schluckte, als sie bei Seegers eintrat. Auf den ersten Blick sah sie, dass nicht die kleinste Kammer frei sein konnte. Im Flur schlugen Kinder einen Ball gegen die Wand. In der Küche standen Damen und richteten einen Salat an. Aus dem Hof kam der alte Seeger ächzend mit zwei Wassereimern angehumpelt und entschuldigte sich bei den Fremden, dass sie warten mussten. Der ganze Küchentisch stand voll von gebrauchtem Geschirr. Es sah im Grunde wie in einer Räuberhöhle aus.

Friedchen brachte ihr Anliegen nicht erst heraus, sie machte sich wortlos wieder davon. Seeger hatte sie kaum gesehen, denn seine Frau rief ihm gerade aus der Vorderstube aufgeregt zu, sofort die Betten von draußen hereinzuholen, die ersten Regentropfen seien gefallen, am Nachmittag kämen die neuen Gäste.

Wohin! Wohin! Es blieb Friedchens einziger Trost, dass Carl, der so stolz darauf war, dass sie ein Kind bekommen sollten, von ihrer Verzweiflung nichts wusste.

Sie wäre nie auf den Gedanken gekommen, zur Griepsch zu gehen; die hatte Ärger genug mit den Gästen, die der Schulze ihr geschickt hatte. Die dicke Frau musste ja der reinste Satan sein! Die Griepsch schimpfte aber noch mehr auf den Mann, der kein Mann sei, sondern ein Waschlappen, ließ sich von früh bis spät von seiner Alten herumschicken und kommandieren. Und nicht einmal abreisen wollten sie, sondern bis zum September bleiben!

Die Griepsch gabelte Friedchen Pieplow auf dem Wege zum Bäcker auf und sah sofort, dass hier Not am Mann war. Sie nahm Friedchen kurzerhand mit. »Das sieht diesem Kerl da oben ähnlich«, rief sie empört. »Aber warte man, Friedchen, der bekommt seine gerechte Strafe! Solche Gemeinheit kann nicht straflos ausgehen! Du lässt dich nicht wieder da oben sehen! Dein bisschen Kram bringen wir bei mir unter. Und wenn es soweit ist und die Stadtrats sind noch immer nicht gerückt, setze ich die Dicke einfach vor die Tür. Er läuft von allein mit Plaid und Stühlchen hinter ihr her. Dann haben wir die Stube frei, und du kommst zur Ruhe. Ihr sollt keine Kinder haben, die in Angst und Not hinter der Hecke ›geworfen‹ werden!«

*

Die Tanzmusik im Saal drang bis in das geräumige Zimmer mit Seeblick, dem teuersten im Palast-Hotel Monopol. Dürten Pieplow saß auf dem Bettrand und steckte die neue Brosche in ihr Fichu.

»Gefällt sie dir, Liebling?«

»Ist es echtes Gold?«

Er sah sich lachend um. Was wusste solch ein Dorfmädchen von Dublee. »Siehst du das nicht selbst?«, sagte er.

»Und ein Edelstein?«

»Du bist auch ein Edelstein.« Er wollte sie küssen.

»Du hast mir noch immer nicht gesagt, wann du abreisen musst, du nimmst mich doch mit, Schatzi?«

»Dummerchen«, er zog sie an sich.

»Geh weg!«

»Schmoll ein bisschen, du weißt nicht, wie gut dir das steht.«

Dürten warf ihm einen beleidigten Blick zu und entwand sich seinen Armen. »Du hast mir versprochen, dass du mich mitnimmst. Weißt du das etwa nicht mehr?«

»Stimmt – an unserem ersten Abend. War aber nicht dein erster Abend«, grinste er, »du hattest mir was vorgemacht, also gilt mein Versprechen auch nicht.«

»Schämst du dich nicht?«

»Nein, ich schäme mich ga–a–ar nicht«, lachte er.

»Da hast du die Brosche wieder!« Dürten löste die Nadel so heftig, dass ein Stück Tüll daran hängenblieb. Sie brach in Tränen aus: »Erst hast du mir fest versprochen, dass du mich mitnimmst –«

»Na ja«, sagte er ungeduldig, »ich habe noch gar nicht gesagt, dass ich es nicht tue.«

»Ich weiß genau, was du vorhast! So machen es alle Fremden. Du fährst heimlich ab und lässt mich hier sitzen.«

»Kind, bildest du dir ein, dass ich mit dir zusammen nach Berlin reisen kann, wie denkst du dir das? Ich habe doch meine Frau zu Hause.«

»Ich brauche ja nicht bei euch zu wohnen, du wolltest mir eine Stellung in Berlin besorgen.«

»Die muss ich aber erst suchen, – so einfach ist das nämlich nicht. In Berlin gibt es so viele Dienstmädchen wie hier Sand am Meer. Aber ich werde mir Mühe geben«, sagte er beschwichtigend.« »Sobald ich eine passende Stellung für dich habe, schreibe ich dir und lasse dich kommen.«

»Wenn du es nicht tust, reise ich dir einfach nach«, drohte Dürten. »Ich kenne euch. Alles versprechen, damit man nachgibt, und nichts halten! Ich weiß genau, wo du wohnst.«

»Wo denn?«, lachte er. »Berlin ist nämlich ziemlich groß, jedenfalls größer als euer Kaff hier.«

»Ich weiß es aber doch«, triumphierte sie. »Ich habe es auf einem Brief von deiner Frau gelesen, der auf dem Tisch lag.«

Er schwieg.

»Ich komme, kannst dich darauf verlassen!«

»Mach mir keine Geschichten, Dürten! Wenn ich dir sage, dass ich dir eine gute Stellung besorge – und wir treffen uns dann abends, gehen zusammen in eine Konditorei, in den Kinematographen oder ins Theater.«

Dürtens Augen leuchteten auf. »Du musst nur brav sein und mir keine Unannehmlichkeiten machen. Meine Frau darf nichts merken.«

»Die ist wohl eifersüchtig?«, fragte Dürten befriedigt.

Er nickte. »Versprichst du es mir in die Hand?« Er gab ihr schnell einen Kuss. »Komm noch mal.«

Die Tanzmusik war schließlich verstummt. Man hörte die Gäste auf ihre Zimmer gehen. »Morgen ist mein letzter Abend«, flüsterte er an der Hoteltür. »Kannst du kommen?«

Sie waren ins Freie getreten. »Ich gehe einfach, – bloß fragen tue ich nicht mehr. Diese beiden Schrullen können mir den Buckel runterrutschen. Da bin ich die längste Zeit gewesen. Die werden sich ärgern, wenn ich kündige und nach Berlin mache. Ich denke nicht daran, hier zu versauern!«

*

Als Jakob Joachim Eduard Dahm von seinem »Kuraufenthalt« zurückkam, bei dem er seine Locken lassen musste, waren die letzten Gäste aus dem Palast-Hotel Monopol abgereist. Seine Familie war in ihrem unermüdlichen Arbeitseifer dabei, das Haus von oben bis unten einer gründlichen Reinigung zu unterziehen. Friedrich Franz legte dem Vater das Fremdenbuch und das Kassenbuch vor. Zum ersten Male nach schweren Jahren war es berechtigt, von einer Saison zu sprechen.

Jacob Joachim Eduard Dahm hatte seine Zeit ebenfalls nicht nutzlos vertan. Seine Übung im Tütenkleben würde ihm allerdings nur in einer gleichen Situation von Nutzen sein können, er hatte jedoch viel nachgedacht und einen Zukunftsplan entworfen, vor dessen Größe ihm schwindlig werden konnte. Wie eine Fata Morgana stand er vor seinen Augen.

Nach der ersten Mahlzeit im Kreise der Seinen, die durch übriggebliebene Delikatessen für die vornehmen Gäste zu einem Festessen geworden war, legte er sich breit über den Tisch und begann seine Ideen vorzutragen.

Gleich fiel ihm sein Sohn ins Wort: »Damit kommst du zu spät, lieber Papa, die Dünen bis an die Kuhweide sind inzwischen verkauft worden!«

Für einen Augenblick sah Dahm wie ein alter Mann aus, zumal sein lockenloser Kopf etwas Rübenartiges bekommen hatte. Auf diesem ausgedehnten Gelände nördlich seines Hotels hatte er den neuen Badeort »Dahmsee« gründen wollen: eine Kette von kleinen Sommerhäuschen, in denen diejenigen Gäste wohnen sollten, die er im Hotel nicht mehr unterbringen konnte. Jedes Häuschen sollte vier kleine Stuben enthalten, jedoch keine Küche, keinen Kamin, damit die Gäste sich nicht einmal ihren Morgenkaffee selbst bereiten konnten, sondern ganz auf das Hotel angewiesen waren. Der Preis der Betten wurde nicht vom Preis für die volle Verpflegung im »Monopol« getrennt. Auf diese Weise würden sich die großen Räumlichkeiten viel besser rentieren.

Dahms Plan war weitergegangen: Dieser neue, durch seinen Unternehmungsgeist auf eigenem Grund und Boden entstandene Badeort würde das alte Dorf mehr und mehr aus dem Fremdenverkehr ausschalten. Es geschah solchen Leuten wie der Pieplow und den Fischerweibern nur recht, wenn sie in ihre frühere Armseligkeit zurückgestoßen würden. Betteln sollten sie darum, sich bei ihm als Abwaschfrauen und Scheuerfrauen einen Groschen verdienen zu dürfen!

Eigene Badeanstalten wollte er bauen, für ständige Wagenverbindung sorgen. »Dahmsee« würde sich bald bis an die Kuhweide ausdehnen, wo ein Schlagballplatz angelegt werden könnte, auch eine Liegewiese, ein Spielplatz für die Kinder seiner Gäste mit Schaukel und Wippe. Kinderfeste! Umzüge mit Lampions!

Strandwanderungen mit Picknickkörben, die das Hotel lieferte! Damit würde das elende Dorf da unten, das den Gästen nur die primitivste Unterkunft und Verpflegung bot, endgültig an die Wand gedrückt sein. Selbst sein Name würde als Badeort verschwinden, es gab nur noch ein Dahmsee!

Die Grundlage der Kalkulation war allerdings der Erwerb dieses Dünengeländes zu einem Spottpreis gewesen. Nahezu geschenkt hätte Dahm es bekommen müssen, wenn er solch ein großes Unternehmen wagen durfte. Dieser Traum war aus.

Dahm rang sich zu seiner alten, selbstsicheren Miene durch. »Dann eben nicht«, sagte er leichthin. »Das war auch nur ein flüchtiger Gedanke von mir. Die Hauptsache ist, uns bleibt unser Hotel, aus dem etwas ganz anderes herauszuholen ist. Wir werden nämlich exklusiv!«

»Ihr wisst sicher nicht«, fuhr er nach einer kleinen Pause fort, »was exklusiv bedeutet. So etwas habe ich inzwischen gelernt. Ich habe meinen Schlafraum« – die Bezeichnung Zelle kam nicht über seine Lippen – »einige Wochen lang mit einem Rechtsanwalt geteilt, – was wusste der alles, Kinder! Der hatte das ganze Konversationslexikon im Kopf. Der hat mir beigebracht, wie man bei den oberen Zehntausend spricht. Exklusiv, das ist fein und ausgewählt, nicht Krethi und Plethi von der Straße. Dieses billige Volk kommt nicht mehr zu uns ins Haus, das kann im Dorf bleiben; Lehrer, kleine Beamte, Angestellte geben nichts aus. Bei uns wohnen künftig nur Herrschaften von der Industrie, Fabrikbesitzer, Exporteure aus Hamburg, Industrielle aus Sachsen, wo es davon wimmeln soll. Der Rechtsanwalt hat nur in solchen Kreisen verkehrt. Und dazu –«, er blinzelte und wischte sich die Lippen ab, als wäre ihm das Wasser im Munde zusammengelaufen, »so was mögen nämlich die Herren der Hochfinanz gern – ein paar Leute von der Kunst, – keine Maler, Gott bewahre, bei denen setzt man nur zu, nein, leichte Muse, wie man das nennt, Kabarett – Überbrettl – ich habe da einen Künstler vom Kabarett kennengelernt, Konferankssjee nannte er sich, der verdient ein Geld! War wegen Majestätsbeleidigung verknackt – solche Künstler im Haus, das macht Laune und Leben!«

Er sah sich befriedigt um: »Man darf eben nicht nur in seinen eigenen vier Wänden kleben, muss sich den Wind um die Nase wehen lassen, muss in höhere Kreise kommen, dann weiß man, wie die große Welt es haben will!«

Er stand auf und schritt seine Veranda ab, schaute in den ausgeräumten Saal, kehrte zurück: »Und für dich, Undinchen, habe ich auch eine Idee mitgebracht, eine gute Idee, – nein, eine brillante, eine lukrative Idee, – merkt euch solche Worte – du wirst sehen, Undinchen, wie dein Papa stets um dich besorgt ist, liebes Kind!«

2. KAPITEL

»Ich glaube, Peter, sie haben Vater mal wieder geholt«, sagte Agathe Köhn. »Geh lieber hinunter. – Wenn dieses Volk von da draußen nur erst abgereist wäre! Das viele Trinken bekommt Vater bei seinem hohen Alter bestimmt nicht. – Weißt du«, setzte sie hinzu, »ich glaube, dieser Fabrikant aus dem neuen Haus hinter dem Hotelberg macht sich im Grunde nur über Vater lustig.«

Peter Köhn hatte schon im ersten Schlaf gelegen. Er sprang sofort hoch und kleidete sich wieder an. Auch ihm schien es die brüchige Stimme des alten Schiffers zu sein, die er singen hörte: »Amsterdam, Genever in de Kann, Jungens, haalt ran –«

Als Köhn in die von Rauchschwaden durchzogene Gaststube trat, die einige Positionslaternen nur schwach beleuchteten, wurde er mit lautem Johlen empfangen. Zwei Herren waren ihm fremd, er kannte nur den Fabrikanten Scholz aus Zwickau, der das erste Grundstück hinter dem Hotel gekauft hatte und sich mitten auf die Düne ein hohes, goldgelb getünchtes Sommerhaus mit Veranda setzen ließ, dem ein Rohrdach wie ein Hut aufgestülpt worden war. Dieses Haus stand so lächerlich frei da, als wollte es Stürmen und Flugsand trotzen.

»Komm her, Junge, sing eins mit!« Samuel August Voß rutschte tiefer in die Sofaecke, um seinem früheren Schwiegersohn Platz zu machen.

Peter Köhn sah auf den ersten Blick, dass der alte Mann bereits zu viel getrunken hatte. Auf dem Tisch standen mehrere leere Flaschen von dem schweren Rotwein, den Jochim Schröder auf Wunsch seiner neuen Gäste anschaffen musste.

»Herr Wirt!«, rief Scholz schallend, – »noch ein Glas, noch einen Pommard!«

Köhn versuchte vergeblich, abzuwehren. Er sah, wie Vossens Hand zitterte, als er zu seinem Glas griff.

»Prost, Käpt'n – prost, Käpt'n!«

Die drei stießen mit ihm an.

»Noch ein Shanty, Käpt'n!«

»Oder spinnen Sie ein echtes Seemannsgarn, ein saftiges, was nichts für junge Mädchen ist. Wir sind ja unter uns Jungfrauen allein!«

Ein wieherndes Gelächter quittierte diesen Witz.

»Sie sollen so schöne Geschichten von der christlichen Seefahrt erzählen können, Käpt'n«, drang der andere Herr auf Voß ein. »Scholz hat geradezu davon geschwärmt – dazu hat er Sie doch heute Abend rüber geholt!«

»Na, erst noch mal prost«, sagte Scholz. »Dann wird die Sache schon werden. Alte Seebären müssen bis an den Rand vollgegossen werden, ehe sie in Fahrt kommen.«

Samuel August Voß warf Peter Köhn einen hilflosen Blick zu, der Köhn durch und durch ging. Es schien, als wäre es dem alten Schiffer für einen Augenblick bewusst, dass er hier den Popanz spielte.

»Komm, Vater«, Peter Köhn reichte Samuel August Voß seinen Arm.

»Meine Herren, ich glaube, es ist an der Zeit«, sagte er.

»Was heißt hier an der Zeit? Käpt'n bleibt noch hier – nicht wahr, Käpt'n? Wir sind doch nicht bis ins Dorf gelaufen, um wie die Nonnen früh ins Bett zu gehen?« Scholz goss die Gläser voll und zog Köhn heftig auf einen Stuhl.

»Ach, Verzeihung, ich vergaß, Sie mit meinen Freunden bekannt zu machen. Kommerzienrat Bierstein und Zickel, mein Konkurrent«, lachte er. »Fabriziert nämlich auch Schürzen. – Außerdem habe wir heute was zu begießen, haben guten Grund zu feiern. Die beiden Herren haben ihren Kaufvertrag mit Schmolle unterschrieben!«

»Es wird für meinen Schwiegervater zu viel«, sagte Köhn ruhig. »Bedenken Sie, Herr Scholz, zweiundachtzig Jahre.«

»Ja, Peter, hilf mir ein bisschen.« Samuel August Voß versuchte aufzustehen.

»Sie sind ja der reinste Spielverderber«, sagte Scholz verdrossen zu Köhn.

Köhn hörte darüber hinweg. Als er den alten Schiffer achtsam hinausführte, war es still. Er stützte seinen Rücken, um diesen Leuten nicht das Schauspiel zu bieten, dass Voß unsicher auf seinen Beinen stand. Jochim Schröder, der im dunklen Nebenraum auf einem Stuhl gedöst hatte, erschien im Flur und fasste mit zu, um den Schiffer sicher nach Hause zu lotsen.

»Was soll man dagegen machen«, sagte Jochim Schröder entschuldigend, als Peter Köhn für seinen Schwiegervater das Haus aufschloss. »Es tat mir schon leid, als dieser Fabrikant wieder hinüberging, um ihn zu holen. Einspruch kann ich aber nicht erheben, obwohl ich weiß, dass sie nur Schindluder mit ihm treiben. Was sind das für Menschen? – Das sind eigentlich gar keine Menschen!«

*

Drei Häuser im Stil des Sommerhauses, das dem Fabrikanten Scholz gehörte, waren in den ersten sieben Jahren des neuen Jahrhunderts unmittelbar hinter dem Hotelberg auf den Dünen errichtet worden. Ihnen folgte ein großes, noch unbebautes Gebiet bis zum letzten Grundstück, dessen Ostseite an die Waldwiese grenzte. Dort war nur ein tief heruntergezogenes Rohrdach zu sehen, das sich kaum über den Dünenkopf hob. Das Haus war Eigentum eines Professors der Astronomie aus Berlin und seiner Frau, beides ältere Leute. Man traf den Professor in seinen braunen Manchesterhosen und der blauen Leinenjacke im Hochsommer nur selten im Dorf, er wanderte meist über den Deich zur Binnensee oder tief in den Wald. Der Strand schien für ihn erst da zu sein, wenn die Strandkörbe des Palast-Hotels Monopol wieder verschwunden waren, die Burgen niedergeweht oder von der See fortgespült. Professor Christians war der Einzige seiner neuen »Sommerbürger«, zu dem Erdmann Permien gern gegen Abend ging. Oft stand der Professor schon auf der Düne und schaute nach ihm aus, führte ihn am Arm in sein Haus oder sie gingen am Strande entlang und tauschten ihre Gedanken wie alte Freunde aus. Erdmann sagte einmal, wie merkwürdig es sei, dass er, der gelehrte Mann, ihn so gut verstehen könnte, als stammten sie nicht aus zwei weit voneinander gelegenen Welten.

»Uns hat im Grunde die Sorge zusammengeführt, lieber Permien, keine Sorge um uns selbst, sondern um unser Volk. Ich bin zwar ein paar Jahre jünger, aber den längsten Weg unseres Lebens haben wir beide hinter uns gelegt. Eigentlich bin ich dankbar dafür, denn die Zeit, die wir als unsere angesehen haben, geht zu Ende.«

Permien nickte: »Das haben wir alten Segelschiffer reichlich erfahren.«

»Deutschlands Zukunft liegt auf dem Wasser, hat Majestät gesagt. Das muss Ihnen als Seemann doch wie Musik in den Ohren geklungen haben.«

Erdmann Permien blieb stehen und schaute auf: »Nein, Herr Professor, mich hat es nur bedrückt. Unsere Überheblichkeit fing schon mit der Eröffnung des Nord-Ostsee-Kanals an. Mein Junge war bei den Festlichkeiten dabei: Da soll ein Pomp entfaltet worden sein, mit Reden und Orden und Uniformen, als hätten wir einen Suezkanal gebaut. Nichts als ein großes Theater, sagte mein Junge und schämte sich.«

»Ich kenne Majestät persönlich, bin verschiedene Male zum Vortrag ins Schloss befohlen worden. Man gehorcht selbstverständlich, aber man macht es wie vor einem großen, ungezogenen, oder vielleicht netter gesagt, verwöhnten Kinde und hört sich gehorsamst an, wie Majestät Probleme zu lösen geruhen, die erst in langer gemeinsamer wissenschaftlicher Arbeit vieler Völker bewältigt werden können. Im ersten Augenblick kann seine Art verblüffend wirken, als hätte man es mit einem Universalgenie zu tun, aber von solchen Audienzen bleibt immer ein schlechter Nachgeschmack zurück.«

Sie setzten sich auf die Düne und schauten zu, wie die bunte Herbstwelt langsam dem stillen Septemberabend in die Arme sank.

»Wäre der Vertrag von Algeciras nicht zustande gekommen«, meinte Professor Christians, »ständen wir jetzt bereits mitten in einem Krieg. Der nächste wird aber kein glorreiches 70/71 sein, sondern eine harte Prüfung mit ungewissem Ausgang.« Erdmann Permien stimmte nachdenklich zu.

»Die Hofkamarilla glaubt an unsere Unbesiegbarkeit«, fuhr der Professor fort, »lässt sich von Uniformen, tönenden Reden, unverantwortlichem Säbelgerassel und Paraden imponieren. Nur die Arbeiterklasse fällt nicht darauf rein. Aber sie hat nichts zu sagen, wird nicht gefragt.«

Erdmann sagte sorgenvoll: »Ich fürchte, wir haben schon seit Jahrzehnten stets auf die falsche Karte gesetzt. Bismarck hat davor gewarnt, den Draht nach Russland abreißen zu lassen; und ob verwandtschaftliche Beziehungen unter den Herrscherhäusern irgendetwas zu sagen haben, wenn es zum Ernstfall kommen sollte, wer kann das wissen? Wie ich das englische Volk kenne, – wir Seeleute kennen es gut, – pfeift es auf Vettern und Großmütter, wenn es um seine Macht geht. England fühlt sich bedroht. Aber wer erfährt, was die Kabinette beschließen, welche geheimen Verträge hinter den Eisentüren der Staatsarchive liegen? Man fühlt nur, wie die Einkreisung von allen Seiten erfolgt.«

Sie traten zusammen ins Haus, um in der Diele noch eine Zigarre zu rauchen.

»Ich will Ihnen genau sagen, wie es bei uns in Berlin aussieht, Herr Permien, will Ihnen das an einem kleinen Beispiel zeigen: Es sind ja die kleinen Dinge, von denen man den Ablauf der großen Dinge am besten ablesen kann. Ich bin Beamter des Preußischen Staates, ein hoher Beamter, wie man das nennt, ordentlicher Professor, Vorsteher eines Instituts. Meine Lehrbücher bringen viel Geld. Meine Vorträge werden hoch bezahlt. Alle paar Jahre steigt außerdem mein Gehalt. Alle paar Jahre ziehen wir also auch um, immer in eine Wohnung, die die alte an Komfort und Luxus übertrifft. Jedes Mal ein Zimmer mehr, jedes Mal mehr Fußböden mit Parkett ausgelegt. Wo wir heute wohnen, ist die ganze Decke des Speisezimmers mit Beleuchtung ausgestattet, als wohnten wir in einem Palast. In jedes unserer Vorderzimmer ginge ein kleiner Katen hinein. Mein Arbeitsraum ist sieben zu neun Meter groß, Herr Permien. Für die beiden Mädchen, die zur Pflege solch einer Luxuswohnung unentbehrlich sind, ist aber nur eine schmale Kammer vorgesehen, in der gerade ihre eisernen Betten und ein Waschständer nebst Kommode Platz haben. Dass unsere Mädchen in dem sogenannten Gastzimmer schlafen, gilt als eine Marotte von mir und wird verlacht. Man wirft uns sogar vor, dass wir unsere Mädchen unverantwortlich verwöhnen! Jetzt haben wir Haustelefon direkt hinunter zum Portier bekommen. Wir drücken oben auf den Knopf, wenn es uns passt, etwa um Mitternacht, damit unsere Gäste aus der Haustür hinausgelassen werden, oder weil wir wünschen, dass der Portier noch mal auf die Heizung aufschippt. Ob der Portier aus seinem Schlaf geholt wird, kümmert die Mieter über ihm nicht. Er hat zu jeder Zeit da zu sein. An diese dunkle Portierwohnung, die halb im Keller liegt, denke ich oft. Der Mann, der einmal dort hineingekommen ist, wird immer dort unten sitzen. Für den gibt es keinen Aufstieg, auch für seine Kinder kaum. Der Portier zieht nicht alle drei Jahre in eine größere, bessere Wohnung um, er bleibt, wo er ist. Nur die anderen, die über ihm wohnen, steigen – steigen unausgesetzt. – Sie denken gewiss, Herr Permien, was hat das mit der großen Politik und der Zukunft unseres Vaterlandes zu tun? Ich glaube, dass die Entscheidung darüber eines Tages von unten und nicht mehr von oben kommt!«

*

Bauer Friedrich Düwel schickte seine Lise ins Dorf, um anzusagen, dass am kommenden Montag die Kartoffelernte begänne.

Düwel kam vom Binnenland. Er hatte vor kurzem den alten Hof, nachdem dieser durch drei verschiedene Hände gegangen war, übernommen, bereit, aus dem heruntergekommenen »Herrensitz« eine ertragfähige Bauernstelle zu machen.

Lise zog in ihren Holzpantoffeln los, den Bauch unter der Schürze gewölbt, wie sich nur jemand hält, der nicht an sein Äußeres denkt. Sie hatte in ihrem Leben nie etwas anderes als Landarbeit gemacht und Düwel über ein Vierteljahrhundert lang gedient. Sie war schon als Schulkind zu ihm gekommen. »Du gehst einfach Haus bei Haus, ich kenne ja die Leute im Dorf noch nicht«, hatte Düwel gemeint, wie er es von seiner alten Stelle her gewohnt war, den Katenleuten im Dorf die Erntearbeit durch seine Lise ansagen zu lassen.

Lise stutzte, als sie in das Dorf einbog. Sie war bisher kaum vom Hof heruntergekommen. Das erste Haus war kein Katen, sondern ein hohes, rotes Haus mit Pappdach, alle Laden waren vorgelegt. Und was für ein großes Fenster war da oben, ausgerechnet nach Norden! Was wollten die Leute damit? Sie ging kopfschüttelnd zum nächsten Grundstück, auf dem ein Rohrdachkaten lag, stand vor der Griepsch und brachte ihr Anliegen vor.

Die Griepsch überlegte kurz: »Nee, sag deinem Bauern, in diesen Tagen kommt was an; wenn sie mich erst vom Acker holen müssen, und ich krieg meine Nägel so schnell nicht rein, und es passiert was, kommt mir der Dr. Zeplien auf den Kopp. Unser alter Hinrichs, der hatte sich lange nich so wie dieser Studierte, der mir überhaupt verboten hat, schmutzige Arbeit zu tun, von wegen der Hände – als wenn für unsereins etwas anderes als schmutzige Arbeit bliebe.«

Dürten Pieplow trat empört einen Schritt zurück, als könnte von Lises unbefangener Bäurischkeit etwas auf sie überspringen: »Kommt nicht in Frage – was denkt sich der Kerl da oben denn? Ich soll mir meine Kleider und Schuhe auf seinem steinigen Acker verderben? Mutter kann gehen. Sie muss Winterkartoffeln haben.«

Wieder ein Haus mit rundum verschlossenen Laden. Eine Veranda war vorgebaut, Blumen blühten im Garten, der Weg zur Haustür war gepflastert, wie in der Stadt – Lise blieb mit offenem Munde stehen und stierte die bunten Scheiben in der weißen, glänzenden Haustür an. Wer so wohnen konnte! Wer es so fein haben konnte! Da durfte man gewiss nicht mal die Klinke der Gartenpforte berühren!

Sie ging auf die andere Seite der Straße hinüber, wo breite Rohrdachkaten lagen, und fing auch dort ordnungsgemäß von oben an.

Im ersten Haus traf sie einen alten, freundlichen Mann, mit einer Küchenschürze vorgebunden. Der sagte lächelnd, weil ihm die gesunde, derbe Gestalt der Lise gefiel, es täte ihm leid, doch seit er achtzig wäre, machte er solche Festlichkeiten nicht mehr mit. Im Übrigen wäre er sein ganzes Leben lang nicht über die Erde gekrochen, er hätte immer gepflügt. Die tiefen Äcker zwischen allen Teilen der Erde hätte er um und um gepflügt.

Das verstand Lise natürlich nicht, aber sie hatte auf den ersten Blick gesehen, dass dieser alte Mann zum Ausschütten der Körbe und Aufladen der Säcke nicht mehr zu gebrauchen war, und ein bisschen wunderlich war er wohl auch schon.

Eine fein gekleidete Dame stand jetzt in der nächsten Tür: »Wer hat dich zu uns geschickt?«

»Mein Bauer. Er hat gesagt: Haus bei Haus.«
»Wir sollen bei ihm zum Kartoffelbuddeln kommen?«
»Montag morgen um sieben fangen wir an.«
»Dein Bauer führt ja merkwürdige Sitten hier ein, die Frau eines Kapitäns zum Kartoffelbuddeln zu bestellen!«

Ehe Lise sich besann, sah sie sich vor der wieder geschlossenen Tür.

Als sie bis zum Schulzen gekommen war, war sie so verdattert, dass Mieke sie zuerst nicht verstand.

»Du bist die Lise vom Düwel«, sagte sie freundlich, »und ihr braucht zur Kartoffelernte 24 Mann? – Das musst du erst lernen, dass hier auf der Schifferreihe keiner zum Bauern geht, ist auch früher nie jemand gegangen. Deputatarbeit auf dem Hof haben nur die kleinen Leute gemacht, weil sie es bitter nötig hatten.« Sie warf einen Blick zur Westerseite hinüber. Wo waren eigentlich alle Menschen geblieben, die früher nur darauf gewartet hatten, dass Keding nach ihnen schickte, um sich durch Erntehilfe ihren bescheidenen eigenen Bedarf an Brotkorn, Hühnerfutter und Winterkartoffeln verdienen zu können? Wo waren sie? Gestorben, weggezogen oder zu fein geworden oder in den letzten Winkel gedrängt, wie die alte Emma Lange.

»Ja, Lise«, sagte Mieke, »hier noch weiter herumzulaufen und zu fragen, hat keinen Zweck. Du musst es in der Fischerreihe versuchen.«

»Sind da auch genug?«, fragte Lise besorgt. »24 Leute, hat mein Bauer gesagt, und die brauchen wir auch.«

»Du musst mal sehen – so viele findest du aber nicht – sechs, acht –«, überschlug Mieke und zog gleich wieder einen ab, denn vor wenigen Tagen war auch Minna Harms' Tochter Betty als Dienstmädchen nach Berlin gegangen.

*

Lovise Pieplow hatte nichts dagegen gehabt, trotz ihrer Jahre über den Acker zu kriechen, während Dürten, deren Damen auf Reisen waren, zu Hause blieb und Theodor versorgte. Das Buddeln bei Düwel dauerte eine ganze Woche lang, weil nicht genug Leute zu finden gewesen waren. Beim Ausschütten halfen sogar Kleinbachs Jungen mit, sonst wäre kein Vorwärtskommen gewesen.

Einmal diese kleine Spanne Zeit nicht am eigenen Herd zu stehen, sondern sich an den Tisch des Bauern setzen zu dürfen, von früh bis spät in Gesellschaft zu sein und sich nach rechts und links über die Erfahrungen und Erlebnisse aussprechen zu können, die der Sommer gebracht hatte, während die Hände eifrig die aufgepflügte Erde durchwühlten und die Frucht bargen, das war für Lovise eine reine Erholung. Erst am letzten Tage wurde ihre Freude getrübt. Sie kehrte zwar mit der beruhigenden Gewissheit heim, sich einen guten Vorrat an Winterkartoffeln erarbeitet zu haben, und schob den bescheidenen Barlohn, den Düwel obendrauf gegeben hatte, befriedigt in die lederne Geldkatze; ihre Gedanken waren aber nur bei dem Gerede, das über dieses Fräulein Malz umgegangen war.

»Weißt du etwas davon, Dürten«, fragte sie, »dass die Malz nicht wiederkommen will?«

»Fräulein Malz?«, fuhr Dürten hoch. »Was haben die Leute denn schon wieder zu klatschen?«

»Es wäre zwischen ihr und der Dedow aus. Darum zöge sie fort.«

»Dass ich nicht wüsste.« Dürten machte sich am Tellerbord zu schaffen. »Geht mich auch nichts mehr an!«

»Bist du gekündigt?«

Dürten zuckte die Achseln.

»Davon sagst du mir nichts?«

»Die Malz hat mich nicht gekündigt, ich habe ihr aufgesagt, – zum ersten Oktober habe ich ihr aufgesagt.«

»Und was willst du machen?«, fragte Lovise unsicher; sie wagte nicht zu hoffen, Dürten könnte zu ihr zurückkommen.

»Bis Oktober kriege ich meinen Lohn und Kostgeld obendrein, weil die Malz verreist ist. Dann gehe ich nach Berlin! Du bildest dir doch nicht ein, ich ließe mich breitschlagen, deinen Mittagstisch zu übernehmen?«

»Nach Berlin?« Lovise war betroffen von der Vorstellung, wie weit fort das war.

»Ja, nach Berlin.«

»Hast du dort eine Stellung?«

»Bekomme ich – ich brauche nur zur Stellenvermittlung zu gehen!«

Von solch einer Einrichtung hatte Lovise noch nie gehört. »Ist das wie ein Heuerbüro, Dürten?«

»Wenn du so willst, ja. Da geht man einfach hin und setzt sich in ein Zimmer, und die Damen kommen hereinspaziert. Dabei sieht man sie sich gründlich an. Wenn man nicht auf den Kopf gefallen ist, merkt man gleich, was das für Gnädige sind, knickrig, hochnäsig – na, ich werde meine Augen aufmachen. Kommt man überein, wird einem sofort der Mietstaler ausbezahlt!«

»Und wo willst du in Berlin unterkommen, bis du eine Stellung gefunden hast?«

»Frag doch nicht so dumm – Schlafstelle, – die gibt's überall. Ich weiß das von Mining Harms.«

»Dann gehst du also ganz fort«, sagte Lovise benommen.

Dürten nickte.

»Könntest du nicht wenigstens den Winter über bei uns bleiben, Dürten?«

»Was soll ich denn hier?«

»Es gibt so viel zu flicken und zu stopfen, was im Sommer liegengeblieben ist, wo man sein ganzes Zeug nur zerlumpt. Im Dezember müssen wir schlachten und unsere Gänse einpökeln. Du könntest mir die Federn schleißen, Theodors Kissen müssen neu gestopft werden, sind ja alle völlig platt. Ich kann das so schlecht allein schaffen, Dürten.«

»Dann nimmst du dir eben eine Hilfe!«

Darauf vermochte Lovise nichts zu sagen: Eine fremde Hilfe ins Haus nehmen und die eigene Tochter ging nach Berlin, irgendwohin zu fremden Leuten?

»Einen anderen Rat kann ich dir nicht geben. Ich fahre jedenfalls zum Ersten, und ich weiß genau, warum!« Dürten ließ die Mutter in der Küche stehen und ging in die Stube.

Theodor rief aus der Kammer: »Was wollte Dürten denn, Mutter?«

»Ach, Junge!« Lovise kämpfte mit Tränen. Sie legte ihre Hand auf seine Bettdecke. »Wenn ich dich nicht hätte, wüsste ich überhaupt nicht, wozu ich noch auf der Welt bin. Dann würde ich lieber oben auf dem Friedhof liegen.«

Theodor richtete sich ein wenig hoch: »Ich bin dir doch nur eine ganz furchtbare Last, Mutter. Wenn ich wenigstens wieder ein bisschen aufstehen und dir helfen könnte –«

»Du hilfst mir so viel, Theodor, palst unsere trockenen Bohnen und schneidest Äpfel fürs Backobst. Und niemals rufst du nach mir, bist immer allein, wenn ich die Gäste habe.« Lovise schluchzte auf. »Du bist das Letzte, was mir geblieben ist, mein gutes Kind!«

*

Mitte Oktober fiel das Barometer so schnell, als wäre ein schweres Gewitter im Anzuge. In allen Schifferhäusern wurde besorgt gegen das Glas geklopft und nachgeprüft, ob die Laden festlagen, die Bodenluke geschlossen war. Bei den kleinen Leuten ging der Mann angstvoll über den Hof, um die baufällige Schuppenwand abzustützen und vorsorglich eine Leiter gegen die schadhafte Ecke des Daches zu lehnen, damit der Sturm keinen Zugang zum Rohr fand und das Dach abrollen konnte.

Als Minna Harms unter dem dicken Kopftuch aus dem Hause treten wollte, musste sie sich am Türrahmen festhalten, so hart fiel der Süd sie an. Ihre Zähne klapperten, sie wimmerte leise vor sich hin, blickte angstvoll von der Dunkelheit draußen in ihr dunkles Haus zurück, zog entschlossen die Tür an, schob sich am Haus entlang, wo der Sturm ihre Röcke packte und sie einfach davontrug, bis sie in Windschutz kam und sich Schritt für Schritt weitertastete.

Der Sturm heulte, als wollte die Welt untergehen. Sträucher und Bäume ächzten wehrlos, ihre Wurzeln waren nicht auf Südsturm eingerichtet. Ihr Wachstum hatte sich nur nach dem West und dem Ost gekehrt.

Minna hörte, wie eine Pappel knarrend dahinsank, kurz vor ihrem Fuß. Nur einen Schritt weiter, und sie wäre unter dem Baum begraben worden. Vielleicht war es so vorgesehen, klopfte ihr Herz.

Der Schulze bat Mieke mit den Augen, das Zimmer zu verlassen, als er Minna Harros bei sich einließ. Sie schien krank zu sein. Ihre Hände flogen, ihre Augen irrten hin und her, die Knie schlugen unter den dicken Röcken aneinander, als hätte sie keine Gewalt mehr über ihre Glieder. Erdmann trat ans Fenster, um ihr Zeit zu lassen, sich zu beruhigen.

Minna Harros schrie plötzlich auf: »Und wenn Sie mich an den Strang bringen, Herr Permien, – alles, alles, nur nicht wieder nach Haus, nicht allein nach Haus! Ich fürchte mich so! Ich sehe ihn immer so graulich, wie er gekrümmt im Stroh lag und nur noch mal japste!« Minna erhob sich auf ihren zitternden Knien, preßte den Kopf an den Ofen und sackte auf dem Boden zusammen.

»Ich habe ihn nicht umgebracht, Herr Permien, ich konnte ihn nur nicht mehr sehen und riechen, ich brach jedes Mal, wenn ich zu ihm kam! Er aß seinen eigenen Kot und war über und über damit beschmiert. Ich habe ihm immer zu essen gebracht! Ich habe ihn nicht verhungern lassen, wie über mich geklatscht worden ist. Ich habe ihm bloß den Lappen, mit dem ich ihn abwischen wollte, in den Mund gesteckt, der Mund war auch voll von Kot, und dabei – dabei –« Sie wand sich auf der Erde hin und her.

Erdmann Permien trat auf sie zu und nahm ihren Arm: »Steh auf und setz dich vernünftig hin. Warum kommst du erst jetzt damit?«

»Ich kann es nicht mehr aushalten! Ich bin ganz allein, seit der Kommerzienrat meine Betty mitgenommen hat – sie wollte durchaus nach Berlin. Ich habe den Kommerzienrat nicht mal sprechen können, Betty sagte, bei denen ist es viel zu fein, da darf ich nicht rein. Und Mining kommt nicht zurück, ich habe ihr so viel gebeten, sie schreibt einfach nicht mehr!«

»Sag mal, Minna, jetzt bist du ehrlich: Habt ihr gar nicht für den alten Mann gesorgt?«

»Ach, Herr Permien, ich hatte ihn doch wieder ins Haus genommen, als meine letzten Gäste fort waren, wir hielten aber den Gestank nicht aus. Er machte Tag und Nacht unter. Er musste zurück in den Stall, – und was hat das für Arbeit gemacht, Herr Permien, all der Schmutz. Ehe er unter die Erde kam, haben Mining und ich das Bettstroh verbrannt, das Betttuch sogar auch, wir mochten es nicht mehr anfassen und ins Waschfass stecken –«

»Und dann, Minna? Hast du dir gar keine Gedanken, gar keine Gewissensbisse gemacht, als er tot war?«

Der Schimmer einer schönen Erinnerung huschte über Minnas Gesicht: »Wir hatten es so gut zusammen, Herr Permien. Wir haben es fein gemacht, alles geweißt und ein bisschen gestrichen. Mining hat genau solche breiten Gardinenspitzen gehäkelt, wie sie sie in der Schifferreihe haben. Mining hat so gern Handarbeiten gemacht, nun durfte sie das. Opa hatte sie gleich aufgekeschert, wenn er sie häkeln sah. Sie sollte aufs Feld, immer aufs Feld! Und wie gut haben wir vermietet, wir haben auch mehr für die Betten gekriegt. Angst wegen Opa brauchten wir auch nicht mehr zu haben. Wenn er zu laut war, habe ich ja immer Branntwein kaufen müssen, damit er einschlief. Betty ist zum Friedhof gegangen und hat ihm Blumen hingebracht. Ich hatte keine Zeit – Herr Permien, – ich mochte auch nicht zu ihm gehen –«, sie heulte laut auf. »Nun ist meine Betty auch fort! Ich kann nicht allein sein, ich graule mich so, ich kann nicht mehr schlafen. Immer sehe ich ihn, wie er dalag!«

»Was soll werden, Minna?«

»Nicht wieder nach Haus, Herr Permien!« Sie packte den Schulzen am Arm. »Ich muss immer schreien, weil es so still und so graulich ist!«

»Ich will meine Frau fragen, Minna, ob sie erlaubt, dass du diese Nacht bei uns bleibst.«

Als Minna in der Kammer neben der Küche untergebracht war, berichtete Erdmann Mieke ausführlich, was Minna ihm gestanden hatte.

»Was wird daraus, Erdmann?«

»Ich müsste es melden. Wenn ich es nicht tue, mache ich mich auch schuldig.«

»Und du würdest bestraft, Erdmann?«

Erdmann nickte.

»Und was machen sie mit Minna?«

»Man würde ihr wohl mildernde Umstände zugestehen.« Nach einer Pause sagte Erdmann entschlossen: »Ich zeige sie nicht an!«

»Wenn es herauskommt, dass du es gewusst hast, Erdmann?«

»Das kann möglich sein.«

»Was dann, Erdmann?«

»Ich muss es auf mein Gewissen nehmen, Mieke, und sollte es dahin kommen, die Folgen tragen.«

Sie schwiegen eine lange Zeit. Schließlich sagte Erdmann: »Ich werde versuchen, Minna wenigstens für den Winter bei Düwel unterzubringen. Auf dem Hof wird Arbeit genug für sie sein.«

»Wenn Minna es erzählt, Erdmann?«

Er hob die Schultern: »Das kann ich ihr nicht verbieten, Mieke, es muss seinen Lauf gehen – ich habe einmal eine Schuld auf mich geladen, darum will ich diese tragen, Minna ist genug gestraft.«

*

Friedchen Pieplow überhörte das Klopfen, denn der Regen pladderte laut auf das flache Dach der Roof, die See rauschte drohend, Sturm heulte um das kleine Haus. Friedchen saß in der hinteren Koje und fütterte ihrem Hans Wilhelm einen dunklen Roggenbrei ein.

Der Doktor hatte sie eindringlich ermahnt, den Jüngsten besser zu ernähren. Mehr Milch, viel Quark, auch einmal ein Ei, ab und zu etwas Fleisch, das Kind sei unterernährt und rachitisch. Sie sollte für die Kinder immer einen Apfel im Haus haben und sich eine bessere Unterkunft im Dorf suchen; vier Kinder in dieser Elendsbehausung sei nicht zu verantworten. Der Doktor hatte gut reden!

Jetzt wurde mit Fäusten gegen die Tür geschlagen, eine grobe Stimme schrie: »Aufmachen! Sofort aufmachen! Polizei!«

Friedchen fiel der Teller mit dem Brei aus der Hand. Es klang, als müsste die morsche Haustür im nächsten Augenblick zusammenkrachen. Sie stolperte über die Jungen, die vorn auf der Erde spielten, und machte die Haustür auf.

Der neue Wachtmeister war im gleichen Augenblick mitten in dem kleinen Raum, in dem es nach dem eisernen Ofen und nassem Holz roch. Er faltete ein Stück Papier auseinander: »Haussuchung – du bleibst hier stehen und rührst dich nicht! Bengels, macht mir sofort Platz!« Es fehlte nicht viel, und er hätte die Jungen, die ihn fassungslos anstarrten, mit seinen Stiefeln in die Ecke gefegt. »Hast du Briefe von deinem Mann? Wo sind seine Sachen?«

Friedchen wies zitternd auf die alte Seekiste in der Ecke und nahm schnell die Matratze vom Deckel ab, auf der der Älteste nachts schlief. »Du bleibst hier stehen, verstanden?« Nach einem drohenden Blick auf Friedchen schlug der Wachtmeister den Deckel hoch und begann in der Kiste zu suchen, wühlte zwischen dem bisschen Wäsche, warf die angestrickten Strümpfe heraus, die Friedchen ihrem Carl nicht mehr schicken konnte, weil sie von einem seiner Kameraden die ihr unverständliche Nachricht bekommen hatte, sie sollte sich nicht wundern, wenn sie eine Zeitlang nichts von ihrem Mann hörte, und lieber vorläufig nicht an ihn schreiben.

»Was ist das? Wie?« Der Wachtmeister hielt ein schmales, fest zusammengebundenes Bündel Papiere in der Hand.

»Das gehört Carl – er hat es hineingelegt, als er zuletzt bei uns war«, stotterte Friedchen.

»Du weißt natürlich nicht, was das für Papiere sind«, sagte der Wachtmeister höhnisch. »Das sind eure Liebesbriefe, wie?« Er hatte die Schnur auseinandergerissen und warf einen Blick hinein. »Da haben wir es schon –«, er schleuderte die Papiere auf den Tisch.

»Hände weg«, fuhr er Friedchen an, obwohl sie kein Glied zu rühren vermochte, und wühlte weiter, zog jedes Stück aus der Kiste heraus, fuchtelte damit in der Luft herum, fuhr in die Taschen der dicken Seemannshose, die Carl zurückgelassen hatte, damit seine Großen daraus ein warmes Stück Winterkleidung bekommen könnten.

Der Wachtmeister wurde immer erregter, sah sich wild um, packte ihren Arm: »Mitgehen!« und trat in die zweite Koje. »Es reicht bereits, reicht dicke«, sagte er und befahl: »Nimm endlich den dreckigen Jungen aus dem Korb, aber dalli, dalli!«

Sie hatte kaum den kleinen schreienden Hans Wilhelm hochgenommen, da griff der Wachtmeister in das Bettstroh, fand nichts darin, entdeckte die Schublade unter dem Tisch, in der die Gabeln und Löffel lagen, knallte sie zurück und stieß mit dem Fuß den Vorhang unter dem Ständer des Petroleumkochers zur Seite, sah nur einen Kindernachttopf, musterte die Wände, klopfte sie ab, als könnten sie Geheimverstecke enthalten, ging mit zwei großen, donnernden Schritten in die erste Koje zurück, wo die Jungen dicht aneinandergeschmiegt unter dem Tisch hockten, und wühlte noch einmal Friedchens armselige Kleider durch, die an der Wand an Nägeln hingen.

»Euch Staatsfeinde – euch Aufrührer kennt man –, wartet nur, mit euch wird kurzer Prozess gemacht!« Er zog ein Wachstuchheft aus der Brusttasche und stellte ein Verhör mit Friedchen an, von dem sie kaum ein Wort verstand.

Sie sollte mit ihrem Mann unter einer Decke stecken? Mit dem ganzen Nest aufrührerischer Matrosen, das jetzt in Hamburg ausgenommen worden sei? Carl hätte die Mannschaft an Bord aufgewiegelt, Carl sollte ein Staatsfeind sein?

Der Wachtmeister steckte das Bündel Papier zusammen mit seinem schwarzen Heft in die Brusttasche und knöpfte den Rock darüber zu.

»Wo ist denn Carl?«, wagte Friedchen unter Tränen zu fragen.

»Da, wohin er gehört – hinter Schloss und Riegel, und was du hier verborgen gehalten hast, wird ihm teuer zu stehen kommen!«

Friedchen blieb völlig verstört zurück. Ihre Jungen klammerten sich an ihre Röcke. Der Inhalt der Seekiste lag auf dem Fußboden verstreut, die Haustür war nicht fest geschlossen, Sturm und Regen jagten herein. »Großer Gott, großer Gott«, stöhnte sie, »was ist mit Carl!« Sie hockte auf der Kiste, beide Hände vor dem Gesicht. Etwas Furchtbares war geschehen, und sie wusste nicht einmal, was dieses Furchtbare eigentlich war!

*

In den kürzesten und dunkelsten Tagen des Jahres erhielt Mieke einen Brief, den Niklas unmittelbar vor einer Überfahrt nach New York geschrieben hatte:

»Liebe Mutter!

Ich möchte mein Haus verkaufen. Besprich das bitte mit Vater. Es soll aber keiner von den Fremden haben, die es nur mit dummen, unüberlegten Ausbauten und Umbauten so verderben würden, dass kein vernünftiger Mensch mehr im Winter darin wohnen könnte. Mein Haus soll eine Seemannsfamilie bekommen, kein anderer. Es wird Dir schwer werden, es in anderen Händen zu sehen, ich habe auch sehr um diesen Entschluss gerungen. Aber ich will mit Annagreth nicht in einem Hause wohnen, in dem ich einmal mit einer anderen Frau glücklich gewesen bin.

Annagreth ist erst siebzehn Jahre alt. Ich habe sie bei ihren Eltern kennengelernt. Ihr Vater ist auch bei der Hapag, er fährt die »Deutschland«. Und denk Dir, Mutter, er war als Jungmann bei Vater an Bord. Er erinnert sich noch gut an ihn. Du kannst Dir vorstellen, wie es mich bewegt hat, als er von meinem Vater sprach.

Annagreth freut sich, dass wir in Hamburg wohnen werden, wo sie aufgewachsen ist. Ihrem Vater habe ich erklärt, warum ich mein Haus verkaufen möchte. Annagreth ist noch zu jung, um das verstehen zu können. Im Herbst will ich mit ihr zu Euch kommen, und ich bitte Dich, dass Du uns Deinen Segen gibst.

Dein treuer Sohn Niklas.«

»Nun kommt der Junge doch noch zurecht«, sagte Erdmann, nachdem auch er den Brief gelesen hatte. »Das hat mich immer bedrückt.«

»Wie lange ist es eigentlich her?«

Erdmann besann sich: »Es muss vor sechs oder sieben Jahren gewesen sein, dass Niklas ihr sein Haus überließ.«

»Ich hoffte im Stillen, Erdmann, dass doch etwas daraus werden könnte. Niklas hat sie über alles in der Welt geliebt.«

»Und ich fürchtete es im Stillen«, lächelte er.

Nach einer Weile sagte er: »Ich will versuchen, den rechten Käufer zu finden. Niklas hat recht, es soll eine junge Seemannsfamilie sein.«

»Sieh mal, Mieke«, fuhr er gütig fort, »wir beide sind auf der Seite des Lebens angekommen, wo das Abschiednehmen beginnt. Viele Jahre, lange Jahre ist das Leben auf lauter Begegnung aufgebaut, Begegnungen des Herzens, der Freundschaft, mit allem Guten und Bösen der Welt. Dann wendet es sich. Aus Begegnung wird Abschied. Man wird es zuerst nicht gewahr, oder man will es nicht erkennen. Wir wollen dieser Seite unseres Lebens, die aus Abschiednehmen besteht, tapfer entgegengehen.«

*

»Kennen Sie mich nicht mehr, Herr Kapitän? Wir haben letzten Herbst meinen Grundstückskauf gemeinsam gefeiert! Ich bin Kommerzienrat Bierstein.«

Vor Samuel August Voß stand ein beleibter Herr mit gepflegtem Vollbart, klappte seinen Regenschirm zusammen und trat seine Galoschen auf der Matte ab.

»Ich wollte Ihnen meinen Antrittsbesuch machen, Herr Voß. Ich bin vor ein paar Tagen gekommen, wohne im Palast-Hotel Monopol, wo noch alles im Winterschlaf lag. Tüchtiger Mann, dieser Dahm, werde aufs Beste bei ihm versorgt. – Im Juni soll mein Haus ›Seeblick‹ auf der Düne stehen. Was für ein Sauwetter hier, – Verzeihung, Herr Kapitän, aber einen passenderen Ausdruck gibt es für Ihren Schneematsch wirklich kaum. Ich verstehe den Dorfschulzen nicht, dass er nicht endlich für eine menschenwürdige Straße sorgt.«

Voß musste wohl oder übel seinen Besuch in die Stube lassen, obwohl er sich davon nur gestört und unangenehm berührt fühlte.

Bierstein ließ sich in den Plüschsessel fallen und zog ein dickes Lederetui mit Importen heraus.

Voß lehnte höflich ab; eine so teure Zigarre mit der protzigen bunten Bauchbinde mochte er nicht annehmen.

»Eine Uppmann, Herr Kapitän!«

Voß winkte noch einmal ab.

Bierstein sah sich genießerisch rauchend in der Stube um: »Ich verfolge natürlich noch einen kleinen Nebenzweck mit meinem Besuch. Zeit ist Geld. Man muss das Angenehme mit dem Nützlichen zu verbinden suchen«, lachte er. »Ich hätte nämlich gern Ihren guten Rat.«

»Bitte«, sagte Voß höflich.

»Ich habe mich mit einem Innenarchitekten in Verbindung gesetzt, kostet eine Stange Gold, aber wenn schon, denn schon. Er hat mir vorgeschlagen, mir eine echte Schifferstube einzurichten, so mit alten Möbeln aus Kapitänshäusern und Seemannserinnerungen. Ich will mich in diesen Tagen ein bisschen danach umsehen, da ich doch hier sein muss, um Fahrt in meinen Neubau zu bringen; denn diese Mecklenburger, da kann man verrückt werden, so langsam und träge, wie die sind! Kerlen wie meinem Bauunternehmer muss ich erst Beine machen. Sagte der mir doch in aller Gemütsruhe, als ich fragte, warum der Keller noch immer nicht ausgeschachtet sei, ›das trödelt sich eben so längs‹. Der wird mich noch kennenlernen! Ich bin also jetzt dabei, mich nach alten Sachen umzusehen. Solch ein Bild mit Segelschiff wäre ganz nett, was meinen Sie?«

Voß folgte der Richtung seines Fingers.

»Ist ja reichlich nachgedunkelt, immerhin«, Bierstein erhob sich und trat näher heran. »Abgestoßen ist der Rahmen leider auch.« Er ging in der Stube umher, als gehörte sie ihm, und befingerte das Flaschenschiff auf der Kommode. »Was sollen eigentlich diese zwei scheußlich hässlichen Porzellanhunde, Herr Voß?«

»Die hat mir mein Vater aus England mitgebracht, als ich noch ein Junge war«, antwortete Voß ruhig.

»Na ja, Kindheitserinnerungen, das ist was anderes. Haben Sie sonst nichts Altes mehr? Der Eckschrank – hm – da muss ich erst mal sehen, was ich sonst bekomme, zusammengewürfelte Möbel geben nichts her.« Er blickte durch die Glasscheiben des Schranks: »Guck mal an, die Tassen sehen echt aus, sind die von der Königlichen?«

»Die sind von meinen Eltern«, antwortete Voß kurz. Was wollte dieser Mann? Was hatte der bei ihm herumzuschnüffeln? Voß wandte sich zum Fenster und schaute unbeteiligt zu den triefenden Bäumen hinaus, in deren Astgabeln der letzte Schnee zerrann.

»Das Schiffsbild könnte ich immerhin nehmen, Herr Voß. Das ist als Anfang ganz brauchbar. Über den Preis werden wir wohl einig werden.«

»Über welchen Preis?«, fragte Voß scharf.

»Sie glauben doch nicht, Herr Kapitän, dass ich Sie übervorteilen will? Auf ein paar Mark mehr oder weniger kommt es mir nicht an. Ich biete Ihnen fünfzig Mark für das Bild. Dagegen werden Sie wohl nichts einzuwenden haben!« Er zog seine Brieftasche heraus.

»Lassen Sie die stecken, Herr Bierstein!« Voß stand auf und trat auf ihn zu, als wollte er ihn bedrohen. »Wenn Sie denken, dass Sie auf dem Pfingstmarkt sind, irren Sie sich. Da kommen Sie zu früh. Pfingstmarkt ist erst im Mai. Außerdem ist der Pfingstmarkt nicht hier, dazu müssen Sie nach Rostock reisen!«

Kommerzienrat Bierstein stand einen Augenblick verdattert da, besann sich und versuchte ein verbindliches Lächeln: »So habe ich es doch nicht gemeint, Herr Voß! Ich dachte, Ihnen läge nichts an diesem alten Kram. Ich würde Ihnen nur einen Gefallen tun, denn Bargeld lacht!«

Voß sah ihn starr an und wich keinen Schritt zurück.

»Also nichts für ungut, Herr Kapitän.« Bierstein verbeugte sich. »Auf Wiedersehen! Ich habe mich gefreut, Sie bei guter Gesundheit anzutreffen!«

*

Der Dogcart des buckligen Barons Bassewitz, der stets von Kindern umringt und mitsamt dem Groom bestaunt wurde, wenn er vor dem Konowschen Haus hielt, bis der kleine Herr mit dem grünen Jackett über seinem spitzen Höcker wieder herauskam und selbst die Zügel nahm, wurde völlig in den Schatten gestellt von einem anderen, noch wundersameren Gefährt, das eines Tages mit lautem Tatütata in das Dorf hineinrollte, ohne Pferd, ohne eine Kuh oder wenigstens einen Hund vorgespannt, nicht einmal mit einer Deichsel vorn. Der hohe schwarze Kasten mit Glasscheiben und Menschen dahinter rief noch einmal Tatütata, dann blieben seine dicken Räder im Sande stecken. Der Herr, der vorn gesessen hatte und mit seinem Tuthorn in der Hand zuerst ausstieg, war, wie bald darauf bekannt wurde, ein Minister. Das sah man ihm allerdings nicht an. Er hatte nicht einmal einen Hut auf, lächelte freundlich nach allen Seiten, öffnete eine andere Tür an diesem Zauberwagen und half einer Dame heraus, die einen Hut mit weißen Straußenfedern trug.

»Ja, Henriette«, sagte er, »nun sind wir wirklich am Ende der Welt. Weiter geht es nicht, aber genauso weit haben wir ja fahren wollen.«

Er klinkte den Wagen ein wie eine Postkutsche und schloss ihn ab, als wäre es ein Schrank. Beide begannen Arm in Arm über die Dorfstraße zu wandeln und schauten sich dabei die Häuser an. Alle Kinder blieben jedoch bei diesem wunderbaren Wagen ohne Pferde stehen, der geradenwegs aus dem Märchenland zu kommen schien, wo es fliegende Koffer und ähnliche Wunderdinge gab. Auch Erdmann war keineswegs überzeugt, einen Minister mit seiner Frau in seiner bescheidenen, niedrigen Stube zu sehen. Der Herr fragte zudem, ob im Dorf nicht irgendein kleiner Katen zu verkaufen sei? Was sollte ein so hoher Herr mit einem Katen wollen? Erdmann war noch keinem Minister leibhaftig begegnet. Im »Daheim«, das sich Mieke hielt, waren sie aber immer mit vielen großen Orden und breiten Ordensbändern abgebildet. Er dachte an den Hauptmann von Köpenick, dessen Geschichte bis in den letzten Winkel des Landes bekanntgeworden war, und enthielt sich sicherheitshalber jeder Anrede.

»Wenn Ihnen kein Katen als verkäuflich bekannt ist, Herr Schulze«, sagte der Herr freundlich, »werde ich mich selbst mit meiner Frau im Dorf danach umsehen. Wir wünschen uns ein Strohdachhäuschen; uns ist vor allem um Ländlichkeit zu tun. Der laute Baubetrieb in modernen Badeorten ist nichts für uns. Wir sehnen uns nach Stille und Einfachheit.«

Am nächsten Tage brüstete sich die alte Seeger überall damit, nicht in der feinen Schifferreihe, wo man nur auf die kleinen Leute herabsähe, nicht einmal an der Westerseite, sondern ausgerechnet in der Fischerreihe habe der Minister ein Haus gekauft!

»Welches Haus denn?«, fragte die Griepsch neugierig, während sie Jochim Schröder den einen der soeben ausgewählten Holzpantoffeln mit der Bitte zurückgab, er möchte ihr in die Lederkappe ein nussgroßes Loch machen, sonst hätte ihr Hühnerauge keinen Platz.

»Meinen Katen hat der Minister gekauft, welchen denn sonst?«, rief die Seeger triumphierend.

»Den hat der Minister gekauft? Hast wohl 'nen Vogel!« Die Griepsch tippte sich an die Stirn und brachte den ganzen Laden zum Lachen.

»Jawoll, hat er doch gekauft!« Die Seeger schob ihr Kinn mit den weißen Barthaaren herausfordernd vor. »Tausend Mark hat er mir bezahlt!«

Es war still im Laden. Eintausend Mark für dieses kleine Haus, das in der armseligen Fischerreihe lag!

»Das kannst du andern aufbinden, mir nicht!«, rief eine Kundin.

»Willst du das Geld sehen? Ich hab's zu Hause versteckt«, schrie die Seeger.

»Und du bleibst drin?«

»Ich – drin? – Natürlich hat er es ohne Menschen gekauft, aber er hat mit mir genauso gesprochen, als wenn er einer von uns gewesen wäre!«

»Dann musst du also hinaus?«, sagte die Griepsch. Sie zwängte den Fuß in den von Jochim präparierten Pantoffel hinein. »Das Loch ist noch zu klein, Jochim, mein Zeh ist nämlich ganz krumm, das Hühnerauge sitzt gerade oben drauf! – Dann kannst du also im Ackergraben schlafen?«, wandte sie sich an die Seeger.

»Denkst du dir so«, lachte die Seeger, »aber da denkst du verkehrt! Der Minister baut mir nämlich ein neues Haus!«

Diese Mitteilung wurde nicht mit stummem Erstaunen, sondern mit Hohngelächter entgegengenommen. Das sollte einer der Seeger glauben, dass ein Minister mit seiner Familie in ihren alten, niedrigen Katen zöge und die Seeger dafür ein funkelnagelneues Haus gebaut kriegte.

»Jawoll, er baut mir ein neues Haus, wo mein Grundstück zu Ende geht und die Düne beginnt. Er baut es mir ganz genauso, wie ich es haben will, und die tausend Mark hat er mir noch obendrein gezahlt!« Die Seeger wollte ihren Triumph in vollen Zügen genießen, doch der Laden leerte sich schnell. Ein paar Frauen gingen sogar hinaus, ehe sie eingekauft hatten. Entweder hatte die Seeger es im Kopf, dann lohnte es nicht, sich ihre dummen Lügereien länger anzuhören, oder der Mann, der ein Minister sein sollte, hatte über all dem Studieren den Verstand verloren. Mit rechten Dingen ging diese Sache auf keinen Fall zu. Der Wagen, in dem er gekommen war, war ja auch die reine Hexerei. Mit so etwas hatte man am besten nichts zu tun, und die Seeger würde schon die entsprechende Quittung dafür empfangen, dass sie sich darauf eingelassen hatte!

*

Lisbeth Konow atmete auf, als die ersten guten Tage kamen und die Gartenarbeit beginnen konnte. Sie trat wie aus langer

Haft befreit mit dem Spaten in der Hand hinaus und fing an zu graben.

Der Garten war der letzte Streitpunkt, der zwischen ihr und Elias' Frau Dorothea bestand und erst beigelegt werden würde, wenn sie sich für diese Arbeit zu alt fühlte und sie freiwillig aus den Händen gab. Sonst hatte sie in allem bescheiden nachgegeben und dabei die Erfahrung gemacht, dass Rücksicht und Fürsorge schmerzen können, anstatt gut zu tun.

»Du sollst nicht mehr in der Küche stehen, Mutter«, hatte Dorothea bestimmt. »Wir behalten unser Dienstmädchen, auch wenn der Junge aus dem Hause kommt. Du hast es nicht nötig, dich in der Wirtschaft abzuquälen. Zum Frühjahrsreinmachen nehmen wir eine Hilfe.«

»Lass doch das ewige Stricken, Mutter, das macht nur nervös«, bat Dorothea, »der Junge mag deine dicken Wollstrümpfe nicht tragen. Sie kratzen ihn in den Kniekehlen; er klagt jedes Mal darüber. Und wozu all die Mühe, wenn man englische Wollstrümpfe kaufen kann, die weicher sind.«

Der Junge! – Das hatte Lisbeth am tiefsten weh getan, dass Dorothea ihn schon mit sechs Jahren in die Stadt in Pension gab. Er sollte nicht in der Dorfschule, sondern gleich in der Vorschule des Gymnasiums beginnen. Von seinen Eltern wurde er Otto gerufen, nur Lisbeth nannte ihn Elias, obwohl das sein zweiter Name war.

»Du kannst es so bequem haben, Mutter, bleib in der warmen Stube, setz dich ans Fenster und lass Erna allein die Wäsche aufhängen. Ich stelle mich auch nicht draußen in Wetter und Wind mit dem nassen Zeug hin! Wozu haben wir denn Erna? Ein Dienstmädchen wird nur faul, wenn es nicht von früh bis spät in Trab gehalten wird.«

Lisbeth musste einräumen, dass auch ohne ihr Mittun alles im Hause wie am Schnürchen ging. Dorothea verstand es, Erna anzuhalten und ihr die Arbeit einzuteilen. Sie hatte ihre Augen überall, legte aber niemals selbst mit Hand an, band nur, wenn sie in die Küche ging, um nach dem Rechten zu sehen und das Essen abzuschmecken, eine Schürze um. Sie langweilte sich nie in der Stube, sie stickte oder las. Ja, mitten am Vormittag hatte sie Ruhe zum Lesen.

Lisbeth beugte den Kopf mit dem vollen, früh weiß gewordenen Haar über den Spaten und freute sich, wie gut der Boden im Garten allmählich geworden war. Man sah ihm seine Herkunft aus dünnem Sand kaum mehr an. Die Mühe des Düngens und Hackens hatte er reichlich belohnt. Es gab zwar Gemüse im Dorf zu kaufen, seitdem Dahm sein altes Grundstück einem Gärtner verpachtet hatte. Doch warum sollte man Geld für Gemüse ausgeben, wenn es im eigenen Garten wuchs?

Lisbeth hörte einen kurzen Peitschenknall. Der Baron fuhr also wieder in seinem Dogcart vor. Konnte der Herr nicht verstehen, dass sie das schöne Ölbild und die Mappe mit kleinen Zeichnungen, die Winnern ihr einmal geschenkt hatte, nicht verkaufte, oder wollte er es nicht verstehen?

Lisbeth hörte unwillig auf die laute Stimme, mit der er Dorothea in der Haustür begrüßte. Der Baron hatte sich eines Tages bei ihr melden lassen und nach Arbeiten des Malers gefragt. Sie hatte ihm ihren Besitz selbstverständlich gern gezeigt. Er hatte lange vor dem Bild, das sie aus ihrem Schlafzimmer herübergeholt hatte, gestanden, sich dann die Blätter in der Mappe eingehend angesehen, aber nicht viel dazu gesagt. Er hatte nur nebenbei, als er sich wieder verabschiedete, gefragt, ob wohl die eine oder andere von Winners Arbeiten käuflich zu erwerben sei. Auf ihren erstaunten Blick auf ihr Kopfschütteln hin hatte er nur höflich gebeten, seinen Besuch gelegentlich wiederholen zu dürfen, er hätte sich beim Forstmeister in Born, einem Freunde von ihm, einquartiert und käme öfter hierher. Bei seinem zweiten Besuch fragte er zwar flüchtig nach den Bildern, unterhielt sich aber vornehmlich mit Dorothea, wollte etwas über das Leben in Ahrenshoop wissen, fragte nach Professor Schulzendorf und anderen Malern, wer jetzt die kleine Hütte bewohnte, in der Winnern gearbeitet hätte, mit wem im Dorf er verkehrt hätte, mit wem er befreundet gewesen sei.

Er kam wieder, brachte einen prachtvollen Rosenstrauß mit, erzählte von München, von seinem eigenen Leben, er unterhielt

Dorothea mit Schilderungen seiner weiten Reisen und versprach, den Damen noch einen Abschiedsbesuch zu machen, ehe er diese Gegend wieder verlassen müsste.

Dorothea erschien im Garten: »Der Baron ist da, Mutter, er möchte dir gern guten Tag sagen. Zieh bitte ein anderes Kleid an, ich habe nämlich gesagt, dass du nur durch unseren Garten spazieren gegangen bist. Er sieht sich inzwischen noch einmal deine Mappe an. Weißt du, Mutter, er möchte so gern das Bild von dem Winnern haben, tu ihm doch den Gefallen. Er bat mich, ein gutes Wort für ihn bei dir einzulegen. Und wenn du noch an dem alten Bild hängen solltest, könntest du ihm nicht ein paar von diesen Zeichnungen geben? Ich habe uns bei Erna eine Tasse Tee bestellt, kommt bitte herein!«

Am liebsten wäre Lisbeth bei ihrer Gartenarbeit geblieben, Dorothea hatte aber bei aller Freundlichkeit eine Art, der sich schwer widerstehen ließ. Sie gab nach, stellte den Spaten fort, zog sich um und ging leise seufzend in das Wohnzimmer hinein.

»Verzeih, Mutter, ich habe unserem Gast dein Bild noch einmal herübergeholt«, sagte Dorothea und schenkte ihr eine Tasse Tee ein.

»Ich habe mir auch erlaubt, gnädige Frau«, entschuldigte sich der Baron, »ein paar Blätter aus der Mappe zu nehmen, die mich besonders interessieren.« Er hatte die Zeichnungen schon neben seinen Platz gelegt.

Lisbeth schwieg und überließ Dorothea, sich mit dem Gast zu unterhalten. Ehe sich schließlich der Baron verabschieden musste, bot er Lisbeth mit einem Handkuss eine schwindelerregende Summe an und bedrängte sie nahezu, ihm wenigstens einen Teil der Sachen zu verkaufen.

Lisbeth sah an ihm vorbei und blieb fest. Ihr war, als würde sie Winnern verraten, denn von diesem vielen Geld hätte der arme Maler lange Zeit sorgenlos leben können.

*

Dass jedes Frühjahr hinter dem Hotelberg erneut die Bauerei begann und ein Rohrdachhaus nach dem anderen auf den Dünen entstand, jeden Sommer mehr fremde Leute dort draußen wohnten, die man nicht einmal mehr dem Namen nach kannte, war dem Dorf gewohnt geworden. Mit denen »dor buten«, wie es hieß, hatte niemand etwas vor. Manchmal ging die eine oder die andere Familie am Sonntagnachmittag ein wenig hinaus, um sich die eigenartigen Häuser auf den Dünen anzusehen, die wie aus einer Spielzeugschachtel genommen wirkten, so sauber und bunt sahen sie aus. Sonst folgte nur der Kuhhirt, der die von Jahr zu Jahr mehr dahinschwindende Herde zur Weide hinauszutreiben hatte, der Entwicklung mit, doch dem Kuhhirten war das einerlei.

Eines Tages hielten jedoch Wagen mit Baumaterial mitten im Dorf, und zwar vor der Griepsch. Dahm hatte ihr das Stück Land vor dem Hause abgeschwatzt. Dort wurde für Undine ein Laden gebaut. Zur Eröffnung prangte ein großes Schild über der Tür: ›Badeartikel, Andenken, Kunstgewerbe‹. Ein Zettel verkündete, jedes Kind würde am ersten Tage mit einem Beutelchen Glasperlen oder Glasmurmeln beschenkt, jede Dame sollte als Anstecknadel einen blauen Porzellananker erhalten.

Man kann sich denken, wie voll im Umsehen der neue Laden war! Und was gab es in den Schaukästen und auf den Regalen nicht alles zu sehen! Man wusste nicht, wohin man sich zuerst wenden sollte. Auf dem Ladentisch lagen Badeanzüge und Badekappen in allen Farben. Die bunten Badeschuhe führte Undine sogar an ihren eigenen Füßen vor, zeigte, wie die Bänder kreuzweise bis hoch zu den Waden zu binden waren, und ließ dabei ihre Beine sehen, als wären nicht auch Herren im Laden, die ungeniert zuschauen konnten.

Vor einem anderen Tisch, hinter dem der Herr Dahm persönlich stand, war das Gedränge der Einheimischen am größten. Sie konnten die Vasen und Schalen, die Kästchen mit Muscheln und die Badepuppen aus rosa Zelluloid nicht genug bewundern. Dagegen war der ganze Herbstmarkt nur ein bescheidener Klacks! Die Frauen ließen alle diese Wunderdinge von Hand zu Hand gehen, fragten nach allen Preisen und waren nicht von dem Kasten mit netzartigen Sommerhandschuhen fortzuschieben. Mutter Möller zog einen roten Rettungsring, der als Andenken an die Wand zu hängen war, über die Hand, weil sie glaubte, dass das ein Armband sei.

Als Undine Professor Schulzendorf entdeckte, stieß sie die Einheimischen beiseite und überreichte ihm eine Ansteckmöwe: »Herr Professor, nehmen Sie bitte diesen Gruß von der Eröffnung meines Geschäfts gratis für Ihre Frau Gemahlin mit!«

Schulzendorf warf lachend die Möwe wieder in den Kasten zurück: »Nein, mein Fräulein, solchen Kitsch trägt meine Frau nicht!« Die kleinen Beutel mit Glasperlen waren schnell ausgegangen.

»Nicht kleinlich sein«, blinzelte Dahm seiner Tochter zu, weil sie beanstandet hatte, dass verschiedene Mädel zum zweiten Mal erschienen waren und Perlen verlangten. Als Köhns Jüngste zu weinen anfing, weil keine Perlen mehr da waren, nahm Dahm eine der rosa Badepuppen, die mit fünfundneunzig Pfennigen ausgezeichnet waren, und steckte sie ihr in die Hand: »Grüß deine Mama, Lisa, und sag ihr, diese Puppe hat dir der Herr Dahm zum Präsent gemacht!«

Die Jungen der Friedchen Pieplow zeigten sich schüchtern in der Tür.

Dahm lief auf sie zu: »Schert euch fort! Ihr wollt nur lange Finger machen!« Er wandte sich zwei Damen zu, die zu denen »dor buten« gehörten. Sie waren in helle Seidenmäntel gekleidet und hatten weiße Strohhüte auf, die groß wie Karrenräder waren. Dahm dienerte, die Locke fiel tief in seine Stirn. »Welcher Vorzug, Frau Geheimrat«, sagte er zu der einen, »dass Sie dem Laden meiner Tochter Ihre Anwesenheit schenken. Darf ich Ihnen etwas präsentieren? Andenkenartikel, Badeartikel, bescheidene Nouveautés für die See, für den Strand! Wir werden uns bemühen, auch den höchsten Ansprüchen unserer Villenbesitzer zu konvenieren!«

Als Undine am Abend den Laden schließen wollte, trat Friedchen Pieplow herein und fragte bescheiden, weshalb ihre Jungen leer ausgegangen seien. Jedes Kind aus dem Dorf sei eingelassen und beschenkt worden. »Wenn ich Geld hätte und meinen armen Kindern auch einmal eine Freude machen könnte«, sagte sie, »würde ich nicht kommen. Aber wir haben knapp das tägliche Brot. Könnte ich für meine Jungen nicht ein paar Murmeln haben? Alle anderen Kinder spielen draußen damit, nur meine müssen zugucken!«

Undine maß Friedchen von oben bis unten. »Die Murmeln sind alle«, sagte sie kurz und schloss ab.

*

Am 25. Juli des Jahres 1909 überquerte Louis Blériot in einem Aeroplan, den er selbst gebaut hatte, den Ärmelkanal und ging hinter den Kreidefelsen von Dover nieder. Der »Stadt- und Landbote« trug dieses Ereignis in die Schifferreihe. Samuel August Voß las die Nachricht mit Brille und Lupe und verzichtete auf alles Weitere, was diese Nummer enthalten konnte, selbst auf die kleinen Berichte von den jetzt überall fälligen Schützenfesten, die ihm sonst ein besonderes Vergnügen bereiteten.

Die 25 000 Pfund, die die englische Zeitung »Daily Mail« als Preis für den ersten Flug über den Kanal ausgesetzt hatte, dieses gewaltige Vermögen imponierte ihm nicht. Nur in England konnte man so mit dem Geld um sich schmeißen, als wenn es ein Pappenstiel wäre! Die 32 Minuten dagegen, die England seiner Sonderstellung als Insel beraubten, bewegten den alten Fahrensmann tief. Da kam also jemand daher und stieg in die Luft, hundert Meter hoch in die Luft, mit einem Gestell, das er noch dazu selbst verfertigt hatte, also konnte es keine allzu große Kunst sein, so etwas zu machen, und schlug eine Brücke zwischen dem europäischen Festland und dem englischen Königreich, keine Brücke üblicher Art, die sich sprengen oder sperren oder sonst wie erobern ließ, sondern eine unsichtbare Brücke aus Luft, die keinem und allen zugleich gehörte.

Samuel August Voß zog seine blaue Schiffermütze in die Stirn, griff zum Stock, der stets an der Sofaecke bereitstand, und machte sich zu dem letzten Lebenden seiner eigenen Generation, dem Dampfschiffer Artur Harder, auf. Im vergangenen Sommer hatten sie sich bei gutem Wetter noch täglich auf der Bank getroffen, die draußen zwischen ihren Grundstücken stand, ließen das aufgezäumte Volk der Badegäste an sich vorüberziehen, schauten sich schmunzelnd von der Seite an und fragten sich im Stillen, wo diese Damen mit dem fortgeschnürten Bauch unter dem üppig heraustretenden Busen wohl ihre Gedärme gelassen haben konnten. Im Herbst begann sich Wasser in Harders Beinen zu sammeln und emporzusteigen. Jetzt stand es schon bis an den Leib; Harder konnte nur noch mit Hilfe seiner Schwiegertochter vom Bett zum Lehnstuhl am Wohnzimmerfenster und zurück gelangen. Dass solch ein Leiden in der unnatürlichen Lebensweise auf Dampfschiffen seinen Ursprung hatte, davon war Voß überzeugt. Doch weil es zum Tode führen musste, behielt er diesen letzten Triumph für sich.

»Ja, Harder, nun ist es also vorbei mit der englischen Herrlichkeit«, sagte Voß.

»Habe dir ja immer gesagt, dass die Dampfkraft siegt!«

»Dampfkraft!« In Voß stieg die Röte hoch. Er beherrschte sich und stellte fest: »In dem fliegenden Ding ist keine Dampfmaschine, sondern ein Motor drin.«

»Kommt auf dasselbe heraus, Samuel August. Jedenfalls ist dieser Blériot nicht mit Wind über den Kanal geflogen, das ist das Entscheidende. Mit dem Wind, das siehst du hier wieder, ist es endgültig aus.« Dass die erregende Nachricht vom Ende der splendid isolation Englands auf diese Bahn führen könnte, hatte Voß nicht vorausgesehen. Er überlegte, wie sich die Scharte auswetzen ließe.

»Wenn solche Aeroplane nun eines Tages die Dampfer aus dem Felde schlügen, Arthur? Alles ginge nur noch durch die Luft?«

Harder lachte: »Heb du erstmals die mehr als 40 000 Tonnen hoch, die jetzt die White Star Line baut.«

Voß schwieg.

Harder lenkte ein und wies auf seine Magengegend, die sich unheilvoll unter dem offenen Rock wölbte. »Jetzt ist es schon bis hier! Der Doktor kriegt es nicht mehr raus. Man muss sich daran gewöhnen, man findet sich schließlich auch damit ab, einmal muss es sein! Aber als meine Schwiegertochter mir das vom Kanalflug vorlas, weißt du, was ich da dachte? Nicht an England, an den Schrecken, den das englische Volk erlebt haben muss, als dieses Ding da von Frankreich aus ankam. Ich habe nur an mich gedacht, wie schade es ist, dass ich das Neue, das die Menschen mit dieser Erfindung in die Welt gebracht haben, nur in seinen ersten Anfängen miterleben kann. Wer noch einmal jung sein dürfte, Samuel August, wer hier mitmachen könnte! Damals habe ich alles darangesetzt, auf eines der ersten größeren Dampfboote zu kommen. – Was waren wir denn auf unseren alten kleinen Segelschiffen, wenn man es von heute aus besieht? Was haben wir mit allen Opfern an Menschenleben und Schiffen geschafft? Unsere kleinen Laderäume, das schnelle Überaltern, die Ungunst des Wetter, – viele Monate bis ich mal nach Lima unter Segeln unterwegs gewesen, kam um keinen Preis um dieses aasige Kap Horn! Jetzt bauen sie den Panamakanal; dass er fertig wird, erlebe ich nicht mehr! Weißt du, Samuel August, ich möchte noch einmal dreißig oder vierzig Jahre alt sein, um auf solchem Ozeanriesen fahren zu dürfen. Nicht als Kapitän! Mir würde die Verantwortung für die tausend oder gar zweitausend Menschen an Bord zu groß sein; aber als Schiffsoffizier, und wenn ich nur der vierte Steuermann wäre – dafür lohnt es zu leben. Wer jetzt mithelfen kann, wie die Technik den ganzen Erdball in Besitz nimmt, wer jetzt jung ist, Samuel! Denk doch, wie glücklich muss dieser Blériot sein!«

»Ja, ja«, gab Voß nach, weil die Erregung seinem alten Freund schlecht tat. »Wir wollen uns nicht wieder streiten, Samuel August, es geht nicht mehr lange mit mir. Aber es geht wenigstens vorwärts in der Welt!«

3. KAPITEL

Der Schulze erkannte die Malerin Ellinor Deuß, die zu den Schülerinnen des Professors Schulzendorf gehört hatte, auf den ersten

Blick nicht wieder. Er musste in der gealterten Frau mit grauen, kurz geschnittenen Haaren, die ein unkleidsames, sackartiges Reformkleid trug, die schmiegsame Gestalt mit dem feinen, nachdenklichen Gesicht erst suchen. Ellinor Deuß erzählte mit leiser Stimme, sie hätte das Atelierhaus des Fräulein Malz gekauft, aber jetzt mit Schrecken festgestellt, dass das Pappdach schadhaft sei, die Fensterrahmen schienen auch morsch zu sein.

Erdmann nickte. Jedes Mal, wenn er an diesem Hause vorübergegangen war, hatte er sich vorgenommen, der Besitzerin, die sich nicht um ihr Anwesen kümmerte, zu schreiben. Er war nie dazu gekommen. Im Grunde ging es ihn auch nichts an, nur widerstrebte es ihm, dass jemand sein Haus verfallen ließ, anstatt ordentliche Menschen, die eine Wohnung brauchten, aufzunehmen. Unter Friedchen Pieplows fleißigen Händen wäre mancher Schaden rechtzeitig abgewendet worden.

»Fräulein Malz hat also endlich verkauft?« Permien warf noch einen verstohlenen Blick auf seinen Besuch, weil er die schöne schlanke Malerin, die mit dem armen Winnern verlobt gewesen sein sollte, mit diesem, wie gebrochen erscheinenden alten Fräulein noch immer nicht in Einklang zu bringen vermochte.

»Fräulein Malz hat sich mit einer neuen Freundin in Italien niedergelassen«, erzählte sie. »Den Hauskauf haben wir brieflich abgeschlossen. – Ich habe das Grundstück aber nicht hoch bezahlt«, betonte sie, als wollte sie jeden Verdacht zerstreuen, übervorteilt worden zu sein.

»Man hätte sich das Haus vorher ansehen oder, besser noch, es sachverständig begutachten lassen sollen«, sagte Permien zurückhaltend.

»Wenn ich nur wüsste, woher ich das Geld für die Reparatur nehmen soll. Wird das sehr teuer sein?«, fragte sie ängstlich.

Das könnte man schlecht aus dem Handgelenk sagen, meinte er, aber er würde sich gern darum kümmern, wenn es ihr recht sei. »Wann wollen Sie das Haus beziehen?«

»Ich will zum Sommer eine Pension darin aufmachen, Herr Permien.«

»Waren Sie denn nicht Malerin?«

Sie nickte: »Eigentlich Zeichenlehrerin, aber ich musste meinen Posten niederlegen, als meine Mutter krank wurde. Meine Eltern sind ziemlich kurz hintereinander gestorben, ich stehe nun ganz allein in der Welt da.«

»Das tut mir leid«, sagte Erdmann Permien teilnahmsvoll.

»Ich muss versuchen, mir eine neue Existenz aufzubauen. Die Ersparnisse meiner lieben Eltern sind für den Hauskauf so gut wie ganz draufgegangen.«

»Verzeihen Sie meine Frage: Verstehen Sie genug von Hauswirtschaft und Kocherei?«

Ellinor Deuß antwortete unsicher, sie hätte den Haushalt für ihre Eltern geführt.

»Haben Sie noch nie für einen größeren Tisch gekocht?«

»Das nicht«, gab sie zu.

»Es wird allerdings von unseren Gästen oft nach einem guten, billigen Mittagstisch gefragt, weil Frau Pieplow nicht alle Fremden nehmen kann. Auf dem Hotelberg ist vielen der Pensionspreis zu hoch.«

»Das habe ich auch von Bekannten gehört, die im letzten Sommer hier gewesen sind.«

»Ein Pensionsbetrieb muss aber verstanden sein, Fräulein Deuß.«

»Ich muss es versuchen – ich wollte so gern wieder nach Ahrenshoop – ich war früher hier – ich habe keinen anderen Wunsch, als hier zu leben und zu sterben.«

Erdmann schaute fort, um nicht den feuchten Glanz in ihren Augen zu sehen. »Nun, ich wünsche Ihnen von Herzen alles Gute! Es wird schon gelingen. Brauchen Sie einen Rat, kommen Sie immer getrost zu mir.« Er gab ihr die Hand und schaute ihr nachdenklich nach, wie sie in dem schmucklosen Kleid durch seinen Vorgarten ging. Das war kein Mensch, der seine Ellenbogen rücksichtslos zu gebrauchen wusste, um alle Konkurrenz aus dem Felde zu schlagen, wie es der Dahm verstand. Mit wie vielen Schwierigkeiten würde sie zu kämpfen haben! Mit Missgunst und Futterneid! Es fing ja schon in den kleinen Katen an, wo ein Nachbar dem anderen die Gäste nicht gönnte, und endete auf dem Berg im »Monopol«, wo sich der Dahm mit allen Schlichen zu einem Großunternehmer des Fremdenverkehrs emporgegaunert hatte! Und wie sollten die kurzen Sommerwochen den Lebensunterhalt für ein ganzes Jahr einbringen, dazu noch die Ausgaben und Steuern für ein Haus, das an allen Ecken und Enden reparaturbedürftig war?

*

Ein lähmendes Entsetzen ergriff die Welt, als in einer Aprilnacht des Jahres 1912 die Titanic auf der Fahrt um das Blaue Band des Ozeans, das der Norddeutsche Lloyd innehatte, mit einem Eisberg zusammenstieß und unterging.

Heiner Pieplow, Steuermann auf der Levante-Linie, riss die Tür zur Gaststube auf, brachte diese Nachricht als erster zu Jochim Schröder sowie dessen einzigem Gast Peter Köhn und berichtete weiter: »Ich saß in einem Lokal an der Alster, war ausgegangen, um mir den letzten Abend vor der Reise zu Mutter zu vertreiben. Alle Tische im Pavillon waren nach Mitternacht noch besetzt, es war ein Trubel wie auf St. Pauli, wurde getrunken, getanzt. Plötzlich brach die Musik ab, es wurde unheimlich still. Etwas Unbegreifliches war geschehen!« Heiner wischte sich den Schweiß von der Stirn. »Weißt du, Jochim, mir war, als ginge plötzlich alles unter, das strahlende Licht und die Musikkapelle. Die Restauranträume wurden auch bald leer, einer nach dem anderen schlich hinaus. Ich mochte nicht in mein Hotelzimmer gehen, hätte doch nicht schlafen können. Keiner sagte, ich sollte aufbrechen. Der Ober knipste nur ein paar Birnen aus. Rund um mich lag die große Stadt. Ich hörte Autos bremsen, ein Dampfer tutete in der Ferne, alles klang nicht wie wirklich – 3 000 Menschen, Jochim, – 46 000 Tonnen, 50 000 PS, eine Stadt für sich, – Musik an Bord, Ball an Bord – es war furchtbar dumm, dass ich denken musste, wenn jetzt Hamburg mit einem Eisberg zusammenstoßen würde. – Man muss die Schotten auf der Titanic nicht mehr haben schließen können, sonst wäre doch dieser Riesenpott nie abgesoffen! – Ich habe einmal einen Schiffsuntergang gesehen, auch nachts, wie wir dem 3 000-Tonner der Nordenfjeldske zu Hilfe kommen wollten. Aber das lässt sich nie im Leben vergleichen!« Heiner trank sein Bier in einem Zuge aus.

»Das ist wie ein Fingerzeig!«

»Ein Fingerzeig, Jochim? Etwas ganz anderes! Da schlug eine geballte Faust zu, die mit einer einzigen Bewegung alle Herrlichkeit dieser Millionäre und Prasser in den großen Keller hieb! Worum ging es denn? Nur um Dividenden, um nichts weiter! Die Reederei wollte das Rennen machen, – darum der verantwortungslose Kurs, Mensch! Man wird es nicht zugeben, wird es natürlich vertuschen, sonst gäbe es einen Riesenskandal. Aber man kann es sich an den Fingern abzählen, wie das zusammenhängt! Schufte, Schufte!«, stieß Heiner aus.

Jochim Schröder blickte ihn ängstlich von der Seite an und wagte nicht, etwas einzuwenden. Heiner hätte alle Gläser vom Tisch fegen können, so wild sah er aus.

Peter Köhn lenkte zu einem anderen Thema über: »Wie fandst du denn deine Mutter vor, Heiner?«

»Meine Mutter? Ganz so schlecht nicht, wie ich fürchtete. Lange hält sie das aber nicht mehr durch, diese Schinderei, sie geht ins Siebzigste. Und wofür? Nur für den armen Kerl, den Theodor, und damit die Jungen von Carl etwas auf die Knochen bekommen können.«

»Wie lange hat Carl eigentlich noch?«, fragte Köhn.

»Drei Jahre, wenn sie ihm nicht mehr aufbrummen, um unbequeme Leute möglichst lange mundtot zu halten. Noch haben die da oben ja das Heft in der Hand, aber wartet – wartet!«

Es blieb lange Zeit still in der kleinen Runde. Schließlich kam Jochim wieder auf die Titanic zurück: »Wie viel Mann mögen vor den Kesseln und in den Maschinenräumen gewesen sein, Heiner?«

»Von denen ist nicht einer mehr nach oben gekommen, da gehörten sie ja auch nicht hin«, sagte Heiner bitter. »Die standen

Tag und Nacht vor den Riesenkesseln, halbnackt, von beißendem Schweiß und Ruß verklebt, aber hoch oben über ihnen, da lebten sie wie die Fürsten. Ist aber dafür gesorgt, dass die Trimmer nichts von diesen Geldsäcken zu sehen bekommen; die Passagiere sollen auch nicht vom Schweiß der Heizer angeekelt werden! Saufen Sekt, promenieren hinter Glasscheiben vor dem Wind geschützt auf den Decks, damit sie den Wanst für das nächste Dinner klar kriegen und nicht krank und verstopft werden von all der Fresserei!«

»Plummen un Klüten wird es da an Bord wohl nicht mehr geben!«

»Oben nicht, Jochim, darauf kannst du Gift nehmen. Aber unten so viel, dass es ihnen hoch im Halse steht.«

»Plummen un Klüten ist noch heute das Beste, was ich weiß«, sagte Jochim. »Macht zwar allerhand Arbeit, ehe solch ein Kram zusammen ist. Richtige Plummen un Klüten, wie es sich gehört, kriegen Frauen nie fertig. Drüben, der alte Voß, der versteht es noch.«

Sie schwiegen wieder. Jeder kehrte mit seinen Gedanken zu der größten Katastrophe der Schifffahrt zurück. 3000 Menschen – wie viele Kameraden hatten bei dem Untergang dieses Dampfers der Millionäre ihren Tod gefunden!

*

Kommerzienrat Bierstein führte seine Gäste in sein »Kapitänszimmer«, um die antiken Möbel und Gegenstände vorzuzeigen, die er im Laufe der Jahre aufgekauft hatte.

»Es fehlt mir noch allerlei«, sagte der Herr des Hauses, »mit der Zeit werde ich schon drankommen.« Er öffnete die Klappe eines hohen Schreibschranks, um die mit hellem Holz eingelegten Fächer zu zeigen. »Der stammt aus einem der kümmerlichen Katen da unten. Die Leute hatten keine Ahnung, was sie besaßen. Habe ihn für ein Butterbrot bekommen, beim Antiquar hätte ich das Vielfache bezahlen müssen.«

Die Herren sammelten sich vor dem breiten Kaminsims und bewunderten die alten englischen Schalen und Töpfe aus Steingut.

»Eine Standuhr fehlt mir noch für die Ecke, wie sie die Pieplowsche im Flur zu stehen hat«, sagte Bierstein. »Ich hatte sie schon fast in der Hand, weil ich der Alten, die zäh wie Hosenleder war, schließlich einen Wandregulator mit Nussbaumgehäuse, – Sie wissen, diese hässlichen, billigen Dinger, – versprach. Aber ihr dämlicher Sohn schrie unausgesetzt in seiner Kammer, die Uhr dürfte nicht aus dem Haus. Da zog die Alte zurück und war nicht mehr kleinzukriegen.«

»Ist das nicht – ist das etwa das Schiffsbild, das beim Kapitän Voß in der Stube gehangen hat?«, fragte Professor Christians.

»Aber gewiss«, lachte Bierstein, »wie ich es endlich doch ergattert habe, ist eine zu lange Geschichte, die erzähle ich ein andermal. Aber es war der reinste Witz! Ja, meine Herren, die Kalte Ente steht auf der Veranda und wartet. Wir müssen uns über ein paar Maßnahmen schlüssig werden, um mit den Missständen hier im Ort endlich aufzuräumen.«

Nachdem sich der Minister in den bequemsten Sessel gesetzt hatte, die Gläser vollgeschenkt, die Zigarren angezündet worden waren, begann Bierstein: »Ich sehe nicht ein, warum wir uns diese vorsintflutlichen Zustände länger bieten lassen sollen. Was wird für uns getan? Was geschieht für uns? Nichts wird getan! Dieser Dorfschulze mag ja ein ganz ordentlicher Mann sein.«

»Das darf man wohl mit allem Recht sagen«, warf Christians ein.

»Es ist aber geradezu grotesk«, fuhr Bierstein fort, »mit welchen rückständigen Verhältnissen wir uns Sommer für Sommer abfinden müssen! Kein elektrisches Licht, keine Wasserleitung, keine Kanalisation! Dieser Sandweg, der Staub auf der Dorfstraße, von dem Sie am besten ein Lied singen können, Direktor Helmers, weil Sie unten im Dorf wohnen.«

Helmers nickte: »Als ich diesem Permien neulich sagte, wenn nicht endlich eine anständige Chaussee durchgesetzt werden könnte, hätte die Gemeinde unverzüglich einen Sprengwagen anzuschaffen, da guckte der mich an, als wenn ich hebräisch redete. Er hat nicht eine Spur Verständnis für das, was ein moderner Badeort bieten muss. Und damals –«, er lachte überlegen, »als ich mit ihm wegen der alten Lange sprach, hat er mich angesehen, als käme ich vom Mond, weil ich sie aus unserer Bodenkammer heraushaben wollte. Sie sollte auf Heller und Pfennig von mir bezahlt bekommen, was ihre Bruchbude wert war, ehe ich sie ausbauen ließ. Damit hätte sie sich in ein Altersheim einkaufen können, diese dumme Person! Glauben Sie, dass dieser Permien auch nur einen Finger für mich gerührt hat? Die Alte sitzt noch immer da oben und ärgert meine Frau!«

»Trottel, weiter ist der Permien nichts«, meinte Zickel. »Den müssen wir uns vom Halse schaffen! Ich habe mir gedacht, dass der Dahm vom ›Monopol‹ ganz brauchbar als Schulze wäre. Der ist rührig, nicht solche Schlafmütze. Es würde in seinem ureigensten Geschäftsinteresse liegen, sich persönlich für menschenwürdige Lebensbedingungen im Dorf einzusetzen. Außerdem wäre er unser Mann, ein kleiner Lump«, grinste er, »der Blut geleckt hat und verdienen will, großverdienen! Das wollen sie jetzt alle und ahnen nicht, dass wir sie in der Hand haben. *Ein* Scheck von mir und Dahm kollerte von seinem Berg hinunter, müsste wieder Heringsbändiger oder Ellenreiter oder was er sonst gewesen sein mag, werden.«

»Viehhändler soll er ursprünglich gewesen sein, hat mir jemand erzählt«, lachte Bierstein.

»Um so besser«, Zickel rieb sich die Hände, »die sind mit allen Wassern gewaschen. Gebrummt soll er übrigens mal haben, das geht uns aber nichts an. Mit Dahm als Schulzen könnten wir umspringen, der fräße uns aus der Hand.«

»Dürfen wir überhaupt über die Besetzung des Schulzenpostens befinden?«, fragte Christians zurückhaltend. »Soviel ich weiß, ist das Sache der Gemeinde oder der Schöffen. Und ich glaube, dass diese Gemeinde, zu der wir eigentlich nicht gehören, weil wir nur Sommereinwohner sind, keinen besseren Mann haben kann als Permien, der wie ein Vater für die kleinen Leute im Dorf sorgt.«

Bierstein ging über diesen Einwand, der ihm lächerlich und sentimental vorkam, mit einer verbindlichen Handbewegung hinweg und wandte sich an den Minister: »Wäre es Exzellenz wohl möglich, dem Landrat einen Wink zu geben? Wir können unmöglich davon abhängig sein, was die kleinen Leute wollen oder nicht wollen, wir haben unsere berechtigten Interessen zu vertreten.«

Der Minister nickte: »Mir persönlich wäre es gleich, wer Schulze wird. Meiner Frau bekommt das Seeklima nicht. Sie will ins Mittelgebirge. Ich habe schon einen Käufer für unsere Klitsche – 100 000 Mark«, lachte er. »Mich hat sie alles in allem kaum fünf gekostet, war also eine ganz, nette Kapitalanlage, diesen alten Katen billig zu kaufen und anständig auszubauen. Mein Käufer lässt es sich etwas kosten, den Sommersitz eines Ministers zu bewohnen. Wenn ihn das glücklich macht!« – Er legte sich in den Sessel zurück.

»Und die alte Fischerwitwe, der der Katen gehörte? Die soll im Winter Stein und Bein frieren in dem Holzhäuschen hinter der Düne, sagte mir Permien.«

»Was haben Sie für Sorgen, lieber Professor«, lachte der Minister.

»Die alte Schlampe hat damals ihr gutes Geld bekommen. Sollte ich der auch noch eine Villa bauen lassen?«

»Gemütsmensch«, grinste Bierstein und hob sein Glas: »Es tut uns leid, dass Exzellenz uns wieder verlassen wollen.«

»Wenn ich den Herren wegen dieser Dorfschulzenangelegenheit noch gefällig sein kann, will ich mich gern verwenden. Ich brauche dem zuständigen Ministerium nur einen Wink zu geben, dann ist es in Ordnung. Und sollte der Dahm vorbestraft sein – darüber würde man mir zu Gefallen hinwegsehen. Man braucht nicht alles gleich an die große Glocke zu hängen.«

Bierstein dienerte dankbar: »Nun hat unser Freund, Syndikus Seebohm, noch einen Vorschlag zu machen, bei dessen Verwirklichung Exzellenz allerdings auch ein bisschen – ich darf wohl ehrlich sagen – mit einkalkuliert worden waren.« Er gab seinem Villennachbarn Seebohm das Wort.

»Ich habe an einen Verein gedacht, zu dem wir Forensen uns zusammenschließen. Es hat übrigens hier schon mal eine Art Badeverein bestanden, der war aber nicht ordnungsgemäß eingetragen. So etwas Dilettantisches sieht unserem Dorfschulzen ähnlich. Die Mitgliedsbeiträge sollen, habe ich läuten hören, auf eine mysteriöse Weise verschwunden sein. Nun, Schwamm drüber, – ich bedaure besonders lebhaft, dass Exzellenz uns wieder zu verlassen gedenken, sonst hätte ich Exzellenz gebeten, den Vorsitz unseres Vereins zu übernehmen, – wollen Exzellenz nicht so gütig sein, wenigstens zur Gründung und Eintragung Ihren Namen herzugeben?«

Mit der gleich unbeteiligten Miene sagte der Minister zu. Auf einen Ehrenvorsitz mehr oder weniger käme es ihm nicht an, er wüsste sowieso nicht, wie viele Vereinsvorstände seinen Namen trügen, da solche Dinge doch nur pro forma seien. Als die erste Bowle mit der Kalten Ente ausgetrunken war, stand der Verein da. Nur Professor Christians hatte abgelehnt, ihm beizutreten. Er sei nicht hierhergekommen, um Vereinsmeierei zu treiben. Die Herren möchten ihm auch nicht nachtragen, dass er aufbrechen wollte. Er wäre hier, um in Ruhe eine wissenschaftliche Arbeit abzuschließen. Höher verstiegen sich seine Wünsche nicht.

*

Die Badegäste stießen sich und grinsten über die wunderliche Gestalt, die ihnen auf der Dorfstraße entgegenkam.

Es war eine alte Dame, der man trotz ihres faltigen Gesichts und gebeugten Rückens noch ihre frühere Schönheit und untadelig aufrechte Haltung ansehen konnte. Sie trug einen altmodischen schwarzen Seidenmantel, dazu eine Witwenhaube mit weißer Borte um die spitze Schneppe, und wandte sich dem Haus des Schiffers Samuel August Voß zu, klopfte an die Haustür, klinkte auf, klopfte an die Stubentür, hörte ein leises »Herein« und trat ein.

Samuel August Voß schaute ihr wie aus weiter Ferne entgegen und sagte hilflos: »Meine Frau ist nicht zu Haus – Sophie ist – ich weiß nicht, wo sie ist – aber nachher kommt die Frau Ohlerich von drüben, gibt mir mein Abendbrot, bringt mich zu Bett und bleibt bei mir, bis ich eingeschlafen bin, wie früher meine Mutter.«

»Kennen Sie mich noch, Herr Voß?«

»Doch«, erwiderte er, »Frau Förster Dedow – aber sagte ich nicht schon –«, er glitt mit beiden Händen über die Stirn – »ich war wohl ein bisschen verwirrt, das kommt jetzt manchmal vor. Sophie, meine Sophie, – bitte, nehmen Sie Platz, Frau Dedow.« Er versuchte, vom Stuhl aufzustehen.

Frau Dedow winkte ab und setzte sich schnell, damit er sich nicht mühen sollte.

»Ja, ja – die vielen Jahre, die vergangen sind – jetzt habe ich es wieder, ich war nur im ersten Augenblick überrascht. Ich bin so viel allein, ich warte nur noch, etwas anderes habe ich nicht mehr zu tun. Darf ich fragen, wie es Ihnen geht?«

»Ich bin unterwegs, um noch einmal nach meinen Gräbern zu sehen«, sagte sie mit ihrer hohen, leise schwankenden Stimme. »Es ist eine weite Reise, Herr Voß, eine beschwerliche Rundreise für eine alte Frau. – Holdine liegt in Dresden.«

Auf seinen verwunderten Blick sagte sie verhalten: »Sie hat sich nach einer schweren Enttäuschung über die Treulosigkeit ihrer Freundin das Leben genommen. – Und Hermine wurde in Kiel beigesetzt. Sie ist in der Anstalt gestorben. Ich hatte die letzten Monate in Kiel gelebt, um in ihrer Nähe zu sein, durfte sie aber nicht mehr sehen. – Nun will ich noch einmal zu jedem der drei Meinen gehen. – Ich habe auch das Grab Ihrer Frau besucht. Ich bin hinterher auf unserem alten Hof gewesen. Ich wollte nicht schwach und feige sein. Wiedererkannt habe ich ihn nicht, es ist ja nur noch eine Bauernstelle. Auch unser Dorf habe ich nicht wiedererkannt. Das große Hotel auf der Düne, der Andenkenladen, die vielen Menschen überall, lauter fremde Menschen. Ich habe kaum ein bekanntes Gesicht gesehen. Und alle gingen an mir vorbei, als wären nur sie hier zu Hause und ich sei fremd! Bei Ihnen ist alles noch wie einst«, sagte sie mit einem Blick aus dem Fenster. »Nur, dass die Bäume und Sträucher so hoch und dicht geworden sind. Darüber wundere ich mich. Ich habe oft hierher gedacht, – nun bin ich wirklich noch einmal hier.« Erschöpft lehnte sie sich zurück und schloss die Augen.

Es war ein Weilchen still um die beiden alten Leute. Jeder hing seinen Gedanken nach und schaute in das Buch seiner Vergangenheit, über dessen Bilder einer dem anderen nur vage Vorstellungen vermitteln kann. Samuel August Voß entging es, dass die alte Frau ihre Augen wieder aufschlug und langsam durch das Zimmer wandern ließ, über die Kommode mit den Fotografien zwischen den beiden englischen Porzellanhunden, zum Brautkranz an der Wand, den die junge Alma getragen hatte. Sie hob den Kopf. Über dem Sofa war ein heller rechteckiger Fleck. »Das Bild – wo ist denn das Bild, Herr Voß«, rief sie erschrocken.

Samuel August senkte den Blick, als schämte er sich: »Das ist fort – meine Fregatte ist fort – ich weiß aber nicht, wo sie ist. Wo ist sie den hingekommen? – Frau Sophie hieß sie, Frau Sophie.« Es klang, als riefe er um Hilfe. »Sophie ist auch fortgegangen, sie haben sie hinausgetragen, haben beide hinausgetragen und mich allein gelassen.« Seine Hände griffen ins Leere, sie suchten einen Halt. Sein Gesicht fiel zusammen, die Augen bekamen wieder den fernen Blick. Frau Dedow stand erschrocken auf. Ihr Besuch war dem alten Herrn gewiss zu viel geworden. Sie nestelte an ihrem Beutel und zog das Fläschchen mit dem Lavendelsalz heraus. Da kehrte Voß wieder zu sich zurück.

»Ach, schön, dass Sie mich besuchen wollten, Frau Dedow«, sagte er. »Das ist freundlich von Ihnen, ich danke Ihnen. Ich habe nicht oft Besuch. Aber jetzt bin ich müde. Nachher kommt Frau Ohlerich und bringt mich zu Bett, sie kommt jeden Tag und bringt mich zu Bett. Ich danke Ihnen, Frau Dedow.« Er gab ihr seine zitternde Hand, Frau Dedow verließ tiefbewegt sein Haus.

*

Als Samuel August Voß begraben wurde, war die Modenschau, die Undine Dahm gemeinsam mit einem kleinstädtischen Konfektionshaus als Höhepunkt der Saison veranstaltete, in vollem Gange.

Es gab eine peinliche Störung, wie der Leiterwagen mit den Kränzen und dem schwarzen Sarg über den Fahrweg der Dorfstraße kam, wo sich auf einem unmittelbar angrenzenden Grasstreifen die Modenschau abspielte.

Die jungen Mädchen, Töchter von »denen dor buten«, die sich zum Spaß als Mannequins zur Verfügung gestellt hatten, weil ihnen wenig Abwechslung geboten wurde, schraken zusammen und wussten nicht recht, ob sie auf dem zu beiden Seiten von Badegästen Kopf bei Kopf umsäumten Wege weiterwandeln oder schnell in den Laden flüchten sollten, der für diesen Nachmittag als Umkleideraum diente. Zudem brach die Musik beim Anblick des Leichenzuges ab, so dass man die kläglichen Stimmen der Schulkinder, die vorangingen, singen hörte: »Wer weiß, wie nahe mir mein Ende.« Die Musiker, die von Dahm bestellt worden waren, um der Modenschau einen festlichen Rahmen zu geben und abends auf dem Hotel zum Ball aufzuspielen, hatten ihre Blechinstrumente gesenkt und blieben ehrfürchtig stehen, bis der Wagen mit dem kleinen Gefolge alter Fahrensleute langsam vorübergeschwankt war.

Der Zug war noch nicht völlig aus dem Gesichtskreis verschwunden, da setzte die Musik auf Dahms energischen Wink wieder ein. Die peinliche Unterbrechung sollte möglichst schnell wieder vergessen werden. Der neue Schulze, der die Rolle des Conférenciers auf der Modenschau seiner Tochter übernommen hatte, nahm geistesgegenwärtig die verstörten jungen Mädchen an der Hand und schritt tänzelnd mit ihnen dahin, als leitete er eine Festpolonäse ein.

Man hätte den Alten gut noch einen Tag stehenlassen können oder ihn des Abends zum Friedhof schaffen sollen, wenn es keinen mehr stört, dachte Dahm und beschuldigte sich im Stillen einer fehlerhaften Organisation. Er warf einen prüfenden Blick auf die Zuschauer, aber die lachten unbefangen über seine betont komischen Trippelschritte und waren bereits wieder ganz bei der Sache.

Um auch die letzte Spur einer Missstimmung zu tilgen, ließ Dahm, nachdem die Glockenhüte genug bewundert worden waren, einen Tusch blasen, stieg auf einen Hocker und gab die große Überraschung für den abendlichen Ball bekannt, mit der er sich selbst überraschte, weil sie ein Einfall erst dieses Augenblicks war. Für diesen Einfall hätte Dahm dem alten Schiffer Samuel August Voß eigentlich noch dankbar sein müssen.

Dahms Mitteilung, dass auf dem Ball die drei schönsten jungen Mädchen preisgekrönt werden sollten, löste lauten Jubel und Händeklatschen aus. Noch höher stieg die Stimmung, als Dahm weiter verkündete, die Badegäste sollten das Preisrichterkollegium nach eigener Wahl zusammenstellen, und zwar aus jungen Herren, die für diese Entscheidung sachverständig seien. Ein wahres Hallo brach aus, als Dahm zum Schluss tief dienernd um die Ehre bat, in aller Bescheidenheit auch einen Sitz in diesem Kollegium einnehmen zu dürfen, nicht als Schulze, sondern als angesprochener Verehrer der Schönheit junger Mädchen. Dass an diesem Abend sein Saal so gedrängt voll tanzender und zuschauender Besucher war, wie noch nie zuvor, hatte Dahm dem Toten also auch zu verdanken.

So nahm die Modenschau weiter den »glanzvollen« Verlauf, den Undine und ihr Vater sich davon versprochen hatten. Alles, was Kurtaxe bezahlt hatte, was Namen und Rang besaß, war zur Stelle. Die älteren Damen hielten ihr Lorgnon vor die Augen, die älteren Herren schmunzelten über das hübsche Bild der Liebhabermannequins. Kleine Gruppen bildeten sich, um das Preisrichterkollegium zu beraten. Allgemein wurde das Lob des neuen Schulzen gesungen: Endlich ein Mann an der Spitze des Badeortes, der sich der Gäste und Villenbesitzer annahm, der sich bemühte, Feste zu veranstalten und für ein bisschen Abwechslung zu sorgen.

Den Gästen hatte diese Modenschau zwar nichts Neues zeigen können. Man lachte jedoch über die recht überfällige Undine Dahm, die wohl einmal hatte läuten hören, dass Modesalons ihre eigenen Kreationen vorführen, und man hatte seinen Hauptspaß an Dahm, der sich wie ein Hanswurst gebärdete. Schließlich wurde die Unterbrechung durch den Leichenzug noch bewitzelt. Man nahm diesen Nachmittag als einen unverfälschten Ausdruck des primitiven Landlebens hin, das für die Ferienzeit seine eigenen Reize hatte.

Auch der Ball im Palast-Hotel Monopol wurde ein voller Erfolg. Unter den Gästen des Hauses befand sich eine Chansonette, der Dahm mit dem Pensionspreis entgegengekommen war, damit sie für Stimmung sorgte. Man machte sich lustig darüber, wie sich das »platte Land« über die abgetakelte Gestalt, die verschollenen Chansons und die brüchig gewordene Stimme vergnügen konnte; keiner merkte, dass das »platte Land« auf diesem Fest nicht vertreten war. Das Dorf hatte nämlich etwas anderes zu tun: Die alten Fahrensmänner versoffen, wie es auf diesen Breitengraden üblich ist, bei Jochim Schröder zuerst feierlich, dann gelockert und schließlich gelöst das Fell des Fregattenschiffers Samuel August Voß, während ihre Frauen sich in der Dämmerstunde nicht genug im Deuten des warnenden Zeichens tun konnten, das aus dem Zusammentreffen des Leichenzuges mit diesem dummen Theater der Dahms sprach.

*

Lovise Pieplow führte Friedchen in ihre Geschäftsführung ein. Friedchen musste die Geldscheine in der Zigarrenkiste zählen, durfte die große, abgeschabte Geldkatze vorsichtig auf dem Küchentisch ausschütten, und lernte, die Taler, die Zwei- und Einmarkstücke wie das Kleingeld bis zum letzten Kupferpfennig zu sortieren und nach dem Dezimalsystem abgezählt aufzuschichten.

Friedchen hatte noch nie so viel Geld auf einem Haufen gesehen. Ihr kam es wie ein ungeheures Vermögen vor. Aber Lovise besaß genug Erfahrung, um sich nicht blenden zu lassen. Sie nahm das fettfleckige Anschreibebuch von Jochim Schröder aus der Küchenlade, in dem sie ab und zu schon einmal die jeweilige Endsumme ausgerechnet hatte, studierte die letzte Zahl und zog eine große Menge Rollen und einige Scheine zu sich herüber, füllte die Geldkatze damit, ließ die beiden Metallknöpfchen der Bügel hörbar zuschnappen und schlug mit der Hand auf den Tisch: »Wat übrig is, dat is' mien! – Und jetzt gehst du zu Jochim, bezahlst und lässt das Buch quittieren. Guck genau hin, wenn er nachzählt. Jochim betrügt nicht wie Meta Dahm, der die Kupferpfennige zwischen den Fingern kleben blieben – Undine soll es übrigens mit den Markstücken ebenso gut verstehen – Jochim betrügt nicht, aber es gehört sich für einen ordentlichen Menschen, beim Abrechnen mitzuzählen, damit sich der andere nicht zu seinem Schaden versieht. Hinterher gehst du zu der alten Seeger und lässt dir den Taler wiedergeben, den ich ihr im Juni wegen der Landessteuer gepumpt habe. Wenn sie ihn jetzt nicht hat und herausrückt, wo ihre Gäste abgereist sind, kann ich mein Geld in den Wind schreiben und ins Ofenröhr gucken. Lass nicht locker, Friedchen, bis du ihn hast. Sagst ihr, du darfst ohne den Taler nicht wieder nach Hause kommen!«

»Was hast du dann übrig, Mutter?«, fragte Theodor besorgt in der Kammer.

»Lass man, mein Junge, für uns reicht 's, für Friedchen und ihre Jungens auch, wenn wir uns einrichten. Und nächsten Sommer habe ich Zeit für dich, weil Friedchen kocht. Nur wenn sie zu den Gästen hinausträgt, muss ich in der Küche sein und die Schüsseln auffüllen. Wir bringen dich früh hinaus; ich mach uns einen Platz im Garten. Wir schälen zusammen Kartoffeln, palen Erbsen und schrapen Wurzeln und haben es so gut, wie es der Kaiser von China nicht besser haben kann!«

Sie malten sich ihr gemeinsames Leben im nächsten Sommer in leuchtenden Farben aus, bis Friedchen zurückkam und Lovise gleich im Flur den mühsam errungenen Taler, der von ihrer Hand feucht geworden war, übergab.

»Die Seeger hat gesagt, Mutter, mein Carl kommt nie wieder raus«, flüsterte sie mit weit geöffneten, angstvollen Augen. »Sie wollte mir den Taler nicht geben, und als ich nicht nachließ, sagte sie, ich sollte mich man nicht so aufspielen, wenn man solch einen Mann hätte wie ich – was ich überhaupt mit deinem Geld zu tun hätte? Als ich sagte, dass du mir deinen Mittagstisch übergeben wolltest, lachte sie laut auf, Mutter. Die feinen Herrschaften sollten bloß mal erfahren, dass Carl sitzt, sagte sie, sofort wäre es aus mit uns. Mit Zuchthäuslern wollten feine Herrschaften nichts zu tun haben; sie auch nicht! Damit warf sie mir den Taler vor die Füße und rief: ›Da hast du dein dreckiges Geld, nun aber raus!‹«

Lovise versuchte, Friedchen zu beruhigen, damit Theodor ihr Weinen nicht hörte. Friedchens Worte waren im Schluchzen kaum zu verstehen.

»Wenn ich nur wüsste, was Carl getan hat, Mutter! Carl hat niemals etwas Böses getan! Er trinkt nicht, er lügt nicht, und er nimmt nichts, was ihm nicht gehört!«

»Nein, nein«, bestätigte Lovise. »Er war immer mein guter Junge.«

»Es muss etwas ganz Schlimmes gewesen sein, wenn sie ihn nicht wieder rauslassen! – Was wird er getan haben?«

Lovise gab sich Mühe, ihrer Erregung Herr zu werden. »Aufgemuckt wird er haben von wegen der Hungerlöhne und dass sich andere am Proviant für die Mannschaft bereichern. Ist das Sünde, wenn man das sagt? Weißt du, was eine Sünde ist? Dass sie solche elende Kost vorgeschmissen kriegen und wie 's Vieh in dem alten Pott logieren, der auf den Schrottplatz gehörte oder ins Feuer! Wenn Gäste fortlaufen, weil Carl sitzt, sollen sie laufen, aber vorher sage ich 's ihnen ins Gesicht, was für ein guter Junge er ist. Du wirst die Fremden erst richtig kennenlernen, Friedchen. Manchmal kriegt man die helle Wut! Schindet sich Tag und Nacht für sie, aber sie mäkeln an allem herum. Am liebsten wollen sie jeden Mittag Gänsebraten haben, wie diese Kerner, nur kosten soll 's nischt! Beim Bäcker werfen sie das Geld für Kuchen hinaus, kaufen Kinkerlitzchen bei Undine, aber wenn ich mit ihnen abrechnen tu, feilschen sie um jeden Pfennig! Dass du oft nicht mehr auf den Beinen stehen kannst, danach fragen sie nicht. Sie schlagen laut mit dem Löffel auf den Tisch, wenn die Suppe nicht gleich dasteht. Und die zuerst schön tun und mit allem zufrieden sein wollen, nur dass man sie noch nehmen tut, sind hinterher die Schlimmsten. Aber was soll man machen? Wir müssen leben! Schenken tut uns keiner was! Und geschenkt wollen wir auch nichts haben!«

*

In diesem Jahr kam der Schnee ungewöhnlich früh. Es fing schon in einer Novembernacht zu schneien an und hielt den Tag über durch. Gegen Abend ließ der Schneefall nach, als erinnerte sich der Himmel daran, dass sein Wintersegen für Ackerland und Brunnen auf viele Monate bis in die österliche Zeit hinein verteilt werden sollte. Die Griepsch saß bei der bescheiden leuchtenden Küchenlampe am warmen Herd, die Katze auf dem Schoß. Als die Hoftür knarrte, stand sie auf, öffnete das Fenster zu einem Spalt und rief hinaus. »In der Fischerreihe, da wohnt die Neue, heißt Meyer, Fräulein Meyer!« Sie wollte das Fenster zumachen und an ihren gemütlichen Platz zurückkehren, da erkannte sie, wer draußen stand: »Ach, Fräulein Deuß, Sie sind es? Kommen Sie man herein. Ich dachte, dass jemand wegen der Hebamme draußen wäre und noch nicht Bescheid weiß. Wenn man selber nichts mehr damit zu tun hat, guckt man auch nicht mehr so hin, wer dran ist, und zählt nicht mehr nach. – Setzen Sie sich man, Fräulein – Sie sehen so verfroren aus – entschuldigen Sie, dass ich sie nicht gleich rein ließ.« Die Griepsch geriet in Fahrt, wie alle Menschen, die nicht viel zum Reden kommen. Sie stellte im Unterbewusstsein an der neben Ellinor Deuß' Küchenschemel abgesetzten Petroleumkanne fest, dass ihrer Nachbarin wohl der Brennstoff für ihre Lampe ausgegangen war, und fuhr fort: »Wird noch 'ne gute Weile dauern, ehe die sich im Dorf an die Neue gewöhnen, – ist ja auch komisch, ein Fräulein, und die will Hebamme sein – so was muss man zuerst an sich selbst durchgemacht haben. Und das sage ich Ihnen, Fräulein, wenn man am eigenen Leibe erlebt hat, was solch eine Hebamme anrichten kann, weiß man, was man zu tun hat, damit so was nicht wieder passiert. Aber zu einem Fräulein, wer hat denn da Vertrauen? – Dass ein Fräulein Hebamme ist, ist auch solch eine neumodische Mode, wo von der Frauenbewegung kommt, – na, mich bewegen sie nicht mehr – bei meinem Gewicht würde ihnen das auch schwerfallen. – Sie zittern ja immer noch, Fräulein? Haben Sie 's nicht warm zu Hause? Haben Sie nicht genug Holz?«

»Ich habe fast gar keins mehr, – der Schuppen war voll mit Holz und Kohlen. Aber das ist alles verbraucht.«

»Sie haben doch Briketts gekauft, als der Kohlenkahn im Herbst hier war?«

»Davon wusste ich nichts, – außerdem hätte ich kein Geld gehabt.«

Die Griepsch schlug die Hände über dem Bauch zusammen: »Na, so was! Dafür muss Geld da sein! Was haben Sie sich eigentlich gedacht, wie 's diesen Winter werden soll?«

»Ich weiß nicht, – ich hatte so viel um die Ohren und konnte mich nicht um alles gleichzeitig kümmern.«

»Ja, nu ist 's verpasst! Aber beruhigen Sie sich, Fräulein, das ist Lehrgeld, das muss jeder bezahlen. Sie sind nur ein bisschen verspätet dran, und dann wird es teurer. Wir müssen mal sehen, was wir machen können. Hätten wir unseren alten Erdmann noch, der ließ keinen im Stich, der in Not kam, so rum oder so rum. Nu müssen wir uns selbst helfen, denn der Dahm da oben, der würde Ihnen am steifen Arm verhungern und erfrieren lassen!«

»Es ist nicht nur die Kälte, Frau Ohlerich, ich fürchte mich so vor dem neuen Winter. Der Winter ist schrecklich! Ich bin so allein. Ich weiß nie, was ich anfangen soll. Immer kann man auch nicht lesen –«

»Lesen? – Wozu lesen Sie immer? Ich habe unseren Kalender, da guck ich denn man rein und lese die kleinen Geschichten wieder, die kennt man schließlich auswendig, und die Witze auch, oder ich guck mir die Bilder noch mal an.«

»Und was machen Sie den ganzen Tag, Frau Ohlerich?«

»Was ich mache? Herrgott, ich füttere die Hühner und ich schäle meine Kartoffeln, und es kommt auch mal jemand.«

»Zu mir kommt niemals jemand. – Ich hatte es mir so schön gedacht, ich hatte mich besonders auf die langen, stillen Abende gefreut. Er war ja mehrere Winter über hier und schrieb immer, wie wunderschön diese Stille sei – auf den Friedhof kam ich heute nicht mal hinauf, es lag zu viel Schnee. Ich konnte vom Gitter aus sein Grab kaum erkennen, so hoch war der Schnee zusammengeweht.«

»Da müssen Sie auch nicht immer hinlaufen, Fräulein, das nützt zu nichts. Die da oben haben auch nichts mehr davon.«

»Ich hatte mir vorgenommen, jeden Tag einmal zu ihm zu gehen. In der Saison komme ich nie dazu. Ich weiß oft nicht, wo mir der Kopf steht. Meine Gäste waren unzufrieden. Täglich Kotelett und gemischtes Gemüse, das geht auch nicht. Sie verlangen Fisch. Vor Fisch graule ich mich aber so. Ich kann ihn nicht zurechtmachen, und der Fischabwasch ist widerlich! Ich bin oft ganz verzweifelt. Zuerst habe ich mich damit getröstet, dass ich im Winter Ruhe habe und wieder ganz zu mir komme, und nun –«

»Na – und nu?«

»Nun weiß ich nie, was ich den ganzen Tag anfangen soll. Ich würde gern malen, wenn nur Farben und Leinwand nicht so teuer wären. Es bleibt zu wenig Geld übrig, der Sommer ist zu kurz, im letzten Juli hatte ich auch noch Pech. Ich hatte mich im Datum geirrt, mein bestes Zweibettzimmer stand acht Tage lang leer. Wenn ich bis nächsten Sommer reichen will, darf ich jeden Monat nur 25 Mark verbrauchen.«

»Das ist genug für einen«, stellte die Griepsch fest.

»Wenn bloß die Tage nicht so lang wären, vor allem die Abende, da wird mir immer angst.«

»Vor was denn?«

»Ich weiß nicht –«

»Kommen Sie man manchmal rüber. Und wegen dem Holz – holen Sie sich morgen was bei mir. Wenn das alle ist, müssen Sie eben wiederkommen.« Wortlos nahm die Griepsch die Petroleumkanne hoch und füllte sie aus ihrem Vorrat auf. Das Fräulein hatte gewiss vergessen, solange es hell war, nach Petroleum in den Laden zu gehen.

*

Als Dr. Zeplien fortgegangen war, kehrte Erdmann zu Mieke zurück.

»Ich wusste es, Erdmann, du brauchtest den Doktor im Flur nicht leise zu fragen, außerdem darf ein Arzt nichts sagen, wenn es Krebs ist. Ich habe es für mich behalten, solange es ging, Erdmann, und mich über jeden Tag gefreut, den du noch in Ruhe leben konntest. Hat er gesagt, ob es noch lange dauert? Nein? Es dauert aber nicht mehr lange. Das ist gut. Es ist drei Monate her, dass ich es merkte. Ich konnte sehen, wie schnell es weiterging. Dr. Zeplien hat mir Vorwürfe gemacht, weil ich ihn nicht kommen ließ oder zu ihm hinging. Es wäre meine Pflicht gewesen, sagte er. Er weiß es nicht anders. Sie hätten mich sofort operiert. Vielleicht wäre es anfangs gut gegangen, aber es dauert nur eine kleine Weile, dann ist es doch wieder da. Bei meiner Mutter war es genauso, und wie hat sich Vater darum grämt und gequält! Viel mehr als Mutter, die sich tapfer damit abfinden konnte, obwohl sie erst Anfang Fünfzig war. Tapfer ist eigentlich nicht das richtige Wort, Erdmann. Wenn ich genau ausdrücken soll, wie es bei ihr war, muss ich sagen, dass sie sich mit bereitem Herzen damit abfand. Nur Vater konnte es nicht ertragen, sie unter so großen Schmerzen dahinschwinden zu sehen. Dreimal wurde sie operiert, ehe sie starb. Vater fiel völlig ab, er saß immer bei ihr am Bett und schaute sie an und quälte sich, dass er nicht helfen konnte. Und das wollte ich dir so lange wie möglich ersparen, Erdmann.«

Er schwieg. Er brauchte alle Kräfte, um sich zu fassen. Es war zu unerwartet über ihn gekommen. Wie war es möglich, dass Mieke ihre Krankheit so lange vor ihm zu verbergen vermochte? Er schaute sie an und begriff nicht, dass er nicht gesehen hatte, wie sich das Leiden in ihre Züge einzeichnete. Gewiss, sie hatte manchmal müde und abgespannt gewirkt. Er hatte das mit der Influenza in Zusammenhang gebracht, die die ganze Familie im Herbst heimgesucht hatte. Mieke hatte sich nur langsam erholen können. Er dachte nach und sah plötzlich, als geschähe es in diesem Augenblick, wie Mieke an einem warmen Oktobertag am offenen Fenster der Stube stand und in das goldene, sonnengebräunte Laub der Bäume blickte. Es war ihm wohl aufgefallen, dass sie sich von diesem schönen Bild nicht zu trennen vermochte.

Er hatte ein Weilchen neben ihr gestanden und sich mit ihr an dem leuchtenden Kupferton der Herbstchrysanthemen im Vorgarten gefreut. Jetzt wusste er, dass es für Mieke ein Abschiednehmen gewesen war, in der Gewissheit, dass es der letzte Herbst ihres Lebens sein würde.

»Erdmann, wir haben fast vierzig Jahre miteinander leben dürfen – glückliche Jahre! Wenige Menschen haben es so gut gehabt! Es hat zwischen uns nicht eine bittere oder böse Stunde gegeben. Daraus müssen wir jetzt die Kraft nehmen, die wir brauchen!«

Er nickte, stand auf und ging hinaus. Er war noch nicht so weit, ihren Wunsch erfüllen zu können. Sie sollte ihn nicht haltlos sehen.

*

Der Sprengwagen war angeschafft worden. Auf dem Fußsteig stand Dahm mit der gewichtigen Aktenmappe unter dem Arm, von der er unzertrennlich war, und ließ vor den erstaunten Augen der Dörfler den Wagen ungeachtet der vom letzten Regen tief aufgeweichten Dorfstraße zur Probe fahren und sprengen. Kutscher war der Gemeindebote mit seiner goldbetressten Mütze, den Dahm angefordert hatte, da ihm nicht zugemutet werden könnte, alle Botengänge persönlich zu machen, wie es der alte Schulze getan hatte.

In der Aktenmappe lag der Entwurf zur Finanzierung einer Kurliste. Diese Sache machte Dahm viel Kopfzerbrechen, weil er die Liste nicht im Namen der Gemeindeverwaltung, sondern als privates Unternehmen seines Hotels herausgeben wollte. Er hatte Kurlisten der großen Ostseebäder durchstudiert und sich überschlagen, welche Summen aus Inseratengeldern herauszuholen wären. Er war bei den Vermietern herumgegangen, um sie für ein Inserat zu gewinnen, hatte aber überall taube Ohren gefunden. Selbst Jochim Schröder hatte ihn nur ausgelacht. Die Badegäste fänden seinen Laden sowieso, da es der einzige Laden dieser Art im Ort sei. Du wirst dich wundern, dachte Dahm schadenfroh, wenn erst mitten vor deiner Nase auf der anderen Seite der Dorfstraße die Bude aufgerichtet wird, in der ich während der Saison Südfrüchte, Delikatessen und feinen Aufschnitt verkaufen lassen will. Dann bist du fertig, mein Sohn! Die Gäste hatten sich beklagt, dass weit und breit weder eine Banane noch eine Dose Ölsardinen zu haben sei, nicht einmal spanische Weintrauben könnte man bekommen.

Zur Deuß war Dahm nicht erst hingegangen; die saugte nur Hungerpoten. Ließ die Deuß vor der Saison nicht wenigstens ihre Front neu streichen, würde ihr Haus zum Schandfleck des Badeortes werden und in seiner Verwahrlosung um so mehr ins Auge fallen, als gegenüber das Haus des alten Voß in vernünftige Hände übergegangen war. Ein berühmter Rechtsanwalt hatte es gekauft. Es war von Grund auf erneuert worden. Die große Veranda an der Seite wurde soeben verglast. Der Rest der alten Düne des Grundstücks war abgetragen worden. Dort stand bereits ein Häuschen im Schweizerstil für den Strandphotographen, den Dahm für die Saison verpflichtet hatte. Etwas Ähnliches musste noch irgendwo im Dorf für einen Friseur errichtet werden.

Dahm blieb vor dem Hause der Pieplow stehen und überlegte, wie man dieser Person endlich das Handwerk legen könnte. Inserieren wollte sie natürlich auch nicht. Das dumme Friedchen hatte seinem Drängen sogar mit der frechen Ausrede widerstanden, sie hätten zur Saison bereits mehr Anmeldungen für Mittagsgäste, als sie verpflegen könnten. Vielleicht hetzt man der Pieplow mitten im Hochsommer die Gesundheitspolizei auf den Hals, überlegte Dahm. Die muss die Küche aufs Korn nehmen, deren Wände durch den nahegelegenen Kuhstall schwarz von Fliegen sein sollen. Einen offenen Brunnen aus der Zeit, in der man noch nichts von Hygiene und Bazillen wusste, benutzte sie auch. Und wie mochte ihr Klo beschaffen sein? Womöglich hatte die

Pieplow noch eine offene Grube mit einer Stange darüber. Das war auf jeden Fall festzustellen! Dann machte ihr die Polizei sofort die Bude zu!

Wer bei der Pieplow isst, beschloss Dahm, kommt nicht in meine Kurliste hinein. Wie würde sich dieses billige Volk, das sie heranzog, kleine Angestellte, Subalternbeamte, Oberlehrer mit einer Horde Kinder, ältliche Lehrerinnen und Tippmädchen, neben den vornehmen und reichen Herrschaften ausnehmen, die er sich als Gästestamm erworben hatte!

Ärgerlich genug, dass dieses billige Volk überall in seinen Sommerfähnchen und Lüsterjacken herumlief. Das Palast-Hotel Monopol sollte sich den Strand nach Norden hin, wo die Villenkolonie lag, reservieren, so dass die Gäste aus dem Dorf ihn nicht betreten durften. Die Herrschaften aus den Villen kamen selbstverständlich in die Kurliste hinein, damit jeder sehen konnte, zu welch einem exklusiven Bad sich der Ort unter seiner Leitung entwickelt hatte!

Dahm trat in einen Kuhklack. Natürlich hatte die Pieplow, weil ihr Futter nicht ausreiche, das Vieh schon wieder auf dem kargen Grasstreifen der Dorfstraße nagen lassen, obwohl er ihr das streng verboten hatte. Ein Strafmandat für diese Unverschämtheit könnte ihr nur gut tun! In einen vornehmen Badeort gehörten überhaupt keine Kühe, denn die meisten Gäste hatten Angst vor ihnen. Die paar Proleten aus der Fischerreihe und diese Pieplow sollten sich endlich entschließen, mit ihrer schmutzigen Viehwirtschaft Schluss zu machen!

Während Dahm sich seine Schuhe an der mageren Grasnarbe sauber zu wischen versuchte, entschied er sich dahin, in diesem Sommer von der Gemeinde aus einfach keinen Kuhhirten mehr einzustellen. Die Kuhhalter konnten selbst zusehen, wie sie ihre Viecher zur Weide schafften. Dann würde ihnen die Lust endlich vergehen!

*

Professor Christians kam von einem langen Strandspaziergang zurück und stieg bei der alten Kuhweide über die Düne, um dem Badetrubel zu entgehen, der sich schon von weitem durch die Fülle der Fähnchen über den Burgen, das laute Rufen, Kreischen und Quietschen ankündete, mit denen sich die Menschheit in den Fluten ergeht. Der Himmel war wolkenlos, die Mittagssonne brannte, von den Wiesen wehte Heuduft herüber. Der ausgedörrte Strandsand mahlte leise knirschend unter den Füßen.

Vor wenigen Tagen hatte der Kaiser seine übliche Nordlandreise auf der »Hohenzollern« angetreten und damit auch in den Badeorten die Unruhe wieder gedämpft, die der 28. Juni mit dem Attentat auf das österreichischen Thronfolgerpaar ausgelöst hatte. Das Palast-Hotel Monopol war bis auf die letzte Kammer besetzt. Ein Teil des Personals hatte sogar ins Dorf ausquartiert werden müssen. Die Stockung im Reiseverkehr, die unmittelbar nach dieser Schreckensnachricht eingetreten war, schlug in eine fast überstürzte Reiselust um. Der Schulferienbeginn hatte eine wahre Flut von Gästen gebracht; der Sommer schien zu einer Rekordsaison zu werden. Immer weiter nach Norden hinaus erstreckten sich die Burgen mit ihren Strandkörben. Christians sehnte den Abend herbei, um von Stunde an, in der auf dem Hotel das Souper begann, draußen die Ruhe zu finden, um derentwillen er sich damals am »äußersten Ende der Welt«, wie er meinte, sein kleines Haus hatte bauen lassen.

»Herr Professor! Herr Professor! Kommen Sie heute Abend ein bisschen zu uns auf die Nachbarschaft!«

Syndikus Seebohm, in einen weiten Bademantel gekleidet, holte ihn ein. Seine Wohlbeleibtheit und der sonnenverbrannte, kahle Schädel hatten ihm unter den Forensen den Spitznamen »Julius Cäsar« eingebracht, den er mit Würde zu tragen verstand. »Kommen Sie lieber«, lachte Seebohm. »Ich weiß, im Grunde mögen Sie so etwas nicht. Sie sind der richtige Einsiedlerkrebs. – Na ja, jeder nach seinem Hautgout«, witzelte er. »Aber das garantiere ich Ihnen: Heute Nacht finden Sie keine Ruhe, weder zum Arbeiten noch zum Schlafen. – Wir veranstalten ein Gartenfest mit Lampions, Erdbeerbowle und Tanz. Ich habe einen jungen Menschen aufgegabelt, hungriger Student, der flott Ziehharmonika spielt, habe ihn engagiert, man tut also ein gutes Werk damit – die Jugend will tanzen, und bei Sonnenaufgang soll in der See gebadet werden – darauf spitzen sie sich am meisten. – Also los, Professorchen, – kommen Sie herüber!«

»Gehören Sie etwa auch zu den Schwarzsehern, Professor«, fuhr er eifrig fort, »glauben Sie, dass der Krieg unvermeidlich ist! Hat in den letzten Jahren schon verdammt oft danach ausgesehen, und was war jedes Mal das Ende? Nischt! Nur Störungen an der Börse. – Und ich will Ihnen eins sagen«, er nahm vertraulich den Arm des Professors, »kommen muss der Krieg doch einmal! Irgendwann muss sich das Gewitter entladen, das sich mehr und mehr um uns zusammenzieht. Dann wird sich aber zeigen, wer das Schwert zu führen weiß! Unser Heer – unsere Flotte! – Gewiss, in der Innenpolitik haben wir verhängnisvolle Fehler begangen, waren nie konsequent genug, haben den Arbeitern viel zu viel zugestanden, – und die Außenpolitik ist bei uns immer von den falschen Leuten gemacht worden. Man sollte diese ganzen Diplomaten zum Teufel jagen! Was meinen Sie, Professor, wenn man dem Handel und vor allem der Wirtschaft die Politik überließe? Dann sähe es anders bei uns aus! Die großen Konzerne haben immer verstanden, ihre Interessen vernünftig miteinander auszuhandeln. Was aber bei uns alles Politik macht –«

»Es wäre vielleicht besser gewesen, Herr Syndikus, wenn jeder von uns sich mehr um die Politik gekümmert hätte. So stehen wir eines Tages vor vollendeten Tatsachen und wissen nicht mal, dass wir mitschuldig an der Katastrophe sind, die über uns hereinbricht.«

»Mitschuldig? Bin ich mitschuldig? Ich bin kein Minister, kein Parlamentarier! Mir können alle Parteien den Buckel herunterrutschen! Ich habe Besseres zu tun, als mich mit Parteigezänk aufzureiben. Kommt es zum Kriege, kann ich nicht helfen. Im Übrigen geht es dann nur darum, wer am besten und schnellsten zuzuschlagen versteht. Und das sind wir! Darauf können Sie sich verlassen! Da kann uns keiner das Wasser reichen! Dass alles wie am Schnürchen geht, dafür haben wir Fabrikanten und Industriellen gesorgt. Ich habe unsere Heereslieferungen in der Tasche – brünierte Uniformknöpfe – und wenn es zum Klappen kommt, hoffe ich, auch noch mit den Herren von der Marine abzuschließen, – meine Kalkulation für strapazierfähige Offizierssockenhalter liegt parat. Unsere Feinde werden uns nicht unvorbereitet finden.«

»So zuversichtlich wie Sie, Herr Syndikus, wage ich leider nicht zu sein.«

»Wir werden uns doch unseren Platz an der Sonne nicht streitig machen lassen?«

»Haben Sie Söhne?«

»Ja, einen, ist juristischer Berater in einem Hüttenkonzern – kriegswichtiger Betrieb, wenn es losgehen sollte, verstehen Sie? – Außerdem kleiner Herzfehler – hat nie dienen müssen, – Sie wissen ja auch um so was Bescheid!«

Professor Christians übersah geflissentlich das Augenzwinkern: »Meine beiden sind Reserveoffiziere. – Ja, schönen Dank für Ihre Freundlichkeit. Lassen Sie sich in Ihrem Vergnügen heute Abend nicht durch meine Nachbarschaft stören. Astronomen sind an schlaflose Nächte gewöhnt.«

*

Dem Kostümball auf dem Palast-Hotel Monopol, den Dahm als Höhepunkt der Saison vorgesehen hatte, ging eine nächtliche Szene voraus. Dahm weckte seine Meta aus tiefstem Schlaf, um ihr zu eröffnen, das Kostüm als Burgherr sage ihm nicht mehr zu. Er müsste dazu einen Panzer haben, der sich in so kurzer Zeit nicht beschaffen ließe. Denn in dem Lederkoller, den Undine ihm aus einer alten Weste zurechtgeschnitten hatte, könnte man ihn trotz des Schwertes für einen Pferdeknecht halten, die damals auch bewaffnet gewesen seien. Nein, ihm wäre etwas Besseres eingefallen: Er wollte als Kaiser gehen!

»Als unser Kaiser? Das darfst du doch nicht!«, rief Meta erschrocken.

»Wer sagt denn, dass ich als Wilhelm der Zweite gehen will?«, erwiderte Dahm ärgerlich, weil sie nicht gleich begeistert auf seinen Einfall einging. »Eben als Kaiser, als irgendein Kaiser, als eine Majestät, – verstehst du nicht?«

Am nächsten Morgen musste Undine dem Vater in aller Eile aus einer Barchentnachtjacke der Mutter etwas schneidern, das wie eine zweireihige Ulanka aussah. Die Brust wurde mit bunten Orden aus Papier und Pappe benäht. Stulpenstiefel waren bereits für den Burgherrn herangeschafft worden. Als Dahm sich vor dem Spiegel sah, entschloss er sich, seinen Bart schwarz zu wichsen. Er probierte das hinter verschlossener Tür aus und legte für ein paar Stunden eine wahrhaft kaiserliche Bartbinde an.

Die Ausschmückung des Saales mit einem von der Mitte nach allen Seiten führenden Baldachin aus grünen Papiergirlanden, an denen Herzen aus rotem Glanzpapier hingen, begann am Abend vor dem Fest. Dahm fluchte, als hätte er sich mit dem Hammer auf den Daumen geschlagen, als der Laufjunge des Hotels mit der Nachricht aus dem Dorf kam, unten wäre soeben Kriegsgefahr verkündet worden.

»Was soll dieses dumme Gerede! Die quatschen nur, um uns die Gäste zu verjagen! Halte dein ungewaschenes Maul! Was verstehst du davon«, herrschte er den Jungen an. Direktor Sauerbier von der Darmstädter Bank war allerdings mit seiner ganzen Familie am Morgen abgereist, nur wegen dieser Kriegsrederei. Sauerbier hatte anstandslos für die ganze Zeit bezahlt, damit er nicht noch eine Minute länger aufgehalten würde.

Jetzt schlug sich Dahm in seinem Ärger wirklich auf den Daumen und fluchte laut über die Schwarzseher und Angsthasen!

Friedrich Franz, der Juniorchef des Hauses, der mit der Anordnung der vielen Lampen auf dem Musikpodium betraut war, entfernte sich unter dem Vorwand aus dem Gewirr der Girlanden und Fähnchen und machte sich selbst zum Dorf auf.

Um diese späte Stunde herrschte unten sonst Stille und Dunkelheit. Nur in Schröders Krug war mitunter noch bis gegen Mitternacht Licht. Licht war auch jetzt kaum in den Häusern zu sehen, doch alle Einwohner standen draußen in Gruppen herum. Überall war ein Kommen und Gehen, ein aufgeregtes Reden. Vor der Posthilfsstelle hatte sich ein Schwarm nervöser Menschen gesammelt, die mit Stalllaternen die Anschlagtafel beleuchteten, auf der zu lesen stand, dass mit dem Zustand der drohenden Kriegsgefahr die vollziehende Gewalt den Militärbehörden übertragen worden sei. Andere warteten ungeduldig auf der Straße, bis das Telefon endlich frei würde, um sich mit ihren Angehörigen zu verständigen. Friedrich Franz erfuhr, dass die drohende Kriegsgefahr bereits am Mittag von der Regierung verkündet worden war. Sie hätte aber weder eine Mobilmachung noch eine Einberufung von Mannschaften zu bedeuten.

Als Friedrich Franz wieder zum Hotelberg emporsteigen wollte, begegnete ihm Düwels Wagen, der hoch mit Frauen, weinenden Kindern und Gepäck beladen war. Die Gäste wollten, wie der Kutscher ihm zurief, noch in der Nacht zur nächsten Bahnstation gefahren werden, aus Sorge, am nächsten Tage wegen Überfüllung der Züge nicht mitzukommen. Friedrich Franz drang mit seinen Bedenken nicht beim Vater durch.

»Ruhe ist die erste Bürgerpflicht, mein Sohn«, sagte Dahm gemessen. Er drapierte große schwarzweißrote Fahnen an der Rückwand der Bühne, auf der die Tanzkapelle sitzen sollte. Das fehlte noch, den Kostümball abzusagen, dachte er. Das hieße geradezu, eine Panik zu verursachen. Das Hotel wäre morgen leer. Was würde aus den Würstchen, die bestellt worden waren, aus dem Kalbsbraten und dem Roastbeef werden, die im Eiskeller standen und um Mitternacht auf die Brötchen und kalten Platten gelegt werden sollten? Und was wurde überhaupt aus der ganzen Saison, die sich so gut angelassen hatte, wie noch in keinem Jahr vorher?

»Was heißt drohende Kriegsgefahr, mein Sohn? Drohende Kriegsgefahr besteht immer in der Welt. Du kannst mir leid tun, wenn du das noch nicht begriffen hast! Solange Majestät keinen

Mobilmachungsbefehl erlässt, haben wir unseren täglichen Pflichten nachzugehen und alles zu vermeiden, was geeignet wäre, Unruhe im Lande zu stiften! Das und nichts anderes erwartet unser höchster Herr von seinen treuen Untertanen!«

Dahm nahm bei diesen Worten die Pose ein, mit der er sich, wenn das Fest seinen Höhepunkt erreicht hatte, auf der Bühne zeigen wollte, um eine Ansprache zu halten.

Der nächste Tag war voll ausgefüllt mit den Vorbereitungen für den Abend. Noch eine Familie reiste gegen Mittag unerwartet ab. Zugleich verbreitete sich unter vielen Gästen eine Stimmung, die Dahm in seiner Haltung stärkte. Es brach so etwas wie Mannesmut aus, sich nicht durch Gerüchte einschüchtern oder ängstigen zu lassen. Verlauteten zurückhaltende oder gar warnende Stimmen, wurden sie verlacht. Der wahre Deutsche, vor allem der echte Preuße, müsste allem, was kommen konnte, mit Ruhe und Festigkeit ins Auge blicken. Er setzte völliges Vertrauen in Majestät. Solange Majestät nicht riefe, hätte jeder auf seinem Posten zu bleiben, also auch in seinem wohlverdienten Ferienaufenthalt!

Am Nachmittag hieß es, Professor Christians sei abgereist, um seine Söhne noch einmal zu sehen, ehe der Gestellungsbefehl sie an die Front riefe. Dahm wurde unduldsam gegen seine Frau, die ihm diese Nachricht zuflüsterte. »Willst du auf deinen Braten und Würstchen sitzenbleiben, Meta? – Na, bitte!«

»Muss Friedrich Franz auch in den Krieg?«, bebte sie.

»Wenn der Kaiser zu den Fahnen ruft, wird unser Sohn unter den ersten sein, die ihm folgen! Das werde ich heute Abend stolz verkünden!«

Zu dieser Erklärung kam es allerdings nicht. Oder sie ging im allgemeinen Trubel wirkungslos unter. Der Saal war zwar nicht so voll, wie Dahm gehofft hatte. Man merkte es sehr, dass sich auch im Dorf die Gästeschar gelichtet hatte. Dahm stand hinter der Tür zur Anrichte, mit klirrenden Sporen, einem gewaltigen Säbel und seiner Ulanka angetan, nur die Pickelhaube, die der Wachtmeister ihm geliehen hatte, noch nicht auf dem Kopf, weil sie ihn drückte. Er wollte die Gäste hereinkommen sehen: Jäger und Jägerinnen, Fischer in gelbem Südwester, beide Töchter Seebohms als Märchenfeen mit wallenden Haaren. Kommerzienrat Zickel in einer weiten Toga, die kahle Stirn mit einem Siegerkranz geschmückt. Seine Frau im Biedermeierkostüm.

Die Musik spielte bereits vor weitgeöffneten Saalfenstern, damit unten im Dorf zu hören war, dass man sich auf dem Hotelberg keiner weibischen Angst hingab, die eines echten deutschen Mannes unwürdig wäre.

Damit die Stimmung schnell anstieg, hatte Dahm den Sektpreis erheblich gesenkt. Dieser Verlust musste getragen werden, um den Abend zu retten. Und das bewährte sich: Es brach eine Vergnügungssucht aus, die von Lebensangst immer mehr gesteigert würde. Niemals zuvor war in diesem Saal so leidenschaftlich getanzt worden, waren so freie, unverblümte, mehr und mehr zügellose Worte gefallen, rann das Geld so leicht aus allen Taschen. »Lasst uns tanzen und trinken, denn morgen sind wir tot«, wurde die Devise dieser Nacht.

Dahm konnte sich zu seiner Ansprache kaum durch die wild tanzenden Paare zur Bühne hindurchwinden. Er stieg hinauf, stand in seiner phantastischen Uniform im Licht der vielen Lampen mit blitzenden Augen da, die Hand auf den Säbelgriff gestützt, ein Herrscher, ein Imperator! Die Musik beendete den Galopp. Die Paare kamen keuchend zum Stehen. Die Tür der Veranda wurde aufgerissen. Eine Stimme schrie: »Wir haben Russland den Krieg erklärt! Der Kaiser hat Mobilmachung befohlen!«

Nur ein Augenblick zitternder Stille verging. Dahm hatte sich gefasst. Er rief der Musik etwas zu. Die Blechinstrumente flogen an die Lippen, Trompeten und Posaunen schmetterten: »Heil dir im Siegerkranz!« Der Saal bebte unter der begeistert singenden Menge. Man hörte es bis ins Dorf, wo die Leute von Haus zu Haus liefen, keiner es in seiner Stube aushalten konnte, jeder mit jedem reden musste. Nur der alte Erdmann Permien saß still neben Lovise Pieplow auf deren Bank vor ihrem Hause. Sie lauschten nach oben, wo der Gesang von einem wilden Hurra-Geschrei abgelöst wurde. »Fertig mit Jack un Büx«, sagte Erdmann traurig.

Lovise Pieplow brach in Tränen aus.

Liebe Leserin, lieber Leser, wie hat Ihnen die Lektüre gefallen?
Wir freuen uns über Ihre Bewertung im Internet!

Die Deutsche Nationalbibliothek verzeichnet diese Publikation in der Deutschen Nationalbibliografie; detaillierte bibliografische Daten sind im Internet über http://dnb.ddb.de abrufbar.

Alle Rechte vorbehalten. Reproduktionen, Speicherungen in Datenverarbeitungsanlagen, Wiedergabe auf fotomechanischen, elektronischen oder ähnlichen Wegen, Vortrag und Funk – auch auszugsweise – nur mit Genehmigung des Verlages.

© Hinstorff Verlag GmbH, Rostock 1953
Lagerstraße 7, 18055 Rostock
www.hinstorff.de

6. Auflage 2016

Herstellung: Hinstorff Verlag GmbH
Printed in Germany
ISBN 978-3-356-02084-7